Folgende Titel der Reihe »Das Erbe der Macht« sind bisher erschienen:

Erschienene E-Books

Band 1-12

Weitere Serien des Autors bei der Greenlight Press

Ein MORDs-Team (All-Age Krimi)

Heliosphere 2265 (Sci-Fi)

Über den Autor:

»Lern erst mal was Gescheites, Bub.« Nein, das war nicht der erste Satz, den ich nach meiner Geburt zu hören bekam, das war erst später. Geboren wurde ich am 21.03.1982 in Landau in der Pfalz. Gemäß übereinstimmenden Aussagen diverser Familienmitglieder wurde aufgrund der immensen und andauernden Lautstärke, die ich als winziger ›Wonneproppen‹ an den Tag legte, ein Umtausch angemahnt. »Mamma, können wir ihn nicht zurückgeben und lieber einen Hund nehmen?« Glücklicherweise galt hier: Vom Umtausch ausgeschlossen. Es folgt also eine glückliche Kindheit und turbulente Jugend. Natürlich verrate ich hier keine weiteren Details, das würde zum einen den Spannungsbogen kaputtmachen, zum anderen bleibt dann nichts mehr für meine Memoiren übrig ...

Mehr von sich erzählt der Autor unter: www.andreassuchanek.de

Weitere Informationen:

http://www.greenlight-press.de

http://www.facebook.com/ErbeDerMacht

http://www.twitter.com/ErbeDerMacht

Neuigkeiten direkt aufs Smartphone.

Hol dir jetzt die kostenlose Das Erbe der Macht-App!

Das Erbe der Macht

Schattenchronik I

Das Erwachen

(Bände 1-3)

von Andreas Suchanek

4. Auflage März 2018

Autor: Andreas Suchanek
Cover: Nicole Böhm
Lektorat: Beate Szentes, Andreas Böhm
Satz: Jürgen Straub

Bibliografische Information der Deutschen Nationalbibliothek Die Deutsche Nationalbibliothek verzeichnet diese Publikation in der Deutschen Nationalbibliografie; detaillierte bibliografische Daten sind im Internet über http://dnb.dnb.de abrufbar.

Herstellung und Verlag:
Greenlight Press
Gartenstr. 44B
76133 Karlsruhe
E-Mail: info@greenlight-press.de

Printed in Germany
ISBN: 978-3-95834-226-2

Sie finden uns im Internet unter:
http://www.greenlight-press.de
http://www.facebook.com/ErbeDerMacht
http://www.twitter.com/ErbeDerMacht

Der Titel SCHATTENCHRONIK wurde durch Jörg Kaegelmann, BLITZ-Verlag, genehmigt.

I

»Aurafeuer«

Prolog

Ich habe versagt.

Die Worte hallten in seinem Inneren wider wie der grausame Richterspruch eines allmächtigen Gottes namens Schicksal. Wie hatte er nur je glauben können, etwas Besseres zu sein, all dem hier zu entkommen?

Kalte Luft fegte ihm ins Gesicht, Regentropfen piksten seine Haut wie Nadelstiche. Längst klebte die Stoffjogginghose an den Beinen, tropfte Wasser von der dünnen Sportjacke.

Der Beton des Bürgersteigs war dunkel vor Feuchtigkeit.

Er rannte.

Vorbei an überfüllten Mülltonnen, Pennern, die sich in Hauseingängen verschanzten, Jugendlichen, die in kleinen Gruppen von den Spielplätzen zurück in die Wohnsiedlungen strömten. Der Regen trieb sie alle davon, wie Ratten, die das sinkende Schiff verließen; wenn auch nur, bis die nächsten Sonnenstrahlen hinter den Wolken hervorlugten. Dann kamen sie aus ihren Schlupflöchern und machten weiter wie bisher.

Seine Glieder wurden schwerer, herabgezogen von bleierner Nässe, die die Kleidung tränkte. Er sollte zurücklaufen, nach Hause. In das winzige Zimmer, das er sich mit seinem Bruder teilte. Sich auf das Bett werfen und durch die dünne Wand hindurch seiner Mum lauschen, die sich von sinnlosen amerikanischen Mittagstalkshows berieseln ließ, bevor sie zu ihrer nächsten Schicht im Pub verschwand.

Alex rannte weiter.

Vor ihm tauchte eine Unterführung auf. Ein typischer Treff für Halbstarke. Fast schon hoffte er, dass sie sich ihm in den Weg stellten. Mit geballter Faust tauchte er ein in die Schatten. Er wollte zuschlagen. Wie früher, als die Welt noch so einfach gewesen war, reduziert auf seine Freunde, Bier, gemeinsames Abhängen. Ohne einen Gedanken an die Zukunft, ohne Pläne oder Perspektiven. Nur das Hier und Jetzt zählte.

Er liebte die Erinnerungen.

Und hasste sie gleichermaßen.

Es gab kein Zurück. Nicht, dass er das wirklich gewollt hätte. In den letzten Monaten hatte er alles dafür getan, dem trägen Einerlei aus Perspektivlosigkeit zu entkommen. Weg aus dem Sumpf namens

Brixton, Angell Town, um endlich auf eigenen Beinen zu stehen, seine Mum zu unterstützen, seinem kleinen Bruder eine Chance zu verschaffen.

Doch der Traum war tot.

Alex verlangsamte seine Schritte, stoppte. Inmitten von Dunkelheit, Kälte und Nässe blieb er stehen. Niemand verbarg sich in den Schatten, kein Klappmesser sprang auf, nirgendwo ertönte eine Stimme: »Hey, Alter«. Nicht mal darauf konnte er sich verlassen. Seine Handknöchel traten hervor, so fest ballte er die Faust. Er wollte prügeln, Nasen brechen, Haut aufplatzen sehen. Alles ganz einfach.

Allein.

In seinem Inneren tobte die Wut unaufhörlich, sie warf sich gegen den Panzer aus Selbstbeherrschung, den er so sorgfältig errichtet hatte. Sie wollte hinaus. Toben. Ehe das Gefühl zu stark werden konnte, trabte er weiter.

Vorbei an mit Graffiti beschmierten Wänden, weggeworfenen Bierdosen und einer am Boden liegenden Handtasche. Sie war leer, vermutlich Diebesgut.

Als er die Unterführung verließ, peitschte ihm der Wind ins Gesicht. In der Ferne zuckten Blitze, rollte der Donner. Das Unwetter kam näher.

Ich sollte umkehren.

Doch er rannte weiter. Stemmte sich gegen Luft und Wasser, obwohl er doch nie gewinnen konnte. Das Versagen schien Teil seines Ichs zu sein.

Die Straße endete; wurde zu einem Trampelpfad, der auf einen Spielplatz führte. Eine Schaukel wurde vom Wind hin- und hergeworfen, das Karussell drehte sich. Von der Wippe war nur noch eine Seite übrig, sie steckte im Schlamm. Der Gitterzaun war an zwei Stellen eingetreten.

Alex hastete vorbei.

Vor ihm erhoben sich die Reste der groß angekündigten Neubausiedlung. Drei einsame Baracken, die trostlos und leer vom Zahn der Zeit zugrunde gerichtet wurden. Das gewaltige Projekt war gestoppt worden. Heute sprach niemand mehr davon.

Eine riesige, schlammige Baustelle. Häusergerippe und Baumaterial, mehr war nicht geblieben.

Alex übersah eine Eisenstrebe, die aus der Erde ragte.

Vom eigenen Schwung getragen, landete er bäuchlings im Dreck. Er blieb einfach liegen. Die Regentropfen patschten auf seinen Rücken, den Hinterkopf, die frei liegenden Knöchel. Schlamm bedeckte sein Gesicht.

Er lachte.

Wenn der Kerl ihn jetzt sehen könnte. Alex hatte sein Gesicht vor sich. Den sauberen Maßanzug, das Kräuseln der Lippen, die hochgezogene Braue. Nach all seinem Einsatz hatte er den Job nicht bekommen. Warum? Das hatte man ihm sogar gesagt. Weil er von hier stammte, vom Ende der Welt, aus den Slums.

Wieder musste er lachen, er konnte sich kaum noch beruhigen.

Um Brixton zu verlassen, benötigte er einen Job. Doch um einen solchen zu bekommen, musste er Brixton verlassen.

Ein Paradoxon. Die unlösbare Aufgabe, die ihn an dieses Leben fesselte.

Alex kam in die Höhe.

Er kauerte auf den Knien, den Oberkörper nach vorne gebeugt, das Gesicht gen Boden gerichtet. Schlamm und Dreck. Sah so seine Zukunft aus?

Sein Blick wanderte zum Himmel.

Ein Blitz schlug in eine der Baracken ein. Es donnerte.

Aufgebracht spannte er die Muskeln an. Die Wut wurde übermächtig. Er brüllte sie hinaus, ließ seinem Hass auf die grausame, unfaire Realität freien Lauf. Tränen rannen über seine Wangen – und entfachten noch mehr Groll.

»Ist das alles?«, brüllte er dem Schicksal entgegen. »Ist es das, was du willst? Mich im Dreck liegen sehen?!«

Das Schicksal antwortete.

Alex kniff die Augen zusammen.

Was war das? Ein grüner Schimmer glitt heran und vertrieb die Schwärze. Direkt über ihm kam er zum Stillstand. Ein glühender Ball aus purer Energie.

Alex erhob sich.

Bildete er sich das ein? Drehte er nun völlig durch?

Der Ball schmolz. Das glatte Objekt wurde zu einem verschlungenen Ding.

Dann schoss es nach vorne.

Direkt in Alex hinein.

Er brüllte. Sein Innerstes wurde zerrissen und neu zusammengesetzt. Nichts blieb verborgen, jede Faser seines Seins kam an die Oberfläche, verband sich mit den grünen, verwobenen Fäden, die Form anzunehmen begannen.

Zuerst entstand ein Strahlen rund um seinen Körper.

Aura, flüsterte etwas in seinem Inneren.

Sein Körper wurde der Schwerkraft entrissen, glitt in die Höhe und kam wenige Meter über dem Boden in der Luft zum Stillstand. Er hing zwischen den Gewalten, spürte Sturm und Regen auf die Haut peitschen. Sein Haar war nur mehr eine nasse Masse, die an seinem Schädel klebte.

Das grüne Ding verband sich mit der Hülle, der Aura und verschmolz endgültig. Anders konnte er den Gedanken nicht beschreiben. Alex wurde eins mit dem, was da in ihm war. Es nahm Form an, färbte sich neu ein.

Ein lodernder Schmerz peitschte durch seinen Geist.

Alex schrie ihn hinaus in die Nacht, ließ ihn eins werden mit den Gewalten. Und während pures Feuer durch seine Adern floss, erwachte tief in seinem Inneren das Erbe der Macht.

1. Erinnerungen

Einige Stunden zuvor

Nebel waberte im Licht des heraufziehenden Tages, umspielte den Tau, der von den Blättern tropfte. Sie schritt durch das feuchte Gras, zwischen den steinernen Engeln hindurch. Die gemeißelten Figuren hatten den alten Glanz längst eingebüßt. Flügel waren zerbrochen, Risse durchzogen die Leiber, ihre Hände hielten sie flehend gen Himmel gestreckt, als warte dort die Erlösung. Unkraut überwucherte die fein ausgearbeiteten Gesichter.

Jen schob das Geäst einer Hecke beiseite.

Der Garten hinter dem halb verfallenen Haus glich längst einem Dschungel. Nur ein paar Schlingpflanzen hielten die kleine Pagode noch aufrecht, das Dach war eingestürzt. Die Säulen liefen in knorrigem Gestrüpp aus. Im Sommer mochte der Wildwuchs noch einen gewissen Charme besitzen, im Spätherbst wirkte er einfach nur trostlos.

Selbst die gewaltige Eiche, die seit Generationen im Zentrum des Gartens thronte, ihre weiten Äste wie Arme ausbreitete und stets Stabilität und Zuversicht verströmte, konnte Jen das beklemmende Gefühl nicht nehmen, das sich ihrer bemächtigte.

Es war stets dasselbe.

Mit jedem Schritt, der sie den Gräbern näherbrachte, kämpfte die Erinnerung in ihr gegen das Vergessen. Einen Kampf, das wusste Jen, den sie am Ende verlieren würde. Sie wollte die Bilder wegsperren, die Ereignisse nicht erneut durchleben, all das einfach hinter sich lassen. Doch die Schuld war immer da. Manchmal vergingen Wochen oder Monate, in denen der Alltag sie gefangen hielt. Das brachte Vergessen.

Irgendwann kamen die Bilder allerdings zurück, sobald sie lange genug am Abgrund ihres Bewusstseins gelauert hatten. Meist geschah das, wenn sie nicht einschlafen konnte, ihre Gedanken einfach davontrieben. Hin und wieder sogar im Schlaf, in den Träumen.

Sie erreichte die Grabsteine.

Drei an der Zahl. Zwei große und ein kleinerer, der verdeutlichte, dass ihre Schwester zum Zeitpunkt des Todes noch ein Teenager gewesen war.

Es gab nur wenige Augenblicke in ihrem Leben, in denen sie es bereute, eine Lichtkämpferin zu sein. Die Magie war in ihr erwacht, das Sigil entflammt, seitdem stand sie auf der Seite des Lichts. Die verborgene Welt der Magie kennenzulernen, glich einer atemberaubenden Achterbahnfahrt; Schrecken und Euphorie lösten einander ab. Ständig. Sie fand neue Freunde, die zur Familie wurden. Das Castillo bezeichnete sie längst als Heimat.

Doch stets war ihr bewusst, welch grauenvollen Preis sie dafür hatte zahlen müssen.

Oder genauer: Welchen Preis ihr habt zahlen müssen.

Sanft strich sie über Janas schlichten Grabstein. Wie oft hatten sie als Kinder gestritten. Typische Schwestern.

Jen lächelte.

Obgleich sie damals als einzige Überlebende das Familienvermögen geerbt hatte, hielt sie die Gräber schlicht. Es ging nicht um Pomp oder Größe, nein, die Erinnerung war bedeutsam.

Ihre Hand wanderte weiter zu dem Stein ihrer Mutter. Die ersten Tränen kamen. Sie erinnerte sich an den liebevollen Blick, die weichen Gesichtszüge und die verträumten Augen. Das Haar ihrer Mutter hatte stets nach Blüten geduftet, ihr Atem nach Minze. Erst später war noch ein anderer Geruch hinzugekommen, der von den Minze-Bonbons nicht hatte übertüncht werden können. Doch wenigstens hatte sie es versucht.

Im Gegensatz zu *ihm*.

Als habe sie sich verbrannt, zuckte ihre Hand zurück, bevor sie seinen Grabstein berühren konnte.

Ihr Blick erfasste die eingemeißelte Schrift.

Was ich einst war, das bist nun du. Was ich nun bin, wirst du einst sein.

»Dieser Spruch hätte dir gefallen, Dad, habe ich recht?« Sie wollte ausspucken. »In der Hölle sollst du schmoren.«

Die Bilder kamen in einer Abfolge aus beißendem Schmerz. Das blaue Auge ihrer Mutter, untermalt durch die aufgeplatzte Lippe. Janas Schreie, dazu Regen und Donner. Wunde Fingerknöchel. Lachen.

Jen spürte, wie ihre Konzentration nachließ.

Das Sigil in ihrem Inneren reagierte auf den Schmerz. Violette Blitze züngelten, tanzten über Haut und Finger.

Eine der obersten Regeln, die jeder Lichtkämpfer zu Beginn verinnerlichen musste, war gleichzeitig auch die simpelste: Wirke niemals Magie, wenn Emotionen im Spiel sind. Maximale Konzentration, so lautete das Credo. Andernfalls konnten Zauber entarten, die Folgen mochten katastrophal sein.

Wer wusste das besser als sie.

»Jen?!«, erklang Marks Stimme.

Sie fluchte. »Hier!«

Schnell wandte sie sich von den Gräbern ab und ging zurück auf das Gebäude zu, das einst ihr Zuhause gewesen war.

»Dachte ich es mir doch, dass du hier bist«, verkündete er.

»War das so offensichtlich?«

Er zuckte mit den Schultern. »Für jemand, der dich kennt. Jeder hat so seine Eigenheiten, wenn er mies drauf ist. Max beispielsweise stopft sich seine Kopfhörer in die Ohren und hört stundenlang Musik. Finde ich deutlich gesünder, als ständig die Gräber seiner toten Eltern aufzusuchen.«

Nur Mark konnte eine derartige Einschätzung mit einer solchen Leichtigkeit aussprechen und dabei nicht verletzen. Im Gegenteil. Sein sonniges Gemüt besserte sofort ihre Laune.

»Du wolltest mich also aus meiner Trübsal reißen und einen Kaffee spendieren?«

Er schüttelte den Kopf. »Keineswegs. Wir haben einen neuen Auftrag.«

»Es war einen Versuch wert.«

Er lachte. »Aber danach ist ein Kaffee durchaus drin. Vielleicht erzählst du mir auf dem Weg, was eigentlich passiert ist.«

Gemeinsam verließen sie den verwilderten Garten.

Jen schenkte dem Haus keinen weiteren Blick. Es war nur ein leeres Gebäude, in dessen Räumen das Lachen und der Schmerz einer längst vergangenen Zeit widerhallten.

Es ist vorbei.

Sie ließ die Erinnerungen hinter sich, um mit Mark die Zukunft anzupacken. So tat sie es immer. Bis zum nächsten Mal.

2. Der Foliant

Ich wünschte, es gäbe ein näheres Sprungportal«, grummelte sie.

»Jennifer Danvers«, sagte Mark, ehe er schnell korrigierte, »Jen. Wir haben heute wohl mit der falschen Hand den ersten Zauber ausgeführt, hm?« Schalk blitzte in seinen Augen, Lachfalten entstanden. Das blonde Haar stand ungekämmt ab. Abgesehen von seiner Abneigung gegen einen Kamm, ließ er auch keine Magie an den Haarschopf.

»Ach«, sie winkte ab.

»Komm schon. Raus damit. Ich war jetzt lange genug geduldig. Schonzeit ist vorbei, Danvers.«

Sie wusste, dass er hartnäckig bleiben würde. Seufzend sah sie hinaus über die grünen Hügel. Das Portal hatte sie in einem sicheren Haus in London abgesetzt. Von dort aus mussten sie allerdings die öffentlichen Verkehrsmittel benutzen, um ihrem Ziel näherzukommen. Alle anderen Portalausgänge lagen noch weiter entfernt. Jen nahm sich erneut vor, die Portalmagier zu bitten, das Netz der britischen Hauptstadt weitflächiger wachsen zu lassen. So saßen sie nun, nach einer langen Odyssee, in einer der typischen schwarzen Taxen und ruckelten über unebene Kieswege.

»Es ist der Rat«, gab sie schließlich zu. »Ich habe eine Rüge erhalten.«

Mark grinste noch breiter, wenn das überhaupt möglich war. »Kommt jetzt nicht überraschend.«

»Hey!« Sie knuffte ihn in die Seite.

»Ach, komm schon«, er warf ihr einen herausfordernden Blick zu. »Wie oft hast du die Regeln gebrochen? Der Rat musste doch reagieren. Sei bloß froh, dass Johanna eine schützende Hand über dich hält.«

Jen gab nur ein verärgertes Grunzen von sich. Johanna von Orléans war die einzige Unsterbliche im Rat – eine von sechs –, die selbst hier und da mal eine Regel übertrat. Die Übrigen schauten meist hochnäsig auf sie herab oder bildeten sich etwas darauf ein, wer sie waren. Vermutlich lag es an dem langen Leben, dass sie jeden, der jünger als ein Jahrhundert war, als Kind ansahen.

Man hatte ständig das Gefühl, ihren Ansprüchen sowieso nie gerecht werden zu können. Wie gut musste ein Mensch Zeit seines Lebens nur sein, um am Ende unsterblich und in den Rat berufen zu werden?

»Du gehst zu viele Risiken ein, Jen.« Das Lachen auf Marks Gesicht verschwand.

»Das haben die auch gesagt. Idioten.«

»Na, danke.«

Bevor sie das Gespräch fortführen konnten, erreichte das Taxi sein Ziel. Mark bezahlte den Fahrer aus der Einsatzkasse, während Jen ausstieg. Kies knirschte unter ihren Stiefeln, als sie ein paar Schritte machte, um das alte Herrenhaus näher zu betrachten. Es lag verborgen im Grünen, weit außerhalb der Stadt. Die Fassade wirkte gepflegt, Blumen bedeckten die Veranda, die Fenster mussten erst kürzlich gereinigt worden sein. »Sehr Downton-Abbey-like«, murmelte Jen.

»Fang nicht wieder mit der alten Mottenkiste an«, sagte Mark, während sein Blick über die Fassade glitt.

Gemeinsam näherten sie sich dem Eingang.

»Du bist ein Banause«, erwiderte sie. »Irgendwann fessle ich dich vor den Fernseher, und du musst alle Staffeln anschauen.«

»Das wäre Folter. Was würde der Rat nur dazu sagen?« Er grinste frech, worauf sie ihm erneut einen Stups in die Seite verpasste. Die Erwiderung erstarb ihr auf den Lippen. »Spürst du das?«

Er nickte. Mit zielsicheren Bewegungen zeichnete Mark Symbole in die Luft. Sein Finger hinterließ eine Spur aus grünem Feuer. Die Spur eines jeden Magiers war anders, wenn er Symbole wob, jede war einzigartig.

Die Zeichen der Magie gruppierten sich. Er murmelte ein Wort. Eine Schockwelle raste hinfort, zerfetzte den Illusionierungszauber, der auf dem Herrenhaus gelegen hatte. Zum Vorschein kam ein heruntergekommener Kasten. Die Blumen lagen vertrocknet am Boden, die Fenster blickten blind auf die hügeligen Wälder. Der Geruch von Tod und Verwesung hing in der Luft.

Sie nahm jede Kleinigkeit des Baus in sich auf. Sie konnte die Gefahr spüren, die hinter den Mauern lauerte. Kevin hatte in der Bibliothek zu einem Fall recherchiert, dem er gerade nachging. Dabei hatte eine der Suchgloben ein Signal empfangen. Wann immer auf der Welt mächtige Artefakte eingesetzt wurden, leuchtete auf dem magifizierten Gegenstand ein schwarzer oder weißer Punkt an der entsprechenden Stelle auf. Der Magieausbruch am Rande von London war auf einem der Suchgloben recht deutlich sichtbar gewesen.

Mark schaute sich ebenfalls genauestens um. »Ein unmaskierter

Ausbruch dieser Größe und dazu ein Illusionierungszauber – das gefällt mir nicht.«

»Tja, da bleibt uns keine Wahl.« *Das wird lustig.* Ihr letztes Duell mit Schattenkämpfern lag schon eine Weile zurück. Dank der Interventionen des Rates wurde sie ständig für Recherchearbeiten abgestellt. Einzig Kevin war es zu verdanken, dass sie dieses Mal am Puls der Action sein konnte. Er hatte zuerst Mark und – mit ordentlicher Verzögerung – den Rat informiert.

Während sie auf die Herrenhausbaracke zugingen, erschuf jeder für sich mit dem Contego-Zauber eine Schutzsphäre gegen mögliche Angriffe. Gleichzeitig ließ Jen ihre Sinne schweifen. Da war nichts. Alles ruhig und friedlich. Hätte es nicht den Hauch des Bösen gegeben, der wie ein dunkler Nebel über dem Anwesen lag.

»Sollen wir mal freundlich anklopfen?«, fragte Mark.

Sie nickte. Während er nach dem schmiedeeisernen Ring griff, der in den Kopf eines Kobolds überging, erschuf Jen zwei Feuerbälle in ihren Händen. So konnte sie im Notfall blitzschnell handeln. Im Reflex prüfte sie ihr Sigil. Es pulsierte gleichmäßig, verströmte violette magische Kraft.

Da bräuchte es schon eine Armee, um mich in Gefahr zu bringen.

Das laute Klopfen des Rings, der auf Holz krachte, tönte in der Stille. Nichts. Mark versuchte es kein zweites Mal. Stattdessen nahm er seinen Essenzstab in die Hand, setzte ihn an und brannte ein magisches Symbol in das Hindernis. Kurz flammte es auf dem Holz der Tür auf, dann verwehte diese zu einem feinen Nebelgespinst.

Gemeinsam traten sie ein.

Moder und Fäulnis lagen in der Luft, vermengten sich mit dem Odem des Todes. Blut. Jen bekam eine Gänsehaut. Was hier auch vorgefallen war, sie kamen zu spät. Instinktiv folgte sie einem ihrer klassischen Sinnesorgane, der Nase. Die Eingangshalle blieb zurück. Sie stieg die Treppe empor. Der allgegenwärtige Teppich dämpfte jeden Schritt. Mark bildete die Nachhut. Mittlerweile hatte auch er Feuerbälle entstehen lassen. Sie loderten in dem für ihn typischen grünen Licht.

Die Körper lagen im Salon.

Vier Männer und drei Frauen, alle vornehm gekleidet. In der Luft waberte der Resthauch schwarzer Magie. Jemand hatte ihnen die Lebenskraft ausgesaugt.

»Shit«, entfuhr es Mark. »Ich hasse es, wenn wir zu spät kommen.«

Ein Stöhnen erklang.

Jen rannte zu einem der Liegenden, kniete sich auf den Boden. »Alles ist gut«, sagte sie, »wir sind da.«

Worte trügerischer Hoffnung. Weißes Haar lag ausgefallen auf dem Teppich, Altersflecken bedeckten die Haut. Der Unbekannte würde sterben. Wie alt er vor wenigen Stunden auch gewesen sein mochte – nun war er ein Greis.

»Buch«, röchelte er, »sie wollten den Folianten.«

»Ich verstehe nicht …«

Der Alte unterbrach sie, indem er mit letzter Kraft ihr Handgelenk packte. Ein Schmerz durchzuckte Jens Bewusstsein, breitete sich aus. Ein Bild entstand. Es zeigte einen uralten Folianten, gebunden in brüchiges Leder. Rissige Seiten wurden von Geisterhand umgeblättert. Symbole, ähnlich chinesischen Schriftzeichen, mit schwarzer Tusche geschrieben, bedeckten das Papier. Sie fiel zurück. Zitternd lag Jen auf dem Teppich, das Gesicht von Schweiß überströmt.

»Hey!« Mark kam herbeigeeilt. »Was ist passiert?«

»Wächter«, stieß sie hervor. »Die Toten waren Wächter.«

Er riss die Augen auf. »Aber wie kann das sein?«

Jen rappelte sich auf, zuckte mit den Schultern. In der Bibliothek des Castillos gab es ein Verzeichnis, in dem alle Wächtergruppen und das Artefakt, das sie beschützten, verzeichnet waren. Manch ein gefundenes Objekt war so gefährlich, dass es nicht mit anderen Dingen eingelagert werden konnte. Hierfür gab es die Wächtergruppen. Der Globus hätte ihnen die Referenz mitteilen müssen, als der Magieausbruch geschah.

Jen ging neben dem Toten in die Knie, zog ihr Smartphone hervor und machte ein Bild vom Handgelenk des Mannes. Ein aus ineinander übergehenden Ornamenten verziertes Zeichen war in die Haut gebrannt. »Sobald wir zurück sind, prüfen wir das.«

»Soll ich das Castillo kontaktieren? Kevin könnte die Recherche direkt starten.«

»Nicht nötig«, wehrte Jen ab. »Er«, dabei deutete sie auf den Alten, »hat mir eine Vision geschickt«. Sie rannte zur Tür. »Es ist ein Foliant.«

Gemeinsam erreichten sie die Bibliothek. Gewaltige Regalreihen wuchsen in die Höhe, bedeckt von Büchern. Gewöhnliche Werke. Belletristik, Fachwälzer, Literatur nichtmagischer Menschen. Durch hohe Fenster fiel Dämmerlicht herein, tauchte den Raum in ein Wechselspiel aus Licht und Schatten. Es roch nach altem Papier.

Jede Bibliothek wurde dadurch zu etwas Besonderem. Auf einem Beistelltisch lag eine Zeitung – zwei Tage alt, wie das Datum verriet –, daneben stand eine Tasse aus hauchdünnem Porzellan. Seitlich war ein Wappen eingeprägt.

Jen roch an der Tasse. »Schwarztee.«

»Das wirkt, als wäre hier jemand bei einer gemütlichen Lesestunde unterbrochen worden.« Mark deutete auf den Boden neben dem Tischchen. Dort lag ein Buch mit fleckigem Einband.

Sie nickte schweigend. Es wurde auf den ersten Blick deutlich, dass hier jemand etwas gesucht hatte. Die Luft quoll geradezu über von dem fauligen, verdorbenen Atem dunkler Magie. »Sie haben eine Wächtergruppe angegriffen und waren auch noch erfolgreich«, flüsterte Jen. Langsam schritt sie durch den Raum. »Wie kann das nur sein? Das Haus muss eine Festung gewesen sein. Wächtergruppen bewachen die gefährlichsten Gegenstände. Und woher wussten die überhaupt davon?«

Mark ging zum Regal und fuhr mit der Hand über die Buchrücken. »Mal ehrlich, wer kann schon voraussagen, was Saint Germain und die anderen Wahnsinnigen wieder ausbrüten. Auf jeden Fall nichts Gutes.«

Mark kniff die Augen zusammen. Stirnrunzelnd trat er in die Mitte des Raumes. »Hier wurde eine Lokalisierung versucht.«

»Sie wollten den Folianten. Aber erfolgreich waren sie nicht.« Jen trat zielsicher an eines der Regale, stieg die angebrachte Leiter empor und zog ein dünnes Heft hervor.

»Okay«, kam es von Mark, »wenn du das einen Folianten nennst, dann müssen wir noch mal über die Definition sprechen.«

»Spinner.« Er wusste genau, dass der äußere Schein trügen konnte.

Jen legte das Heftchen – ein alter Groschenroman – auf dem Lesetisch ab. Auf dem Cover stand ein verwegen aussehender Pirat mit nacktem Oberkörper auf dem Deck seines Schiffes. Vor ihm kniete eine Frau, den Kopf leicht zur Seite geneigt und dem Betrachter zugewandt. Die Lippen des Piraten berührten ihren Hals.

»Gib es zu, du willst ihn unbedingt lesen.«, sagte Mark.

»Unbedingt. Ich stehe auf romantische Literatur«, sie grinste ihn an. »Damit kann man so schön Feuer machen.«

Sie zog ihren Essenzstab hervor. Bei dem Zauber, den sie nun auszuführen gedachte, musste die Magie direkt im Gegenstand wirken. Es reichte nicht aus, die Machtsymbole in die Luft zu zeichnen.

Doch damit sie in Material einwirken konnten, bedurfte es immer eines Essenzstabes. Er kanalisierte die Magie und übertrug sie in den jeweiligen Rohstoff. Nimags – Nichtmagier, also gewöhnliche Menschen – hätten wohl Zauberstab dazu gesagt.

Sie zeichnete das Bild der Desillusionierung auf das Papier, verknüpfte es mit dem Mal der Wächtergruppe und erschuf so ein völlig neues Machtsymbol. Ihr Essenzstab formte den Zauber aus violetter Essenz. Am Ende sickerte er in das Heftchen.

Im nächsten Augenblick zog und wand sich das Papier, wurde größer, dicker, schwerer.

»Tadaaa«, sagte Jen.

»Das ist es also«, kam es von Mark. »Seltsam, ich erkenne keine schwarzmagische Ausstrahlung. Was könnten die Schattenkämpfer damit gewollt haben?«

Gute Frage. »Vielleicht gehört es zur undefinierten Magie und sie wollten es formen.« Sie schlug die Seiten auf. Die Zeichen blieben unleserlich, glichen chinesischen Schriftzeichen, die bei genauerer Betrachtung zu keltisch anmutenden Symbolen wurden. »Da muss ein Bibliothekar drüberschauen.« Sie schloss den Folianten.

Es rauschte. Kutten flatterten, als zahlreiche Personen aus der Luft entstanden. Entsetzt blickte Jen auf die Neuankömmlinge, die dunkle Mönchskutten und Kapuzen trugen. Auf die Stirn eines jeden dunklen Mönchs war ein schwarzes Auge geritzt worden. Ihr Unsichtbarkeitszauber war so perfekt gewesen, dass sie keinen Hauch wahrgenommen hatte.

Einer der Mönchskrieger trat vor. »Der Foliant!«

»Nein, ich denke nicht«, sagte Mark.

Dann ging alles rasend schnell. Ein Schlag traf Jen, schleuderte sie beiseite. Aus dem Nichts entstand eine unterarmlange Holzfigur. Der Foliant flog in die Hand eines Feindes, die Figur landete neben Mark. Er schrie. Tentakel aus Holz bohrten sich in seine Brust, als sei das Totem lebendig. Blut spritzte. Knochen knirschten.

Jen kam in die Höhe.

Die Mönchskrieger verschwanden vor ihren Augen, als seien sie nicht mehr als Nebelgebilde, die den Folianten mit sich nahmen.

Jen wandte sich Mark zu …

… und erschrak.

Der Freund und Kampfgefährte wurde von einer Sphäre aus

Nebelfetzen umhüllt. Langsam stieg er in die Luft empor. Die Figur pulsierte, wie das schlagende Herz einer unheiligen Kreatur. Sie konnte spüren, was das Ding tat.

»Lauf«, krächzte Mark.

»Vergiss es.« Blitzschnell führte Jen mehrere Kraftschläge aus. Doch der Nebel wehrte alle ab. Sie versuchte, ruhig zu bleiben. Ein Teil des Wissens, das sie zu ihrer Erweckung erhalten hatte, war verloren gegangen – wie bei jedem. Sie hatte es nicht vertieft. Aber die essenziellen Gesetze des Zauberausgleichs waren ihr noch vertraut.

Sie griff auf ihr Sigil zu und leitete eigene magische Essenz in die Sphäre. Ein Ausgleich war geschaffen. Damit erkaufte sie Zeit. Doch die Kreatur reagierte. Ein Rückstoß schleuderte Jen durch den Raum und gegen ein Regal. Das Artefakt zehrte weiter von Marks innerer Kraft, wie ein Schmarotzer.

Seine Essenz war auf ein bedrohliches Minimum reduziert worden.

»Lauf«, krächzte er. »Sonst sterben wir beide.«

Jen ballte die Fäuste. Wut schoss in ihr empor. Es musste einfach eine Möglichkeit geben. »Nein.«

»Doch«, sagte Mark sanft. »Du hast nur noch Minuten.«

Sie schaltete jede Emotion ab, warf sich herum und rannte davon. Im Laufen berührte sie den Kontaktstein unter ihrem Shirt, versuchte, das Castillo zu informieren. Die schwarze Magie, die überall ringsum in der Luft lag, verhinderte es.

Im Geiste sah sie, wie die letzte Essenz, die Marks Sigil innewohnte, aufgezehrt wurde.

Ab einem solchen Moment war jeder Magier in Lebensgefahr, musste er jede magische Aktivität sofort einstellen. Denn nun bediente sich der gewobene Zauberspruch über das Sigil an der Auraenergie.

Sie rannte polternd die Treppe hinab, ließ aber ihren Weitblick – der mühelos die Wände durchdrang – auf dem Freund und Gefährten ruhen.

Marks Aura flammte auf; eine grünliche Sphäre, die seine Körperkonturen nachbildete. Das Artefakt zog Energie davon ab, zehrte die letzte schützende Hülle auf, die normalerweise dazu gedacht war, das Sigil zu bändigen und gleichermaßen zu schützen.

Jen knallte in vollem Lauf gegen die Eingangstür. Der Nebeleffekt war längst fort. Mit zitternden Fingern riss sie ihren Essenzstab in die Höhe und zeichnete das Symbol für den Materietransfer.

Holz zu Nebel.

Endlich wich das Hindernis, sie hetzte hinaus.

Ein Blick zurück zeigte ihr, dass das Ende gekommen war. Marks Aura verschwand. Es gab keine Essenz und keine Aura mehr, nichts, dass das Sigil hielt. Es expandierte abrupt. Eine Aura aus purem Feuer äscherte Mark augenblicklich ein. Das gesamte Herrenhaus erbebte, die Wände brachen fort, Fensterscheiben explodierten. Die Druckwelle schleuderte Jen davon.

Ihr Bewusstsein erlosch.

3. Aurafeuer

Kevins Körper verkrampfte. Von einem Augenblick zum nächsten war er hellwach. In seinem Geist loderte eine gewaltige grüne Flamme, bevor sie von Schwärze verschluckt wurde. Stöhnend rollte er zur Seite, krachte auf den Boden, wo er zitternd liegen blieb. Tränen brachen aus ihm heraus.

Mark ist tot.

Das Netz, das alle Lichtkämpfer eines Teams verband, übertrug den Moment des Ablebens an die anderen. Gleichzeitig war der Ausbruch eines Sigils, wenn es in pure Essenzenergie transformierte, überall auf der Welt für Magier wahrnehmbar. Das Gefüge der Magie schrie auf, weil einer der Ihren zu Tode gekommen war.

»Hey«, erklang eine zärtliche Stimme. Max war plötzlich neben ihm, bettete Kevins Kopf in seinen Schoß. »Atme langsam ein und aus.«

Eine Ewigkeit schien zu vergehen. Die Muskeln entkrampften. Der körperliche Schmerz zog sich zurück. Doch der andere, der seelische Schmerz, blieb. Begreifen, realisieren, verarbeiten – jeder Gedanke ging so zähflüssig wie Sirup.

Max schaute traurig auf ihn herunter. Das dunkelblonde Haar war noch zerzaust, in den braunen Augen waren die letzten Reste Schlaf sichtbar. Er trug lediglich Shorts. »Wer ist es?«

Da sie seit drei Jahren ein Paar waren, hatte der Rat Max aus Kevins Team herausgeholt. Gingen Lichtkämpfer eine Beziehung oder eine Affäre ein, durften sie nicht länger zum gleichen Einsatzteam gehören. Daher hatte sein Freund auch nur gespürt, dass *jemand* gestorben war, doch nicht *wer*.

»Mark«, sagte Kevin. Zitternd kam er in die Höhe.

»Was ist mit Jen? Waren sie nicht beide unterwegs?«

»Stimmt. Aber sie scheint *noch* okay zu sein.« Er taumelte kurz. Das Abbild des Aurafeuers hatte sich in seinen Geist gebrannt. Nun mussten sie schnell handeln. Er schlüpfte in Jeans, zog ein Shirt über und steckte den Essenzstab hinter seinen Gürtel.

Dann rannte er hinaus.

Der Rat musste informiert werden, ebenso die anderen. Auf den Gängen begegneten ihm Lichtkämpfer. Der Schock des Aurafeuers stand ihnen allen ins Gesicht geschrieben. Genau wie die Frage: Wer war gestorben? Er ignorierte die fragenden Blicke.

Erst die Kälte an seinen Fußsohlen ließ ihn realisieren, dass er barfuß aus dem Zimmer gerannt war.

Egal.

Er rempelte einen Neuerweckten zur Seite, rannte in einen Bibliothekar und konnte gerade noch einem Ordnungsmagier ausweichen. Dann hatte er die Kammer erreicht. Von hier führte eine schmale Wendeltreppe hinab in die Katakomben unter dem Castillo. Beinahe wäre er gestolpert und vermutlich wie eine menschliche Kugel nach unten gesaust – er hätte sich alle Knochen gebrochen. Im letzten Augenblick fand er das Gleichgewicht wieder.

Verschwitzt und atemlos erreichte er die Krypta. *Sie* war bereits dort, begrüßte ihn mit einem Nicken. »Kevin. Der Verlust, den dein Team erlitten hat, tut mir leid.«

Er schluckte. Mochte sich Johanna von Orléans noch so viel Mühe geben, sich auf ihrer Stufe zu bewegen, so blieb sie doch eine Unsterbliche mit der Lebenserfahrung von Jahrhunderten. Es war fast unmöglich, in ihrer Gegenwart nichts von der Erhabenheit zu spüren, die sie wie ein Fluidum umgab. »Danke. Hat es bereits reagiert?«

»Nein«, sagte Johanna. Sie trug das rötlich-blonde Haar zu einem Pferdeschwanz gebunden. Eine modische weiße Bluse, Jeans und einfache Stoffschuhe verliehen ihr das Aussehen einer Frau Anfang vierzig, die vor Kraft nur so sprühte. »Doch es kann nicht lange dauern. Das Aurafeuer ist erloschen, das Sigil nun reine Energie. In wenigen Minuten wird es sich wieder manifestieren … irgendwo.«

In irgendwem. Kevin nickte. Niemand wusste, auf welcher Grundlage sich die Sigilmagie einen Nachfolger wählte. Doch in ihm würde das Erbe der Macht lebendig werden. Ein neuer Magier würde zum Teil der Gemeinschaft werden, sein altes Leben als Nimag – Nichtmagier – hinter sich lassen.

Vor ihnen stand das Wertvollste, was die Lichtkämpfer besaßen. Ein fester Quader aus schwarzem Onyx. Ihn vor dem Zugriff der Schattenkämpfer zu bewahren, war die wichtigste Aufgabe – gleich nach dem Schutz des Walls. Seit mittlerweile einhundert Jahren versuchten die feindlichen Kämpfer, den Wall zu Fall zu bringen, damit sie wieder über ihre gesamte Magie gebieten konnten. Die Barriere hatte die Erinnerungen der Menschen an das Übernatürliche getilgt und verbarg Magie vor den Augen der Nimags. Doch die dafür notwendige Essenz zog sie aus allen magischen Geschöpfen ab, was das Magiepotenzial aller Magier abwertete.

Der Onyxquader schien mit dem Wall in Verbindung zu stehen. Der Rat wusste um dessen Geheimnis, teilte es jedoch mit niemandem. Normalerweise zerriss es Kevin vor Neugierde, wenn er dem Artefakt gegenüberstand. Nicht aber heute. Er spürte lediglich Trauer, die sich mit dem Schmerz über den Verlust eines Freundes vermengte.

Jemand keuchte.

Max stürmte herein. Er grüßte Johanna mit einem »Hi« und warf Kevins Turnschuhe vor dessen Füße. »Hast du vergessen. Ist vielleicht kalt hier unten. Alles klar?« Er hatte sein Haar notdürftig gebändigt und schenkte ihm einen liebevollen Blick. In diesem Augenblick hätte Kevin ihn gerne in die Arme genommen. Aber nicht hier. Nicht jetzt.

»Alles klar«, gab er daher nur zurück.

Ein Schluchzen erklang. Kurz darauf betrat Clara die Krypta. Sie wischte die Tränen beiseite und reckte das Kinn empor. Ihr langes, seidig-schwarzes Haar, die glatten Gesichtszüge und die tiefbraune Haut verliehen ihr das Aussehen einer nubischen Prinzessin. Sie umarmten sich.

»Dann ist euer Team fast komplett«, stellte Johanna fest. »Chris ist in einem Gebiet ohne Portal unterwegs und Jen wird ebenfalls nicht rechtzeitig hier sein. Ich habe einen Portalmagier nach London geschickt, er wird nach ihr sehen. Die Ordnungsmagier werden sie außerdem befragen.«

»Was ist mit Chloe?«, fragte Kevin.

»Ihr Einsatz dauert noch an. In einigen Tagen kehrt sie zu euch zurück.«

Er nickte dankbar. Jen, Mark, Clara, Chloe, sein Zwillingsbruder Chris und er bildeten ein Team. Sie bestritten gemeinsam ihre Abenteuer, saßen bis tief in die Nacht plaudernd zusammen und waren durch Magie miteinander verbunden. Marks Tod hinterließ bei ihnen allen eine Leere. Innerlich betete er darum, dass Jen nichts geschah. Fahrig griff er an seine Brust, vor der der Kontaktstein hing.

»Ich habe es schon versucht«, sagte Clara. »Kein Kontakt. Wo sie auch ist, schwarze Magie umhüllt sie wie ein Dämpfungsfeld. Da gibt es kein Durchkommen.«

Bevor er etwas erwidern konnte, erwachte der Onyxquader zum

Leben. Die dunkle Oberfläche wurde milchig weiß, bildete Schlieren. Konturen entstanden, eine schattenhafte Silhouette.

Johanna von Orléans runzelte die Stirn. »Da stimmt etwas nicht.«

Bisher war Kevin erst einmal dabei gewesen, als die Macht sich einen Erben gesucht hatte. Klare Bilder hatten sich damals manifestiert; ein Gesicht, ein Ort, exakte Informationen.

Sie warteten.

Nach einer gefühlten Ewigkeit entstand ein schwarzer Fleck in der Form eines Landes. »England«, entfuhr es Clara. »Wie wahrscheinlich ist es, dass ein Erbe im gleichen Land erwählt wird, in dem der Magier zuvor starb?«

»Eins zu vierhunderttausend«, antwortete Johanna. »Und es ist nicht nur das gleiche Land. Es ist London, die gleiche Stadt.« Die Rätin war meist mit einem Lächeln im Gesicht anzutreffen, doch nun wirkte sie besorgt.

Sie hat Angst, begriff Kevin. »Was ist los?«

Die Schlieren wirbelten weiter.

Max, der bisher geschwiegen hatte, sagte: »London ist groß. Geht es nicht ein wenig genauer?«

Johanna hob die Hand, bedeutete ihm zu schweigen. Mit fester Stimme sprach sie Worte der Macht, wob einen Zauber. Gleichzeitig hinterließen ihre Finger eine Feuerspur in der Luft. Über die Oberfläche des Onyxquaders fuhr ein Wabern. In der Mitte bildete sich ein Punkt, der schnell größer wurde. Es war, als schaue man auf einen Fernsehbildschirm, der beständig wuchs.

Da war ein Mann, Mitte zwanzig. Er trug einen Dreitagebart, besaß ein markantes Gesicht, kurzes dunkles Haar. Er war attraktiv und, wie Kevin bemerkte, sich dessen bewusst. *Nur Markenklamotten, offenes Hemd, edle Uhr.* Er erkannte diese Art Mensch sofort, war vor Max einmal zu oft auf sie hereingefallen. Der Unbekannte steuerte zusammen mit einem Freund eine Disco im Londoner Stadtteil Soho an. Das Wissen um die lokalen Koordinaten war plötzlich in Kevins Geist.

Johanna taumelte, ging in die Knie. Das Bild schrumpfte.

»Da, am Rand.« Clara deutete auf den äußren Bereich des Onyxquaders.

Schwarze Schlieren bildeten sich. Doch nicht auf dem Quader, nein. Sie waren Teil der Szene.

»Dunkle Magie manifestiert sich an diesem Ort«, kam es von

Johanna. Die Rätin wirkte ausgebrannt. »Nichts ist so, wie es sein sollte.« Ihre Hand ruhte auf der Steinwand.

»Ich schicke sofort ein Team.« Kevin griff nach seinem Kontaktstein. »Wenn sie das Portal in der Innenstadt nehmen …«

»Nein«, kam es von Johanna, die Stimme klar und schneidend. »Jen ist näher dran. Sie wird ihn suchen und ins Castillo bringen. Niemand sonst.«

Max keuchte. »Aber … sie hat gerade ihren Partner verloren.«

»Dann wird es eine Ehre für sie sein, dessen erweckten Erben in Sicherheit zu geleiten.«

Kevin starrte die Rätin verblüfft an. *Was ist los mit ihr?*

Die Neugier vertrieb die Trauer zumindest teilweise. Sobald Jen wieder hier war, würde er alles erfahren. Bis dahin musste er sich in Geduld üben.

»Gehen wir nach oben?«, fragte Clara.

Kevin nickte. Die Freundin auf der einen und Max auf der anderen Seite verließ er die Krypta.

Johanna von Orléans blieb zurück. Gedankenverloren betrachtete die Rätin den Onyxquader.

4. London calling

Seine Hände prickelten, der Geruch von Deo und Parfüm lag in der Luft. Verschwitzte Körper bewegten sich im Rhythmus der Musik auf der Tanzfläche. Es wurde geknutscht, Hände wanderten in tiefer gelegene Körperregionen. Lächelnd griff er nach dem Wodka Red Bull.

»Alexander Kent«, sagte Zac. »Wenn deine Mutter das dreckige Grinsen auf diesem hübschen Gesicht sehen könnte, würde sie dich von oben bis unten mit Seife abschrubben.«

Er lachte. »Wie gut, dass sie nicht hier ist.«

Sie stießen an.

Alex hatte mittlerweile realisiert, dass er sich die grüne Erscheinung nur eingebildet hatte. Nach seinem Erwachen war ihm plötzlich heiß geworden, dann eiskalt. Er hätte schwören können, dass seine Hand brannte, in *echtem* Feuer. Doch es gab keinen Schmerz. Er schleppte sich zurück nach Hause, müde und ausgepowert. Seine Mum stellte keine Fragen, warum auch? Sie kannte derartige Momente zu gut, sowohl von ihm als auch von Alfie. Sein sechzehnjähriger Bruder war dabei, in dem Sumpf zu versacken, der sich Angell Town nannte. Bei dem Gedanken wurde ihm übel. Er vertrieb ihn mit einem Kopfschütteln.

Heute Abend wollte er alles vergessen. Tanzen, knutschen, wilden Sex bis zum Morgen haben. Die Welt außerhalb der Disco existierte nicht.

»Und, schon jemand entdeckt?«, fragte Zac. Der Freund hatte ihn eingeladen. Er war einer der wenigen, die den Absprung aus Brixton geschafft hatten. Eigentlich hatte es eine Feier zu Ehren von Alex' neuem Job werden sollen. Stattdessen sollte es ihn nun trösten.

Alex nickte zur schmalen Theke, die seitlich der Tanzfläche an der Wand entlanglief. »Die Blonde da drüben. Ihre Freundinnen haben bereits einen Typen abgekriegt, aber sie steht noch ganz alleine da.«

»Viel Glück, Alter. Ich kümmere mich jetzt um die Zwillinge dort.« Schon war Zac verschwunden, trug zwei Drinks zu den Geschwistern.

Alex fluchte innerlich. Er hatte sie gar nicht bemerkt. Andererseits war ihm eine heute genug. Er bestellte einen Cocktail, von dem er glaubte, dass er zu der Blonden passte und buchte ihn auf Zacs Karte. Heute ging das in Ordnung. Vorsichtig balancierte er das bauchige Glas, an dessen Rand eine Erdbeere steckte, zum Ziel.

Er hatte die Blonde fast erreicht, als ein anderer Typ neben sie trat. Beide stießen an.

Na, super.

Er versuchte es weiter, doch die kommende Stunde wurde zu einem Debakel. Schließlich gab er auf. Ein Blick zu Zac ließ Neid hochkochen. Der Freund verließ soeben die Disco, eine der Zwillinge an jedem Arm. Das durfte Alex sich dann morgen in allen Details anhören. Er verschwand zur Toilette und betrachtete sich im Spiegel.

Das Hemd saß, ließ aber einen kleinen Ausschnitt der muskulösen Brust frei. Der Dreitagebart wirkte maskulin, die Haare waren sauber gestylt. Die Jeans symbolisierten ein halbes Monatsgehalt, waren durchsetzt mit künstlichen Rissen; natürlich waren es Markenfälschungen. Andernfalls hätte er sich so etwas nicht leisten können. Trotzdem sahen sie echt aus. Himmel, er hätte sich am liebsten selbst abgeschleppt.

Was ist heute nur los?

Normalerweise benötigte er keine zwanzig Minuten, um ein Girl aufzureißen. Wenigstens diese eine Sache in seinem Leben klappte immer. Er hatte schon früh festgestellt, dass Sex von allen Arten an Problemen ausgezeichnet ablenkte.

Er wandte sich ab.

Dann eben heute mal nicht. Bei seinem Glück, riss das Gummi oder das Bett krachte zusammen.

Er schob sich zum Ausgang, knallte die Tür hinter sich zu und verließ die Disco. Vor dem Gebäude stand ein Taxi. Er ignorierte es. Stattdessen sog er tief die kühle Luft ein, kickte einen herumliegenden Stein davon – der mit einem Ping gegen einen frisch lackierten Mercedes SLK prallte – und schlenderte durch das nächtliche London in Richtung Brixton. Der Herbst neigte sich dem Ende zu, der Winter stand bevor.

Er kam an einem baufälligen Haus vorbei. Die unverglasten Fenster wirkten wie leere Augenhöhlen, die ihn mit ihrem Blick verfolgten. Vermutlich hatte wieder ein Investor die bisherigen Mieter vertrieben, um das Gebäude komplett zu sarnieren und den Mietpreis mal eben zu verfünffachen. Das Geäst der Bäume raschelte im Wind. Blätter wirbelten davon. Leichter Nieselregen setzte ein.

Natürlich. Vermutlich wird es gleich wieder schütten.

Tatsächlich prasselte ein Gedanke später eiskalte Nässe herab.

Innerhalb von Augenblicken waren seine Jeans, sein Hemd, seine Haare klitschnass. Bis nach Hause musste er gute neunzig Minuten laufen. Unmöglich bei diesem Wetter. Alex verfluchte sich dafür, nicht in das Taxi gestiegen zu sein.

»Das ist sowas von nicht mein Tag«, fluchte er.

»Wie recht du doch hast«, erklang eine weibliche Stimme an seinem Ohr.

Ein Schlag traf Alex zwischen die Schulterblätter, fegte ihn von den Beinen und ließ ihn benommen auf den Gehsteig krachen. Als er den Kopf hob, trat sie gegen sein Kinn. Der plötzliche Schmerz löschte ihm die Sinne aus. Wie durch Nebel sah er sie, schwankend zwischen Wachsein und Bewusstlosigkeit.

Aber wie war das möglich?

Die Frau trug einen langen Mantel, hatte einen Schal um den Hals geschlungen. Ihr Gesicht war von Altersfalten bedeckt, das graue Haar zu einem Dutt aufgesteckt. Schwerfällig trippelte sie nun zu ihrer Handtasche, nahm sie auf. Kurz schaute sie hinab auf Alex, bevor sie nach ihm griff. Sie warf ihn sich einfach über ihre Schulter.

Er wollte sich wehren, was ihm jedoch nur einen weiteren Faustschlag einbrockte.

»Keine Angst, mein Junge, ich tue dir einen Gefallen«, sagte sie. »Du willst nicht in all das hineingezogen werden.«

Alex erkannte das baufällige Haus, das auf ihn zukam. Er wurde die Treppe hinaufgetragen, durch die geöffnete Tür, einen Gang entlang. Raue, unverputzte Wände schälten sich aus dem Dunkel, als, wie auf ein geheimes Kommando, Hunderte von Kerzen entflammten. In ihrem düsteren Licht sah er Wasserlachen, Schimmelflecken, aus dem Zement herausragende Eisenstäbe und brüchige Dielenbretter.

Sie warf ihn zu Boden, als sei er nicht mehr als ein Sack Kartoffeln.

Plötzlich war er wieder hellwach, die Benommenheit fiel von einer auf die andere Sekunde vollständig von ihm ab. Er sprang auf, wollte sich auf die Alte stürzen, doch eine unsichtbare Barriere hielt ihn zurück.

Er blickte zu Boden.

Mit roter Farbe war ein Hexagramm auf die Dielenbretter gemalt worden. Ringsum verliefen winzige Symbole, deren Sprachzugehörigkeit er nicht ansatzweise deuten konnte. Sie glommen in einem düsteren, fast dunklen Licht auf und erloschen wieder.

Im Takt meines Herzschlags.

Das Wissen war einfach da. Diese Zeichen hielten ihn – und nur ihn – im Inneren des Hexagramms gefangen.

»Ah«, kam es von der Alten. »Die geerbte Erinnerung erwacht. Da habe ich dich ja gerade noch rechtzeitig gefunden.« Sie kicherte.

»Was soll das alles?«, rief er und verlieh seiner Stimme einen schneidenden Ton, über den Freunde immer sagten, dass er Eisen zerteilen könnte. »Lassen sie mich hier sofort raus! Andernfalls rufe ich die Cops.« Er zog das Smartphone hervor.

Die Alte wirkte völlig unbeeindruckt. Höhnisch lächelnd zeichnete sie ein Symbol. Alex riss die Augen auf. Ihre Finger hinterließen eine schlammgrün leuchtende Spur in der Luft. Im nächsten Augenblick entstand ein einzelnes großes Machtsymbol.

Machtsymbol? Woher weiß ich das?

Eine unsichtbare Kraft packte das Smartphone, entriss es seiner Hand. Instinktiv klammerte er sich daran fest. Sein … Geist hielt es umschlungen. Mit offenem Mund starrte er auf das kleine Gerät, das in der Luft schwebte, mal in die eine, mal in die andere Richtung.

Nun wirkte die Alte geradezu entsetzt. »Du wurdest gerade erst erweckt.« Sie trat näher. »So etwas dürftest du nicht können.« Sie betrachtete ihn wie ein Insekt, das es zu sezieren galt. »Du scheinst anders zu sein als alle vor dir.« Gedankenverloren schritt sie vor dem Hexagramm auf und ab.

Alex packte sein Smartphone und wählte schnell die Notrufnummer. Erst danach bemerkte er, dass er keinen Empfang hatte.

»Aber warum dann der Befehl …?«

Während die Alte weiter vor sich hinbrabbelte, realisierte Alex erstmals, was hier gerade vorging. Unsichtbare Barrieren, schwebende Smartphones, plötzliche Wissensschübe.

»Ecstasy!« Er schlug die Hand vor die Stirn. »Die haben mir was in den Drink getan. Verdammt!«

Die Alte schaute ihn verdutzt an. »Du bist ja noch dümmer, als ich dachte.« Mit zwei kurzen Schritten stand sie bei ihm. »Aber gut, testen wir meine Theorie. Dein Sigil ist bereits ausreichend verborgen, da komme ich nicht mehr heran. Mittlerweile hat es sich deinem Ich angepasst und Form und Farbe verändert. Wenn ich nur früher da gewesen wäre.« Sie winkte ab. »Deine Aura muss sichtbar werden. Und das tut weh.« Sie kicherte. »Wenigstens etwas.«

Ihre Hände durchstießen die Hexagramm-Barriere, berührten sein Hemd auf Brusthöhe.

Dann kam der Schmerz.

Alex brüllte, als das verdammte Weib *etwas* aus ihm herausriss.

Deine Essenz, verstand er.

Die Kraft floss nur so davon. Seine Beine wurden zittrig, gaben nach. Er brach zusammen. Hilflos lag er im Hexagramm, sah dabei zu, wie ein nebulöses Gespinst von ihm auf die Alte überging.

Sie schaute verzückt herab. »Das ist unfassbar. Eine so grell lodernde Essenz habe ich noch nie gekostet. Das bringt mir Jahre.« Ihre Augen weiteten sich in Gier. »Ich will alles!«

Alex bäumte sich ein letztes Mal auf, er versuchte es zumindest. Doch sein Körper gehorchte nicht länger. In diesem Augenblick wurde ihm klar, dass es kein Ecstasy-Flash war, der ihn gefangen hielt.

Das Gespinst zwischen ihm und der Alten zerfaserte.

»Was?« Sie schaute verblüfft umher.

Alex hätte vor Schreck beinahe aufgebrüllt. Mit einem Mal erwachten die Schatten in der Ecke des Raumes zum Leben. Eine Silhouette nahm Form an, eine Frau war plötzlich da. Einfach so. Neblige Schwärze lag über ihrem Gesicht, Dunkelheit zeichnete Konturen nach. Sonst konnte er keine Details ausmachen. Nur die Angst war da, manifestierte sich fast körperlich. Er zitterte.

Die Alte wiederum kreischte, wich zurück. »Nein!«

»Ts, ts, ts«, erklang eine verzerrte Stimme. Ihr Alter war nicht auszumachen, nur das Geschlecht kam durch. Eine Frau, eindeutig. »Ich habe doch klargemacht, dass er keinesfalls angegriffen werden darf.«

»Er lief mir zufällig über den Weg.«

»Ihr Schmarotzer glaubt immer wieder, die Regeln missachten zu können. Und dann auch noch lügen? Wie peinlich.« Die Unbekannte glitt auf Hutzelweib zu. Ihre Hand fuhr voran, durchstieß Hutzelweibs Brustkorb, riss das Herz heraus.

In einer Explosion verwandelte sich die Alte in eine Wolke aus Staub, das Herz zerfiel zu Asche. Gemächlich kam die Schattenfrau auf Alex zu. Neben ihm ging sie in die Knie. »Du weißt es noch nicht, aber mit deiner Ankunft wird sich alles verändern. Ich habe so lange darauf gewartet.« Langsam, fast zärtlich strich sie über Alex‘ rechte Wange. »Ich war von Anfang an dabei, seit über hundert Jahren. Heute beginnt es. Der Bannkreis wird gleich erlöschen.« Sie schwieg einen Augenblick. »Sie kommt. Es ist wohl an der Zeit.«

Die Unbekannte erhob sich.

»Leider kann ich dir die Erinnerung an all das hier nicht lassen. Du bist noch im Erweckungsprozess, also wird eine kleine Erinnerungsalternierung keinen Schaden anrichten.« Sie seufzte. »Aber es wird schmerzhaft. Es ist immer schmerzhaft. Und das ist auch gut so.«

Schon malte sie Symbole in die Luft. Die Farbe ihrer Spur war seltsam diffus. Alex wollte den Gedanken greifen, doch er verwehte. Zusammen mit allem anderen, das seit dem Auftauchen der Schattenfrau geschehen waren.

Sein Körper verkrampfte.

Er schrie.

5. Castillo Maravilla

Jen betrat die Bibliothek.

»Was ist passiert?!«, fragte Kevin, der sie zuerst entdeckte. Sein dunkelblondes, kurz geschnittenes Haar wirkte zerzaust. Ein Bartschatten lag auf dem Gesicht, die Augen schauten müde drein. Vermutlich hatte er die letzten Stunden damit verbracht, Stärke zu beweisen, wie er es immer tat.

Daneben sah Chris, sein Zwillingsbruder, von einem Folianten auf. Beide glichen sich wie ein Ei dem anderen. Sah man von dem Tattoo ab, das Chris' rechtes Schulterblatt zierte und auf den Oberarm überging.

Clara kam mit einer Papyrusrolle aus dem rückwärtigen Bereich. Jeder ihrer Schritte strahlte eine Mischung aus Eleganz und Zielstrebigkeit aus. Die dunkle Haut, das seidig-schwarze Haar, die leuchtenden Augen: Es gab niemanden – ob Mann oder Frau –, der sich nicht nach Clara umdrehte; erfüllt von Liebe auf den ersten Blick, Bewunderung oder Neid.

Jen sank in einen der Lesesessel. Zum ersten Mal seit Stunden konnte sie durchatmen. Nachdem Mark gestorben war und sein Sigil sich neu manifestiert hatte, war sie nach London gehetzt, um den Erben zu retten. »Die Schattenkämpfer waren schneller.«

Kevin erbleichte. »Ist er …«

Sie schüttelte den Kopf. »Seltsame Sache. Als ich ankam, lag er bewusstlos in einem erloschenen Bannkreis. Scheinbar hatte ein Parasit ihn entführt.«

»Wieso war er dann noch am Leben?«, fragte Chris.

Anfangs hatte Jen Schwierigkeiten gehabt, beide zu unterscheiden. Mittlerweile konnte sie Gestik, Mimik und Tonlage dem jeweils richtigen Bruder zuordnen. Zudem war Chris' Gesicht einen Tick schmaler.

»Keine Ahnung.« Jen nahm ein Glas Wasser entgegen, das Clara ihr reichte. »Sie hat ihm Essenz abgezogen, er wurde bewusstlos. Was danach passiert ist, weiß er nicht. Aber scheinbar nichts Gutes für das Drecksvieh. Ich hab die Überreste gefunden. Momentan untersuchen die Heiler unseren Neuling. Dann folgt der Test.«

Letzteres führte der Rat bei jedem Neuerweckten durch. So wurde die Farbe von Aura und Spur erfasst und die Stärke der Basismagie.

In den kommenden Tagen würde sich frisches Wissen über Magie in Alexander Kent manifestieren. Zuvor musste sie ihn zu den

Lichtkämpfern und der Geschichte aufklären. Das war oft ein gewaltiger Schock, veränderte es die Sicht auf die Welt doch außerordentlich. Meist wechselten sich Euphorie über die neu gewonnene Macht mit einem Gefühlstief ab. Denn Magie forderte stets auch einen Preis.

»Wie ist er so?«, fragte Chris. Er saß mit verschränkten Armen auf dem Rand des Tisches. Die Spitze seines Tattoos lugte auf dem rechten Oberarm unter dem T-Shirt hervor.

Die Zwillinge waren charakterlich recht verschieden. Kevin genoss die Beziehung mit Max, war monogam bis in die letzte Haarspitze. Chris schien nicht für etwas Festes gemacht zu sein, hatte ständig Affären. Dabei ging er jedoch respektvoll mit seinen Gespielinnen um, weshalb Jen ihm das nicht übel nahm. Wehe aber, wenn seine Männlichkeit infrage gestellt wurde. Dann kam das Alphatierchen zum Vorschein.

»Er ist ein arroganter kleiner Macho«, murmelte sie. »Hat sofort mit mir geflirtet und was davon gemurmelt, dass der Tag vielleicht doch noch ein glückliches Ende nimmt. Er kommt aus einem üblen Londoner Stadtteil.« Sie barg das Gesicht in den Händen. »Ich vermisse Mark. Und dann bekommt ausgerechnet so ein Macho-Arsch sein Sigil.« Sie schüttelte den Kopf. Die Erinnerung an das höhnische Lachen ihres Vaters wallte auf. Sie biss die Zähne zusammen. Gestern war Vergangenheit. »Lernt ihn einfach selbst kennen.«

Schweigen breitete sich aus.

Kevin nahm auf der Lehne ihres Sessels Platz, legte kraftspendend seine Hand auf ihre Schulter. »Was genau ist bei eurem Einsatz passiert?«

Erst jetzt realisierte Jen, dass sie der Gruppe noch nichts erzählt hatte. Sie berichtete, was im Herrenhaus geschehen war.

»Wächter?«, hakte Clara nach. »Moment.« Sie verschwand zwischen den Regalen und kehrte mit einem wuchtigen Verzeichnis zurück. »Zeig mal das Symbol.«

Jen hob das Smartphone in die Höhe.

Nach kurzem Suchen konstatierte die Freundin: »Nichts. Wer die auch waren, ihre Gruppe steht hier nicht.«

Chris' Bizeps trat hervor, als er die Schriftsammlung entgegennahm und durchblätterte. »Der Rat muss die Wächtergruppe für so wichtig gehalten haben, dass er sie aus dem Verzeichnis gelöscht hat.«

»Oder genauer«, korrigierte Jen, »das, was sie bewacht haben.«

»Dieser Foliant«, sagte Kevin. »Den besitzen jetzt allerdings die seltsamen Kuttenträger mit dem Auge auf der Stirn. Das war wirklich eingeritzt? Die haben doch echt alle ’nen Knall.«

In Jen wuchs der Zorn bei dem Gedanken an die Mistkerle. Sie waren für Marks Tod verantwortlich. Dafür würde Jen sie zahlen lassen. Die Trauer wurde von der Wut unterdrückt – noch. Sie konnte das nicht ewig durchhalten, doch einstweilen musste sie stark sein. Jeder von ihnen musste das. »Der Rat?«

»Einen Versuch ist es wert«, sagte Clara. »Aber was es auch mit dem Folianten auf sich hat, wir müssen ihn zurückholen.«

»Ich könnte den Globus nutzen«, überlegte Kevin. »Das Signal war schon einmal stark genug, uns den Aufenthaltsort zu offenbaren. Falls diese Hampelmänner noch mal auf die Magie zugreifen, können wir das Teil so vielleicht orten.«

»Also schön«, entschied Jen, »Kev, versuch es. Clara, kannst du Marks letzte Aufzeichnungen zusammentragen? Für das Archiv.«

»Natürlich.«

»Chris, beschaff uns einen Springer.«

»Aye, Ma‘am.«

Sobald das Energiefanal auf dem Globus auftauchte, mussten sie handeln. Ein Tor zu benutzen, würde sie nur in die Nähe bringen. Doch im Gegensatz zu normalen Magiern konnten Sprungmagier aus sich selbst heraus kurzzeitig Portale etablieren. Diese allerdings hatten gegenüber dem über Jahrhunderte gewachsenen Portalnetz keinen dauerhaften Bestand.

Leider gab es nur fünf Sprungmagier, die ständig irgendwo im Einsatz waren. Sie brachten Gruppen in Zielgebiete und holten sie wieder ab, halfen bei der Infiltrierung von schwarzmagischen Anlagen oder der Bergung von Artefakten.

»Was wirst du tun?«, fragte Kevin.

»Ich halte Händchen bei unserem Nachwuchs.« Jen verdrehte genervt die Augen. »Möglicherweise erwürge ich ihn auch. Mal sehen.«

Sie verließ die Bibliothek. Über dem Castillo hing ein Schleier der Trauer. In den Gängen waren Lichtkämpfer unterwegs, die von einem Auftrag zurückkehrten oder zu einem solchen eilten. Mittlerweile wussten alle, dass einer der Ihren gestorben, ein anderer neu erweckt worden war.

Jen wandte sich von ihrem eigentlichen Ziel ab, trat hinaus auf einen der Balkone. Tief sog sie die beißende Kälte in die Lungen. Der

Winter zog rasend schnell herauf, war früh über diesen Teil des Landes hereingebrochen. Rings um das Castillo ragte Geäst in den Himmel, Bäume und Sträucher, die ihr Blätterkleid verloren hatten. In der Ferne schwappte das Wasser in der Poolanlage, einzelne Blätter trieben darauf. Durch die kargen Baumwipfel konnte sie den See erkennen, der ebenfalls auf dem mehrere Hektar umfassenden Grundstück lag. Im Sommer wimmelte es hier vor Leben. Lichtkämpfer, die auf Pferden in den Wald ritten oder am Pool die Sonne genossen und entspannten.

Jetzt war alles tot.

Eine Träne löste sich, rann ihre Wange hinab, benetzte ihre Lippen. Sie schmeckte salzig. Zu Wut und Trauer gesellte sich Schuld. Wenn sie nur geblieben wäre, möglicherweise würde Mark noch leben. Ein gemeinsamer Zauber, verbundene Kräfte …

»Er wird es schwer haben, deinen Platz einzunehmen«, murmelte sie.

Das Säuberungsteam hatte das Herrenhaus mittlerweile untersucht. Normalerweise wurde der Essenzstab geborgen und an den Erben weitergegeben. Fand ihn niemand, suchte das magische Instrument sich selbst den Weg zu seinem neuen Besitzer.

Doch der feindliche Zauber hatte nicht nur das Sigilfeuer ausgelöst, auch der Stab war verbrannt. Alexander Kent würde also einen neuen bekommen. Eine weitere Herausforderung, die vor ihr lag. Sie mussten den Stabmacher aufsuchen. Darauf hätte sie gerne verzichtet.

Jen ließ den Balkon hinter sich, ging auf direktem Weg zum Ratssaal. Das wuchtige Portal aus Hexenholz war verschlossen, die eingeritzten und mit Ornamenten verzierten Symbole versiegelten den Raum.

Jen lehnte sich mit verschränkten Armen an die Wand.

»Ich habe ja nichts Besseres zu tun.«

6. Im Licht der Aura

Das kann unmöglich echt sein! Gleich wache ich auf.

Alex saß auf einem Holzstuhl vor einem geschwungenen Pult. Sechs Stühle reihten sich dahinter auf, nur zwei waren besetzt.

Nachdem er auf einem ziemlich unbequemen Bett aufgewacht war, betreut von einer sexy Krankenschwester – *Starren Sie mir nicht in den Ausschnitt. Und nein, ich bin eine Heilmagierin, keine Krankenschwester!* –, hatten sie ihn hierhergebracht. Während sein Gehirn noch damit beschäftigt war, die Tatsache zu akzeptieren, dass es Magie überhaupt gab, überschlugen sich die Ereignisse.

Fast erwartete er, von der Heimkehr seiner Mum in den frühen Morgenstunden aus dem Schlaf gerissen zu werden. Normalerweise machte sie dann Kaffee, nuckelte an einer Fluppe, um den letzten Rest Tabak noch irgendwie zu inhalieren und knipste den Fernseher an. Alfie war meist irgendwo in den Straßen unterwegs.

Doch nichts dergleichen geschah. Stattdessen hockte er hier in einem Traum, der sich verdammt real anfühlte.

Auf einem der Stühle saß eine rotblonde Frau. Sie wirkte energiegeladen, stark, von einem inneren Feuer erfüllt. »Schön, dass Sie es zu uns geschafft haben, Mister Kent«, sagte sie lächelnd. »Es sah ja nicht immer so danach aus.«

»Ja, da war diese Alte … keine Ahnung …«

»Wir nennen sie Parasiten«, erklärte die Unbekannte. »Sie ernähren sich durch das Abzapfen magischer Essenz. Sehr gefährliche Kreaturen.«

»Parasit. Magische Essenz«, murmelte er. »Alles klar.«

»Sie werden das bald verstehen. Ihnen wird jemand zugeteilt, der alle Ihre Fragen beantwortet. Doch zuvor müssen wir einen Test machen.«

»Wer sind Sie überhaupt?«, fuhr er auf. »Ich werde hierhergeschleppt wie ein Verbrecher und soll Tests bestehen! Sie können mich mal!«

»Bitte.« Sie deutete auf die Tür. »Es steht Ihnen frei, jederzeit zu gehen. Vermutlich überleben Sie die ersten zehn Schritte, bevor jemand Sie erledigt. Wir kümmern uns dann um Ihren Sigilerben.«

Er starrte sie an, verdutzt und wütend gleichermaßen. Jedes zweite Wort aus ihrem Mund ergab keinen Sinn. Was zum Teufel war ein Sigilerbe? »Okay, ich bleibe sitzen.«

»Schön. Mein Name ist Johanna von Orléans und ich bin eine von sechs Ratsmitgliedern. Das hier«, dabei deutete sie auf den etwa dreißigjährigen Mann mit den schwarzen Locken, der auffallend ruhig neben ihr saß, »ist Leonardo da Vinci.«

Sie schwieg.

Deutlich verzögert entfalteten sich die Worte in Alex' Geist, sickerten in sein Bewusstsein. »Sagten Sie gerade Johanna von Orléans? Leonardo da Vinci?«

Sie winkte ab. »Eines nach dem anderen. Nun wollen wir uns erst einmal um Sie kümmern.«

Die sind alle verrückt. »Aha.«

Die Frau, die sich für Johanna von Orléans hielt, stand auf. Wie dahingezaubert lag ein hölzerner Stab in ihrer Hand, der mit Ornamenten verziert war. Sie trat neben ihn. »Das hier ist ein Essenzstab. Nein, stellen Sie keine Fragen, das kommt alles noch. Ein Magier trägt in seinem Inneren eine Quelle, die ihn mit magischer Kraft ausstattet. Dieses Sigil ist bei jedem einzigartig. Stirbt ein Magier, sucht das Sigil selbstständig nach einem neuen Träger, einem Erben der Macht. Es verschmilzt mit seinem Ich und verändert seine Form. Niemals, unter keinen Umständen, darf jemand Ihr Sigil sehen.«

»Aha.« Er nickte, kam sich aber vor wie der größte Idiot. Allerdings sah er vor seinem inneren Auge tatsächlich ein seltsam verschlungenes Symbol, das von einem farbigen Nebel umgeben war.

»Das Sigil produziert die magische Essenz, mit der wir unsere Zauber weben. Die Aura schützt das Sigil«, erklärte Johanna. »Wenn Sie aufgrund äußerer Umstände dazu gezwungen werden, die gesamte Essenz aufzubrauchen, die durch das Sigil abgesondert wurde, bedient es sich an der Aura. Ist diese verbraucht …, verzehrt es Sie. So starb Ihr Vorgänger.«

»Oh.« *Mann, Alter, heute bist du schlagfertig.*

»In den nächsten Tagen wird das Wissen Ihres Vorgängers langsam in Ihnen heranreifen. Sie müssen es selbst durch Studien vertiefen, sonst gerät es wieder in Vergessenheit. Um Magie zu wirken, zeichnen wir Symbole.« Sie fuhr mit dem Finger durch die Luft und hinterließ eine Feuerspur. »Das nennen wir Magiespur. In zahlreichen Fällen muss zudem ein Wort der Macht gesprochen werden, um den Zauber auszulösen. Jede Spur hat eine andere Farbe. Um Zauber in Material wirken zu lassen, nutzen wir diesen Stab. Sie können damit natürlich auch Symbole in der Luft zeichnen.« Sie hob das Holzding in die Höhe. Im nächsten Augenblick fuhr sie damit über seine Haut. Ein Symbol entstand auf dem Arm, es kitzelte.

Um Alex herum bildete sich bernsteinfarbener Nebel.

»Damit wäre Ihre Farbe enthüllt.« Seltsamerweise atmete Johanna dabei auf.

»Bernstein«, murmelte Leonardo. Er schrieb etwas auf ein vergilbtes Pergament, das daraufhin verschwand. »Schön, dann schauen wir mal.« Er stand auf. »Welche Stärke haben Sie wohl?«

Johanna trat beiseite.

»Bitte, zeichnen Sie dieses Symbol«, bat er.

Leonardo machte es vor. Zuerst befürchtete Alex, dass er ein so komplexes Gebilde niemals erschaffen konnte. Bevor er jedoch wirklich begriff, was geschah, entwickelten seine Finger ein Eigenleben. Der Zauber wuchs aus sich selbst heraus. Dann sagte er: »Fiat Lux.« Überall in der Luft entstanden glühende Feuerbälle, die ihre Form veränderten; ein Schiff, eine Blume, ein Haus.

Sie erloschen.

»Das war nicht schlecht.« Leonardo wirkte beeindruckt. »Ich würde sagen: oberes Drittel. Damit kann man gut arbeiten. Eine leichte Steigerung gegenüber Marks Potenzial.« Nun wirkte auch er erleichtert. »Wunderbar.«

»Das heißt, ich bin … ein Magier?«

Johanna schlug ihm grinsend auf die Schulter. »Absolut. Glückwunsch, Sie werden ab sofort Ihr Leben riskieren und gegen Schattenkämpfer vorgehen, um den Wall vor Schaden zu bewahren.«

»Hä?«

»Das heißt ›Wie bitte?‹, mein Junge«, kam es prompt. »Vielleicht kriegen wir das mit den Manieren noch ein wenig besser hin. Am besten nehmen wir Verhaltensregeln in Ihren Studienplan mit auf.«

Beinahe hätte er ein weiteres »Hä« drangehängt. Im letzten Augenblick bekam er die Kurve. »Echt jetzt? Das hier ist Hogwarts?«

Leonardo rollte schnaubend mit den Augen. »Wenn ich das noch ein einziges Mal höre, lösche ich jede Erinnerung an diese Buchreihe. Und die Filme dazu. In der gesamten Menschheit.«

»Sie werden neben den Außeneinsätzen auch Unterrichtsstunden erhalten«, erklärte Johanna. »Nehmen Sie das nicht auf die leichte Schulter, es sei denn, Sie wollen diese Chance vertun. Ein Fehler dort draußen, und Sie sind tot. Im schlimmsten Fall geraten andere Ihres Teams ebenfalls in Gefahr. Verstanden?«

»Klar.« Er nickte.

Sie lächelten ihm zu, wünschten ihm viel Spaß in dieser für ihn neuen Welt, und im nächsten Augenblick stand er wieder draußen.

»Wurde auch Zeit.« Eine stupsnasige Brünette mit schulterlangem, seidig-glänzenden, Haar lehnte, die Arme verschränkt, an der Wand.

»Endlich mal ein schöner Anblick.« Er schenkte ihr sein brillantestes Lächeln, drängte Angst und Verwirrung zurück. Aus der Sache konnte man etwas machen. Er war ein verdammter Magier! Er konnte Alfie helfen. Und seiner Mum.

»Mein Name ist Jennifer Danvers.« Sie stieß sich ab, kam auf ihn zu. »Jen reicht. Ich wette, du überlegst gerade, wie du deine Magie einsetzen kannst, um Frauen rumzukriegen.«

Alex' Wangen wurden beängstigend heiß. »So etwas würde ich niemals tun! Wie ginge das denn?«

Jen schnaubte. »Lauf mir einfach hinterher und versuche, dir alles zu merken. Stelle so wenige Fragen wie möglich und erspar dir … sprich am besten gar nicht.«

Schon setzte sie sich in Bewegung. Scheinbar hatte sie etwas gegen ihn. Er runzelte die Stirn. War sie nicht dagewesen, als er kurzzeitig das Bewusstsein wiedererlangt hatte? *Da mache ich ihr ein Kompliment – und dann das. Wow, was für ein Hintern.*

»Das hier ist das Castillo Maravilla. Es dient den Lichtkämpfern seit Generationen als Basis. Natürlich gibt es überall auf der Welt verteilt Außenposten und sichere Häuser, die im Notfall genutzt werden können.«

Sie stiegen die Treppe empor. »Bis vor einhundertsechsundsechzig Jahren wussten Nichtmagier – wir nennen sie Nimags – von uns. Magier und gewöhnliche Menschen lebten Seite an Seite. Doch die Schattenkämpfer machten sie zum Spielball, beeinflussten, verzauberten, manipulierten. Natürlich bemerkte die Öffentlichkeit das. Wenn du wüsstest, wie viele Kriege und Katastrophen der Menschheitsgeschichte auf das Wirken von schwarzmagischen Wesen zurückgehen, du wärst entsetzt.«

»Komisch, ich habe den Geschichtsunterricht ein wenig anders in Erinnerung.«

Sie erreichten eine umlaufende Galerie. Jen lehnte sich auf

das hüfthohe Geländer. Unter ihnen wimmelte es von geschäftig dreinblickenden Magiern. »Lichtkämpfer und jene unter den Schattenkämpfern, die genug von dem Chaos hatten, das ihre eigenen Leute anrichteten, vereinten sich. Sie schufen den Wall. Ein magisches Konstrukt, das uns aus den Erinnerungen der Nimags getilgt hat. Alle glauben nun, dass Magie Büchern und Filmen vorbehalten ist, dass sie nie existierte.«

»Praktisch.«

Sie nickte. Ein Schatten legte sich über ihr Gesicht. »Leider stellte sich heraus, dass es in der Führungsriege der Lichtkämpfer einen Verräter gab.« Sie malte ein Symbol in die Luft, der Bereich vor dem Castillo wurde sichtbar. In der Luft schwebten weiße Kristalle. »Das Kristallnetz umgibt das Castillo und schützt es vor schwarzmagischen Eindringlingen. Bis heute weiß niemand, wie der Überläufer es damals geschafft hat, den Schutz auszuschalten. Wir nennen das, was er damals getan hat, ›Kristallfeuer‹. Sie brannten, wurden zu Staub. Dann begann der Kampf.«

Unweigerlich entstanden Bilder von leuchtenden Symbolen, flirrenden Energien und Blut vor Alex' innerem Auge. »Aber ihr habt gewonnen.«

»Wir, du gehörst nun dazu.« Sie nickte. »Der Wall wurde im allerletzten Augenblick erschaffen.«

»Sollten die Schattenkämpfer nicht froh darüber sein? Ich meine, so können sie weiter im Verborgenen wirken.«

Jen ließ das Bild der Schutzkristalle verschwinden. Gemeinsam schlenderten sie die Galerie entlang. »Der Wall konnte nur erschaffen werden, weil den Magiern ein mächtiges Artefakt zur Verfügung stand. Wir nennen ihn den Onyxquader. Nach der Entstehung des Walls – die Essenz im Quader war dadurch aufgebraucht – bediente sich der Wall fortan von unser aller Sigilen.«

»Ich verstehe. Damit werden alle Magier, ob Licht- oder Schattenkämpfer, geschwächt.«

Sie nickte mit hochgezogener Braue, als hätte sie ihm einen so logischen Gedanken gar nicht zugetraut. »Das trifft es ziemlich genau. Ein wenig ist es, als hätte jemand Gerüche entfernt, Musik leise gedreht und die Umgebung in Schwarz und Weiß verwandelt. Es muss wirklich schlimm gewesen sein. Wir kennen unsere Kraft nur so, wie sie ist. Doch jene, die zu dieser Zeit bereits erwacht waren, mussten leiden. Die Gewöhnungszeit …«

»Schon klar.«

Sie führte ihn eine geschwungene Wendeltreppe empor. »Das Gröbste weißt du ja nun. Du bist ein Magier, das Wissen wird nach und nach kommen. Und wieder verschwinden. Du musst es selbst vertiefen und anwenden, um es festzuhalten.«

»Zurück auf die Schulbank.«

»So ähnlich. Magische Symbole kannst du mit deinem Finger oder dem Essenzstab in die Luft zeichnen. Bei komplexen Zaubern müssen zusätzlich magische Worte mit dem Symbol verknüpft werden, ebenso in manchen Fällen, um den Zauber überhaupt auszulösen; die musst du übrigens im richtigen Augenblick aussprechen. Alles nicht so einfach, wie man glaubt. In den nächsten Tagen erhältst du deinen Essenzstab. Da er nicht übergeben werden konnte – der deines Vorgängers wurde vernichtet –, wirst du einen eigenen bekommen.«

Sie zog ihn zur Seite, als ein Lichtkämpfer vorbeieilte.

»Mit dem Stab kannst du auch Magie in Materialien einwirken lassen. Er ist die Erweiterung deines Sigils und nahezu unzerstörbar. Außerdem kann er gegen Stichwaffen eingesetzt werden. Im Kampf gegen andere Magier wird er auch als … Duellwaffe benutzt.«

»Duell, echt jetzt? Ich bin begeistert.«

Sie schmunzelte. »Magie hat auch ihr Gutes. Aber eines solltest du wissen: Jeder Zauber kommt mit einem Preis. In der Regel ist es einfach nur Essenz, die deinem Sigil entzogen wird. Die Regeneration kann durchaus eine Weile dauern. Manchmal allerdings … aber dazu kommen wir später.«

Sie betraten das Turmzimmer.

»Darf ich vorstellen, Alexander Kent, Neuerweckter.« Jen deutete mit beiden Händen untermalend auf ihn.

Vor ihm, über einen Tisch gebeugt und nun aufschauend, stand eine schlanke Frau Mitte zwanzig. Ihre Haut war braun, das Haar lang und schwarz. »Hi, ich bin Clara. Clara Ashwell«, stellte sie sich vor.

Er nickte ihr freundlich zu, verkniff sich aber jeden Kommentar zu ihrer Schönheit. Es reichte schon, dass Jen ihn auf dem Kieker hatte.

Auf einer Couch saßen zwei Typen. Einer von beiden trug sein dunkelblondes Haar seitlich kurz geschnitten. Das Gesicht war kantig, ein maskuliner Typ. Da er mit dem anderen Kerl neben ihm Händchen hielt, war unschwer festzustellen, dass sie ein Paar waren. »Hi, ich bin Kevin.«

»Und ich Max.« Er war etwas kleiner, hatte schmale Gesichtszüge und mittellanges braunes Haar, das leicht verwuschelt abstand.

Verblüfft stellte Alex fest, dass es eine weitere Ausgabe von Kevin gab.

Zwillingsbrüder, begriff er sofort.

»Chris.« Bruder Nummer zwei trug ein Muskelshirt, auf seinem rechten Oberarm prangte eine Tätowierung, die bis auf das Schulterblatt reichte. Er musterte Alex von oben bis unten, als wollte er abschätzen, ob dieser eine Konkurrenz darstellte.

Oh ja, Alter, das tue ich. Verlass dich drauf. Ich kusche vor niemandem. »Hi.«

Chris nickte.

»Normalerweise gibt es noch Chloe. Aber die ist unterwegs«, erklärte Clara.

»Schön, nachdem das geklärt ist: Alex wurde vom Rat geprüft. Er hat eine Bernsteinaura, Essenzstab wird neu vergeben. Krafteinschätzung besagt oberes Drittel. Kein Sprungmagier.«

»Mist«, ärgerte sich Kevin. »Das wäre echt praktisch gewesen.«

»Davon gibt es zu wenige«, erklärte Jen. »Wir hier sind ein Team. Abgesehen von Max, er besucht uns nur ziemlich oft.«

Bei diesen Worten grinsten Kevin und Max.

»Schon klar.« Alex lachte.

»Dann sollten wir unseren Rundgang …«

»… unterbrechen«, unterbrach Clara. »Ich habe etwas gefunden, das wir sofort besprechen müssen. Es geht um Mark.«

»Dein Vorgänger«, erklärte Jen.

»Der gestorben ist?«

»Du bist der Erbe seiner Macht, ja«, kam es von Kevin.

»Wie ist es denn passiert?«

»Genau darum geht es«, warf Clara ein. Vor ihr auf dem Tisch lagen mehrere dicht beschriebene Seiten Papier, Bücher und ein länglicher, verzierter Stab. Letzteren nahm sie auf und ließ ihn in der Tasche verschwinden. »Ich habe einen Destilationszauber angewendet, um Marks Aufzeichnungen durchzugehen. Bevor sie im Archiv eingelagert werden, wollte ich nach wichtigen Informationen suchen.«

»Und?«, fragte Jen. Die Anspannung im Raum nahm sprungartig zu.

»In den letzten fünf Wochen geriet er sechs Mal in Lebensgefahr. Ich habe es überprüft. Scheinbar war die Sache in England nur die Spitze des Eisbergs.«

»Jemand wollte ihn umbringen?«, fragte Max entsetzt. »Aber warum?«

»Gute Frage«, kam es von Clara. »Leider wusste er das selbst nicht. Erst nach der dritten Attacke hat er Verdacht geschöpft und wollte es dem Rat und uns mitteilen. Allerdings ist zu viel passiert.«

Alex zuckte zusammen, als Jen nach einem herumliegenden Buch griff. Es flog quer durch den Raum. Gleichzeitig brüllte sie: »Verdammter Idiot! Er könnte noch leben! Wieso hat er nicht ein Mal die Klappe aufgemacht! Aber nein, immer alles alleine lösen wollen!«

»Jen.« Kevin trat zu ihr und nahm sie in die Arme. »Wir finden heraus, wer dafür verantwortlich ist, okay?«

»Natürlich«, erwiderte sie. »Trotzdem ist er ein Idiot.«

»Klar ist er das.«

Sie knuffte ihn in die Seite. »Du auch. Nur, damit das klar ist.«

»Sowieso.« Kevin grinste.

Beide lachten.

»Was tun wir also?«, fragte Chris. »Wir wissen weder, was es mit diesem Folianten auf sich hat, noch, warum die Wächtergruppe nicht in das Pergament eingetragen wurde. Und nun stellt sich heraus, dass Mark von den Schattenpennern gezielt anvisiert wurde. Wieso?«

»Vergessen wir ihn nicht«, kam es von Max. Er deutete auf Alex. »Wie konnten die Schattenkämpfer so schnell wissen, wo der neue Erweckte ist? Beinahe hätten sie ihn gehabt.«

»Um es vollständig zu machen«, sagte Jen an Alex gewandt, »als ich ankam, war der Parasit, der dich töten wollte, bereits erledigt. Jemand hat dich scheinbar beschützt.«

Alex starrte von einem zum anderen und kam kaum mit. Informationsbrocken prasselten von überall her auf ihn ein.

»Ich rede mit Johanna«, sagte Jen. »Und zwar jetzt.«

Damit stürmte sie hinaus.

Die anderen waren kurz darauf in eine heftige Diskussion darüber verwickelt, was das alles zu bedeuten haben könnte.

Ganz leise schlich sich Alex aus dem Raum.

7. Hinter dem Schleier

Nachdenklich starrte Leonardo auf die Steintische. Bis auf einen waren alle leer. Bei der Explosion des Herrenhauses am Rand von London waren alle Mitglieder der Wächtergruppe zu Asche verbrannt – mit Ausnahme von einem. Ein Schutzamulett hing um seinen Hals, das ihn vor dem magischen Feuer bewahrt hatte.

Er betastete das kleine Notizbuch, das er selbst in Leder gebunden hatte. Auf der Rückseite war ein Haken angebracht, mit dem er es an seinem Gürtel befestigen konnte. Bis tief in die Nacht hatte er alte Unterlagen studiert, die er über die Jahre dicht beschrieben hatte. Obgleich er fasziniert war von moderner Technik, Computern, Smartphones, Pads, bevorzugte er doch Papier.

Die Art und Weise, wie der Wächter zu Tode gekommen war, erinnerte ihn an etwas. Leider konnte er nicht festmachen, was besagtes Etwas war. Im Laufe seines langen Lebens hatte er so viel erlebt, so viele Orte bereist, gegen Schwarzmagier gekämpft und Artefakte geborgen – er wusste einfach nicht mehr alle Details.

Er erinnerte sich glasklar an die Gassen von Florenz. Den Geruch des Sommers, das Lachen der Mädchen, das Feiern am Lagerfeuer. Seine Knabenjahre gehörten zu den schönsten Lebensabschnitten.

Auch die Stunden vor seinem herannahenden Tod, das Ende seines ersten Lebens, waren präsent. Die zitternde Kerzenflamme, seine Hand, die den Federkiel über das Pergament führte, um seinen Nachlass zu regeln. Das Kratzen der Spitze, während sie Worte niederbannte.

Doch das Ende war nicht gekommen. Stattdessen ein zweites Leben, eine zweite Jugend, Verantwortung. Seitdem nutzte er sein Wissen und seine Magie, um die Welt zu einem besseren Ort zu machen.

Er ließ das Notizbuch los, kehrte zurück in die Wirklichkeit.

Ein Mediker untersuchte den Toten gerade, tastete ihn mittels Machtsymbolen ab, warf Mineralstaub auf ihn und prüfte magische Einflüsse. Bisher erfolglos.

»Und?«, erklang die Stimme Johannas. Wie immer war es ihr gelungen, lautlos an ihn heranzuschleichen.

»Nichts.« Leonardo blieb nur zu hoffen, dass sich das nicht änderte. Die ganze Sache wurde zur Katastrophe. »Wie konnten die wissen, wo der Foliant ist?«

Johanna zuckte mit den Schultern. »Das wüsste ich auch gerne. Als Jennifer diesen Alexander Kent hierherbrachte, dachte ich schon …«

»Ich auch«, unterbrach Leonardo. »Zugetraut hätte ich es den Schattenkämpfern. Aber seine Aura ist Bernstein. Das Sigil können wir leider nicht mehr prüfen, doch die Stärke liegt im oberen Drittel.« Er schnaubte. »Wir hätten in den Folianten schauen sollen.«

»Wie?«

»Egal wie!«, entfuhr es Leonardo. »Irgendein Zauber hätte es schon möglich gemacht.«

Johanna schüttelte den Kopf. »Das hat die Wächtergruppe seit Jahren versucht. Weder wir noch die Schattenkämpfer konnten die Linien verfolgen. Und das ist gut so. Andernfalls würde jeder versuchen, einzugreifen.«

Der andere Unsterbliche betrachtete den toten Wächter. »Bist du dir denn absolut sicher, dass sie es nicht können?«

Johanna rang mit sich. »Ja, das bin ich.«

Er wollte bereits etwas über Irrtümer sagen, die einen auf den Scheiterhaufen bringen konnten – obgleich das natürlich unfair gewesen wäre –, als er zusammenzuckte.

»Ich habe etwas«, verkündete der Mediker im gleichen Augenblick.

Gemeinsam traten sie näher.

In der Luft entstand ein Wabern, dann fiel der Illusionierungszauber zusammen.

»Wow.« Leonardo wich einen Schritt zurück.

Johanna hob die Hand vor die Nase. »Wie lange ist er schon tot?«

»Wochen«, sagte der Mediker.

»Todesursache?«

»Noch unbekannt.«

Johanna nickte. »Danke.«

Gemeinsam verließen sie den Untersuchungsbereich. Von hier würde der Körper – die Überreste davon – zu einem der modernen Labore im oberen Bereich gebracht werden. Während hier unten die magischen Untersuchungen stattfanden, war es dort oben an der Wissenschaft, Antworten zu finden.

Auf dem Gang blickte Leonardo sich vorsichtig um. Sie waren alleine. »Wenn die Gruppe schon länger tot war, haben sie wohl kaum einen Kampf gegen den Bund des Sehenden Auges ausgefochten. Das war eine Falle. Jemand hat den Bund auf den Folianten aufmerksam gemacht, nachdem die Wächtergruppe schon tot war. Bis auf einen, der scheinbar tagelang überlebt hat. Der Angriff auf Mark …«

»Niemand wusste, dass er und Jennifer es sein würden, die nach England gehen. Es kann nichts mit ihm zu tun haben.« Johanna seufzte. »Beim Rest stimme ich dir zu. Aber warum hätten die Schattenkämpfer den Folianten zurücklassen sollen?«

Leonardo ließ seine Gedanken schweifen. »Möglicherweise ging es tatsächlich um Mark. Den Grund für die Angriffe der letzten Zeit konnten wir nie klären.«

»Eine Spezialtruppe hat ihn heimlich überwacht, er wusste nicht einmal, dass wir das Muster entdeckt hatten«, sagte Johanna. »Soweit mir bekannt ist, hat er seinem Team nichts davon erzählt.«

»Wenn du allerdings recht hast und Mark nur ein Kollateralschaden war, dann ging es um den Folianten. In dem Fall ergibt ihr Verhalten keinen Sinn. Es sei denn, die Schattenkämpfer konnten den Illusionierungszauber nicht alleine lösen.« Er schnippte. »Natürlich. Sie haben Lichtkämpfer in das Herrenhaus gelockt, damit diese den Folianten für sie finden.«

»Und überlassen ihn dann dem Bund des Sehenden Auges?«, warf Johanna ein. »Ein toller Plan. Wirklich.«

»Möglicherweise kennen wir nur das Ende noch nicht. Der Bund mag ja streitlustig sein, aber gegen eine Horde Schattenkämpfer …«

»Das mögen ja machtlüsterne Irre sein, aber ihre Pläne sind meist überraschend effektiv. Der dunkle Rat wird es uns nicht leicht machen, den Folianten zurückzubekommen.« Bei diesen Worten sah er den Hass in ihrem Gesicht. »Und sie werden keinesfalls darauf verzichten.«

Mochte es auch einhundertsechsundsechzig Jahre zurückliegen, der Verrat von dem, der sich ihr Freund genannt hatte, lastete noch immer schwer auf ihnen allen. So viele waren damals gestorben. In jener Nacht, als alles seinen Anfang genommen hatte.

»Eines ist klar«, sagte Leonardo. »Der Graf von Saint Germain hätte den Folianten niemals aus der Hand gegeben, wenn er ihn einmal in seine gierigen Griffel bekommen hätte. Ich tendiere eher dazu, dass er nichts davon weiß.«

Johanna hatte sich mit dem Rücken gegen die Wand gelehnt, hielt die Arme verschränkt. »Du glaubst, jemand handelt ohne das Wissen des dunklen Rates? Derjenige lebt gefährlich.«

»Aber es passt«, gab Leonardo zu bedenken. »Als Jennifer Alexander

Kent erreichte, war der Parasit bereits tot. Ich würde ja gerne glauben, dass unser Neuerweckter abrupt einen perfekten Feuerzauber angewendet hat, doch er lag in einem ziemlich starken Bannkreis. Irgendwie hängen der Foliant und Alexander Kent zusammen; zumindest sind sie Teile eines Plans, den die Schattenkämpfer geschmiedet haben.«

Er sah in Johannas Gesicht, dass sie sich schon Gedanken darüber gemacht hatte. Immer mehr Rätsel schienen aus dem Nichts heraus zu entstehen, miteinander verbunden durch Elemente, die noch unsichtbar waren.

»Also gut«, sagte sie. »Jennifers Team wird sich darauf stürzen, den Folianten zurückzuholen. Ich behalte alle im Auge. Allerdings werden sie Fragen stellen.«

Leonardo durchdachte die Situation. Oft wünschte er sich, dass die Lichtkämpfer die Weisheit, die er, Johanna und die anderen Unsterblichen des Rates über Generationen hinweg angesammelt hatten, mehr respektieren würden. Doch es bestand kein Zweifel, dass Worte wie »Bitte, vertraut uns« nicht helfen würden. Im Gegenteil, es würde die Neugierde des Teams noch mehr anstacheln. »Alexander Kent wird in den nächsten Tagen sowieso damit beschäftigt sein, sich in einer völlig neuen Welt zurechtzufinden. Für die anderen … wir werden mit den Samthandschuhen nicht weiterkommen.«

»Ich weiß«, seufzte Johanna. »Leider.«

8. Eine neue Welt

Die Ruhe tat gut. In seinem Leben war Stille eine Seltenheit. Alex stieg die Treppen hinab und bewegte sich durch das Castillo. Hier und da begegneten ihm Grüppchen, die in ein Gespräch vertieft vorbeieilten. Niemand schien seine Anwesenheit zu bemerken. In Gedanken sah er sich selbst in der Disco, tanzend zwischen drei Frauen, die er mit ein paar kleinen Magietricks beeindruckte.

Was sich wohl aus ihrer Wohnung machen ließe? Er musste grinsen, wenn er daran dachte, dass er vielleicht ein paar Zimmer ergänzen konnte. Er ließ seine Fingergelenke knacken. Und um Dannys Schlägerclique konnte er sich ebenfalls kümmern.

»Von wegen auf dem Besenstiel rumfliegen«, murmelte er. »Das wird ein Spaß.«

Was würden wohl seine Freunde dazu sagen, Zac vor allem? Durfte er sich ihnen überhaupt offenbaren? Er hatte so viele Fragen, doch alle hier schienen mit dem Tod von diesem Mark beschäftigt zu sein.

Der Gedanke stach ihm in die Magengrube. Immer wenn die Sprache darauf kam, dass er das Sigil eines Toten in sich trug – mittlerweile konnte er die von Bernsteinessenz umwehten verschlungenen Linien seiner Machtquelle im Inneren deutlich spüren –, fühlte er sich mies. Wie ein Leichenfledderer. Er schüttelte den Kopf, vertrieb die düsteren Gedanken.

Als eine Lichtkämpferin in hautengen Jeans und weißem Pulli an ihm vorbeikam, pfiff er ihr beeindruckt nach. Eines war sicher: Die Jungs und Mädels hier waren ziemlich hübsch. Mit etwas Glück waren neben Kevin und Max noch mehr Typen schwul, das gab weniger Konkurrenz.

Im Vorbeigehen sah er in die Räume, deren Türen offen standen. Neben verlassenen Büros und Trainingssälen erkannte er den Krankenflügel wieder. Hier war er erwacht. Bei dem Gedanken, verletzlich und dem Tode nahe gewesen zu sein, während andere über sein weiteres Schicksal entschieden hatten, ihr Können den Unterschied zwischen Leben und Sterben ausgemacht hatte, wurde seine Brust eng. Wenn er eines im Leben gelernt hatte, dann, dass man niemandem vertrauen durfte. Niemandem!

Außer Alfie und seiner Mum hatte er keine Familie. Unweigerlich musste er grinsen. Die beiden würden Augen machen.

Irgendwann stand er vor der Bibliothek. Seltsamerweise musste er nur einen Blick in einen Raum werfen und schon wusste er, wozu dieser diente. Wenn er Magier beim Zaubern beobachtete, vollendete er in Gedanken die Symbole, bevor sie es taten. Geerbte Erinnerung war praktisch.

Um ihn herum wuchsen Regalreihen so weit in die Höhe, dass sich das obere Ende seinen Blicken entzog. Ein dicker Teppich dämpfte jeden Schritt. Zwischen den Regalen gab es kleine Leseecken, gemütliche Sofas und Tische. In der Luft hingen leuchtende Kugeln, die ein warmes Licht verströmten. Zeit seines Lebens hatte Alex Büchern, Bibliotheken, ja, dem Lesen an sich nicht viel abgewinnen können. Fast erwartete er, eine geifernde Schreckschraube aus dem Schatten treten zu sehen, die ihn ermahnte, hier nichts zu essen.

»Alter, hast du dich verirrt?« Chris kam auf ihn zugeschlendert. Mittlerweile trug er eine Lederjacke über seinem Muskelshirt, wodurch das Tattoo verdeckt wurde.

Sie musterten sich gegenseitig abschätzend.

»Na ja, ihr wart so beschäftigt, und da …«

»… wurde dir langweilig, schon klar. Jen ist gerade etwas durch. Lass uns was trinken gehen.« Chris schlug ihm auf die Schulter.

»Es ist früher Morgen. Wo sind wir hier überhaupt?«

Der Lichtkämpfer lachte. »Du hast noch so viel zu lernen, Newbie. Wird etwas dauern, bis wir den Nimag aus dir raushaben. Das Castillo steht in Spanien, Alicante, um genau zu sein. Aber es gibt ja die Sprungportale. Irgendwo auf der Welt ist immer Nacht und immer Party.«

Das waren Worte, die Alex verstand. Nach all dem Chaos benötigte er ein Stück Normalität. »Gehen wir.«

Chris führte ihn hinab in die Gewölbe. »Im Erdgeschoss des Castillos gibt es die normalen Räume des alltäglichen Lebens. Küche, Wäscherei, einen Salon, all das Zeug. Im ersten Obergeschoss sind alle Privaträume untergebracht. Der Flügel mit den Büros der Unsterblichen ist über einen Verbindungsgang angeschlossen.«

Er deutete in die Richtung.

»Ein paar von uns leben komplett hier, andere besitzen noch ihr altes Leben, gehen täglich zur Arbeit und mischen im Kampf nicht direkt mit. In den höher gelegenen Stockwerken und den Türmen sind Bibliotheken, die Krankenräume, Labore, Experimentiersäle und die Vorlesungssäle untergebracht.« Bei Letzterem zwinkerte er Alex zu. »Mal schauen, wie es dir gefällt.« Nach einer ewig erscheinenden Treppe standen sie in einem runden Raum, von dem zahlreiche kleinere abzweigten. »Darf ich vorstellen, unsere Zugänge zum Portalnetzwerk.«

»Fehlen nur die Plattform und Scotty.«

Chris lachte auf. »Das sagen sie alle.«

»Was genau sind diese Portale?«

»Die Aborigines in Australien entdeckten sie zuerst«, erklärte der Lichtkämpfer. »Sie nannten sie Traumzeitpfade. Songlines. Das Netzwerk erstreckt sich über die ganze Erde. Es gibt feste Zugangspunkte in fast jeder größeren Stadt. Bis heute ist das Netz noch nicht vollständig erforscht, es existieren nach wie vor unentdeckte Zugänge. Portalmagier lassen es wachsen und manifestieren neue stabile Portale an wichtigen Punkten. Das dauert allerdings.«

»Und diese Sprungmagier, von denen ihr vorhin gesprochen habt?«

»Die brauchen das Netz nicht, die Glücklichen. Sie können Kurzzeitportale erzeugen, die nach wenigen Minuten wieder zusammenbrechen.«

Alex runzelte die Stirn. »Warum ›die Glücklichen‹?«

»Das erzähle ich dir am Ziel«, sagte er. Sie betraten einen der Räume. Auf dem Boden war ein Pentagramm eingemeißelt. Es war umgeben von eingeschlagenen Machtsymbolen. »Du stellst dich vor das Pentagramm, malst dieses Symbol in die Luft«, seine Finger erschufen Linien aus glühendem Rot, »und konzentrierst dich auf das Ziel.« Das Symbol verschwand. »Probier es.«

»Aber … welches Ziel?«

»Lass mal überlegen, wo ist denn gerade Nacht? New York bietet sich doch immer gut an.«

Alex wollte weitere Fragen stellen, Chris wedelte allerdings ungeduldig mit der Hand. Also nahm er den Platz des Lichtkämpfers ein und erschuf das Symbol. Im gleichen Augenblick bildete sich vor seinem geistigen Auge ein gewaltiges Netzwerk aus silbernen Punkten und Linien, die diese miteinander verbanden.

»Kontinent«, erklang Chris' Stimme.

Alex dachte an Nordamerika. Eine Sammlung aus Punkten wurde in den Fokus gerückt.

»Jetzt kannst du die Punkte einzeln untersuchen, oder du denkst direkt an eine Stadt. Wenn es dort kein Portal gibt, wird das am nächsten liegende gewählt.«

Er musste nur »New York« denken und einer der glühenden Punkte zoomte heran. Er ließ ihn einrasten. Ein Silberschimmer ging davon aus, raste das Netzwerk entlang und verband das Portal mit dem hiesigen Zugang.

Alex sprang zurück, als vor ihm ein Wabern in der Luft entstand.

»Na dann, wir sehen uns auf der anderen Seite.« Mit einem Grinsen auf dem Gesicht glitt Chris in den Portalzugang.

Mit rasendem Puls und nassen Handflächen machte Alex einen Schritt nach vorne. Die Welt wurde zusammengepresst, Farben wurden zu Gerüchen, Gerüche zu einer Tonfolge. Oben war unten, alles war nichts. Die Reise dauerte eine Sekunde und eine Ewigkeit.

Als er die andere Seite erreichte, benötigte er eine volle Minute, sich seines Körpers bewusst zu werden. Dann brach er in die Knie und kotzte den kläglichen Rest seines Mageninhaltes aus.

»Schon wieder!«, erklang ein wütender Ausruf mit chinesischem Akzent. »Warum müsst ihr die Neuerweckten immer hierherbringen?!«

»Ach, komm schon, Wang Li, das ist ein Ritual.« Chris wollte ihm kameradschaftlich auf die Schulter schlagen, doch der Mann wich zurück.

»Aha. Und wenn sie betrunken zurückstolpern und das Ganze wiederholen, ist es das auch?«

»Du hast es begriffen«, gab Chris zurück. »Den Putzzauber kannst du doch mittlerweile locker aus dem Handgelenk.«

Alex war soweit, dass er wieder aufstehen konnte. Dachte er. Prompt fiel er auf den Arsch. Sein Gleichgewichtssinn war völlig im Eimer.

»Gib deinem Körper ein paar Minuten.« Chris lehnte lässig an der Wand. »Nach drei bis vier Durchgängen hast du dich dran gewöhnt.«

»Deshalb also lieber ein Sprungmagier?«

»Exakt.«

Nach weiteren fünf Minuten half Chris ihm auf die Beine, reichte ihm einen Kaugummi, und sie verließen Wang Lis Laden, unter dem sich der Portalzugang befand. Sie waren in Chinatown herausgekommen. Mit ein wenig Magie fand sich problemlos ein Taxi, das sie zur nächstgelegenen Disco brachte.

Die folgenden Stunden versanken in Alkohol, tanzenden,

verschwitzten Leibern und verdammt heißen Girls. Chris wusste eindeutig, wie man feierte.

9. Im dunklen Spiegel

Mit so etwas mussten wir wohl rechnen. Parasiten können einfach nicht widerstehen, wenn ihnen eine solche Chance unterkommt.« Er betrachtete die Schattenfrau eingehend.

Seine Verbündete war ebenfalls unsterblich, obgleich niemand wusste, wie alt sie tatsächlich war. Kein Wesen auf der Erde schien zu wissen, wer sich unter dem Nebelfeld verbarg. Hätte sie ihre Identität offenbart, wäre sie längst auch ein Teil des dunklen Rates gewesen. Doch sie wollte lieber ihre eigenen Wege gehen. Eine gefährliche Einstellung. Angeblich war sie bereits vor einhundertsechsundsechzig Jahren zugegen gewesen, als der Wall errichtet wurde.

Der Einzige, der das bestätigen konnte, war der Verräter, der den Schattenkämpfern damals den Zugang zum Castillo geöffnet und die blutige Schlacht erst möglich gemacht hatte. Für diese grausame Tat war er in die Reihen des Rates aufgenommen worden. Er schwieg jedoch zu allem, was mit der *Blutnacht von Alicante* zusammenhing.

»Der Parasit ist nun Asche. Alexander Kent wurde von Jennifer Danvers abgeholt.«

»Wir bewegen uns auf gefährlichem Terrain.« Der Graf von Saint Germain wusste nur zu genau, was ein Scheitern bedeutete. »Falls wir uns irren, haben wir den Lichtkämpfern einen Gefallen getan.«

»Machen Sie sich darüber keine Sorgen, es ist alles so, wie es sein soll«, drang es, untermalt von einem leichten Wispern, aus dem Schattenfeld heraus.

Sie hatte ihn in seinem Refugium in Italien aufgesucht. Der landläufige Herrschersitz bot allen Komfort und war über ein Schattenportal mit der Ratskammer verbunden. Die Unbeständigkeit dieser Tage machte es notwendig, nur einen Schritt von dem Ort entfernt zu sein, an dem die Entscheidungen getroffen wurden.

»Ihre Zuversicht in allen Ehren«, sagte er, »aber ich halte es mit Realismus und Pragmatismus.«

»Ist denn etwas geschehen, das Sie zweifeln lässt, Graf?«

Er musste ihr zugestehen, dass sie bisher alle Absprachen eingehalten hatte. »Nein. Sie genießen weiterhin das Wohlwollen des Rates. Sorgen Sie nur dafür, dass sich der Einsatz auch lohnt. Der Wall muss fallen.« Sie saßen gemeinsam auf der Terrasse. Der Herbst hatte seine gierigen Finger nach dem Land ausgestreckt, doch eine Illusionierung ließ es so wirken, als wäre gerade Hochsommer. Der Graf trug eine Stoffhose und ein offenes Hemd. Neben ihm stand ein Glas Spätburgunder aus Deutschland. »Diese Machtlosigkeit, absichtlich herbeigeführt. Es ist genug. Der Wall *muss* fallen – und mit ihm die Lichtkämpfer.«

»Es ist ein verflochtenes Netz, das ich seit einer langen Zeit webe. Nun, einhundertsechsundsechzig Jahre nach der Erschaffung des Walls, scheinen die Dinge in Bewegung zu geraten. Auch jene, die keiner von uns beeinflussen kann. Alexander Kent ist der Schlüssel.«

»*Falls* der Foliant Recht behält.«

»Ich bitte Sie, Graf.« Ein leises Lachen erklang, das ihm kalt den Rücken hinablief. »Warum denken Sie, haben Johanna und Leonardo den Folianten einer Wächtergruppe anvertraut und alle Hinweise auf ihre Identität verschwinden lassen?«

»Da gibt es viele Möglichkeiten«, sagte er. »Paranoia? Gesundes Sicherheitsdenken?«

»Ein guter Punkt. Aber vertrauen Sie mir, nur dieses eine Mal. Alexander Kent ist der Schlüssel. Es gibt noch ein paar Dinge, die mich beunruhigen, doch das gehört wohl zum Geschäft. Sie sehen, lieber Graf, auch ich bin nicht unfehlbar.«

Die Art und Weise, wie sie das sagte, machte deutlich, dass sie genau das Gegenteil meinte. Diese Frau war gefährlich. Saint Germain hatte ihren Tod längst beschlossen, allerdings musste sie zuvor den Plan für ihn zu Ende bringen. Was immer es kosten mochte, das Castillo musste fallen, der Wall ebenfalls. Und der Lichtrat durfte es nicht kommen sehen. »Was ist mit dem Bund des Sehenden Auges?«

Die Schattenfrau zischte wütend. »Diese Idioten waren nicht Teil des Plans. Als sie auftauchten, musste ich eine Entscheidung treffen. Mark Fentons Tod war wichtiger als der Schutz des Folianten.«

»Hm.« Er trank einen Schluck Wein, ließ das Aroma aus seinem Mund durch die Nase steigen und die blutrote Flüssigkeit den Hals hinabrinnen. »Dann hoffe ich für Sie, dass diese Kutten tragenden Banausen niemals dazu in der Lage sind, den Inhalt des Buches zu lesen.«

Die Schattenfrau ging auf der Terrasse auf und ab, es wirkte, als schwebe eine nebulöse Silhouette an ihm vorbei. »Vermutlich wird es ihnen gelingen.«

»Wie bitte?!« Beinahe hätte er das Weinglas fallen lassen.

»Kein Grund zur Sorge. Ich habe einen Plan, in einem Plan, in einem Plan. Das sind die besten.«

Die ganze Sache gefiel ihm immer weniger. So viele Puzzleteile surrten durch die Luft, dass ihre Feinde unweigerlich eines davon bemerken mussten. Je nachdem, wann dies geschah und um welche Information es sich handelte, konnte das gesamte Kartenhaus noch zusammenbrechen. Vermutlich würden die anderen ihn in einem Tribunal verurteilen, ihm seine Unsterblichkeit entziehen und sein Todesurteil besiegeln.

»Ich hoffe, Ihnen ist klar, dass das alles kein Spiel ist«, spuckte er förmlich aus. »Es geht um mein Leben und, das versichere ich Ihnen, auch um das Ihre. Der gesamte dunkle Rat beobachtet genau, was wir tun. Erfolg ist nicht optional. Er ist ein Muss. Falls wir scheitern, wird kein Nebel, kein Schattenwurf, keine Magie der Welt Sie davor bewahren können, vom Antlitz dieser Erde getilgt zu werden.«

Nur das magisch erzeugte Zwitschern der Vögel durchbrach das Schweigen.

»Mein lieber Graf, ich weiß sehr genau, was ich tue. Glauben Sie mir. So war es schon immer.«

Bei diesen Worten schwang so viel Hass in ihrer Stimme mit, dass Saint Germain erstmals die Wahrheit sah. Hier ging es nicht um Gier nach Macht, wie sie alle anderen antrieb, oder zumindest nicht nur. Die unbekannte Schattenfrau wollte Rache. Die Lichtkämpfer mussten ihr vor sehr langer Zeit übel mitgespielt haben. *Möglicherweise findet sich in den Archiven doch mehr als nur verstaubte unnütze Akten.* »Dann haben Sie für dieses eine Mal mein Vertrauen.«

Eine Lüge.

Und sie wusste, dass es eine war. »Das freut mich.«

Er beherrschte das Spiel aus Lug und Trug meisterhaft. Sie ebenso. Noch waren sie Verbündete, doch für den Tag, an dem die Feindschaft begann, musste er sich rüsten. *Wer immer du bist, ich werde hinter deinen Schleier blicken.* Mit einem Lächeln griff er nach ihrem Glas und hielt es vor die Schwärze. »Sie trinken doch mit mir? Beim letzten Mal haben Sie es versprochen.«

Das Weinglas verschwand in der Schwärze und kehrte leer zurück. »Ich bin ein Mensch, kein magisches Wesen. Also ja, ich trinke und esse, wenn Sie sich das gefragt haben. Und nun entschuldigen Sie mich, Graf. Ich habe eine Menge zu tun.«

Im nächsten Augenblick verwehte das Nebelfeld. Sie war einfach fort. Kein Schattentor, kein Portal, keine ortbare Magie hatte gewirkt.

Er hätte alles gegeben, um zu wissen, wie sie das anstellte. Und wer sie war.

Lächelnd trank der Graf von Saint Germain einen weiteren Schluck des Weines. »Ich finde heraus, wer du bist.«

10. Im Licht des Globus

Jen warf einen Blick auf die Uhr. *Schon Mittag, wir sind viel zu langsam.*

Kevin hatte einen der Suchgloben in den Turm geholt. Bisher blieb der Foliant unauffindbar. In der Zwischenzeit hatte sich Chris kurz gemeldet. Er war mit Alexander in New York auf Partytour.

»Mein Bruder und der Neue verstehen sich scheinbar glänzend«, hatte Kevin lachend gesagt.

Er saß mit Max, der sowieso jede freie Minute bei ihnen verbrachte, auf der Couch. Es ploppte, als sein Kaugummi platzte.

»Irgendwann klebe ich dir das Ding in die Ohren«, grummelte Kevin.

»Versuch's doch.«

Clara ließ ihre Handflächen über den Globus gleiten. »Hm. Das ist eines der sensibelsten Artefakte. Wo immer diese Kuttenträger auch sind, auf ihnen liegt eine komplette Abschirmung.«

Jen ärgerte sich darüber, Johanna in deren Büro nicht angetroffen zu haben. Die Rätin schien wie vom Erdboden verschluckt. Leonardo geisterte irgendwo herum, doch er neigte zu weitschweifenden, philosophischen Antworten – ohne dabei eine echte Aussage zu treffen.

So viel zum Thema Universalgelehrter. Er sollte in die Politik gehen.

Die übrigen Ratsmitglieder waren überall auf der Welt unterwegs. Am liebsten wäre sie Chris und Alexander nach New York gefolgt, um zu tanzen, zu trinken und alles zu vergessen.

Ich bin es Mark schuldig, mich jetzt nicht gehen zu lassen. »Es muss einfach eine Möglichkeit …«

In diesem Moment flog die Eingangstür zum Turmzimmer auf. Leonardo trat ein, gefolgt von vier grimmig dreinblickenden Ordnungsmagiern. Sie waren speziell darauf geschult, die Regeln innerhalb der Lichtkämpfergemeinschaft aufrechtzuerhalten. Die Polizei. Freundlich wirkten sie nicht.

»Der Globus. Die Akten«, sagte das Ratsmitglied abgehackt.

»Was soll das?!«

Der Unsterbliche wartete, bis seine Entourage die Unterlagen von Marks alten Fällen und den Suchglobus weggebracht hatte. »Die Ermittlungen sind beendet.«

Kevin und Max sprangen synchron von der Couch auf. Clara funkelte Leonardo wütend an.

Jen war entsetzt. »Wie bitte? Diese Kerle haben Mark getötet und ein magisches Artefakt gestohlen, das stark genug ist, auf dem Globus wie ein Feuerwerk hochzugehen.«

»In der Tat«, bestätigte das Ratsmitglied. »Wir möchten vermeiden, dass in der Angelegenheit noch mehr Sigilfeuer auftauchen. Der Bund des Sehenden Auges wurde aufgespürt. Spezialisten starten eine Bergung.« Er atmete schwer aus. »Ihr alle solltet den Verlust verarbeiten und euch darum bemühen, unserem Neuerweckten zu helfen. Wo ist der überhaupt?«

Er säuft sich die Hucke dicht. »Chris bringt ihm unsere … Kultur näher.« Jen versuchte, einnehmend zu lächeln.

»Ah, schön«, kam es zurück. »Disco und Besäufnis also. Ich hoffe, er ist morgen nicht völlig verkatert. Vermutlich darf ich mir wieder die Beschwerden Wang Lis anhören, weil eine Horde Betrunkener ihm den Raum vollkotzt und danach durch das Portal abhaut.« Er wandte sich ab. »Die Fallakten wandern ins Archiv. Der Globus zu seinen Brüdern. Einen schönen Tag euch allen.«

Die Tür fiel mit einem endgültigen Knall ins Schloss.

Verdutzt starrten sie einander an.

»Was geht hier vor?«, fragte Clara. »Das ist doch nicht normal.«

»Hat er uns gerade echt den Fall entzogen?« Fassungslos schaute Kevin von einem zum anderen. »Das ist nie zuvor passiert. Wir sind die Besten.«

»Wir wissen einfach zu wenig.« Jen nahm ihren Becher auf. Der Kaffee darin war kalt. Sie erwärmte ihn, bis Dampf in die Luft stieg. »Was ist das für ein Foliant, warum wurde die Wächtergruppe nicht ins Verzeichnis eingetragen, wieso haben die Schattenkämpfer Mark die letzten Wochen töten wollen?« Sie hasste es, wenn so viele Zipfel eines Rätsels im Dunkeln lagen.

»Eines steht fest, vom Rat können wir keine Hilfe erwarten«, sagte Clara. »Max, kannst du herausfinden, wohin der Einsatztrupp unterwegs ist?«

»Klar.« *Plopp.* Der Knall des platzenden Kaugummis ließ Jen schmunzeln.

Max öffnete den obersten Knopf seines Hemdes, zog den Kontaktstein hervor und aktivierte ihn. Die Verbindung war gerichtet, niemand konnte mithören. Es gab wohl kaum jemanden innerhalb von Castillo Maravilla, der Max nicht mochte.

Kevins Freund trug stets ein Lächeln auf dem Gesicht, kam mit jedem zurecht und gehörte zu den Begabtesten der Lichtkämpfer. Gleichzeitig hatte er sich eine gewisse Unbeschwertheit erhalten, um die Jen ihn gerade heute beneidete.

»Scheinbar ist kein Team unterwegs«, stellte er verblüfft fest. »Aber Leonardo ist in den Katakomben.« Seine Augen weiteten sich. »Im verbotenen Bereich.«

»Das ist nicht gut«, sagte Kevin.

Jener Teil der Katakomben unter dem Castillo war nur den Ratsmitgliedern zugänglich. Ein Alterungszauber lag über den Räumen. Jeder Sterbliche, der sie betrat, wurde innerhalb von Sekunden zu Knochen und Staub. Daher vermochten einzig die Unsterblichen den verbotenen Bereich zu betreten. In ihm lagerten die gefährlichsten, mächtigsten Artefakte, die existierten.

»Was hat er vor?«, fragte Clara.

»Er setzt ein Artefakt ein«, begriff Jen. »Eines der verbotenen.«

»Aber … das geht nicht«, hauchte Max. »Niemand …«

»Wenn die Mehrheit des Rates zustimmt, dann darf er durchaus«, sagte sie. »Was immer es mit dem Folianten auf sich hat, es ist weit größer, als wir alle dachten.«

Der Schmerz war plötzlich da und unterbrach das Gespräch. Ihre Kontaktsteine glühten synchron auf. Einzig Max war nicht betroffen. Clara ging in die Knie, hielt schreiend die Hände an die Schläfen. Kevin spannte die Muskeln an, brüllte, Blut lief aus seiner Nase. Jen wurde unvermittelt so übel, dass sie sich beinahe übergeben hätte.

Chris!

Jemand hatte ihm soeben furchtbare Qualen zugefügt, die ungefiltert über die Kontaktsteine zu ihnen geflossen waren. Todesangst vermischte sich mit Schmerz, mit Magie. Dann erlosch der Gedankenfluss. Nur ein Bild blieb zurück.

Ein Kuttenträger, begriff Jen.

»Was ist los?«, fragte Max.

»Clara, erzähl es ihm auf dem Weg nach unten«, sagte sie. Jede Emotion war aus ihr gewichen. Sie handelte rational, pragmatisch und schnell. Anders würden sie Chris und Alex nicht mehr retten können.

»Geht in die Katakomben. Berichtet Leonardo davon. Er darf nichts unternehmen. Kevin …«

»Wir nehmen ein Portal nach New York. Jetzt.«

Gemeinsam hasteten sie aus dem Turmzimmer. Da die Lichtkämpfer überall auf der Welt im Einsatz waren, herrschte ein stetes Kommen und Gehen. Sie sandte ein Prioritätssignal an den Portalwächter.

Augenblicke später standen sie vor dem Pentagramm. Jen malte das Zeichen in die Luft, visierte New York an. Viel zu langsam etablierte sich die magische Sphäre.

Erst jetzt wurde ihr bewusst, dass sie erneut nur zu zweit waren. Ohne Unterstützung, ohne Hilfsmittel.

Egal.

Sie wechselte einen kurzen Blick mit Kevin. Beide nickten sich zu. Dann tat sie den Schritt in das Portal.

11. Der Bund des Sehenden Auges

Alex stöhnte.

Er hatte schon einige Hangover erlebt, aber das war der bisher schlimmste. Warum lag er auf dem Boden? Steinboden?! Die Erinnerung kehrte jäh zurück. Er fuhr in die Höhe. Eine furchtbar dumme Idee, wie er sofort feststellte. Der Schwindel nahm schlagartig zu, die Übelkeit ebenso.

»Tief durchatmen«, kam es von Chris. »Hab ich auch schon hinter mir. Würde dir ja mit ‚nem Hangover-Zauber helfen, aber unsere Magie ist komplett ausgeschaltet.«

Nur langsam klärten sich Alex‘ Gedanken. »Wie jetzt, ich werde frisch zum Magier, und prompt stiehlt jemand meine Kraft?« Er blickte umher.

Er realisierte die dumpfe Leere im Inneren. Das Sigil war nicht länger erreichbar. Kurz wallte Panik auf. Es fühlte sich an, als habe eine grausame Macht von einem Augenblick zum nächsten einen seiner Sinne ausgeschaltet. Wie musste es da erst Chris ergehen, der seit Jahren daran gewöhnt war, auf magische Essenz zuzugreifen?

Er schob das Gefühl der Machtlosigkeit beiseite. Vorsichtig, um den Schwindel nicht erneut auszulösen, blickte er sich um.

Sie saßen in einem Kerker. Die Wände bestanden aus grob behauenem Stein, Feuchtigkeit und Schimmel. Ein einzelnes Gitterfenster ließ etwas Licht hereinfallen, das jedoch nicht von draußen kam. Fackelschein erhellte das Verlies. Ein monotoner Singsang hallte zu ihnen herab.

»An was erinnerst du dich?«, fragte Chris.

Vorsichtig schob Alex sich an der Wand entlang in die Höhe. »Tanzen, geile Cocktails. Ich wollte gerade einer echt heißen Braut einen Zaubertrick vorführen. Und dann … waren das Mönche?!«

»Jap«, kam es zurück. Erst jetzt sah er die Schrammen und blauen Flecke auf dem Gesicht des anderen. »Dieselben, die den Folianten haben. Irgendwie konnten sie unsere Magie vollständig ausschalten. Leider sind sie auch im Nahkampf ziemlich gut.«

»Wie hab ich mich geschlagen?«

»Einer kam von hinten und hat dir eins übergezogen.«

»Toll.« Alex schnaubte. »Die Sache wird echt immer besser. Gehören die zu den … Schattenkämpfern?«

Chris schüttelte den Kopf. »Wenn das so wäre, hätten sie uns getötet.

Nein. Das ist eine ganz andere Gruppe. Eine, von der ich noch nie etwas gehört habe.«

Schritte erklangen.

Alex stieß sich von der Wand ab, um einen würdevolleren Anblick zu bieten. Der Schwindel kam prompt wieder, er taumelte und ging in die Knie.

Drei Kuttenträger erschienen. Besagte Kutten bestanden aus grobem Stoff, gingen in Kapuzen über. Letztere waren zurückgeschlagen. Jeder der Neuankömmlinge hatte eine Glatze. In die Stirn war ein Auge geritzt.

»Mein Name ist Huan«, sagte der Größte mit überraschend sanfter Stimme. »Bitte folgt uns und verzichten auf Gewalt, eure Magie liegt unter einem Dämpfungsfeld.«

»Was soll das alles? Wieso sind wir hier?«, fragte Chris.

»Fragen sind überflüssig«, kam es von Huan.

»Ich weiß schon, warum ich Atheist bin«, knurrte Alex.

Mit Chris folgte er den Mönchen. Sie gingen einfach voraus, völlig unbeeindruckt davon, zwei Gegner im Rücken zu haben. Wie leicht hätten sie nun zuschlagen und fliehen können. Alex verwarf den Gedanken. Wenn das die Typen waren, die gegen Jen und Mark gekämpft hatten, waren sie ebenfalls Magier. Zum ersten Mal wurde ihm bewusst, wie wichtig dieser Wall war, der die Welt der Magie von jener der Nimags trennte. Nichtmagier hätten keine Chance in einem derartigen Kampf.

Sie stiegen die Stufen empor und gelangten in eine gewaltige Halle. Bemalte Fenster liefen in drei Metern Höhe einmal ringsum. Auf ihnen waren keine religiösen Motive zu erkennen, wie das in Kirchen der Fall war, sondern Szenen, in denen Magie eingesetzt wurde. Da war eine Gruppe von zwölf, die um ein Symbol herum gruppiert waren. Eine gewaltige Mauer. Ein schwarzer Steinquader.

Das muss dieser Onyxstein sein, von dem Jen erzählt hat, überlegte Alex.

Auf einer ringsum laufenden Galerie standen Kuttenträger dicht an dicht. Sie waren es, die den monotonen Singsang erzeugten. Erst jetzt begriff er, dass es sich um magische Klänge handelte. Die Säulen, die die Galerie stützten, waren mit Ornamenten verziert, die verschiedenen Sprachen entliehen schienen. Einige davon begriff er instinktiv, andere entzogen sich seinem Verständnis.

Im Zentrum des Raumes stand ein steinerner Altar, an dessen Seiten ebenfalls Symbole eingelassen waren. Im Näherkommen spürte Alex ein seltsames Zupfen in seinem Inneren, als würden gierige Tentakel nach etwas greifen, das Teil seines Ichs war.

»Du kannst es bereits spüren, nicht wahr?«, fragte Huan. »Dann behält der Foliant recht.«

»Dieser Fetzen muss euch ja sehr wichtig sein«, stieß Chris hervor. »Wenn ihr dafür sogar einen von uns tötet.«

Verblüfft hielt Huan inne. Beinahe wäre Alex im vollen Lauf gegen ihn geprallt. »Wir haben euren Gefährten nicht getötet. Das war sie.«

»Sie?«

»Die Schattenfrau. Sie hat die Wächter getötet und den Illusionierungszauber durchlässig gemacht. Wir befürchteten bereits das Schlimmste, doch als wir das Ziel erreichten, war der Foliant noch immer dort. Die Falle, die euren Freund getötet hat, stammt von ihr, nicht von uns.«

»Aber … warum?«, stotterte Chris.

Alex' Verwirrung stieg. Schattenfrau? Was war eine Schattenfrau?

»Wegen ihm«, sagte Huan und deutete auf Alex.

»Hä?«

Chris starrte verdutzt herüber. »Ich verstehe nicht.«

»Das musst du auch nicht, Lichtkämpfer. Sobald wir hier fertig sind, darfst du gehen. Niemand wird dich aufhalten, niemand dich verletzen.«

Alex beschlich ein verdammt ungutes Gefühl, als er begriff, dass Huan in der Einzahl gesprochen hatte. »Du meinst: ›Wir‹ dürfen gehen?«

»Das tut mir ausgesprochen leid, aber du wirst die Zitadelle nicht verlassen«, kam es zurück. »Wir werden dich nun töten.«

Alex fuhr zusammen.

Chris behielt äußerlich seine Ruhe. »Warum?«

»Es gibt Wissen, das für niemanden auf dem Erdenrund bestimmt ist. Euer Rat wusste das. Daher verbarg er den Folianten. Vor uns und den anderen. Doch jetzt ist er da. Gerade rechtzeitig.«

Alex starrte auf den Altar.

In den Stein waren kleine Gräben eingelassen. Zweifellos, damit das Blut ablaufen konnte. *Großartig.* Er suchte fieberhaft nach einem Ausweg, fand jedoch keinen.

Chris hingegen schien nicht länger gewillt zu sein, stillzuhalten. Er sprang nach vorne, schlug den beiden Begleitern die Füße weg und griff nach Huans Hals. Seine Finger schlossen sich. Der Mönch röchelte. Seltsamerweise taten dies die am Boden Liegenden ebenfalls.

Eine leuchtende Energieaureole fuhr aus Huans Brust, traf Chris und schleuderte ihn quer durch den Raum. Knochen knackten, als er an eine der Säulen prallte und zu Boden fiel. Blut lief aus seinem Mund, sein Arm stand in seltsamem Winkel ab.

Im ersten Augenblick war Alex überzeugt davon, dass der Lichtkämpfer tot war.

Quatsch. Kann er gar nicht. Da ist kein Aurafeuer.

Er wollte zu ihm laufen, um zu helfen. Doch Huan ließ es nicht zu. Er hob die Arme, eine unsichtbare Kraft packte Alex. Er flog auf den Steinquader, wurde auf die Platte gepresst.

»Ich weiß, dass du nichts dafür kannst.« Huans Stimme hatte einen widerlich sanften Klang angenommen, als spreche er zu einem Kind, das es nicht besser wusste. »Hundertsechsundsechzig Jahre sind vergangen, und was einst im Angesicht des Wandels prophezeit wurde, wird Wirklichkeit. Sie greift nach der Macht, um den Kreis zu vollenden. Das darf nicht geschehen.«

»Boah, Alter, von diesem Gefasel bekommt man Kopfschmerzen.« Alex hätte ihm gerne eine verpasst.

»Gesprochen wie ein Nimag, der du sein solltest.« Huan zog eine unterarmlange Klinge hervor.

12. Ein Rennen gegen die Zeit

Jen überlegte ernsthaft, ob sie dem betrunkenen Püppchen die Louis-Vuitton-Tasche über den Schädel ziehen sollte, aus der sie soeben einen Lippenstift friemelte.

»Sie müssen doch irgendwas gesehen haben«, versuchte sie es erneut.

Die Blonde zuckte mit den Schultern. »Hier siehst du alles, Schätzchen. Jungs, Mädels, was dazwischen, Dominas, das ist New York. Dachte, da sind ein paar, die zu viel am Weihrauch geschnüffelt haben. Oder irgendein SM-Zeug. Stehen überraschend viele Typen drauf.«

Vielleicht da, wo du herkommst. »Und als diese ›SM-Mönche‹ die zwei Typen bewusstlos geschlagen und weggebracht haben, kam Ihnen da nicht der Gedanke, die Cops zu rufen?«

Die Blonde prustete los, worauf sie den Lippenstift quer über ihren Mund und auf die Wange zog. Es war ihr egal. Erst jetzt fielen Jen die glasigen Augen auf. »Die Cops? Schätzchen, bitte?«

Sie ließ die Blondine einfach stehen. Grundsätzlich besaß sie ja eine herausragende Geduld mit Nimags. In solchen Fällen brodelte es jedoch in ihrem Inneren.

»Ich hab was«, sagte Kevin.

Er kniete vor dem Zugang zu den Toiletten. Im vorderen Bereich der Disco wurde noch gefeiert. Immer wieder kamen hier hinten Betrunkene vorbei, begannen Pärchen wild zu knutschen oder Stöhnen drang aus einer der Kabinen. Dabei war es bereits hell.

»Sag mir bitte, dass es gute Nachrichten sind«, bat Jen.

»Blut.«

»Shit.«

»Nein, das ist perfekt«, widersprach Kevin. »Scheinbar trägt Chris noch immer seinen Kontaktstein. Vergiss nicht, er ist mein Bruder.«

Jen atmete scharf ein. »Du willst eine Nabelschnur schaffen? Bist du irre?! Wenn er stirbt …« Sie schloss kurz die Augen, zwang sich dann aber dazu, weiterzusprechen. »Falls die ihn töten, würde der Schock dich auch umbringen.«

»Wir haben keine Wahl. Und keine Zeit.« Er ließ seine Finger bereits über das verkrustete Blut am Boden gleiten, murmelte leise ein paar Worte vor sich hin und zeichnete Symbole.

Jen ließ ihn gewähren. Letztlich hatte er recht. Sie mussten alles auf eine Karte setzen. Dank der Magie des Walls, die um sie herum wirkte, sahen die Leute nur ein knutschendes Pärchen in ihnen. Die Magie konnte nicht bis in ihr Bewusstsein dringen.

Rund um Kevin bildete sich ein feines rotes Gespinst. Seine Magierspur besaß die gleiche Farbe wie die seines Zwillingsbruders. Eine Linie entstand, die kurz für Jen sichtbar war, aber dann verblasste.

»Sie sind nicht mehr in New York«, sagte er mit glasigen Augen.

Er stand auf.

Jen folgte ihm. Gemeinsam bahnten sie sich einen Weg aus der Disco heraus, fuhren mit einem Taxi zurück nach Chinatown und stellten sich vor das Portal. Der Zugang waberte kurz auf, als Kevin ihn neu justierte.

»Wohin geht's?«

Ohne zu antworten, trat er hindurch. Jen folgte ihm. Augenblicke später wurde sie am Ziel ausgespuckt. Blitzschnell prüfte sie die Umgebung mit ihren magischen Sinnen. Das Portal trug das Signum Berlins.

Ein Taxi brachte sie an den Stadtrand. Dort blieb Kevin erstmals stehen.

Vor ihnen lag ein weites Feld. Keine Menschenseele war zu sehen, keine Behausung, nichts.

»Illusionierungszauber?«, fragte sie.

»Nein.« Kevin schüttelte den Kopf. »Wir sind an der richtigen Stelle.« Er deutete auf den Boden. »Sie sind tief unter der Erde.«

Jen nahm ihren Essenzstab. Sie ging in die Knie und zog mit der Spitze Machtsymbole in den Grund. Ein Wabern breitete sich schnell aus und verschwand. »Da ist ein gewaltiger Hohlraum. Es gibt natürliche Zugangsstollen, die von der Stadt bis hierher führen. Aber wir können unmöglich zurück.«

»Dann durch die Erde.«

»Falls die Kuppel uns hineinlässt«, sagte sie.

Kevin trat ganz dicht an sie heran. Gemeinsam schufen sie eine Schutzsphäre, die sie umhüllte. Vorsichtig streckte Jen ihren Essenzstab hindurch und zeichnete neue Symbole ins Erdreich. Im nächsten Moment sauste die Sphäre wie eine Kanonenkugel durch den normalerweise festen Untergrund.

Materiedurchdringung war etwas, das sie gar nicht mochte. Im

Hinterkopf tobte immer der Gedanke, dass die Schutzsphäre kollabieren könnte. Es wäre ihr augenblicklicher Tod. In der Vergangenheit war das tatsächlich vorgekommen. Die Bilder der geborgenen Überreste hätte sie sich lieber nicht ansehen sollen.

»Wir kommen der Schutzkuppel näher«, sagte Kevin. »Seltsam.«

»Was meinst du?«

»Es ist kein Blockadeschild. Unsere Sphäre müsste sie problemlos durchdringen können.«

Das ergab nun keinerlei Sinn. Jen runzelte die Stirn. Wer erschuf einen solchen Schutz, machte ihn dann aber durchlässig. Das war ja fast eine Einladung. Sie riss die Augen auf. »Wir müssen stoppen!«

Zu spät.

Die Sphäre durchdrang die Barriere …

… und löste sich auf.

Ein Dämpfungsfeld manifestierte sich um ihr jeweiliges Sigil, erstickte jeden Funken Magie. Kevin und sie fielen dem Erdboden entgegen, der hundertzwanzig Meter tiefer lag. Eine gewaltige Zitadelle ragte vom Untergrund empor, ihre Spitze kratzte fast an der Decke. Jen reagierte instinktiv. Sie streckte die Arme aus, versuchte, einen Vorsprung zu fassen. Eine der Stuckverzierungen. Irgendetwas. Wenige Zentimeter nur verhinderten es.

Erker mit spitz zulaufenden Dächern rasten auf sie zu.

Eine Hand packte ihren Arm. Der Ruck ließ sie aufschreien. Kevin hatte Halt gefunden.

Er zog sie heran. »Das war dann wohl Full Speed.«

Sie lachte. »So kann man es durchaus nennen. Wo ist Chris?«

»Ein paar Stockwerke tiefer.«

Sie kletterten zu einem der Fenster. Die ganze Zeit über spürte Jen den Abgrund, der den Tod barg, in ihrem Rücken. Ein falscher Griff, ein Fußtritt, der Zentimeter danebenging, und sie würde fallen. Ohne Magie. Ein Sturz ins Verderben.

Mit zitternden Fingern machte sie sich am Fensterverschluss zu schaffen. Am Ende schlug sie es kurzerhand mit dem Ellbogen ein. Keuchend stürzte sie in den Gang. Kevin sank neben ihr zu Boden. Es blieb bei einem kurzen Moment des Durchatmens.

»Weiter«, sagte Jen.

Gemeinsam schlichen sie durch die Zitadelle, die Treppe hinab. Auf einer rundum laufenden Galerie standen die Kuttenträger, sangen magische Worte. Am Boden griff Chris einen der Gegner an, wurde gepackt und davongeschleudert.

»Beende die Verbindung«, haspelte Jen. »Schnell.«

Kevin hob die Hand. Im gleichen Moment krachte sein Bruder gegen eine Säule und fiel auf die Bodenplatten. Knochen barsten. Aufbrüllend ging auch Kevin in die Knie. Glücklicherweise schien niemand ihn zu hören, der Gesang übertönte alles.

Unten wurde Alex auf eine Steinplatte gelegt. Einer der Kampfmönche trat heran, zog eine gebogene Klinge hervor, die von innen heraus blau leuchtete. Glyphen funkelten, krochen über die Oberfläche.

Sie erbleichte.

Die destruktive Aura, die von der Waffe ausging, machte deutlich, wofür sie geschaffen war.

Die Zerstörung eines Sigils.

Angeblich gab es auf der ganzen Welt nur noch eine Handvoll derartiger Artefaktwaffen, die zum Anbeginn der Magie geschmiedet worden waren. Zerstörte man ein Sigil damit, wurde es zu reiner Energie, die im Wall aufging und sich nicht neu manifestierte. So verlor die jeweilige Seite einen Kämpfer. Doch der Preis war hoch, die Gesetze der Magie schufen stets ein Gleichgewicht. Wurde ein Lichtkämpfer mit dieser Waffe getötet, erlosch gleichzeitig das Sigil eines Schattenkämpfers. Und umgekehrt. Es blieb völlig sinnlos, derartige Artefakte einzusetzen. Am Ende schadete man lediglich den eigenen Leuten, entzog Mitstreitern ihre Macht.

Das schien den Mönchen egal zu sein.

Jens Blick raste zwischen Chris, Kevin und Alex hin und her.

Sie besaß momentan keine Magie, keine Unterstützung. Was sollte sie tun?

»Wer will schon ewig leben?«

Sie griff an.

13. Die verbotenen Katakomben

Clara keuchte schwer, als sie mit Max Johannas Büro erreichte. Ohne anzuklopfen, traten sie ein. Ursprünglich hatten sie direkt zu den Katakomben rennen wollen, doch auf dem Weg hatten sie andere Lichtkämpfer darüber reden hören, dass die unsterbliche Rätin zurückgekehrt war.

Wie stets erzeugte Johannas Büro automatisch ein Gefühl des Wohlbehagens. Durch die Fenster fiel Sonnenlicht herein, trieb ein Schattenspiel mit den Winkeln zwischen den Bücherregalen, dem Ohrensessel, der Leseecke und dem wuchtigen Schreibtisch. Eine alte Weltkarte hing an der Wand, neben Gemälden aus verschiedenen Epochen der Menschheitsgeschichte. Lustigerweise war auch eine Mona Lisa darunter. Leonardo hatte das Gemälde noch einmal gemalt und Johanna zu ihrem letzten Geburtstag geschenkt. Seitdem wollte jeder von ihm wissen, welche Frau als Vorlage gedient hatte. Bisher hatte er die Antwort verweigert.

In der Luft lag der Geruch von Tee und Honig. Eine halb ausgetrunkene Tasse stand auf dem Tisch.

Johanna von Orléans blickte auf. »Ich freue mich ja immer über Besuch, aber …«

»Jen und Kevin verfolgen den Bund des Sehenden Auges. Die haben Alex und Chris entführt«, haspelte Clara hervor. »Ja, wir haben mittlerweile herausgefunden, wie sie heißen. Das ist jedoch leider schon alles. Wir glauben, dass Leonardo in den verbotenen Katakomben ist.«

»Er hat die Akten über Mark eingezogen. Und uns untersagt, weiter zu ermitteln«, fügte Max hinzu.

Johanna setzte sich kerzengerade auf. Das Buch vor ihr war vergessen. »Das kann nicht sein.« Sie schob den Stuhl zurück. »Das würde er nicht … Oder doch?« Sie erbleichte.

Clara schwieg. Nie zuvor hatte sie die sonst so souveräne Rätin derart schockiert erlebt.

Ein Ruck ging durch Johanna. Mit wenigen Schritten war sie an der Wand, öffnete einen Tresor und entnahm zwei weiße Steine, die an einem Lederband baumelten. »Umlegen«, befahl sie. »Mitkommen.«

Sie hasteten aus dem Büro, die Treppen hinab, steuerten auf die Katakomben zu. Minuten später standen sie vor einem gewaltigen Portal, über das Streben aus dunklem Metall liefen.

»Hört mir jetzt genau zu«, sie hob tatsächlich dozierend den Zeigefinger. »Sobald wir durch die Tür schreiten, wird der Alterungszauber greifen. Ich bin immun. Ihr beiden jedoch nicht. Normalerweise. Die Steine lenken den Zauber jedoch auf sich. Langsam werden sie altern, zerbröckeln, Stück für Stück. Bevor sie gänzlich zerfallen, müsst ihr den Bereich wieder verlassen haben. Andernfalls bleiben von euch nur Knochen und Staub übrig, verstanden?«

»Ja«, brachte Max hervor. Prompt verschluckte er sich. Fort war das Kaugummi.

»Natürlich«, bestätigte auch Clara.

Johanna trat vor das Portal. Sie hob beide Hände, malte jedoch kein Symbol in die Luft. Stattdessen sprach sie: »Porta apertus. Tempus Fugit.«

Die Eisenstreben zerflossen, wurden zu einem runden Siegel, das sich im Zentrum der Tür neu bildete. Dann schwang sie auf.

Eine Gänsehaut befiel Clara.

Sie warf einen Blick zu Max, der auf die Tür starrte. Mit seinem wuscheligen dunklen Haar, den großen Augen und dem hübschen Gesicht wirkte er verdammt jung. Doch sie wusste, dass der äußere Schein trog. Wenn es hart auf hart kam, konnte er Gebäude einstürzen lassen.

Sie schaute in den gähnenden schwarzen Schlund. Soweit ihr bekannt war, hatte außer ihnen beiden noch nie jemand außerhalb des Rates die verbotenen Katakomben betreten. Warum nahm Johanna sie überhaupt mit?

Die Rätin schnippte, die Fackeln an der Wand entzündeten sich. Schnell schritt sie voran. Clara wurde etwas schummrig, als sie die weiten Gangfluchten betraten. Ihre Rechte klammerte sie um den weißen Stein. Schon jetzt lösten sich winzige, feingranulare Partikel und wehten davon wie Sand.

Die Gänge verschwanden. Johanna führte sie über einen schmalen Steg. Ringsum gab es nur Räume. Oben, unten, rechts, links. Sie rotierten um den Steg, der das Zentrum bildete.

»Wie soll man daraus etwas bergen?«, fragte Max.

»Indem man einfach zu einem der Räume springt. Die Richtung der Schwerkraft wechselt. Sobald der Körper nahe genug ist, sinkt oder steigt er dem Ziel entgegen«, erklärte Johanna.

Sie ging unbeirrt weiter.

Räume flogen vorbei. Clara nahm aus den Augenwinkeln Schatten darin wahr. In einem entdeckte sie eine alte Porzellanpuppe, die von rötlichem Licht beschienen wurde. Für einen Moment war sie überzeugt davon, dass diese ihr zugeblinzelt hatte. »Was für ein scheußlicher Ort«, murmelte sie.

Max nickte stumm. Fast schon hektisch sah er sich um. »Wenn es nicht um Kev und Jen ginge, wäre ich längst weggerannt.«

Er zwinkerte ihr schelmisch zu, was sie ihm ausnahmsweise nicht abnahm. Hier unten konnte einfach niemand gut gelaunt sein.

Sie erreichten einen kreisrunden Raum, in dessen Innerem ein düsteres Glühen vorherrschte. Leonardo stand dort, gebeugt über ein seltsames Gebilde. Eine Konstruktion aus Holz, Bronze und Gold. Doch das Artefakt war nicht starr, es bewegte sich unaufhörlich, veränderte sein Äußeres durch das Verschieben von Holzstreben, Bronzeplatten und Goldornamenten. Im Inneren schwebte ein glühender Ball.

»Was tust du?!«, rief Johanna.

Leonardo fuhr auf, war aber nur eine Sekunde lang überrascht. Dann sagte er pragmatisch: »Alles, was notwendig ist. Du solltest wissen, in welcher Gefahr wir schweben.«

»Der Foliant ist versiegelt …«

»… oder auch nicht«, unterbrach der Unsterbliche. »Wir wissen überhaupt nicht mehr, was nach seiner Entwendung geschehen ist.«

»Deshalb wollte Jens Team das herausfinden«, stellte Johanna klar. »Aber du hast es unterbunden. Ohne Rücksprache.«

Leonardo schüttelte den Kopf. »Ich bin nicht bereit, ein Risiko einzugehen. Nicht noch einmal. Vor einhundert Jahren haben wir gesehen, was geschieht, wenn wir den falschen Leuten vertrauen, zu zögerlich handeln und nicht mit aller Gewalt zurückschlagen.«

Nun erbleichte Johanna regelrecht. »Das ist Geschichte. Wir sollten aus ihr lernen, aber uns keinesfalls zu unbedachten Handlungen verleiten lassen.«

»Sagst du das auch noch, wenn sie den Folianten entschlüsseln«, fragte er. »Wenn die Legende stimmt, steht darin, wie der Wall zerstört werden kann – und nicht nur das. Joshuas Linie …«

»Genug«, forderte Johanna. »Das spielt keine Rolle. Was immer die verdammte Schrift offenbaren mag, du kannst deshalb keinen Massenmord begehen.«

Leonardo schluckte. »Ich werde den Raum um die Zitadelle

schrumpfen lassen. Das geht schnell. Niemand darin wird etwas davon merken.« Er berührte das Artefakt, das stärker rotierte.

»Nein«, brüllte Max. »Kevin und Jen sind dorthin unterwegs, um Chris und Alex zu retten.«

»Was?!« Der Unsterbliche schaute wütend zu ihm herüber. »Ich habe euch ausdrücklich verboten, weiter zu recherchieren. Wie konnte der Bund zwei von uns entführen? Und warum gehen zwei weitere allein auf die Suche?!« Leonardo wirkte schockiert. Erst jetzt erfuhr er vom Kidnapping und dessen Folgen. »In Ordnung.« Seine Schultern sackten herab. »Wir finden einen anderen Weg. Aber darüber sprechen wir noch!«

Er berührte das Artefakt an einer bestimmten Stelle.

Keine Reaktion.

»Was ist los?«, fragte Johanna. Sie trat neben ihn.

»Es reagiert nicht.«

Die Holzsphären rotierten schneller, das rote Glühen im Inneren gewann an Intensität, Konturen schälten sich hervor: ein Gebäude, in das das Castillo locker dreimal hineingepasst hätte. Über ihm wölbte sich eine Kuppel, die Erde und Stein zurückhielt.

»Wie konntest du nur dieses Ding benutzen«, schrie die Rätin. »Es hat das große Beben in San Francisco von 1906 ausgelöst. Hat das nicht gereicht?«

»Weil es falsch angewendet wurde«, konterte Leonardo.

»Ach, und jetzt scheint es besser zu funktionieren?« Johanna ging in die Knie. »Der Mechanismus ist in Ordnung. Es hätte reagieren müssen.« Mit den Fingern strich sie über jene Stelle auf dem Holz, die auch der Unsterbliche zuvor berührt hatte.

Clara hielt den Atem an. Einmal mehr wurde ihr bewusst, dass sie in den Augen der Räte alle nur unbedarfte Kinder waren, kaum mehr sein konnten. Johanna von Orléans und Leonardo da Vinci hatten wichtige Punkte der Menschheitsgeschichte miterlebt. Das hatte sie geformt. Sie starrte auf das Artefakt. Natürlich wusste sie um das große Beben von San Francisco. Dass Magie es ausgelöst hatte, war ihr jedoch neu.

Vielleicht sollte ich doch mal eine Vorlesung in magischer Geschichte belegen.

Im Inneren des Artefaktes hatte sich das Bild gefestigt. Nun begann die Sphäre, die es umgab, zu schrumpfen. Es gehörte nicht viel Fantasie dazu, zu begreifen, was mit dem realen Abbild geschah, das irgendwo dort draußen existierte.

Clara umklammerte den Kontaktstein. »Bitte nicht.«

Johanna runzelte die Stirn. »Jemand hat daran rumgespielt«, sagte sie leise. »Schau, hier.«

Leonardo stutzte. »Tatsächlich. Aber wieso ist das niemandem aufgefallen? Jedes Artefakt wird untersucht, gereinigt und gesichert, bevor es eingelagert wird.«

»Keine Ahnung«, erwiderte sie. »Da wir nicht wissen, *wann* es geschehen ist, lässt sich das kaum feststellen. Aber eines ist sicher: Ich kann das nicht lösen.«

Leonardo schüttelte den Kopf. »Dito. Ist Einstein im Castillo?«

»Nein. Unterwegs.«

Clara wurde immer unruhiger.

Schließlich stand die Rätin auf. »Wir können nichts tun.« Sie schaute betrübt zu ihnen herüber. »Das Artefakt wird den Zauber vollenden, unaufhaltsam. Uns bleibt nur zu hoffen, dass Jen und Kevin die beiden rechtzeitig finden und herausholen. Andernfalls …«

Sie ließ die Worte unausgesprochen, doch Clara vollendete sie in Gedanken.

Andernfalls werden vier weitere Sigile sich einen Erben suchen müssen.

14. Der Foliant

Jen reagierte.

Wenige Schritte brachten sie zur Brüstung. Sie gab einem der Kuttenträger einen Stoß, dieser fiel mit rudernden Armen nach vorne. Es krachte, als er auf dem Boden aufschlug, eine Blutlache breitete sich unter seinem Körper aus. Der bisher harmonische Singsang war plötzlich von Dissonanzen durchsetzt. Das Sigil pulsierte wieder kräftig, ihre Magie erwachte.

Ein Blick zu Kevin, und sie atmete auf. Er war soeben dabei, die Verbindung zu Chris zu kappen.

Jen schwang sich ebenfalls über die Brüstung, rollte sich ab und kam gekonnt auf. In einiger Entfernung hob einer der Kampfmönche die magische Klinge. Sie schleuderte einen Kraftschlag, der das Mordinstrument davonkatapultierte. »Das brauchst du nicht mehr!«

»Ah, Jennifer Danvers«, sagte der Unbekannte.

»Und mit welchem Meuchelmörder habe ich das Vergnügen?«

»Mein Name ist Huan«, kam es zurück. »Ich hege keinen Groll gegen dich oder die Deinen. Nur dieser hier wird sterben.« Dabei deutete er auf Alexander. »Sein Sigil muss aus dem Kreislauf getilgt werden.«

»Auch wenn ich das Grundgefühl nachvollziehen kann – ich will ihn manchmal auch erwürgen –, kann ich das nicht zulassen.«

Aus den Augenwinkeln erkannte sie, dass Kevin ebenfalls hinabsprang und zu seinem Bruder hetzte. Auf einem Buchaltar, der ein wenig versetzt im Schatten stand, sah Jen den Folianten. Er lag aufgeschlagen in Sichtweite. Die Oberfläche schien leicht zu wabern, die Buchstaben bewegten sich, als wollten sie ein Eigenleben entwickeln.

Sie erschauderte.

»Wir werden künftig auf den Folianten achtgeben. In ihm sind die Prophezeiungen des letzten Sehers verwahrt, niedergeschrieben von eigener Hand. Joshua sah, was dereinst kommen würde. Doch damit schuf er eine Gefahr. Der Foliant birgt das Potenzial in sich, den Wall zu Fall zu bringen«, sagte Huan. Seine rechte Hand vollführte eine kreisende Bewegung, die Klinge flog herbei. »Geht oder sterbt.«

»Weder noch«, erklärte Jen. »Ich nehme immer den dritten Weg. Ist so ein Tick von mir.«

Die Klinge wirbelte durch die Luft. Ihr gelang es gerade so, den Essenzstab zu verwenden, um die Attacke zu blockieren. Stahl traf auf verzaubertes Holz. Die Klinge glitt davon ab. Weitere Angriffe folgten kurz nacheinander. Jen blieb keine Zeit, Magie offensiv einzusetzen, sie wich kontinuierlich zurück.

Gleichzeitig griffen zwei Mönche Kevin an, der sich schützend vor dem bewusstlosen Chris postierte. Beide glichen Huan, als seien sie Drillinge.

»Ihr seid nur ein Wimpernschlag in der Zeit, ohne Wissen über das, was geschah, geschieht und geschehen wird«, orakelte der Mönch.

Jen bekam bei solchem Geschwafel Kopfschmerzen. Schon in der Vorlesung zum Thema Prophezeiungen – hier und da vertiefte sie ebenfalls das ererbte Wissen in der Akademie – hatte sie meist geschlafen; nachdem sie einen Kopfschmerzzauber genutzt hatte, um die Folgen loszuwerden.

»Die Zeit ist …«

»Ich werfe mich gleich freiwillig in deine Klinge«, sagte sie.

Auf dem Altar versuchte Alex, sich von seinen unsichtbaren Fesseln zu befreien. Doch seine Finger waren so fixiert, dass er kein Machtsymbol zeichnen konnte.

»Du bist ein vorlautes Kind, nicht mehr.« Huan stieß mit der Klinge zu, gleichzeitig vollführte seine andere Hand wieder diese kreiselnde Bewegung.

Jen wurde von einer unsichtbaren Kraft durch die Luft geschleudert, knallte gegen eine der Säulen und fiel zu Boden. Der Aufprall presste ihr die Luft aus den Lungen. Ihr Essenzstab rollte davon.

Seltsamerweise – Jen konnte später nicht mehr sagen, weshalb – glitt ihr Blick in die Höhe. Die singenden Mönche gaben alles, doch die Magiedämpfung schien durch den Ausfall eines einzigen vollständig aufgehoben. Während Verwirrung und Ablenkung herrschten, trat eine der Statuen, die auf der Galerie überall in den Stein gehauen standen, von ihrem Podest. Brauner Sandstein bröckelte ab, als sei er nicht mehr denn eine hauchdünne Schale. Darunter kam eine Frau hervor.

Sie bestand von oben bis unten aus einem einzigen Schatten. Ein dunkles Nebelfeld bildete sich, umhüllte die Silhouette und entzog sie so Jens Blick. Natürlich wusste sie, wer die Unbekannte war. Wer wusste das nicht?!

Die Schattenfrau.

Seit Jahren trieb sie ihr Unwesen, losgelöst von jeder Fraktion. Sie entkam jeder Jagd, umging jede Falle, tat, was immer sie tun wollte.

Huans Klinge fuhr herab.

Jen rollte sich zur Seite, sprang auf. Ihr Essenzstab lag zu weit entfernt. Sie hetzte zum Altar. Kevin erwehrte sich mit Stab und Magie bravourös seiner beiden Angreifer. Ewig konnte er das jedoch nicht durchhalten.

Bevor sie den Altar erreichte, begann die Erde zu beben. Verblüfft hielt sie inne. In Huans Gesicht zeichnete sich blanke Panik ab. Steinplatten lösten sich von den Wänden, krachten seitlich zu Boden. Risse bildeten sich im Untergrund. Teile der Galerie brachen heraus.

Kevin nutzte die neue Situation sofort aus. Er schoss einen Kraftschlag gegen einen seiner Angreifer. Der wurde erfasst, durch die Luft gewirbelt und landete unter einem herabfallenden Steinquader. Es knirschte widerlich, als er darunter zerquetscht wurde.

Im gleichen Augenblick bäumten sich der verbliebene Angreifer und Huan gepeinigt auf.

Sind das etwa wirklich Drillinge?

Kevin schlug dem letzten Drillingsmönch klassisch die Faust gegen das Kinn, worauf dieser bewusstlos zu Boden fiel. Er rannte zurück zu seinem Bruder.

All das geschah in Sekunden.

Jen wollte bereits zum Altar weitereilen, wurde aber durch ein weiteres Beben von den Füßen gerissen. Unter ihr entstand ein Spalt. Im letzten Augenblick rollte sie zur Seite, vermied den Sturz in den sicheren Tod.

Kevins zweitem Angreifer erging es schlechter. Der Bewusstlose wurde von der Erde verschlungen.

Ein weiteres Mal in ihrem Leben wurde Jen bewusst, dass die Elemente – so wunderschön sie auch sein mochten – eine tödliche Gewalt darstellten. Gewalt, die eine ganze Familie auslöschen konnte.

Nicht jetzt!

Taumelnd kam sie zurück auf die Beine.

Huan lag neben dem Podest mit dem Folianten. Der Tod des zweiten Bruders musste ihm erneut schwer zugesetzt haben.

Plötzlich war Kevin neben ihr. Er trug den bewusstlosen Chris in den Armen, vermutlich hatte er kurzerhand dessen Gewicht aufgehoben. »Wir müssen hier weg.«

»Erzähl mir was Neues«, erwiderte Jen. »Ich hole Alexander und den Folianten. Du musst einen Ausweg finden. Irgendwo gibt es bestimmt einen Fluchttunnel.«

Die singenden Mönche – zumindest jene, die überlebt hatten – waren verschwunden. Vermutlich wurde das Refugium evakuiert.

»Kommst du alleine klar?«, fragte Kevin.

»Red nicht, hau ab!«

Er schenkte ihr ein kurzes Grinsen. »Aye, Ma'am.« Dann rannte er davon.

Jen trat neben den Altar.

»Wurde auch langsam Zeit«, sagte Alexander.

»Ach, der Herr ist ungeduldig? Ich kann gerne wieder gehen.«

»Echt, dein Humor ist Scheiße.«

Sie grinste. »Endlich haben wir eine Gemeinsamkeit.« Die magischen Klammern widersetzten sich hartnäckig, doch schließlich gelang es Jen, sie zu lösen.

Er schwang sich vom Altar und kam taumelnd auf. »Wow. Ich hatte ja schon vorher das Gefühl, dass sich alles dreht, aber das Beben-Ding ist echt, oder?«

»Ist es«, erwiderte sie.

Sie schaute nach oben. Unbeeindruckt von der Gewalt, die das gesamte Refugium zu zerstören drohte, stand die Schattenfrau auf der Galerie und blickte hinab. Fast meinte Jen, ein Lächeln in der Schwärze zu erkennen.

»Hat die das ausgelöst?«, fragte Alexander.

»Keine Ahnung. Komm, wir brauchen den Folianten.«

Sie rannten zu dem Podest.

»Ihr dürft das nicht tun«, sagte Huan. Breitbeinig stand er vor ihnen, die Klinge erhoben.

Es war Alexander, der reagierte. Blitzschnell entstand ein Symbol in der Luft. Ein Sog erwachte, der ihren Gegner quer durch den Raum schleuderte.

»Wow, gute Arbeit.«

»Gewusst wie«, kam es zurück.

Jen verdrehte die Augen. »Du machst es Frau echt schwer. Danke lieber Mark dafür, dass er sein Wissen so stark vertieft hat. Davon profitierst du nun.«

Sie trat an das Podest. »Also schön, hauen wir ab.«

Jen griff nach dem Folianten …

… und die Welt hörte auf zu existieren.

15. Der Blick aus dem Schatten

Sie wartete geduldig.

Oh ja, das war sie schon immer gewesen. Geduldig. Seit damals. Seit jenem Augenblick, der alles in Gang gesetzt hatte. Hundertsechsundsechzig Jahre nach dem Entstehen des Walls fielen die Puzzleteile an ihren Platz, langsam noch, doch zunehmend schneller.

Vor dem Morgengrauen hatte sie die Statue pulverisiert und deren Position eingenommen. Hier stand sie nun, wartete, beobachtete, durchdachte Pläne wie Strategien. Ein Außenstehender hätte sich vermutlich darüber gewundert, dass eine Statue in einem Augenblick ein grausames Lächeln auf den Lippen trug, im nächsten aber völlig ausdruckslos in die Gegend starrte.

Zuerst kamen Alexander und Christian. Fast sah es so aus, als gelänge Huan sein Vorhaben. Gerade holte er aus, um die Klinge in die Brust seines Gefangenen zu rammen, da erschienen Jennifer und Kevin, Christians Bruder. So sollte es sein. Das Chaos war komplett, als die gute Jennifer einen jener Mönche tötete, die den Dämpfungszauber aufrechthielten – nicht, dass dieser für sie, die Schattenfrau, eine Bedeutung gehabt hätte.

Sie verfolgte den Kampf interessiert.

Fast war es soweit.

Da kam das Beben. Sie erkannte den Geschmack, den es mit sich brachte. Leonardo hatte das Artefakt eingesetzt und eine böse Überraschung erlebt. Oh ja, sie erinnerte sich. 1906, San Francisco. Was für eine tolle Zeit das doch gewesen war. Frei, ungezügelt und wild hatte sie sich genommen, was immer sie wollte. Zugegeben, niemand ahnte, dass sie damals bei der Erdbebensache die Finger im Spiel gehabt hatte. Ein Experiment. Der Effekt war beeindruckend gewesen. Wirklich. Leider sahen andere das ähnlich. Allen voran die Pfadfinder der magischen Welt, die Lichtkämpfer und Unsterblichen. Auf ihren weißen Rössern, metaphorisch gesprochen, kamen sie angaloppiert und verdarben jeden Spaß. Fortan schlummerte jenes Artefakt unter dem Castillo. Nun hatte Leonardo es eingesetzt. Er war und blieb eben ein Narr!

Doch eine Gefahr war es nicht.

Sie trat von ihrem Podest herab. Die Steinhülle zerbröselte, die Schattensphäre entstand. Verborgen vor aller Augen stand sie auf der Galerie. Glücklicherweise waren die singenden Mönche damit beschäftigt, abzuhauen.

Jennifer hatte sie mittlerweile bemerkt. Egal. Ein Duell mit den Lichtkämpfern, so gern sie es auch ausgefochten hätte, kam heute nicht infrage. Zu viel konnte dabei schiefgehen. Dieses Mal durfte sie nur beobachten.

Natürlich hatte sie dem Grafen von Saint Germain nichts davon gesagt. Der würde nur wieder versuchen, zu intrigieren, eigene Vorteile herauszuschlagen – und am Ende den dunklen Rat informieren. Vermutlich wunderte er sich noch immer, weshalb sie eine Mitgliedschaft als Rätin abgelehnt hatte. Sie waren so leicht zu berechnen, zu manipulieren, zu lenken.

Sie liebte es.

Der wahre Meister des Spiels um die Macht verbarg sich im Schatten und lenkte jene Figuren, die von sich selbst glaubten, Autorität zu besitzen. Emotionslos, kalkulierend, auf das Ziel fokussiert.

Nach einer Wartezeit von über hundert Jahren konnte man ihr Geduld nicht absprechen. Doch je näher das Ziel rückte, desto gefährlicher wurde die Sache, desto fragiler ihre Sicherheit. Bald musste sie alles auf eine Karte setzen.

Der Schatten muss fallen. Endlich.

Heute war sie hier, weil sie es sehen wollte. Der Foliant lag auf dem Podest, aufgeschlagen, er wartete. Von den Anwesenden wusste einzig Huan, welche Macht darin verborgen lag. Welches Wissen.

Jennifer löste die Fesseln von Alexander. Die beiden Brüder waren mittlerweile verschwunden. Natürlich suchten sie nach einem Ausgang. Die ursprünglichen Bewohner des Refugiums flohen. Nur Huan war geblieben.

In diesem Augenblick flog er durch die Luft, krachte zu Boden.

Zum ersten Mal seit vielen Jahren überfiel so etwas wie Ungeduld die Schattenfrau, sie vermischte sich mit Vorfreude. Atemlos starrte sie auf die Lichtkämpferin, die ihre Hand ausstreckte.

Tue es!

Und sie tat es.

Eine Essenzaureole schoss aus dem Pergament, schlug in Jennifers Körper ein. Die Lichtkämpferin flog zurück, landete im Zentrum des Raumes, umgeben von sich verästelnden Rissen am Boden und sich verbreiternden Spalten. Steine prasselten herab, Glas barst.

Alexander rannte auf sie zu, schließlich blieb er entsetzt stehen.

Jennifer richtete sich auf. Ihre Augen leuchteten Silber, als habe jemand flüssiges Quecksilber in die Augenhöhlen gekippt. Schwarze Linien krochen über ihre Haut.

Die Schattenfrau zoomte das Bild der Lichtkämpferin mit einem einfachen Fingertrick heran.

Es waren Worte, geschrieben mit schwarzer Tinte, die über Wangen, Stirn und Arme krochen. Jedes einzelne verströmte pure Macht, blieb aber unlesbar.

Gleich muss es soweit sein.

In diesem Moment kehrte Kevin zurück. Er trat zwischen zwei Säulen hervor. Sein Bruder war nirgends zu sehen. Mit vor Entsetzen geweiteten Augen starrte er auf Jennifer.

Natürlich, du weißt schließlich, was das zu bedeuten hat, nicht wahr? Du hast in den Vorlesungen immer brav aufgepasst.

Die Schattenfrau lachte.

Jennifers Körper erhob sich in die Luft. Wenige Meter schwebte sie über dem Boden. Direkt unter ihr bildete sich ein weiterer Spalt, der schnell breiter wurde.

Rauch quoll aus ihrem Mund.

Dann kamen die Worte.

16. Joshuas Erbe

Alex stand einfach nur da.

Zwischen Chaos und Tod, herabfallenden Trümmern und Brüchen im Boden, die ständig zahlreicher wurden. Tief in seinem Inneren wand sich sein Sigil, zuckte, als spürte es eine vertraute Präsenz. Wissen kratzte an den Rändern seines Geistes, wollte in sein Bewusstsein dringen.

Jen schwebte über den Steinplatten, starrte in Richtung Decke, von der kaum noch etwas übrig war. Rauch quoll aus ihrem Mund, als hätte jemand eine Nebelmaschine in ihren Bauch gesteckt und angeschaltet.

Dann kamen die Worte.

Jens Stimme vermischte sich mit jener eines Mannes. Seltsam tief hallte Silbe für Silbe wider, unterlegt von Rauschen und Lauten eines Kampfes.

Dreimal dreht … Schlüssel,
Verrat, Feuer, Tod.
Im Licht des …,
die Erde getränkt in Blut.

Die Zeit ist es, undurchdringlich,
verbirgt sie vor euch, …
Ein Riss, ein Netz, ein Bruch.

Was einst war, wird wieder sein.
Was nun ist, …
Feuerblut, Silberregen, Ascheatem.

Aus Licht wird …,
getrennt …

Ein Krieg am Anfang, am Ende, immerdar.
Zwei Seiten …
Schnee und Asche.
… die Ewigkeit.

Alex lauschte den Worten gebannt, die immer wieder von seltsamen Geräuschen unterbrochen wurden. Plötzlich kam die Erinnerung.

Joshua, jener Lichtkämpfer, der vor einhundert Jahren für den Schutz des Onyxquaders gesorgt und den Räten die notwendige Zeit verschafft hatte, war ein Seher gewesen. In dem Augenblick, in dem der Onyxquader erstmals aktiviert worden war, hatte er eine gewal-tige Vision erhalten. Joshua schrieb sie kurz darauf nieder, in einem Folianten, den nur sein Nachfahre entschlüsseln konnte. Sein Erbe sollte die Zeit überdauern und in seinem Nachfahren wiederkehren.

*Seiner Nachfahr*in.

Seit jener Zeit suchten die Lichtkämpfer nach diesem Erben. Nur mit diesem konnte der Foliant, in dem der letzte Seher alle wichtigen Informationen niedergeschrieben hatte, entschlüsselt werden.

Noch immer drangen Worte aus Jens Mund, doch sie blieben unverständlich. Immer wieder kam es zu Aussetzern, Lauten, Kampfgeräuschen, die aus dem Nichts an ihre Ohren hallten.

»Ich habe ein Portal gefunden«, keuchte Kevin, der plötzlich neben Alex stand. »Wir müssen weg. Egal wie. Hier bricht bald alles zusammen.« Er deutete in die Höhe. »Was macht sie hier?«

Über ihnen stand noch immer die Schattenfrau, eine Silhouette, eingehüllt in ein Nebelfeld. In diesem Augenblick zerstob es. Die Gestalt war fort.

»Wir sind wohl die letz…« Alex riss die Augen auf.

Der Rauch vor Jens Mund verwehte. Ihre Augen nahmen wieder eine normale Farbe an. Sie fiel. Direkt auf den Spalt zu.

Er dachte nicht nach, handelte instinktiv.

Ein Sprung brachte ihn nach vorne, er griff nach der Hand der Lichtkämpferin, die noch immer völlig benommen war.

Sie fiel an ihm vorbei. Dann kam der Ruck, riss ihn nach vorne. Ächzend krachte er zu Boden, hielt Jens Arm mit beiden Händen umklammert. »Wow, bist du schwer.«

»Soll das etwa heißen, ich bin dick?!«, kam es zurück.

Die Lage war ernst, doch Alex musste grinsen. »Du scheinst ja wieder in Ordnung zu sein.«

»Alexander, wieso hänge ich … über einem Abgrund?« Sie griff mit der Rechten nach einem Felsvorsprung, klammerte sich mit der Linken aber weiter an ihm fest.

»Sag bitte Alex, okay. Sonst denke ich immer, meine Mum schimpft mit mir«, ächzte er.

Kevin schob sich neben ihm über den Boden. »Gib mir deine andere Hand.«

Jen griff zu.

Gemeinsam zogen sie sie in die Höhe. Die Erde bebte stärker, immer mehr Spalten entstanden. Die Wände stürzten zusammen, als bestünde das gesamte Refugium aus einem Kartenhaus.

Alex stützte die taumelnde Jen, führte sie zu dem Abgang, den Kevin entdeckt hatte. Dieser rannte zum Folianten, schnappte sich das Artefakt und malte ein Zeichen in die Luft. Jens Essenzstab und die tödliche Sigilklinge, die zwischen Steinen gelegen hatten, flogen in seine Hand.

Erst dann folgte er ihnen.

Der Raum blieb hinter ihnen zurück, soweit man noch von einem Raum sprechen konnte. Alex warf einen letzten Blick hinter sich. Die Wände stürzten soeben ein, als zerdrücke die Faust eines Titanen ein paar Bierdeckel. Auch hier unten rieselten Sand und Erde von der Decke, Steine bröckelten.

Ein weiteres Mal erzitterte der Boden.

Ruhe kehrte ein.

»Ist es vorbei?«, fragte Alex.

»Wenn sich der Angriff – und es war definitiv einer – nur auf den Hohlraum um dieses Gebäude erstreckt hat, dann ja. Wir sind hier in ausgehöhlten Stollen, die wohl schon vor dem Bau des Gebäudes Teil des Untergrunds waren.«

Jen stöhnte. Sie machte sich von beiden los. »Ist okay, ich kann alleine gehen. Wo ist Chris?«

»Beim Portal«, erwiderte Kevin. »Die Mönche sind weg, ich habe eine Schutzsphäre um ihn geworfen, falls doch jemand auftaucht.«

»Ein Bad«, sagte Jen.

»Wie bitte?« Alex schaute sich verdutzt um. »Hast du Halluzinationen?«

Sie verdrehte die Augen. »Das nennt man Imagination. Ich stelle mir vor, wie ich in einer heißen Badewanne liege. Draußen stürmt es, Regen prasselt gegen die Scheiben. Neben meiner Wanne steht ein Glas Rotwein. Duftöle im Wasser. Leise Musik im Hintergrund. Kerzen. Verstehst du?«

»Klar«, sagte Alex. »Hab vor Kurzem einen Porno gesehen, der so begonnen hat.«

Kevin lachte leise.

Jen atmete langsam aus, zählte bis zehn und stellte sich erst danach vor, ihn in eine Statue zu verwandeln. Oder eine Kakerlake. »Weißt du, was du bist?«

»Klar«, kam es zurück. »Jung, gut aussehend, trainiert, prima im B…«

»Ein Idiot. Und das ist diplomatisch formuliert. Komm schon Kev, auf was freust du dich?«

»Max«, erwiderte ihr Freund. »Sex. Bier.«

»Nicht einmal auf einen schwulen besten Freund ist Verlass.«

»Wir starten hier jetzt nicht mit Klischees, oder?«

Sie zwinkerte ihm zu. »Heute ärgere ich dich mal nicht.«

Eine Abzweigung tauchte vor ihnen auf. Kevin führte sie nach rechts. Sie erreichten eine kleine Kammer. Chris lag an der Seite, noch immer bewusstlos. Vermutlich hatte er innere Verletzungen davongetragen, um die sich ein kundiger Heilmagier kümmern musste.

»Shit«, entfuhr es Kevin.

»Was ist los?«, fragte Alex. Es ärgerte ihn, dass es noch so viele blinde Flecken in seinen Erinnerungen gab. Er wusste so wenig.

»Jemand hat das Pentagramm verändert«, sagte Jen.

»Okay. Dann mach es neu.«

Sie warf ihm einen Blick zu, der an Aussagekraft nicht zu überbieten war. Fehlte nur, dass sie ihn in die Wangen kniff und ins stille Eckchen schickte. »Weißt du, wenn das so einfach wäre, müsste man diese Dinger nicht an vorgefertigten Plätzen erschaffen und mühevoll in das Portalnetz einfügen.«

»Was ist eigentlich dein Problem?«, entfuhr es ihm.

»Mein Problem?« Sie richtete sich kerzengerade auf. »Mein Problem ist, dass mein bester Freund von seinem Sigil zerfetzt wurde. Mein Problem ist, dass ich es nicht verhindern konnte. Mein Problem ist, dass jemand mit seiner Erinnerung, seiner Macht, seinem Wissen ausgestattet wurde und sich aufführt wie ein erwachsenes Kind.«

Stille senkte sich herab.

»Ich bin nicht Mark«, sagte er nur.

Jens Gesicht war ein Spiegel ihrer Seele. Da waren Trauer, Wut, Scham über das eigene Verhalten. »Ich … tut mir leid.«

Er nickte. »Mir auch. Aber weißt du, ich werde niemals Mark sein. Will ich auch gar nicht. Mein Leben gehört mir, und ich ändere mich für niemanden.«

Sie schwiegen.

»Okay, Leute.« Kevin räusperte sich. »All das hat Zeit bis später.« Er drückte Jen ihren Essenzstab in die Hand. »Das hier ist so komplex, dass ich es nicht alleine hinbekomme. Ein falsches Symbol, und ...«

»Und was?«, fragte Alex.

»Ein Fehler«, erwiderte Jen an seiner statt, »und wir verlassen das Portalnetzwerk nie wieder. Die Reise geht ewig weiter.«

Alex ersparte sich die Frage, woher sie das wussten, wenn niemand von einem solch fehlerhaften Portal je zurückgekehrt war, er schwieg. Gerade jetzt wollte er die Antwort gar nicht wissen. Ihm war elend zumute.

Er wollte Jen schütteln für ihre Hochnäsigkeit. Typisch Frau aus reichem Elternhaus. Vermutlich hatte sie nie erleben müssen, wie Rechnungen platzten oder die Miete nicht bezahlt werden konnte. Was wusste sie schon vom wahren Leben. »Tja, dann würde ich sagen: viel Glück.«

Still sah er dabei zu, wie Jen und Kevin Zeichen in den Boden brannten.

17. Verschollen

Stille hing über dem Castillo.

Clara schaute von den Papieren auf. Sie stand kurz davor, Max einen Kaugummi in den Mund zu schieben, damit irgendein Geräusch die Stille durchbrach. Er wirkte geknickt, wie ein Häufchen Elend. Zusammengekauert saß er auf der Couch im Turmzimmer. Die letzten Tage hatte er ihr geholfen, fast manisch versucht, Kevin, Chris und Jen zu finden. Doch mit jedem Rückschlag war die Hoffnung ein bisschen mehr geschwunden.

Johanna und Leonardo ließen sie gewähren. Nach der Rückkehr aus den Katakomben waren die weißen Steine nur noch daumengroße Klumpen gewesen. Clara hatte sie in einer Schatulle verstaut.

Wenn sie an den Unsterblichen dachte, wurde Clara wütend. Sein Vorpreschen hatte das alles erst ausgelöst. Ein Sprungmagier hatte ein Einsatzteam nach Berlin gebracht. Doch tief unter der Erde, wo zuvor das Refugium gewesen war, gab es nichts mehr. Der Hohlraum war fort. Zerstört.

Kommt schon, wo seid ihr?

Die Freunde lebten noch, das war eindeutig. Andernfalls hätte Aurafeuer sie alle bis ins Innerste gepeinigt und vier Erben wären erwacht. Gleichwohl handelte es sich um ein mächtiges Artefakt, das für die Ereignisse verantwortlich war. Konnte es das Aurafeuer vielleicht unterdrücken? Die Ungewissheit setzte Clara zu.

Max zerfraß es innerlich. Sie wollte ihm helfen, doch ihre Versuche waren erfolglos geblieben.

»Vier Tage.« Max‘ Stimme war nur ein Flüstern. »Wenn sie entkommen wären, hätten sie längst eine Möglichkeit gefunden, mit uns Kontakt aufzunehmen.«

»Vielleicht hat dieser Bund des Allsehenden Auges sie an einen anderen Ort gebracht – alle vier.«

Als Antwort erntete sie ein Schulterzucken. »Möglich.«

Sie rieb sich die müden Augen. All ihre Ansätze führten ins Leere. Auf den Suchgloben war nichts zu sehen, Aufspürzauber versagten – ihr gingen die Ideen aus.

In ihrer Verzweiflung hatte sie gar das Unfassbare getan und Kontakt mit ihrer Familie aufgenommen. Es hatte doch den einen oder anderen Vorteil, wenn Mutter, Vater und alle sechs Geschwister

Magier waren. Derartige Dynastien gab es durchaus. Zeugten zwei Magier ein Kind, besaß es ebenfalls ein Sigil, meist sogar ein stärkeres. Allerdings führte das dazu, dass irgendwo auf der Welt auch ein Schattenkämpfer entstand. Der ewige Ausgleich der Kräfte, der niemals ins Ungleichgewicht geraten durfte.

Bedauerlicherweise hielten ihre Eltern große Stücke auf ihr Können. Undiplomatisch konnte man es mit »Arroganz« umschreiben. In diesem Fall indes wussten sie keinen Rat.

Plötzlich erklang Johannas Stimme über den Kontaktstein und riss Clara aus ihren Gedanken.

»Clara, Max, kommt sofort zum Portalraum.«

Während sie noch aufsah, preschte Max von der Couch, verwandelte sich in einen Wirbelwind und sauste davon.

Sie erreichten den Portalraum binnen kürzester Zeit. Vor einem der Pentagramme standen zwei Ordnungsmagier, dazwischen Johanna.

»Jemand hat ein Portal in das Netzwerk integriert«, sagte sie. »Leider fehlt der korrekte Schlüssel.«

Jedes neue Portal musste nicht nur im bestehenden Verbund verankert werden. Um zu verhindern, dass Schattenkämpfer auf diese Art eindrangen, musste eine Schlüsselfolge in den Anker eingewoben werden. Sie waren lang und äußerst komplex, in der Regel kannten sie nur die Portalmagier.

Tauchte ein Portal ohne Schlüssel auf, wurde es normalerweise sofort zerstört, ebenso alle Personen oder Objekte, die von dort in das Netzwerk eindrangen.

»Vielleicht sind es Kevin und die anderen«, sagte Max.

Gryff Hunter, der oberste Ordnungsmagier, kam herbeigeeilt. »Ich war zufällig hier. Ein Portal?«

Johanna hielt ihn zurück. »Ich werde das neue Portal nicht zerstören. Sollte jemand anderes hier ankommen, werden wir sofort reagieren.«

»Aber …« Gryff starrte sie entsetzt an. Er trug ein weißes Shirt, darüber eine Lederjacke. Die Jeans endeten in braunen Boots. An der Brust hing seine Plakette. In diesem Augenblick hätte er sich problemlos gegen Johanna stellen können. Die Regeln durften nicht einfach außer Kraft gesetzt werden. »Was erwartest du, wer oder was kommt hierher durch, Rätin?«

»Verlorene Freunde.«

Gryff ließ seinen Blick über Max und Clara wandern. Natürlich wusste er um das Verschwinden der anderen. Er war in die Ermittlungen eingebunden, hatte auch Berlin besucht, um sich vom Fortschritt der Recherche zu überzeugen. Unbemerkt von den anderen nickte er Clara aufmunternd zu. »In Ordnung. Aber wenn das eine Falle ist … Der Bund weiß, dass wir nach einer Spur suchen. Das alles könnte fabriziert sein, um einen gefährlichen Gegenstand hierher durchzuschleusen.«

»Möglich«, gab Johanna zu. »Aber ich vertraue auf meinen Instinkt. Die letzten paar Jahrhunderte haben ihn geschärft.«

Ein Totschlagargument, das wohl jeder Unsterbliche anbringen konnte. Insgeheim war Clara ihr dankbar, auch wenn sie die Gefahr erkannte, in die Johanna das Castillo damit brachte. Es mochten durchaus ihre Freunde sein, die da kamen. Falls es sich jedoch um eine Falle handelte, würden sie das Leben aller aufs Spiel setzen.

»Bist du bereit, das Castillo auf deinen Instinkt zu verwetten, Rätin?«

Johanna nickte.

In diesem Augenblick wandte sich einer der Ordnungsmagier direkt am Portal um. »Falls wir den Transfer aufhalten wollen, müssen wir es *jetzt* tun. Was auch immer auf dem Weg ist, es erreicht uns in wenigen Sekunden.«

Clara fragte sich nicht zum ersten Mal, was geschah, wenn der hiesige Zugang nun geschlossen wurde. Es gab unzählige Gerüchte darüber, was mit jenen passierte, die noch auf der Reise waren. Gefangen im Limbo für alle Ewigkeit? Umgeleitet auf ein anderes Tor? Eingefroren bei der Passage?

Sie bekam eine Gänsehaut.

»Wir lassen es offen«, sagte Gryff. »Aber wir warten hier nicht einfach ab.« Er ging zu seinen Leuten. Jeder von ihnen zeichnete einen Teil des Machtsymbols für eine Schutzsphäre.

In einem dreifarbigen Glühen entstand eine Kugel rund um das Portal. Lange würde sie einen Angriff nicht abhalten, doch Zeit konnte man damit allemal erkaufen.

Keinen Augenblick zu früh.

Claras Blick saugte sich an der wabernden Magie fest.

Alex stolperte daraus hervor. Ihm folgten Kevin – der den bewusstlosen Chris trug – und schließlich Jen. Alle vier sahen aus, als hätten sie die letzten Tage in der Wildnis verbracht.

Die Lippen rissig, die Kleidung verschlissen, die Augen blutunterlaufen – es war entsetzlich.

Gryff handelte gedankenschnell. Die Sphäre fiel zusammen.

Als Kevin in die Knie brach, fing der Ordnungsmagier Chris auf. Alex machte noch zwei Schritte, dann klappte er ebenfalls zusammen. Max sprang nach vorne und hielt ihn. Jen stützte sich an der Wand ab. Ihr Körper schien aufgeben zu wollen, doch sie ließ es nicht zu.

Clara hatte noch nie zuvor eine Frau kennengelernt, die sich selbst so viel abverlangte. Aufgeben war nie eine Option. Sie stand bis zuletzt. Immer.

Der Schatten von dem, was sie einst war. Vor dem Erwecken. Clara schluckte. *Ein Opfer.*

Jen umklammerte mit ihrem linken Arm den Folianten, als sei er das Kostbarste auf der Welt. Das Werk bestand aus einem zerfledderten Einband, die handgewobenen Fäden lösten sich bereits. Trotzdem konnte sie die Macht spüren, die davon ausging.

»Du hast eine Menge zu erklären, Rätin«, krächzte Jen an Johanna gewandt. »Wusstest du es?«

Die Rätin erwiderte ihren Blick verblüfft. »Wovon sprichst du?«

Sie hustete. Mit zittrigen Beinen hielt sie sich gerade noch aufrecht. »Feuerblut, Silberregen, Ascheatem.«

Und während die Heilmagier hereinstürmten und Jen endgültig in sich zusammensackte, während der Foliant zu Boden stürzte und Max zu Kevin eilte, während die Ordnungsmagier die bewusstlose Jen untersuchten und Clara sich fühlte, als breche soeben ein Sturm los …,

… entgleisten die Gesichtszüge von Johanna von Orléans.

»Nein«, flüsterte sie.

18. Manipulation

Warum nur habe ich es nicht kommen sehen?«, fragte sich Johanna von Orléans zum wiederholten Mal. »Einhundertsechsundsechzig Jahre sind vergangen. Joshua hat es mir einst gesagt. Schatten werden erwachen, und die Veränderung kommt, wenn ich dereinst jenen Worte lausche: Feuerblut, Silberregen, Ascheatem«

Leonardo saß ihr gegenüber am runden Ratstisch. Die übrigen Räte waren auf dem Weg. Eine Versammlung musste abgehalten werden.

Durch die geöffneten Fenster drang kalte Herbstluft zu ihnen herein. Die Wandlampen, die im Abstand weniger Schritte aus der Holzvertäfelung hervorragten, spendeten Wärme und Licht.

Leonardo nickte. »Einhundertsechsundsechzig Mal wird das Erdenrund das Licht umkreisen«, rezitierte er leise. »Das Erbe des Sehers, das Erbe des Kriegers, Chaos regiert.«

Es gab kein Ratsmitglied, das die Prophezeiung nicht kannte. Viele Jahre lang waren sie hinausgezogen, um sich und die Welt vorzubereiten. Artefakte schwarzer Magie waren gesammelt und sicher verwahrt worden, jene der weißen Magie wurden untersucht. Möglicherweise war man bald auf jegliche Hilfe angewiesen.

»Ich dachte, es ist Alexander Kent.« Leonardo schüttelte den Kopf. »Doch seine Aura war Bernstein. Er ist nicht der Krieger.«

»Das verschafft uns etwas Zeit«, kam es von Johanna. »Aber nicht viel. Jennifer Danvers ist Joshuas Erbin. Wir konnten nie prüfen, wer seine Macht damals geerbt hat, weil durch den großen Angriff zu viele starben. Es gab Dutzende von Neuerweckten. Ausgerechnet sie.«

Leonardo nahm eine Dose Energydrink und öffnete sie.

»Kaum zu glauben, dass ein Unsterblicher sich freiwillig mit diesem Zeug vergiftet«, konnte sie sich nicht verkneifen zu sagen. »Das schmeckt nach toten Gummibärchen.«

»Lecker.« Er grinste. »Nur weil ich ein paar Jahrhunderte auf dem Buckel habe, muss ich nicht Pfeife rauchen und Grüntee trinken.«

»Nichts gegen Grüntee.« Johanna trank einen kleinen Schluck der hellgrünen Flüssigkeit aus ihrer Tasse.

»Aber immerhin haben wir einen Vorteil«, sagte Leonardo, das Geplänkel hinter sich lassend. »Sie kennt die Prophezeiung, die Joshua damals empfangen hat.«

»Ha!« Die Tasse klirrte, als Johanna sie wieder auf den Untersetzer stellte. »Von wegen. Sie erinnert sich nur noch an Bruchstücke. Scheinbar gab es magische Interferenzen. Die Prophezeiung hat sich nicht in ihrer reinen Form manifestiert.«

»Aber der Foliant?«

Wieder musste sie den Kopf schütteln. »Sie hat ihn bereits mehrfach berührt. Keine Reaktion. Die Schrift bleibt unleserlich, und sie …«

»… spuckt keinen Rauch«, kam es von Leonardo. »Wunderbar.«

»*Sie* war dort«, sagte Johanna.

Erst vor wenigen Stunden hatte Jen ihr diese Kleinigkeit mitgeteilt. In all der Hektik der vergangenen vierundzwanzig Stunden, dem Aufenthalt der Zurückgekehrten im Heilflügel und dem, was folgte, hatte sie das vergessen.

»Wer?«

»Die Schattenfrau.«

Jetzt war es an Leonardo, entsetzt dreinzuschauen. »Dieses verdammte Miststück ist uns ständig einen Schritt voraus. Woher wusste sie es?«

»Möglicherweise Zufall?«

Er winkte ab. »Mach dich nicht lächerlich. Sie wusste, dass Jennifer an diesem Tag, zu dieser Stunde erstmals auf das Erbe von Joshua zugreifen würde. Wie kann das sein?«

»Vielleicht hatte sie selbst einst eine Seherin? Oder sie hat einen der alten Seher ausfindig gemacht? Vergiss nicht, sie scheint auch schon verdammt lange unter uns zu weilen. Sie ist zweifellos älter als ich.«

»Saint Germain und seine Bande mögen ja ein Problem darstellen, aber wir haben diese Frau viel zu lange gewähren lassen.« Leonardo ballte die linke Faust. »Nun kennt sie die Prophezeiung, zumindest die Fragmente, die Jennifer rezitiert hat.«

»Damit kann sie gar nichts anfangen«, beruhigte Johanna ihn. »Es sind nebulöse Andeutungen, Splitter von dem, was kommt. Ehrlich gesagt bereitet es mir weitaus mehr Sorge, dass der dunkle Rat momentan verdächtig ruhig ist. Die Attacken der Schattenkämpfer haben weltweit nachgelassen.«

»Die Ruhe vor dem Sturm.« Leonardo erhob sich und begann einen unruhigen Gang durch den Ratssaal. »Es ist, als geraten winzige Zahnräder eines gewaltigen Uhrwerks überall in Bewegung. Doch wir sehen nur die Teile, nicht das große Ganze. Wenigstens konnten wir die Sigilklinge sicherstellen und in den verbotenen Katakomben verwahren.«

Johanna seufzte. So war es stets. Jede Partei versuchte, der anderen einen Schritt voraus zu sein. Damals hatten sich Licht und Schatten vereint, um den Wall zu schaffen. Heute wollte der dunkle Rat nur noch eines: die Barriere niederreißen. Wiederauferstehen zu alter Macht und Größe.

Sie waren hier, um das zu verhindern.

Die Klinke wurde nach unten gedrückt. Ein weißhaariger Mann mit zerzaustem Schopf betrat den Raum.

»Ah, Albert«, begrüßte Johanna Einstein. »Du hast dir Zeit gelassen. Wir hätten deine Hilfe heute gut gebrauchen können.« Dabei warf sie einen durchdringenden Blick zu Leonardo.

»Aber ja, aber ja«, kam es zurück. »Das hättet ihr wohl.« Sie umarmten einander. Nachdem Einstein Platz genommen hatte und vorsichtig an seinem frisch aufgebrühten Kaffee nippte, sagte er: »Ich habe mir das Artefakt angesehen, das du, mein lieber Leonardo, so leichtfertig eingesetzt hast.« Bevor der Angesprochene etwas erwidern konnte, winkte Einstein ab. »Lass gut sein, es geht hier und jetzt nicht um Vorwürfe. Doch eure Vermutung war korrekt: An dem Artefakt wurde herumgepfuscht. Oder genauer: Es wurde absichtlich manipuliert.«

»Da hat wohl damals jemand ziemlich raffiniert reagiert«, sagte sie. »Die wussten, dass wir es bekommen, also haben sie …«

»Nein«, unterbrach Einstein.

»Nein?«

»Nein«, bestätigte er. »Die Manipulation ist erst hier geschehen. Im Castillo. Als das Artefakt bereits eingelagert war.«

Johanna erbleichte.

Leonardo schaute den alten Mann entsetzt an. »Das kann nicht sein. Niemand kommt in den verbotenen Bereich außer …«

»Die Mitglieder des Rates«, bestätigte Einstein. »Doch es stimmt. Der Zauber wurde hier erzeugt und an das Artefakt geknüpft. Kein Zweifel.« Er nahm einen weiteren Schluck Kaffee.

Stille senkte sich herab.

Dann sagte er: »Jemand aus dem Rat hat uns verraten. Schon wieder.«

19. Wie Feuer und Wasser

Haben wir in mühevoller Kleinarbeit das Pentagramm rekonstruiert«, sagte Kevin. »War gar nicht so leicht. Alter, ich hab mir echt gewünscht, ich hätte diesen Zweig vertieft. Aber wer beschäftigt sich freiwillig mit Portalmagie?«

Sie saßen gemeinsam im Turmzimmer.

Max und Kevin auf ihrem gewohnten Platz auf der Couch. Obgleich Ersterer ständig Kaugummiblasen machte, die mit einem ordentlichen Knall zerplatzten, lächelte Kevin nur. Überhaupt waren die beiden noch unzertrennlicher als zuvor, sofern das überhaupt möglich war.

Chris hing quer im Sessel und lauschte gespannt den Worten seines Bruders. Er war erst seit Kurzem aus dem Heilschlaf erwacht, hatte von den Ereignissen ab dem Augenblick seiner Bewusstlosigkeit nichts mehr mitbekommen. Er hatte sein Shirt abgestreift und massierte seine Schulter, wodurch das Tattoo seltsame Formen aus Hautfalten und dunkler Farbe annahm.

»Wie habt ihr vier Tage ohne Wasser und Nahrung überleben können?«, fragte Clara.

Jen seufzte. Sie stand mit verschränkten Armen neben dem Bücherregal. »Das war *seine* Idee.«

Alex grinste machohaft überheblich. Doch dann ruderte er überraschend zurück: »Ich habe nur gesagt, dass es doch toll wäre, wenn so ein Essenzstab auch als Wünschelrute einsetzbar wäre, um Wasser zu finden.«

»Was er tatsächlich ist«, kam es von Clara.

»Genau.« Er legte die Füße auf den Couchtisch. »Irgendwie wusste ich plötzlich den Zauber – ist schon lustig mit diesen ererbten Erinnerungen –, und Jen hat ihn dann ausgeführt. Wann bekomme ich endlich auch so einen Essenzstab?«

Chris griff nach hinten, kramte zwei Bier hervor und reichte eines davon weiter an Alex.

»Das war meins«, protestierte Kevin.

»Bruderherz, sei gegenüber unserem Neuling mal etwas freigiebiger.«

»Du hättest ihm auch deines geben können.«

Chris nahm einen großen Schluck aus seiner Flasche. »Sorry, aber jetzt hab ich schon daraus getrunken. Wäre unhöflich.« Er prostete Alex zu.

Jen verdrehte die Augen. Vermutlich würden sie als Nächstes gemeinsam in Feinripp-Unterwäsche Fußball schauen. »Es müssen noch ein paar Vorbereitungen getroffen werden. Man geht nicht einfach in einen Laden und holt ihn ab. Der Essenzstab ist ein mächtiges magisches Artefakt, das auf dein Sigil zugeschnitten ist.«

»Okay. Also wann?«, wollte Alex hartnäckig wissen.

Wofür mache ich mir überhaupt die Mühe? »Bald!«

Ein zufriedenes Grinsen war die Antwort.

Hier gibt es zu viel Testosteron, überlegte Jen. *Wird Zeit, dass Chloe wieder auftaucht.* »Interessant, dass Johanna und Leonardo uns den Folianten überlassen haben.« Sie nickte mit dem Kinn in Richtung Tresor, in dem das mächtige Artefakt verstaut lag.

»Hat vermutlich mit dem Rauch zu tun, der aus deinem Mund kam«, sagte Kevin.

»Du bist echt die Erbin von Joshua.« Mit einem *Knall* zerplatzte das Kaugummi von Max. »Irgendwie hab ich das alles schon für einen Mythos gehalten. In der Bibliothek gibt es kaum Aufzeichnungen zu damals.«

»Vermutlich haben die alles ins Archiv verbannt.« Clara wirkte nachdenklich. »So einfach kommt man da nicht ran.«

»Wer ist denn dieser Joshua überhaupt?! Kann das jetzt bitte endlich mal jemand erklären?«, bat Alex. »Irgendwie habe ich es vorhin noch gewusst, aber jetzt ist es wieder weg. Das ist so nervend.«

»Ich sag ja, du musst die Erinnerungen selbst vertiefen«, wiederholte Jen.

»Ja, ja.« Er winkte ab.

»Immer ruhig bleiben, Alter«, kam es prompt von Chris. »Sonst geht dein nächster Zauber nach hinten los.«

»Joshua war ein Lichtkämpfer«, erklärte Clara. »Er lebte vor einhundertsechsundsechzig Jahren und trug maßgeblich dazu bei, dass sich Licht- und Schattenkämpfer sammelten, um den Wall zu bilden. Damals realisierte wohl noch niemand so genau, was das bedeutete.«

»Eine Schwächung der Magie«, warf Alex ein.

Clara lächelte. »Exakt. Sechs Licht- und sechs Schattenmagier vereinten ihre Macht mit der Quelle, dem Onyxquader. Doch während sie den Wall schufen, gelang es einem Verräter im Rat, die Kristalle zu zerstören, die die Barriere um das Castillo errichteten.«

»Das Kristallfeuer, von dem Jen sprach«, konstatierte Alex.

»Das Castillo wurde von Schattenkriegern und Kreaturen überrannt. Es gab ein Gemetzel. Joshua wusste, dass er an diesem Tag sterben würde«, sprach Clara weiter. »Er ging ins Turmzimmer – dieses hier – und brachte den Folianten durch einen Zauber in Sicherheit. Kurz darauf kam die Schattenfrau.«

»Sie lebte damals schon?«, fragte Alex ungläubig.

»Scheinbar«, warf Jen nun ein, »ist sie auch eine Unsterbliche. Doch niemand kennt ihr wahres Antlitz. Fest steht jedenfalls, dass sie gewaltige Macht besitzt. Überall in der Nimag-Geschichte, wenn es zu großen Katastrophen kam, findet man Hinweise auf ihr Wirken.«

»Sie tötete Joshua, den letzten Seher«, kam Clara zum Ende. »Doch das Wissen um die Zukunft wurde in seinem Folianten weitervererbt. Er muss ihn irgendwie mit sich verknüpft haben, so dass auch die größte Vision, die er in jenem Augenblick empfing, als der Wall entstand, darin verankert wurde. Damals starben zu viele Lichtkämpfer auf einmal, daher konnte niemand mehr sagen, wer die Linie von Joshua fortführte. Das Sigil verändert sich ja, nachdem es sich in einem neuen Wirt manifestiert hat, die Farbe der Essenz ebenso. Die Legende besagt, dass einhundertsechsundsechzig Jahre nach der Schaffung des Walls – also heute – der Erbe von Joshua sich erinnern wird. Dies leitet eine große Veränderung ein.«

»Welche?«, fragte Alex heiser.

Jen zuckte mit den Achseln. »Das weiß niemand. Aber da ich nun die Erbin bin, werden wir das vermutlich bald erfahren. Der Rat hofft darauf, dass der Foliant durch mich lesbar wird, wenn Joshuas Erbe vollständig in mir erwacht. Möglicherweise gibt es dann auch wieder ein paar Special Effects.«

»Steck dir doch eine Zigarette an«, warf Alex ein. »Dann kommt der Rauch von ganz alleine.«

In Gedanken stellte sich Jen vor, wie sie diesen arroganten kleinen Macho an der Gurgel packte und hochhob. »Und der Lungenkrebs dazu«, erwiderte sie stattdessen. »Nein, danke. Aber mal echt, Jungs, ihr wisst nichts mehr von dem, was ich da im Delirium von mir gegeben habe?«

»Nope«, sagte Kevin. »Bei unserer Rückkehr waren es nur noch Fragmente. Mittlerweile habe ich alles wieder vergessen.«

»Geht mir auch so«, bestätigte Alex. »Wie weggewischt. Das ist kein normales Vergessen.«

Jen fluchte innerlich. Nach außen mochte sie sich gelassen geben, doch in ihr brodelte ein Vulkan. Jeder Lichtkämpfer wusste, dass nur der Wall zwischen ihnen und dem Chaos stand. Sollte die magische Sphäre, die alles Leben auf der Erde umgab, fallen, würden die Nimags erfahren, dass es Magie gab. Der alte Neid würde wiederkehren. Hass. Unverständnis. Vorurteile. Andersartigkeit war noch zu jeder Zeit und in jedem Land Grund für Ausgrenzung, Verfolgung und Hass gewesen.

Damals musste es wahrlich zu üblen Szenen gekommen sein.

Junge Lichtkämpfer, die gefoltert wurden, um ihnen Geheimnisse zu entreißen. Magische Artefakte, die von gierigen Fürsten, Königen und Kaisern eingesetzt wurden, ohne, dass sie deren Funktion richtig verstanden.

Was mochte mit der heutigen Welt geschehen, wenn der Wall fiel? Diktatoren und Autokraten würden danach gieren, Magie in ihre Finger zu bekommen, um die eigene Macht zu zementieren. Gleichzeitig würde die Magie sprunghaft ansteigen, weil der Wall nicht länger einen Teil davon abzog. Schattenkämpfer würden über Unschuldige herfallen.

Anarchie.

Wie sie alle wussten, würde sich Joshuas Erbe zeigen, sobald die Entscheidung bevorstand. Es war soweit. *Etwas* geschah.

In ihren Gedanken herrschte Aufruhr. Marks Tod, Alex' Erweckung, der Foliant und der Bund, all das wurde zu einer Melange aus Bildern und Gefühlen.

»Warum war die Schattenfrau dort?«

»Gute Frage«, sagte Clara. »Wir wissen, dass sie bei zahlreichen Attacken ihre Finger im Spiel hatte. Sie ist, wie gesagt, im letzten Jahrhundert überall auf der Welt aufgetaucht, wo Katastrophen stattfanden. Scheinbar hat sie geahnt, was geschehen wird. Oder sie wollte sichergehen, dass Alex stirbt.«

»Nette Person«, murmelte dieser.

»Was uns zu der Frage führt, weshalb dieser Bund dich tot sehen will.« Chris schlug seinem neuen Buddy heftig auf die Schulter, Alex verschluckte sich prompt. »Und nicht nur dich. Sie wollten dein Sigil auslöschen. So richtig.«

»Es hat etwas mit dem Folianten zu tun«, warf Kevin ein. »Und mit Joshuas Erbe. Du, Jen, bist der Schlüssel. Ihr beiden«, dabei deutete er zuerst auf Alex, dann auf sie, »seid irgendwie miteinander verbunden.«

Ja, danke, Kev. Meine Woche ist ja nicht schon schlimm genug, dachte Jen. »Wir sollten herausfinden, wie der Foliant wieder in den Besitz der Lichtkämpfer kam. Du sagtest ja vorhin, dass Joshua ihn einst versteckte.«

»Ich kümmere mich darum«, kam es von Clara.

»Und ich helfe dir«, bot Max an.

Damit war das richtige Team zusammen. Was Recherche anging, waren die beiden ein dynamisches Duo. Mit etwas Glück würde Max' Team nichts dagegen haben, dass er hier aushalf. Zumindest bis Chloe zurückkehrte.

»Ich werde Marks alte Fälle noch einmal untersuchen«, verkündete Chris. »Falls es da eine Spur gibt, die zur Schattenfrau führt, finde ich sie. Momentan können wir wohl davon ausgehen, dass Huan die Wahrheit gesagt und sie das Artefakt im Herrenhaus deponiert hat. Sie hat Mark getötet.« Er schnaubte. »Vom Außendienst bin ich gerade sowieso entbunden. Diese Heilzauber sind auch nicht mehr das, was sie mal waren.«

»Dann kümmere ich mich um die Schattenfrau«, beschloss Kevin. »Wenn sie im letzten Jahrhundert so oft tätig war, muss es einen Hinweis auf ihr Ziel geben. Ein Muster. Wir müssen es nur finden.«

»Sehr schön.« Jen klatschte in die Hände. »Und wir beide kümmern uns als Nächstes um deinen Essenzstab.« Leider entglitt ihr dabei ein freudiges Lächeln, was einen misstrauischen Blick auf Alex' Gesicht zauberte.

»Warum freust du dich darüber?«, fragte er.

Sie winkte ab. »Ist nur lange her.«

Er warf einen panischen Blick zu Chris. »Sie freut sich. Das kann nur eine Gemeinheit sein.«

»Sorry, Alter, aber du bist der Erste seit Jahren, der einen neuen Essenzstab benötigt. Ich weiß nichts darüber.«

Nein, das konnte er auch nicht. Jens Lächeln verschwand. Sie war die Einzige, die davon wusste. Denn Alex und sie hatten etwas gemeinsam. Nach ihrer Erweckung hatte auch sie einen neuen Stab benötigt. Aber nicht, weil der ihres Vorgängers sie nicht gefunden hätte. Für den Verlust war sie selbst verantwortlich gewesen.

Und obgleich Jahre zwischen den Ereignissen in ihrem Leben als Nimag und dem Heute lagen, ballte sie die Fäuste.

Nie wieder!

Mochte die Hölle gefrieren, sie würde nie wieder ein Opfer sein.
»Also gut«, sagte sie tonlos. »Packen wir es an.«

20. Zwischen den Welten

Alex stand zwischen den Hausruinen am Rand des Feldes und blickte in die Ferne. Der Wind hatte aufgefrischt, auf dem Spielplatz nahe der Baustelle drehte sich das Karussell, wippte die Schaukel vor und zurück.

Wie allen Lichtkämpfern war auch ihm ein Zimmer im Castillo angeboten worden. Er hatte angenommen, um die Studien in Ruhe ausüben zu können, doch am Ende des Tages würde er stets nach Hause zurückkehren. Gut, er hatte erst einmal wieder seinen gesamten Mageninhalt ausgekotzt, als er das verborgene Portal in London verließ. Aber es war schon nicht mehr so schlimm gewesen. Laut Chris würde es noch ein-, zweimal passieren, dann hatte sich sein Körper daran gewöhnt. So würde er stets wechseln, zwischen seinem Leben als Magier und dem eines Nimags.

Ein Kind zweier Welten.

So konnte er am besten seine Mum unterstützen. Außerdem musste ja jemand auf Alfie achtgeben. Der Nachwuchsmacho sollte es irgendwann mal besser haben als Alex. Jugendbanden und Kleinkriminelle bekamen jeden, der hier aufwuchs, früher oder später in ihre gierigen Fänge. Bei seinem kleinen Bruder würde das anders ablaufen, dafür würde er sorgen.

Immer wieder glaubte er, in der Ferne das grüne Licht zu sehen, den Energieball, der auf ihn zuflog. Der Moment seiner zweiten Geburt, wie Clara es genannt hatte. Das magische Erbe war erwacht. Ein Augenblick, den er niemals vergessen würde.

Alex wandte sich einer der Hausbaracken zu.

Wenn er wütend war, joggte er durch halb Brixton. Wollte er nachdenken, stieg er die unverputzten Zementstufen empor. Wasserpfützen patschten unter seinen Füßen, wo der Regen Lachen gebildet hatte. Das Geräusch hallte zwischen den weiten, unbebauten Stockwerken wider, verfing sich in den Säulen und verschwand.

Auf dem Dach blieb er stehen und ließ den Blick schweifen. In der Ferne ging die Sonne unter. Es gab nichts zu sehen, was er nicht bereits hundertmal gesehen hatte. Die altbekannten Felder, Häuser und Unterführungen. Dazwischen lungerten Jugendliche auf den Straßen herum, alte Männer und Frauen standen an offenen Fenstern und bliesen Rauch in die Luft. Hier wie da schlich ein Penner durch die Gassen, immer darauf bedacht, nicht mit einer der Banden aneinanderzugeraten. Die hatten oft Spaß daran, Schwächere zu schubsen, zu treten oder Schlimmeres zu tun.

Durfte er seine Magie einsetzen, um hier etwas zu verändern?

Er schluckte.

Würde er das überhaupt dauerhaft können?

Denn da war die eine Sache, über die er mit niemandem gesprochen hatte. Worte, die nur an sein Ohr gedrungen waren. Die Bedeutung hatte sich erst viel später entfaltet, als er Zeit gehabt hatte, darüber nachzudenken.

Huan hatte neben dem Altar gestanden, auf ihn herabgeblickt. »Gesprochen wie ein Nimag, der du sein solltest«, hatte der Kampfmönch gesagt, bevor er die tödliche Sigilklinge hervorzog.

Wie ein Nimag, der du sein solltest, hallten die Worte in Alex' Gedanken wider. Und wieder. Und wieder.

Mittlerweile hatte er begriffen, dass es ungewöhnlich war, wenn ein Magier starb und sich dessen Sigil in direkter Nähe einen Ersatz suchte. Bisher war das wohl niemals vorgekommen. Dazu die seltsame Begebenheit, dass die Schattenkämpfer diesen Mark unbedingt hatten töten wollen.

Bin ich fälschlicherweise erwählt worden?

Endlich hatte er es geschafft. Alex war jemand. Nicht länger ein arbeitsloser Möchtegern unter ein paar Tausend, die hier vor sich hinvegetierten; vergessen von der Gesellschaft, verleumdet von der Politik. Jetzt konnte er etwas verändern, er besaß Macht. Als Lichtkämpfer würde er Unschuldige vor dunkler Magie beschützen.

Ich kann tatsächlich etwas bewirken. Es darf kein Fehler gewesen sein.

Er trat ganz an den Rand der Baracke. Sieben Stockwerke ging es nach unten. Ein Grinsen bildete sich auf seinem Gesicht.

Mit ausgestrecktem Finger malte er ein Symbol in die Luft. Die bernsteinfarbene Spur blieb bestehen, während er es vollendete. Er musste nicht einmal darauf achten, ob ihn jemand sah. Der Wall verbarg Magie vor Menschenaugen – vor Nimags. Erinnerungen schwanden, die Realität wurde maskiert, es bestand keine Gefahr.

Mit einem letzten Strich komplettierte er das Symbol. Dann trat er einen Schritt nach vorne …

… und sackte in die Tiefe.

Er schrie.

Ein Schrei, der in ein Lachen überging, als sein Fall sich verlangsamte. Die Schwerkraft wurde aufgehoben. Er kicherte, lachte, jauchzte vor Glück, wie ein Kind, das gerade das Fahrradfahren gelernt hatte. Ganz langsam glitt er zu Boden, kam sanft zwischen Kies und Erde auf.

Ich bin ein Magier.

Er hob die Arme in die Luft. »Ich bin ein Magier!«

Gut, wenn das nun jemand hörte, hielt man ihn vermutlich für bekloppt. Und da es hier ziemlich viele gab, die plemplem waren, sich aber kein Psychiater jemals hierherverirrte, war er sicher.

Doch Alex war sich sicherer denn je. Er hatte seine Bestimmung gefunden. Was es auch mit Mark, den Kampfmönchen, der Schattenfrau und irgendwelchen Prophezeiungen auf sich haben mochte: Er würde das Rätsel lösen.

Komme, was wolle, seine magische Kraft gehörte ihm.

Und niemand würde sie ihm wieder wegnehmen.

Das war das wahre Leben, von dem er so lange ausgeschlossen gewesen war.

Fröhlich ein Lied pfeifend, hin und wieder einen Stein wegkickend, ging er nach Hause. Er war bereit.

21. Nur eine unter vielen

Jen ließ sich treiben.

Sie genoss das Gefühl, eingeschlossen von einer wogenden Masse aus Leibern durch die Straßen zu gehen. Es war Nacht in der City von New York.

Hätte jemand sie nach ihrem Hobby gefragt, die Antwort hätte ihn verblüfft. In Jens Zimmer im Castillo hing eine gewaltige Landkarte. Immer wenn sie sich einsam fühlte oder mit Problemen kämpfte, suchte sie über das Portalnetz eine Stadt auf. Dort wurde sie eins mit der Menschenmenge, ließ sich einfach treiben. Stundenlang glitt sie dahin, als eine von vielen. Eines Tages, das war ihr Ziel, wollte sie jede Stadt auf der Welt besucht haben.

Heute war es kein Neuland, das sie betrat. New York war eine altbekannte Freundin. Der Geruch, der von den kleinen Hotdog-Ständen ausging, das Parfüm der durchgestylten Partyjungs und -mädchen, das Hupen der omnipräsenten Taxis, all das war wie eine warme Umarmung, die ihr Geborgenheit spendete.

Natürlich war sie allein hierhergekommen.

Clara hatte sich unter einer scheinheiligen Entschuldigung zurückgezogen. Jen wusste längst, dass die Freundin eine Affäre mit Gryff, dem ersten Ordnungsmagier, am Laufen hatte. Doch die beiden wollten wohl das Feuer schüren, so lange es brannte, und verrieten es niemandem. Max und Kevin waren über ein Portal nach New Orleans gesprungen, um sich einen Jazz-Abend zu gönnen. Chris war vermutlich auch hier in New York oder London, vielleicht Berlin, möglicherweise Paris unterwegs. Er würde die Nacht keinesfalls alleine verbringen.

Jen wollte genau das.

So viel war geschehen, das ihr durch den Kopf geisterte.

Alexander Kent. Alex.

Er sah gut aus und wusste es. Ein kleiner Möchtegern-Macho, der unversehens an gewaltige Macht gekommen war. Sie würde auf ihn aufpassen müssen. Er wäre nicht der Erste, der Unfug anstellte. Vor seinen Freunden konnte er natürlich nicht angeben, die würden nur ein Fuchteln seiner Hände sehen. Dem Wall sei Dank. Trotzdem beunruhigte sie etwas. Die Jahre als Lichtkämpferin hatten Jen gelehrt, auf ihre Instinkte zu vertrauen. Was in den letzten Tagen geschehen war, wirkte … falsch. Anders gesagt: orchestriert. Ein unsichtbarer

Puppenspieler stand im Hintergrund, wusste mehr als alle anderen und führte einen Plan aus.

Doch welchen?

Sie ließ ihren Blick über den Times Square schweifen. Leuchtreklame reihte sich an Leuchtreklame. Hier war alles bunt und hell, lebendig. Das Gegenteil von dem Ort, den sie einst ihr Zuhause genannt hatte.

Dort waren Stille, Einsamkeit und Tränen vorherrschend gewesen. Sie suchte die alte Villa und die Gräber höchstens ein-, zweimal im Jahr auf. Nun assoziierte sie mit den Steinen nicht nur das Ende ihrer Familie, nein, auch Mark würde immer damit verbunden bleiben.

Sie schüttelte den Kopf, vertrieb die trüben Gedanken. Dafür war keine Zeit. Zu viel geschah. Sowohl vor als auch hinter den Kulissen. Im Rat rumorte es. Es kam nur selten vor, dass alle Mitglieder herbeizitiert wurden. Gerade Einstein kam fast nie ins Castillo, meist verkroch er sich in seinem Labor.

Doch Jen hatte ihn gesehen, als er von den Katakomben heraufgestiegen war. Natürlich wusste sie von Clara und Max, dass der Einsatz des Erdbeben-Artefakts schiefgegangen war. Vermutlich hatte er es untersucht.

Sie blieb an einem Hotdog-Stand stehen, kaufte sich eine der ungesunden Kalorienbomben und biss herzhaft hinein. Während der Geschmack sich in ihrem Gaumen ausbreitete, ging sie weiter. Die Nacht war noch jung, die Straßen waren lang. Jen musste Ordnung in ihr Gedankenchaos bringen.

Vielleicht würde sie irgendwann, wenn ihre Gedanken zur Ruhe gekommen waren, in einer Disco haltmachen. Tanzen, sich bewegen, ein wenig vergessen. Sie vermisste Chloe. Deren Auftrag ging schon viel zu lang. Es wurde Zeit, dass die Freundin mit dem frechen Mundwerk zurückkehrte.

»Ich werde nachher einen für dich mittrinken.«

Um sie herum lachten Jugendliche, telefonierten, flirteten. Fast an jeder Hausecke machte jemand ein Selfie. Touristen vermengten sich mit Einheimischen in einer Atmosphäre der gemeinsamen Unbeschwertheit.

Jen sog diese Atmosphäre in sich auf.

So sollte es sein.

Sie warf ihre Haare zurück, lachte und ließ sich treiben. Das war Freiheit.

22. Dein Antlitz mein

Ein Wabern glitt über die Spiegelfläche, stabilisierte sich und formte eine Silhouette. »Die Ereignisse kommen in Bewegung«, sagte die Schattenfrau.

»Was soll ich tun?«, fragte der Wechselbalg.

Das Geschöpf stand in einem dunklen Raum, der einem Verließ ähnelte. Grob gehauene Steine zierten die Wände, Feuchtigkeit lag über allem. Hinter ihm, an der Mauer, lag ein Mensch. Mit schmiedeeisernen Ketten, magisch verstärkt, war er seiner Freiheit beraubt worden. Schnittwunden bedeckten seinen Körper. Die Kleidung bestand nur noch aus blutigen, dreckigen Fetzen. Ein Wunder, dass der Mensch überhaupt noch lebte. »Beobachte weiter.«

Der Wechselbalg erschauderte. »Die Räte haben einen Verdacht. Noch geht er in die falsche Richtung, aber es wird nicht mehr lange dauern, bis sie die Suche ausweiten.«

»Und?« Sie lächelte. »Dein Antlitz ist das eines Lichtkämpfers. Du wirst respektiert, ja, geschätzt. Niemand vermutet in dir das, was du in Wahrheit bist.«

Der Wechselbalg nickte. Hinter ihm erklang ein Stöhnen. Er wandte sich um, trat neben den liegenden Menschen und schlug ihm die Faust gegen die Schläfen.

»Ich sehe, du hast deinen Spaß«, sagte die Schattenfrau.

»Oh ja.« Die Augen des Wechselbalgs leuchteten. »Ich bin mitten unter ihnen, doch sie merken es nicht. Die Offenbarung wird ihre Seele erschüttern. Der Tod des Originals umso mehr. Ich belege mich immer einige Stunden am Tag mit einem Vergessenszauber. Dann halte ich mich selbst für den Menschen, dessen Platz ich eingenommen habe. Sollte ihr Verdacht jemals auf mich fallen, kann nicht einmal ein Wahrheitszauber meine tatsächlichen Absichten enthüllen. Denn in diesem Moment glaube ich selbst, das Original zu sein und denke wie der Mensch.«

»Eine ausgezeichnete Idee. Da sie von mir stammt, ist das selbstverständlich. Achte darauf, dass er erst stirbt, sobald wir den Plan ausgeführt haben. Andernfalls würde das Aurafeuer dich verraten.«

»Ich benötige ihn sowieso noch. Aber nicht mehr lange.« Der Wechselbalg kicherte. »Wann darf ich zuschlagen?«

Die Schattenfrau lächelte. Erinnerungen stiegen in ihrem Geist empor. *Dreimal wird der Schlüssel gedreht. Chaos, Feuer, Tod.* »Bald. Du wirst ihnen das Feuer bringen.«

Wenn sie nur an ihre selbstgefälligen Visagen dachte, kroch Wut in ihr nach oben. Johanna, Leonardo, Einstein, Jennifer, Max, Kevin, Alexander, Christian … die gesamte Bagage. Die einzige Freude war die Tatsache, dass einer von ihnen mehr tot als lebendig in Sichtweite am Boden lag. Seit Wochen schon. Und keiner der Lichtkämpfer ahnte, dass eine Person aus ihrer Mitte litt, während das Böse mit falschem Gesicht unter ihnen weilte.

»Behalte Jennifer Danvers im Auge«, sagte sie. »In dem Folianten steckt die Information, die ich noch brauche.«

»Um was zu tun?«, fragte der Wechselbalg.

Da er seinen Einsatz nicht überleben würde, gab es keinen Grund, die Frage nicht zu beantworten.

»Ist das nicht offensichtlich? Ich werde den Wall zerstören.« Sie beendete die Verbindung ohne ein weiteres Wort. In die Stille hinein sprach sie weiter: »Danach nehme ich meine Rache.« Die Schattensphäre, die ihren Leib umhüllte, wallte auf. Sie ballte die Fäuste so fest, dass ihre Handknöchel weiß hervortraten. »Ganz am Ende werde ich euch alle zu Asche verbrennen.«

Wut wandelte sich in ihrem Innersten zu einem leichten Vorgeschmack des Triumphes.

Sie lachte. Ein Lachen, das vielfach widerhallte.

Und von Chaos kündete.

Ende

II

»Essenzstab«

Prolog

Das Licht fiel durch die runden, mit Metallkreuzen beschlagenen Fenster in den gewaltigen Raum. In jenem mystischen Schein tanzte der Staub, flirrte vorbei an Regalen, alten Folianten und Papyri. Der Teppichboden, mochte er noch so sehr gepflegt werden, war ausgetreten; verschlissen vom Zahn der Zeit.

Der Essenzstabmacher rumorte leise. Gebeugt über alte Schriften hatte er die Welt um sich herum vergessen.

Gut so.

Die Schattenfrau glitt unbemerkt heran. Das Nebelfeld umhüllte ihr Angesicht, den gesamten Körper, ließ nur die Umrisse sichtbar erscheinen.

In stiller Erregung stellten sich die Haare auf ihrem Arm empor; sie bekam eine Gänsehaut. Nach einem solch langen Leben geschah das kaum noch. So kurz vor der Vollendung des Meisterplans konnte jedoch selbst sie sich der Aufregung nicht entziehen. So viel hing von so wenig ab. Ein fragiler Plan.

In einigen Stunden sollten Alexander Kent und Jennifer Danvers hier auftauchen. Sie hatte dafür gesorgt, dass Mark Fentons Essenzstab bei dessen Tod vernichtet wurde. Normalerweise suchte der Stab des Magiers selbstständig nach dem Erben, tauchte einfach bei ihm oder ihr auf. Nur wenn das kostbare Artefakt wider Erwarten zerstört wurde, musste der Stabmacher tätig werden.

Alles fügt sich.

Der alte Mann durchwühlte einen Stapel Pergamente, brabbelte etwas Belangloses.

»Du hast dich nicht verändert.« Sie glitt auf ihn zu.

Sein Kopf ruckte herum. Augen, die die Ewigkeit gesehen hatten, taxierten sie. Eine Narbe zog sich über die rechte Wange, ein kleineres Gegenstück über die linke. Ein Vollbart bedeckte sein Gesicht. »Du.« Er nahm es hin, dass sie die Schutzzauber um das Refugium hatte überwinden können. »Das ist das dritte Mal, dass unsere Wege sich kreuzen. Ich hätte dich für klüger gehalten.«

»Nun ja, beim ersten Mal hast du gewonnen, beim zweiten Mal ich.« Sie kam gemächlich näher. »Unentschieden ist so langweilig. Es heißt doch: Aller guten Dinge sind drei.«

Sie zog ihren Essenzstab.

Er tat es ihr gleich.

Natürlich achtete sie sorgfältig darauf, dass das Nebelfeld auch den Stab umhüllte. Gerade er durfte ihn auf keinen Fall sehen, er würde das Artefakt sofort erkennen und zuordnen können.

»Was willst du?«, fragte er. »Bist du gekommen, um mich zu töten?«

»Aber keineswegs«, erwiderte sie. »Das hätte ich damals schnell und sauber erledigen können. Du wirst noch gebraucht, alter Mann. Nein, ich will etwas haben, das sich in deinem Besitz befindet.« Sie ließ ihn sogar wissen, worum es sich handelte.

Ein Lachen hallte ihr entgegen. »Niemals. Es ist nicht nur mein kostbarster Besitz, er wird auch benötigt, um Essenzstäbe herzustellen.«

Sie bedachte ihn mit einem höhnischen Blick. »Das ist mir völlig egal. Ich brauche es. Natürlich wirst du es mir nicht geben, aber damit habe ich auch nie gerechnet.« Sie hob den Stab. »Andere werden mir die Tür öffnen. Ob sie es wollen oder nicht.«

Mit einer Agilität, die niemand dem alten Mann zugetraut hätte, sprang er zur Seite, sein Essenzstab zuckte.

Zauber wurden gewirkt, magische Symbole leuchteten auf. War der Zauber sehr komplex, mussten Worte der Macht gesprochen werden. Und sollte er in Material einwirken oder wollte der ausführende Magier ihn verstärken, half nur der Stab. Doch das unterarmlange Artefakt besaß noch einen anderen Nutzen. Im Kampf konnte es geführt werden wie ein Schwert.

Blitze zuckten durch die Luft, als der Essenzstabmacher seinen Stab gegen den ihren schlug. Sie umtänzelten einander. Mal schleuderte sie einen Kraftschlag, mal er einen Feuerball. Jeder parierte die Attacke des anderen. Eine Finte jagte die nächste, dann prallten die Stäbe erneut gegeneinander. Blitz um Blitz flog umher, erhellte das Dämmerlicht in der Bibliothek.

Querschläger schossen davon, krachten in die Regale oder fraßen sich in Bücher. Papyri entflammten, Folianten verkohlten. Worte, geschrieben mit uralter Tinte, Blut oder Asche, wurden für immer ausgelöscht; das Wissen ging verloren.

Sie wusste, dass ihn der Verlust schmerzte.

Jene Bücher waren ihm wichtig. Zeit seines Lebens hatte er selbst zahlreiche ähnliche Schriften verfasst, was den besonderen Fähigkeiten geschuldet war, über die er gebot. Geboten *hatte*. Denn nach der Errichtung des Walls waren sie vollständig verschwunden.

Also hatte er damit begonnen, die Folianten und Bücher zusammenzutragen, die den Nachhall seiner alten Macht beinhalteten. Geschrieben von Menschen, die durch ihn beeinflusst worden waren oder selbst über eine ähnliche Macht verfügt hatten. Selbst heute noch war sein Name Legende.

»Degradiert von Saint Germain zu einer Puppe«, keifte er. »Du bist nicht mehr als der Schatten, der dein Antlitz umhüllt.«

Sie lachte. »Ein dreister Versuch, mich über meine Emotionen zu manipulieren. Ich versichere dir, der Schattenschleier wird fallen.« Beinahe hätte sie die Fäuste geballt. »Aber zur richtigen Zeit.« Nicht, dass sie dabei eine Wahl gehabt hätte, doch das musste er nicht wissen.

In einer blitzschnellen Fingerbewegung wob der Essenzstabmacher einen Transformationszauber, der die Luft um sie herum verfestigte. Ein simpler, aber effektiver Trick. Sie transferierte ihrerseits durch den Nebel an einen anderen Punkt des Raumes.

Während er noch verblüfft realisierte, dass sein Angriff erfolglos geblieben war, versetzte sie den Regalreihen einen Kraftschlag. Wie hintereinander aufgereihte Dominosteine kippten sie um, begruben ihren Gegner unter sich.

Sie trat an seine Seite.

Der Essenzstab ihres Feindes lag in unerreichbarer Ferne, irgendwo unter dem Trümmerfeld.

»Damit steht es zwei zu eins. Ich gewinne«, höhnte die Schattenfrau. »Das tue ich immer. Bereiten wir nun alles für die Ankunft unserer Ehrengäste vor.«

1. Die Geschichte, so wie du sie kennst …

Unruhig rutschte Alex auf seinem Sitz hin und her. Man mochte doch meinen, dass sich eine magische Bildungseinrichtung für angehende Lichtkämpfer bessere Stühle leisten konnte. Stattdessen saß er auf einem der unbequemen Holzsitze, die nach oben einklappten, sobald er aufstand. Lange gebogene Sitzreihen umgaben ein steinernes Pult, das mit Symbolen verziert war. Dahinter stand einer der Unsterblichen.

Als Alex an diesem Morgen Brixton verlassen hatte und mit dem Sprungtor hierher ins Castillo gekommen war, war er bereit gewesen, sein Leben als Magier zu beginnen.

Gut, erst mal hatte er die Hälfte des Frühstücks wieder herausgewürgt, weil sein Körper den Portaldurchgang noch immer nicht so recht zu meistern vermochte. Danach hatte er mit Chris einen Kaffee getrunken, schließlich war er in den Vorlesungssaal geeilt. Dort angekommen, musste er einen neunmalklugen Neuerweckten vom Klappstuhl schubsen, der eine abfällige Bemerkung über Engländer und Gossenjungen im Speziellen gemacht hatte. Letztlich war die Welt doch recht einfach gestrickt.

Dummerweise hatte der andere sich gerächt und einen Zauber angewendet, der das Holz des Stuhls mit Alex' Hose verschmolz. Bevor der etwas tun konnte, war der Professor eingetreten.

Und nicht irgendeiner.

Albert Einstein, wie man ihn von Bildern her kannte, mit schlohweißem, zerzausten Haar, hatte sich vor ihnen aufgebaut.

»Guten Morgen, meine Damen und Herren. Und nein, ich werde nicht meine Zunge herausstrecken.«

Seitdem referierte Einstein über magische Geschichte. Mit jedem Informationshappen, den der Unsterbliche ihnen zuwarf, konnte Alex es weniger fassen.

»… bekannt, dass der Eisberg, mit dem die Titanic kollidierte, von einem Schattenkrieger manifestiert wurde, der dafür eine Elementtransformation benutzte. Auf alten Schwarz-Weiß-Aufnahmen wurden Ordnungsmagier später fündig. An Bord des Schiffes waren bis kurz vor seinem Untergang sowohl der Graf von Saint Germain als auch ein Lichtkämpferteam. Letzteres war auf dem Weg nach New York, um dort ein Artefakt zu bergen, das auf einer Baustelle entdeckt worden war. Bedauerlicherweise wurde das gesamte Team auf dem Weg umgebracht. Die Kollision mit dem Eisberg diente lediglich der Ablenkung.«

»Aber … dabei starben so viele Nimags«, warf ein Franzose ein.

Einstein seufzte. Er kam um das Pult herum und setzte sich auf den Rand. »Bedauerlicherweise sind die Leben von Nichtmagiern für Schattenkrieger völlig unbedeutend. Kollateralschäden. Das wahre Ziel von Saint Germain war die Ermordung des Lichtkämpferteams. Als ein Ersatzteam in New York eintraf, war das Artefakt bereits verschwunden.«

»Aber«, Alex hielt inne, als alle Blicke sich auf ihn richteten. Er räusperte sich.

»Nur zu, mein Junge«, forderte Einstein ihn zum Sprechen auf.

»Wieso wurde kein Sprungtor benutzt? Oder ein Sprungmagier?«

Der Professor nickte. »Ein guter Einwurf. Sprungmagier gab es bis dahin nur einen und dessen Reichweite war begrenzt. Erst in den späteren Jahren, ab 1920 etwa, wurde die Fähigkeit bei weiteren Neuerweckten entdeckt. Das Portalnetzwerk war zu diesem Zeitpunkt recht überschaubar, primär auf Europa ausgerichtet. Natürlich gab es auch auf anderen Kontinenten in sich geschlossene Netzwerke, das erste wurde Australien zugeordnet, doch sie waren untereinander nicht verbunden. Reisen in die Neue Welt mussten daher mit den herkömmlichen Fortbewegungsmitteln angegangen werden.«

Er warf einen Blick auf eine antiquiert aussehende Taschenuhr. »Wie ich so schön sage: Zeit ist etwas, das man mit der Uhr messen kann. Und die sagt mir, dass unsere Vorlesung sich dem Ende zuneigt. Es gibt noch zahlreiche weitere Katastrophen in der Geschichte, die unmittelbar auf das Wirken von Schattenkämpfern oder Mitgliedern des dunklen Rates zurückgehen. Beim nächsten Mal möchte ich das Erdbeben in San Francisco von 1906 und den Großen Brand von London 1666 besprechen.«

Er schnippte mit den Fingern, ein weicher Dreiklang erscholl, der die Vorlesung beendete.

Die anderen strömten hinaus. Der Neuerweckte, den Alex ab sofort bei sich nur noch Nemesis nennen würde, warf ihm ein freches Zwinkern zu, dann war Alex alleine.

»Shit«, fluchte er. Ohne Essenzstab konnte er das dämliche Holz nicht von der Hose lösen.

Prompt steckte Jennifer »Jen« Danvers den Kopf herein. »Wartest du auf etwas?«

Die schlanke Lichtkämpferin mit dem dunklen, schulterlangen Haar hatte ihn seit dem Erwachen seiner Macht gefressen. Ständig sah sie arrogant auf ihn herab, gab schnippische Antworten oder verdrehte die Augen. Dass sie ihm das Leben gerettet hatte, als diese Irren vom Bund des Sehenden Auges ihm einen Dolch in die Brust hatten stechen wollen, machte es nicht besser. Damit war er ihr etwas schuldig.

Er deutete auf die Sitzfläche. »Ja, verdammt. Meinen Essenzstab!«

Sie kicherte. Räusperte sich. Kicherte erneut und half ihm schließlich aus der Patsche. Das Holz floss zurück. »Glückwunsch, dein Hintern ist wieder frei.«

»Haha.«

Sie stellte sich vor das Pult und ließ den Blick über die Bankreihen schweifen. Jen war sechsundzwanzig Jahre alt, hatte ein sinnlich geschnittenes, schmales Gesicht und seidig schimmerndes Haar. Sie fiel eindeutig in die Rubrik attraktiv. Bedauerlicherweise hatte er ihr das im Halb-Delirium im Krankenflügel auch gesagt. Seitdem hielt sie ihn für einen Macho.

»Ist echt schockierend, was?«, fragte sie.

»Hm?«

»Zu erfahren, dass die Menschheitsgeschichte, wie wir sie kennen, eine einzige große Lüge ist.«

»Stimmt.«

»Du hast doch was von Einsteins Vorlesung mitbekommen, oder?«, stichelte sie. »Oder waren zu viele attraktive Lichtkämpferinnen anwesend, die dich abgelenkt haben?«

Es brodelte in ihm. Jemand musste dieser verzogenen - und wie er wusste - reichen Schnepfe die Meinung sagen.

»Egal«, kam sie ihm zuvor. »Auf jeden Fall sind deine Vorlesungen für heute durch. Wir machen jetzt einen kleinen Ausflug.«

»Wohin?« Er stand auf, reckte seine Glieder.

»Zum Stabmacher«, erwiderte sie. »Es wird Zeit, dass du deinen Essenzstab bekommst. Du musst lernen, damit auf Material einzuwirken. Außerdem starten demnächst die Vorlesungen im Stabkampf. Nein, schau nicht so, das tun wir in der Regel nicht untereinander. Aber im Kampf gegen Schattenkrieger ist das ganz nützlich.«

Sie verließen den Vorlesungsraum und traten auf den Flur.

Wie immer ging es im Castillo lebhaft zu. Gruppen aus Magiern eilten geschäftig umher, dazwischen sah man mit etwas Glück mal einen der Unsterblichen.

Sie stiegen die Treppen hinab in die Katakomben.

»Was ist mit den anderen?«, wollte er wissen.

»Kevin und Max wälzen seit Stunden Bücher«, erwiderte sie. »Sie wollen unbedingt Hinweise auf die Schattenfrau finden. Clara studiert die Unterlagen von Marks alten Fällen, um herauszufinden, weshalb die Schattenkrieger ihn so hartnäckig umbringen wollten. Zumindest die Unterlagen, die Leonardo nicht konfisziert hat, also eigentlich nur Notizen. Chris klebt förmlich an Leonardo, damit der ihm wieder den Außeneinsatz erlaubt, aber das sieht schlecht aus. Oh, hätte ich fast vergessen.« Sie griff in die Hosentasche und zog ein schmales Holzetui hervor.

»Für mich?«, fragte Alex grinsend. »Schatz, das wäre doch nicht nötig gewesen.«

Jen verdrehte die Augen. »Echt, ich nehme deinen Essenzstab und stecke ihn dir dorthin, wo keine Sonne scheint.«

»Ts, ts, ts, wir sind heute aber sehr aggressiv, Miss Danvers.«

Er nahm das Etui entgegen. Darin befand sich ein Kristall von klarer Färbung. Als er ihn herausnahm, tönte sich das Innere bernsteinfarben ein. »Was ist das?«

»Ein Kontaktstein«, erklärte Jen. »Er ist nun mit dir, oder genauer: deinem Sigil verbunden. Deshalb hat er auch die Farbe deiner Magiespur angenommen. Darüber kannst du mit dem Team gedanklich kommunizieren oder einen anderen Lichtkämpfer gezielt ansprechen. Außerdem neutralisiert er die Sprachbarriere. Wenn du in einem anderen Land mit jemandem sprichst, klingt es, als spräche dieser Englisch. Er hört aber automatisch seine Sprache, wenn du etwas sagst.«

»Wow.« Er hängte sich den in ein Lederbändchen eingeflochtenen Kristall um den Hals. »Praktisch. Was ist mit den Roaminggebühren im Ausland?«

Jen schlug die Hand vor die Stirn. »Ich muss mit Leonardo reden, ob wir nicht einen Kindergarten aufmachen können. Da würdest du super reinpassen.«

Sie ging ein wenig schneller, um ihn hinter sich zu lassen. Trotzdem hätte er schwören können, dass sie kurz grinste. *Na also, geht doch. Du taust schon noch auf.*

Schließlich erreichten sie die Kammern mit den Portalen. Sechs Stück insgesamt, die von einem zentralen Hauptraum abzweigten. Dort stand der Torwächter, der die Passagen zuteilte. Nur er konnte einem Sprung den Vorrang geben, andernfalls musste man oft warten. Glücklicherweise war momentan nicht viel los.

Sie betraten eine der Kammern.

Alex malte das Sprungsymbol. »Welche Stadt soll ich anvisieren?«

»Hier ist das etwas anders«, erklärte Jen. »Niemand weiß, wo das Refugium des Essenzstabmachers steht. Er mag seine Ruhe. Denk einfach an seine Bezeichnung.«

Alex tat es und murmelte gleichzeitig die Worte: »Porta aventum.« Im gleichen Augenblick verschwand die Karte mit den silbernen Punkten vor seinem inneren Auge. Stattdessen manifestierte sich ein wirbelnder Essenzstab. Er fokussierte ihn, das Portal entstand fast unmittelbar. »Wow.«

»Nach dir«, sagte Jen.

Alex zog einen Schmollmund. »Gut, dass ich noch nichts gegessen habe. Das käme alles direkt wieder raus.«

Noch einmal atmete er tief ein und wieder aus. Dann tat er den Schritt in das Portal.

2. Überraschung

Clara schob ihre Zehen unter der Bettdecke hervor – und zog sie sofort wieder zurück. Der Raum war eine Eisgruft. Einmal mehr verfluchte sie die Ungerechtigkeit der menschlichen Anatomie. Ständig fror sie, während den Männern so warm war, dass sie die Fenster aufrissen oder magisch die Temperatur senkten.

Neben ihr atmete Gryff Hunter, oberster Ordnungsmagier des Castillos, gleichmäßig ein und aus. Er schlief.

Sie drehte sich zur Seite, stützte den Ellbogen ab und betrachtete ihn. Sein Dreitagebart war drauf und dran, zu einem Vollbart zu werden, das dichte, dunkle Haar umrahmte wellig sein Gesicht. Die Decke reichte ihm nur bis zu den Hüften. Typisch. Vermutlich würde er sich nach dem Aufwachen darüber beschweren, dass es viel zu warm gewesen war.

Die nackte Brust war von dünnen Härchen bedeckt und so breit wie ein Wandschrank.

Sanft fuhr sie die Kuhle zwischen den Brusthügeln nach, was ihm einen leisen Seufzer entlockte.

Ein letztes Mal sog sie den Anblick ein, dann schlug sie die Decke zur Seite. Zitternd stieg sie in ihre Hose, streifte das Shirt darüber und richtete die Haare. Vermutlich würde ihr jeder ansehen, dass sie gerade wilden Sex gehabt hatte. Andererseits ahnte niemand etwas von der Affäre, die Gryff und sie am Laufen hatten. Und so sollte es auch bleiben.

Sie lächelte, biss die Zähne zusammen, als der altbekannte Kopfschmerz wieder zuschlug. In den letzten Tagen kam das ständig vor. Vermutlich war sie ultimativ verspannt.

Das gleichmäßige Atemgeräusch verstummte. Träge hob Gryff ein Augenlid. »Du gehst schon?«

Sie kam noch einmal zurück und setzte sich auf die Bettkante neben ihn. »Die anderen brauchen meine Hilfe.«

»Die Recherche?«

Sie nickte. »Wir geben nicht so schnell auf.«

»Das mag ich so an dir.« Er zog sie aufs Bett und verabschiedete sich mit einem feurigen Kuss. Sein Bart kratzte. »Gib mir Bescheid, sobald ihr etwas habt.«

»Aber klar.«

»Und geh in den Krankenflügel«, riet er ihr. »Diese Kopfschmerzen sind nicht normal. Verspannungen schön und gut, doch das geht bereits zu lange.«

»Möglicherweise liegt es auch daran, dass ich mich regelmäßig in einer Eisgruft halb nackt auf dem Bett herumwälze.«

»Ach was, dabei wird es einem doch warm«, erwiderte er mit seinem typischen Lausbubengrinsen, das sie so sehr mochte. »Das lockert die Muskeln. Wir sollten es noch etwas kälter ...«

»Vergiss es!« Sie winkte ab. »Das nächste Mal wirke ich einen Feuerzauber.«

Ein Blick in den Raum machte abermals deutlich, dass das keine gute Idee war. Auf einem breiten Tisch stapelten sich Papiere zu laufenden Ermittlungen. Dazwischen standen Tassen, Teller mit Essensresten - die mittlerweile zu unheiligem Leben erwachten -, und benutzte Kleidungsstücke lagen herum.

»So ein reinigendes Feuer täte deinem Zimmer ganz gut, Mister *Ordnungs*magier.«

Ein Kissen flog Clara ins Gesicht. »Ich mag meine Unordnung.«

Sie kicherte. »Du bist nur zu faul, etwas daran zu ändern. Aber schon in Ordnung.« Sie ging zur Tür und summte leise: »Brenn Feuer, brenn.«

»Das hab ich gehört«, kam es vom Bett.

Kichernd verließ sie Gryffs private Räume. Über einen Umweg in die Küche, wo sie sich mit einem Sandwich und Kaffee eindeckte, stieg sie nach oben ins Turmzimmer. Dort warteten bereits die Zwillinge Chris und Kevin sowie Max.

Chris lag auf dem Boden. Er hatte sein Shirt abgelegt und machte Liegestütze. Die Rücken- und Schultermuskulatur arbeitete unter der Anstrengung, kleine Schweißperlen rollten über seine Haut. Das Tattoo auf dem rechten Schulterblatt, das bis auf den Oberarm hinab reichte, bewegte sich im Takt der Muskelanspannung.

»Seht ihr«, sagte er, »ich bin total fit. Warum sieht Leonardo das nicht ein?«

»Himmel«, kam es von Kevin. Er war ebenfalls trainiert, wenn auch nicht ganz so stark wie sein Bruder. Sein Gesicht wirkte schmal, der Körper schlank. Das braune Haar war mittellang, an der Seite kurz geschnitten. »Wenn du Leonardo nicht endlich in Ruhe lässt, verbannt er dich in die Zentrale am Nordpol.«

»Es gibt kein Haus am Nordpol«, warf der Dritte im Bunde ein. Max war Kevins Freund, was auch erklärte, weshalb er ständig bei ihnen im Turmzimmer abhing, obwohl er nicht mehr zum Team gehörte. Das leicht verstrubbelte, dunkle Haar verlieh ihm ein unschuldiges Aussehen, was so mancher Feind schon unterschätzt hatte. In diesem Augenblick machte er erneut eine seiner geliebten Kaugummiblasen, worauf Kevin sie kurzerhand plattdrückte.

Clara musste kichern, als das Kaugummi nun überall in Max' Gesicht klebte. »Idiot.« Er gab seinem Freund einen Rippenstoß.

»Was meinst du damit, dass es keine Zentrale am Nordpol gibt?«, fragte sie.

»Das mit dem Haus dort ist nur ein Mythos. Wenn Lichtkämpfer zu frech werden, kriegen sie das erzählt«, erklärte Max.

»Ach so.« Clara biss herzhaft in ihr Sandwich und spülte mit Kaffee nach.

»Du siehst müde aus.« Chris kam in die Höhe, schnappte sich sein Shirt und schlüpfte wieder hinein. »Ich dagegen bin topfit.«

»Die Recherche«, log Clara schnell. »Frustrierend.«

Sofort sank der Fröhlichkeitsindex im Raum unter null.

»Wem sagst du das«, kam es von Max. »Die alten Fallakten von Mark sind weiterhin unter Verschluss. Ich konnte nicht mal Referenzen von Jens Protokollen herstellen. Es tut mir leid, aber mehr als die Notizen wirst du nicht bekommen.«

»Was ist mit den Mentigloben?«

Die winzigen Erinnerungsspeicher, die äußerlich wie einfache Glaskugeln aussahen, wurden nach wichtigen Einsätzen genutzt, um die Erinnerung zu konservieren. Zugriff darauf war jedoch nur mit Genehmigung des Rates gestattet, handelte es sich doch um die privaten Gedanken und Erlebnisse von Lichtkämpfern, die darin gespeichert wurden.

»Keine Chance«, seufzte Max. »Der Rat hat alles weggesperrt.«

Clara fuhr sich frustriert durch die Haare. »Der Foliant ist auch eine Sackgasse. Jen konnte ihn nicht lesbar machen, die Prophezeiung kam ebenfalls nicht mehr zum Vorschein.«

Chris setzte sich auf die Tischkante. Unschuldig ließ er seinen Blick über Claras Sandwich gleiten. Blitzschnell schnappte er danach. »Du isst das nicht mehr, oder?« Herzhaft biss er hinein. »Bin krank … brauche die Mineralstoffe und so.«

Sie schlug ihm auf den Hinterkopf, beließ es aber dabei. Irgendwie konnte man ihm nie böse sein, dem großen Kindskopf. Kein Wunder, dass er so gut mit Alex auskam. Sie waren vom gleichen Schlag.

»Tja, damit bleibt nicht mehr viel«, konstatierte sie. »Nur noch …«

»Die Schattenfrau.« Kevin ging zum Tisch, der vollgestopft war mit Bildbänden aus verschiedenen Epochen. »Da ist es gerade umgekehrt. Sie ist überall.«

»Was?« Clara trat näher.

»Wir haben uns überlegt, dass sie derzeit ja mit Saint Germain und dem dunklen Rat zusammenarbeitet. Warum also sollte sie das nicht schon früher getan haben?«, überlegte Max.

»Also haben wir die Katastrophen herausgesucht, in die er unseres Wissens nach verwickelt war«, spann Kevin den Faden weiter. »Schau.«

»Die Titanic-Katastrophe«, flüsterte Clara. Auf dem Bild war eine Frau in schwarzem Kleid zu erkennen, die einen Schleier und Handschuhe trug. Nur wenn man genau hinsah, erkannte man den dunklen Nebel in den Ärmeln.

»Und hier«, Kevin schob weitere Schwarz-Weiß-Bilder zu ihr herüber.

»Die Hindenburg-Katastrophe«, stieß Clara heiser hervor. Das Bild zeigte erneut eine Frau in einem modischen Kleid mit Schleier, die am Rand des Feldes stand, umweht von Feuer und Rauch.

Und so ging es weiter.

Kevin präsentierte Bilder zum Erdbeben in San Francisco, zum Großbrand von London und weiteren Katastrophen der Weltgeschichte.

»Diese Frau ist ja schlimmer als Saint Germain und die anderen Mitglieder des dunklen Rates zusammen.«

Chris nickte. »Ziemlich. Deshalb wird sie ja auch seit über einem Jahrhundert gejagt. Aber sie scheint immer einen Schritt voraus zu sein. Wenn es einem Ordnungsmagier je gelingen sollte, sie zu schnappen und in den Immortalis-Kerker zu werfen, wird er einen Orden von der Größe des Castillos bekommen.«

»Moment.« Clara zog ein Bild hervor. »Das Erdbeben. Entstand das nicht durch den Einsatz dieses Artefaktes, das Leonardo in den Katakomben eingesetzt hat?«

»Das hat zumindest Johanna gesagt, und er hat es bestätigt«, sagte Max, der mit ihr Zeuge der Tat gewesen war.

»Du glaubst, dass sie das Erdbebenartefakt manipuliert hat?«, fragte Chris.

»Das kann nicht sein«, warf Max ein. »Ich habe mitbekommen, wie Leonardo mit einem der Ingenieursmagier gesprochen hat. Die Manipulation erfolgte erst hier, in den Katakomben.«

Clara kam ein furchtbarer Verdacht. »Was ist, wenn die Schattenfrau zum Rat gehört?«

Kevin winkte ab. »Ich glaube kaum, dass der Graf von Saint …«

»Nein«, unterbrach sie ihn. »Zu *unserem* Rat. Überlegt mal, das Nebelfeld verbirgt sie komplett. Und es wäre eine Erklärung, wie sie das Artefakt hier manipulieren und auch damals, als der Wall entstand, anwesend gewesen sein konnte.«

»Du glaubst doch nicht, dass Johanna oder Tomoe oder C…«, begann Kevin.

Erneut unterbrach Clara. »Es könnte jeder sein. Vielleicht ist es ein Mann, der sich als Frau ausgibt.«

»Das wäre mal was«, murmelte Max. »Aber ernsthaft, ist das nicht ein bisschen weit hergeholt? Außerdem war die Schattenfrau schon eine Ewigkeit lang aktiv. Ein paar der Unsterblichen scheiden also aus, die kamen erst später dazu. Einstein zum Beispiel.«

Clara ballte die Fäuste. »Sie ist für Marks Tod verantwortlich. Ich will verdammt noch mal wissen, wer sie ist und weshalb sie uns immer einen Schritt voraus ist.«

Mit einem Knall flog die bisher nur angelehnte Tür zum Turmzimmer zu.

Alle fuhren herum.

»Mein Riechzinken nimmt das Aroma von Paranoia auf«, erklang eine Stimme. Die Freundin trug ihr Haar noch immer neongrün und hochgestellt, ihre grünen Augen leuchteten, als sie einen Blick in die Runde warf. Freche Sommersprossen bedeckten ihre bleiche Haut, ein Piercing glänzte an der Unterlippe. Auf dem rechten Handgelenk war ein Krallen-Tattoo zu sehen. Die Hände steckten in ledernen, fingerlosen Handschuhen. »Überraschung. Na, habt ihr mich vermisst?«

»Chloe!«

Im nächsten Augenblick wurde die Freundin in eine Gruppenumarmung gezerrt.

3. Im Refugium des Stabmachers

Das Portal spuckte Alex aus. Und genau so fühlte er sich auch. Doch verblüffenderweise konnte er das Übelkeitsgefühl recht gut verkraften. Der Boden blieb sauber.

»Na also, es wird langsam«, stellte Jen fest. »Noch ein, zwei Durchgänge und wir haben dich aus der Windelphase raus.«

Alex verlegte sich aufs Schweigen.

Sie waren in einem gemütlichen kleinen Raum herausgekommen. Ein Lesesessel stand in der Ecke, ein Regal an der Wand.

»Er wird nicht oft besucht, aber wenn, dann wird jeder Gast freundlich aufgenommen«, erklärte sie.

Ein runder Tisch stand neben dem Sessel. Auf der Platte manifestierte sich eine Kanne, dazu zwei Tassen, die sich mit schwarzer Flüssigkeit füllten.

»Das ist ja nett.«

»Lass stehen, wir bringen es besser direkt hinter uns«, erklärte Jen und steuerte den Ausgang an.

»Aber … Kaffee.« Er warf der Tasse, von der dampfende Schwaden aufstiegen, einen sehnsüchtigen Blick zu. »Vielleicht später.«

Sie gingen durch die sauberen Gänge eines lichtdurchfluteten Anwesens. Die Sonne schien herein, warme Luft war allgegenwärtig. Vor den Fenstern ragten grüne Sträucher in die Höhe. »Also, in Anbetracht der Tatsache, dass in Europa Winter ist, können wir nicht mehr dort sein.«

»Gut geraten, Sherlock. Ich tippe auf die Tropen. Aber so genau lässt sich das nicht sagen. Ein Teil von dem, was du siehst oder spürst, könnte eine Illusion sein. Illusionierungszauber werden von Magiern gerne angewendet, wenn es darum geht, das eigene Heim etwas aufzumotzen. Man gibt so gerne an.«

Unweigerlich zog sich Alex' Magen zusammen. Er musste an die kleine Dreizimmerwohnung denken, in der er mit seiner Mum und seinem sechzehnjährigen Bruder Alfie lebte. Wenn er nur dort ein wenig Magie einsetzen könnte. Aber das war verboten, wie er mittlerweile wusste. Wenigstens bekam er als Lichtkämpfer ein monatliches Gehalt, das sogar recht üppig ausfiel. Damit konnte er die beiden unterstützen.

Sie betraten die Bibliothek.

Während Alex das Chaos nur langsam realisierte, in das sie

unmittelbar hineingetreten waren, flog Jens Essenzstab förmlich in ihre Hand. Alarmiert schaute sie sich um. »Kannst du schon eine Schutzsphäre weben?«

»Eine normale, ja.« Er wusste um das Machtsymbol für einen Schutz der ersten Stufe. Für jenen der zweiten musste man jedoch Machtworte mit dem Symbol verknüpfen, was ihm bisher nicht gelungen war.

»Verdammt, verdammt, verdammt.«

Alex ging kurzerhand zu einem der am Boden liegenden Stühle, brach das Stuhlbein ab und hielt es wie einen Baseballschläger in der Hand. »Was?«, fragte er auf Jens ungläubigen Blick hin.

»Halte lieber deine Finger oben, um einen Zauber zu wirken.«

»Nenn es von mir aus Placebo.«

Vorsichtig stiegen sie über aus dem Regal gefallene Bücher, Aschereste und zerfledderte Folianten. An einigen Stellen der Wand hatten Kraftschläge gewütet und Teile des Putzes weggesprengt, Rußspuren bildeten Schlieren.

»Wer kann so mächtig sein und hier eindringen? Und ihn dann auch noch besiegen?«, flüsterte Jen.

»Ist er denn so stark?« Sichernd sah Alex sich um.

»Ich bitte dich … Ach so, du solltest vielleicht wissen, dass der Stabmacher auch ein Unsterblicher ist.«

»Ich dachte, die sitzen nur im Rat.« Er lugte hinter einen umgestürzten Beistelltisch.

»Normalerweise schon. Aber es gibt Ausnahmen. Sehr wichtige Positionen, solche, bei denen ein Verlust des Wissens gefährlich wäre, werden auch von Unsterblichen besetzt. Die Erschaffung eines Essenzstabes muss mühevoll erlernt werden. Das dauert Jahrzehnte.«

»Verstehe«, sagte Alex. »Da ist ein Unsterblicher praktisch. Einmal gelernt, geht das Wissen niemals verloren. Wer ist es?«

»Michel de Nostredame. Vermutlich kennst du ihn als …«

»Nostradamus«, keuchte er. »Echt jetzt? Kann er wirklich in die Zukunft sehen?«

Jen sprang nach vorne, rollte sich ab und richtete ihren Essenzstab in den Schatten zwischen zwei Regalen. Doch da war nichts. »Er konnte es Zeit seines Lebens und später auch als Unsterblicher. Bis der Wall errichtet wurde.«

»Oh. Und weil dieser seine Existenz aus den Sigilen aller speist …«

»Verloren alle Seher ihre Gabe, ja. Seitdem bereist er die Welt und trägt

Schriften zusammen, die er einst schrieb, um die Zukunft vorauszusagen. Außerdem hält er Ausschau nach den Hinterlassenschaften anderer Seher. Ich wollte ihn heute auch auf Joshuas Erbe und unseren Folianten ansprechen.«

»Scheinbar kam dir jemand zuvor.«

Sie hatten die Untersuchung der Bibliothek abgeschlossen. »Niemand hier.«

»Vielleicht ist nur ein Experiment schiefgelaufen?«, überlegte Alex.

»Dieser Raum ist Nostradamus heilig. Jede Schrift enthält Prophezeiungen, Hinweise auf die Zukunft. Manche sind totaler Humbug, aber andere kostbarer als ein Essenzstab. Er hat es sich zur Aufgabe gemacht, sie auszuwerten.«

»Verstehe.«

Jen zeichnete ein Symbol in die Luft. Ihr Finger hinterließ eine magentafarbene Spur. Alex versuchte, das Machtsymbol zu analysieren, doch immer wenn er glaubte, die Funktion zu begreifen, verschwand das Wissen wieder. Als es vollendet war, entstand ein Ball aus Licht, der explodierte und einen Schauer durch den gesamten Raum jagte.

Aufmerksam sah Alex sich um.

Tatsächlich loderte neben dem wuchtigen Schreibtisch eine Energielohe empor, die langsam verwehte.

Jen ging daneben in die Knie. »Blut.«

»Verdammt.«

»Das ist gut. Na ja«, korrigierte sie sich schnell, »nicht wirklich. Aber wenigstens können wir nun einen Aufspürzauber anwenden. Er wird uns zu Nostradamus führen.«

»Kannst du daraus auch ablesen, ob er noch am Leben ist?«

Jen schluckte. »Nein. Gib mir etwas Ruhe, das wird jetzt kompliziert.«

Alex erhob sich. Während sie den Zauber wob, schlenderte er durch die Bibliothek. An der Wand hingen Gemälde, die Landschaften der Provence abbildeten. Andere zeigten Sternenbilder. Neben den von Hand gemalten klassischen Bildern gab es auch solche, die wirkten, als seien die Rahmen Fenster, die eine Aussicht auf den abgebildeten Ort zeigten. Er trat an eines jener eindeutig magisch erschaffenen Kunstwerke heran. Es zeigte eine idyllische Lichtung.

Ein Reh rannte im Dickicht vorbei, Schmetterlinge saßen auf einem gewaltigen Blatt, das sich zu beiden Seiten gen Erdboden bog. Gegenüber dem Bild öffneten sich Berghänge und boten einen atemberaubenden Anblick. Nebel hing über den Wipfeln, die Sonne brach sich in Wassertropfen. Es musste geregnet haben.

Er streckte die Hand aus.

Seine Fingerspitzen berührten ein Hindernis, das zu wabern begann. Als durchstieße er eine stehende Wasserfläche mit dem Finger, warf es Wellen. Auf der anderen Seite war Luft. Und Wärme.

Das Bild ist ein kleines Portal. Aber wie macht er das?

»Beeindruckend, oder?«, fragte Jen neben ihm.

Aufschreiend zuckte Alex zurück.

»Schön, dass du so gut Wache hältst«, kommentierte sie. »Wenn ich dich in Staub hätte verwandeln wollen, wäre das ziemlich einfach gewesen.« Sie seufzte. »Das hier muss total aufregend für dich sein. Mir wäre es auch lieber, du könntest dir alles in Ruhe ansehen. Aber, ich weiß nicht, ob dir das klar ist: Wir befinden uns in Lebensgefahr.«

»Tut mir leid.«

Sie nickte. »Komm.«

Von dem Blutfleck auf dem Boden führte eine durchscheinende, sphärisch anmutende Spur durch die Luft davon.

»Sie weist uns den Weg zu Nostradamus«, erklärte Jen. »Hoffentlich schnell genug.«

Alex warf einen letzten Blick auf den zerstörten Raum.

Dann folgten sie beide dem Leuchten.

4. Echos aus dem Gestern

Jen schaute sich aufmerksam um, die Lippen zu einem Strich zusammengepresst. Sie wollte Alex keine Angst machen, es reichte, wenn einer von ihnen der Panik nahe war. Natürlich hatte sie sofort versucht, mit dem Kontaktstein Johanna, Leonardo, Clara und Kevin zu informieren. Doch sie war nicht zum Castillo durchgekommen. Jemand hatte sich große Mühe gegeben, ein Dämpfungsfeld um diesen Ort zu errichten. Natürlich konnte es sein, dass der Schutz noch von Nostradamus erschaffen worden war. In dem Fall wurde ihnen dessen Sicherheitswahn nun zum Verhängnis. Wer ihn auch immer angegriffen hatte, musste über verdammt mächtige Magie gebieten. Ein Unsterblicher, geschult durch die Jahrzehnte, in diesem Fall sogar Jahrhunderte des Lebens und obendrein in unzähligen Kämpfen erprobt, ließ sich nicht so einfach ausschalten.

Bedauerlicherweise kamen trotzdem zahlreiche Feinde infrage, denen sie so etwas zutraute. Saint Germain und der dunkle Rat, die wenigen anderen, die diesen zuarbeiteten, möglicherweise der Bund des Sehenden Auges - von dessen Existenz sie erst kürzlich erfahren hatten - oder die Schattenfrau.

Letztere war zweifellos stark, sie schien etliche Jahrhunderte auf dem Buckel zu haben. Andererseits hatte sie - soweit Jen wusste - niemals selbst so offen angegriffen. Das übernahmen meist die anderen. Sie war eher eine Intrigantin, die aus dem Hintergrund wirkte. Dem Schatten. Ihre Bezeichnung trug sie nicht umsonst. Wie gerne hätte Jen dieses elende Miststück mit einem gezielten Zauber erledigt und das Schattenfeld aufgehoben. Wer mochte wohl darunter zum Vorschein kommen?

Sie pirschten durch die weitläufigen Gänge, jederzeit darauf bedacht, sich eines Angriffs zu erwehren. Doch nichts geschah. In Jen reifte der Verdacht heran, dass Nostradamus einfach nur hatte beseitigt werden sollen. Denn dadurch kamen die Lichtkämpfer nicht länger an neue Essenzstäbe.

Sie stiegen Treppenstufen empor, rannten Gänge entlang und erreichten schließlich eine wuchtige Holztür, die offen stand. Die Spur führte direkt hinein. Jen sprang mit erhobenem Stab voran. Alex folgte dichtauf. Auch hier erwartete sie keine böse Überraschung.

»Seltsam.« Sie sah sich um.

Und realisierte im gleichen Augenblick, wo sie sich befanden.

»Zurück!«

Doch die Eingangstür schlug dumpf zu, ein Klacken ertönte.

»Was ist los?« Panisch warf Alex den Kopf hin und her, suchte nach einer herannahenden Gefahr.

»Das hier ist die Erinnerungskammer. Normalerweise betritt man sie alleine. Aufgrund dessen, was der Raum offenbart - und Nostradamus' späterer Prüfung - wird der Essenzstab zugeteilt. Das wird jetzt …«

Stein wurde zu Glas.

Von einem Augenblick zum nächsten standen sie in einem gläsernen Kubus, dessen Wände, Boden und Decke wie überdimensionale Monitore erschienen. Es war allerdings kein Fernsehprogramm, das übertragen wurde.

Jen starrte entsetzt auf die Szene, die sich ihr bot.

Alex stand in einer heruntergekommenen Unterführung, umringt von anderen Jugendlichen. Er war um die zwanzig Jahre alt, vielleicht etwas älter. Auf seinem Kopf saß eine Basecap, deren Schirm im Nacken hing. Seitlich lugte sein dunkelblondes Haar hervor. Er trug einen Hoodie und weite Baggyhosen, die Füße steckten in prolligen Nike Shox. Das Goldkettchen um seinen Hals machte das Bild perfekt.

Unter dem Grölen seiner Freunde, die ihn anfeuerten, schlug er einem anderen jungen Mann die geballte Faust ins Gesicht. Blut spritzte. Das Knacken einer brechenden Nase war zu hören.

»Und, gibst du es freiwillig her?«, sagte die junge Version von Alex.

Der andere schüttelte den Kopf. Tränen rannen über seine Wangen, er biss fest die Zähne zusammen.

Alex zuckte gelangweilt mit den Schultern. Seine Faust schoss erneut voran. Und wieder. Und wieder. Am Ende lag der andere am Boden. Sein Gesicht glich einer breiigen Masse aus aufgeplatzter Haut, einer gebrochenen Nase, blutenden Brauen und zugeschwollenen Augen. Der junge Alex schickte einen Tritt in den Magen hinterher. Unter dem noch lauteren Gegröle seiner Freunde zog er dem Liegenden den Geldbeutel aus der Hosentasche.

Gemeinsam trollten sie sich.

Jen war geschockt von so viel Brutalität. Natürlich hatte sie im Kampf gegen die Schattenkrieger einiges erlebt. Manipulierte Menschen, die schlimme Dinge unter dem Einfluss von schwarzer

Magie oder Artefakten taten. Magier, denen das Leben von Nimags völlig egal war, sahen sie diese doch als bessere Sklaven an.

Besonders unter den Schattenkriegern war - indoktriniert durch den dunklen Rat - ein Gedanke zum allgemeinen Konsens geworden: Die magische Welt litt unter dem Wall, der erschaffen worden war, um Nimags zu schützen. Eine völlige Verkehrung der natürlichen Ordnung der Dinge. Nach über einem Jahrhundert war es an der Zeit, die Machtverhältnisse umzukehren. Manche glaubten gar, dass Nichtmagier ohne eine starke Kontrolle gar nicht in der Lage waren, den Frieden auf der Welt zu bewahren.

Zugegeben, Jen sah auch Nachrichten. Kriege überall auf der Welt, Anschläge, wohin man blickte. Autokraten und Diktatoren, die aus dem Leid der Menschen Kapital schlugen, die auf dem Altar der angeblichen Sicherheit die Freiheit opferten. Trotzdem sah sie ebenso das Gute. Den Frieden. Die Freiheit. Demokratien in aller Welt, die versuchten, es besser zu machen.

Ihr Blick fiel zurück auf das blutende, wimmernde Bündel. Wie konnte in einem Menschen nur so viel Hass stecken? Jen hatte in Alex' Augen gesehen, als dieser zugeschlagen hatte.

Da war Hass.

Jeder Schlag hatte ihr Innerstes erschüttert und Erinnerungen an andere Schläge an die Oberfläche gespült. Jene, die *sie* abbekommen hatte. Die *sie* zum Opfer gemacht hatten. Das Opfer eines Mannes, der schlug und Seelen zerstörte, weil er es wollte. Weil er es konnte. Weil es ihm gefiel.

Während die junge Ausgabe von Alexander Kent grölend Pfundnoten aus dem Geldbeutel zog, blieb der zusammengeschlagene Jugendliche zitternd zwischen Abfall, leeren Bierflaschen und zertretenen Zigarettenschachteln liegen. Er atmete noch, schwebte aber eindeutig zwischen Leben und Tod.

Jen ballte die Fäuste.

Es kostete sie jedes Quäntchen an Selbstbeherrschung, keinen Kraftschlag zu weben und gegen Alex zu schicken. Immer wieder musste sie sich vergegenwärtigen, dass diese Tat Jahre zurücklag. Das Sigil hatte ihn aus einem bestimmten Grund erwählt, ihn zum Lichtkämpfer gemacht.

Trotzdem tobte die Wut wie ein verzehrendes Feuer durch ihr Innerstes.

Auf dem Glas drehte der geschundene Jugendliche sich zur Seite und spuckte Blut auf den Boden.

In Jens Mund entstand ein metallischer Geschmack. Wie oft hatte sie selbst Blut gespuckt? War mit ihrer Mum in eine Privatklinik gefahren, wo mit dem richtigen Sümmchen niemand Fragen stellte?

Wunden wurden getackert, gelasert und mit Pflastern besprüht. Gebrochene Knochen waren die Folge eines Unfalls, »Kinder, Sie wissen ja, wie die so sind, Doc.«

Ich darf mich davon nicht beeinflussen lassen, klammerte Jen sich an die Logik.

Dieser Raum war nicht dazu gedacht, ihn gemeinsam mit einer anderen Person aufzusuchen. Jeder musste sich den eigenen Dämonen stellen. Sie schloss die Augen, um die Bilder zu vertreiben. Die Vergangenheit war genau das, vergangen. Sie durften ihre Handlungen davon nicht beeinflussen lassen!

Doch obgleich Jen gelernt hatte, ihre Emotionen zu bändigen, wusste sie, dass sie Alex nie wieder mit den gleichen Augen sehen würde.

5. Alles auf Risiko

Clara lächelte.

Es fühlte sich an, als wäre Chloe nie weg gewesen. Ihre grünen Haare wippten bei jeder Umarmung, in die sie gezerrt wurde. Sie machte sich einen Spaß daraus, Max' Haar noch mehr zu verwuscheln. Prompt vergalt er Gleiches mit Gleichem.

»Wo warst du?«, fragte Chris schließlich.

»Top Secret«, erklärte Chloe. Sie warf sich auf die Couch. »Aber ich bin froh, dass es vorbei ist. Diese Solonummern nerven. Total langweilig. Nur, weil ich sowohl in Magie als auch in der Anwendung von Technologie so absolut genial bin …«

»Boah, riecht ihr das auch?«, stichelte Chris. »Stinkt es hier irgendwie nach Eigenlob?«

Chloe legte ihr Füße in den nietenbesetzten Boots auf dem Tisch ab. »Hey, keine Angst, die Rolle des Muskelprotzes mache ich dir nicht streitig, Tattoo-Boy. Jeder hat seine Vorzüge.«

Chris grummelte gespielt beleidigt, machte gleichzeitig aber einen geschmeichelten Eindruck.

»Du weißt von Mark?«, stellte Clara die rhetorische Frage.

»Und da haben wir auch schon den Elefanten im Raum«, erwiderte Chloe. Kurz schimmerte der Schmerz durch, doch die Freundin ging grundsätzlich nicht mit ihren Gefühlen hausieren. Sie schüttelte den Kopf und vertrieb jede sichtbare Emotion. »Klar. Ich habe gerade einen verdammt gefährlichen Hack durchgeführt. Der Server ist echt von 'nem Paranoiker gesichert worden. Na ja, letztlich hatte er mit der Vorsicht ja recht. Egal. Auf jeden Fall bin ich danach fast vom Stuhl gekippt. Wollte eigentlich sofort zu euch zurückkommen, aber die Sache war dem Rat ziemlich wichtig. Haben wir einen Neuen oder eine Neue?«

Clara fasste die Ereignisse der letzten Tage zusammen. »Jen und er besorgen gerade bei Nostradamus einen Essenzstab.«

»Ich bin gespannt auf den Newbie«, Chloe grinste. »Die sind immer wie goldige Welpen. Tapsen rum, stellen Schabernack an und verhunzen erst mal jeden Zauber. So toll, wie alle sagen, sind diese ererbten Erinnerungen gar nicht. Sehr löchrig das Ganze.« Sie stellte die Füße auf dem Boden ab. »Aber was war das mit dem möglichen Verräter?«

Clara breitete die Arme aus. »Jemand hat das Artefakt manipuliert, an der Tatsache führt kein Weg vorbei. Eigentlich kann es nur einer vom Rat gewesen sein.«

»Und dieser Jemand soll auch gleich noch die Schattenfrau sein?« Chloe wirkte skeptisch. »Also, das halte ich doch für weit hergeholt. Aber einen Verräter hatten wir ja schon einmal, lange vor unserer Zeit.« Sie klatschte in die Hände. »Endlich ist in dem verstaubten Laden mal wieder was los.«

Max ließ eine Kaugummiblase platzen. »Ehrlich gesagt war es etwas viel in den letzten Tagen. Jen und der Neue giften sich an, der Foliant, ein angeblicher Verräter. Dann dieser seltsame Bund, der versucht hat, Alex zu töten …«

»Wie sage ich immer: Neues Problem, bitte hinten anstellen. Eines nach dem anderen.«

Kevin zuckte mit den Schultern. »Wir sind nur leider so gar nicht weitergekommen. Abgesehen davon, dass die Schattenfrau überall in der Geschichte ihre Finger im Spiel hatte, wissen wir kaum etwas.«

»Also, erst einmal wäre es ganz nützlich, wenn ich ein paar der Bilder einscanne, auf denen das Weib zu sehen ist«, meinte Chloe. »Dann kann ich die durch mein Bildabgleichsprogramm jagen. Mit etwas Glück finden wir noch mehr Material, das irgendwo im Internet veröffentlicht wurde. Ausschnitte aus alten Büchern, Gemälde, all das Zeug. Irgendwann, irgendwo muss sie das erste Mal in Erscheinung getreten sein. Finden wir diesen Moment, kriegen wir ihre Identität raus.«

»Das klingt gut.« Chris saß im Sessel, öffnete eine Flasche Milch und trank direkt draus, was ihm einen bösen Blick von Clara einbrachte. Er ignorierte ihn natürlich.

»Aber was machen wir wegen dem Verräter?«, überlegte Kevin. »Der Rat wird eigene Untersuchungen anstellen, sie aber kaum mit uns teilen.«

Clara räusperte sich. »Ich werde mal bei Gryff nachfragen. Er ist ja grundsätzlich ganz umgänglich.« *Werde ich rot? Sieht man es mir an?*

Chris schaute skeptisch drein. »Der Kerl ist ein harter Brocken. Aber versuch dein Glück.«

Chloes Augenbrauen wanderte in die Höhe, sie verkniff sich jedoch einen Kommentar. Da die Freundin einen siebten Sinn für sich anbahnende Liebesgeschichten hatte, ahnte sie vermutlich etwas. Sie war die Erste gewesen, die Max und Kevin »Nehmt euch endlich ein Zimmer!« zugerufen hatte.

»Warum nehmen wir nicht den direkten Weg?«, fragte Chloe. »Diese umständliche Informationsbeschaffung aus zweiter Hand muss doch nicht sein.«

»Klar«, kommentierte Kevin. »Tolle Idee. Wir stellen uns in die Eingangshalle des Castillos und brüllen in die Runde ›Wer von euch ist der Verräter?‹. Du warst echt lange auf Solomission unterwegs.«

»Du willst wohl wieder von der Decke baumeln, Grant.« Chloe sagte es ganz bewusst gespielt schnippisch.

»Versuch dein Glück, O'Sullivan«, gab er grinsend zurück. »Mein Essenzstab schlägt deinen um Längen.«

»Oha, hat da jemand zu viel am Bier genippt?«

»Hat da eine am Grünfärbemittel geschnuppert?«

Sie lachten beide.

Chloe und Kevin waren ein Herz und eine Seele, was sich meist daran zeigte, dass sie sich kabbelten. Sollten er und Max irgendwann heiraten, würde sie vermutlich den heftigsten Junggesellenabend veranstalten, den die Welt je gesehen hatte.

»Aber mal im Ernst«, kehrte sie wieder zum Thema zurück. »Der Rat hat längst ermittelt, wenn sie einen solchen Verdacht hegen. Also wissen die Räte Bescheid, allen voran Johanna und Leonardo.«

»Vermutlich«, erwiderte Clara.

»Dann holen wir uns die Infos doch einfach von unserem herzallerliebsten Universalgenie Leonardo da Vinci.«

»Ich traue mich ja fast nicht zu fragen«, warf Chris ein, »aber: Wie willst du das machen?«

Chloe grinste frech. »Wir brechen in sein Büro ein. Na ja, es ist nicht abgeschlossen, also öffnen wir genau genommen einfach die Tür.«

»Okay«, stöhnte Chris. »Ich hätte tatsächlich nicht fragen sollen. Wir spielen also Oceans Five. Und wie willst du … Das ist nicht dein Ernst?«

»Aber ja doch.« Gelassen verschränkte Chloe die Arme. »Warum denn nicht? Immerhin geht es hier um unsere Sicherheit.«

»Ja, genau, warum nicht?!«, rief Max. »Wovon sprechen wir hier gerade?«

»Die Mentigloben.« Clara hatte mittlerweile begriffen, worauf die Freundin hinauswollte.

Um wichtige Erinnerungen zu konservieren, waren Lichtkämpfer angehalten, ihre Fallprotokolle aus Kopien der eigenen Erinnerungen teilweise in der runden magischen Sphäre zu hinterlegen. Auch Räte taten das. Clara wusste, dass die Ratszusammenkünfte vom Protokollanten in einem Mentiglobus gespeichert wurden. Besagter Protokollant war Leonardo. Es galt als schweres Vergehen, ohne Erlaubnis in die Erinnerung eines Magiers vorzudringen. Egal, ob durch einen Offensivzauber oder das Auslesen eines Mentiglobus. Zusammen mit den Informationen schwappten manchmal auch persönliche Gefühle und privates Wissen herüber.

Die Mentigloben von Lichtkämpfern wurden daher sofort im Archiv gesichert. Ein Ort, den normale Magier fast niemals aufsuchen durften und der sich nicht im Castillo befand. Den Unsterblichen blieb es selbst überlassen, was sie mit ihren konservierten Erinnerungen anstellten. Es stand außer Frage, dass Leonardo sie niemals aus der Hand gab. Er hatte mehrfach angedeutet, dass er das Archiv nicht mochte.

»Einen Versuch ist es wert«, murmelte Clara.

»Dann ist es beschlossen.« Chloe sprang grinsend auf. »Holen wir uns die Erinnerung an die letzte Ratssitzung.«

6. Ein Ablenkungsmanöver

Nicht schon wieder.« Leonardo da Vinci rollte genervt mit den Augen.

Chris versuchte, es nicht persönlich zu nehmen. Wenn er schon als Ablenkungsmanöver herhalten musste, konnte er das doch direkt verwenden, um seiner Sache erneut Gehör zu verschaffen. »Ich bin fit. Gesund.«

»Da sagte mir Schwester Theresa aber etwas anderes«, erwiderte der Unsterbliche.

Leonardo trug sein dunkles, gelocktes Haar mittellang, den Dreitagebart hielt er gepflegt. Die obersten Knöpfe seines Hemdes waren leger geöffnet, ein Lederband mit blauem Kontaktstein zierte den Hals, ergänzt durch eine Ledermanschette am linken Handgelenk. Der Essenzstab steckte, wie bei fast allen Lichtkämpfern, in einer Spezialschlaufe am Gürtel.

Chris hatte ihn vor dem Vorlesungssaal abgefangen, wo er Ingenieursmagie unterrichtete. Ein sehr komplexer Magiezweig, für den sich nur Wenige interessierten. Leonardo war stets miserabel gelaunt, sobald er den Saal verließ, weil die Handvoll Anwesender, die die Stühle besetzten, innerhalb kürzester Zeit einschliefen. Obendrein war er gezwungen, seine Notizen in normaler Schrift an der Tafel zu verewigen; nicht wie er es sonst tat, rückwärts mit der linken Hand geschrieben.

»Ich könnte Liegestütze machen«, bot Chris an. »Das würde beweisen, dass ich körperlich fit bin.«

»Du wurdest entführt, deiner Magie beraubt und von einem Kampfmönch quer durch einen Raum geschleudert. Laut Schwester Theresa hattest du Knochenbrüche und Prellungen, Blutergüsse und Schürfwunden.«

»Sie kann echt was, unsere Theresa.« Vorsichtig schaute Chris sich um. Mit der Heilerin war nicht zu spaßen. Die hatte Pfeffer im Arsch. »Sie hat quasi ein Wunder gewirkt.« Er breitete beide Arme aus.

»Zweifellos«, murmelte Leonardo. »Sollen wir sie dazuholen und das Ganze mit ihr besprechen?«

»Nein, nein, sie hat viel zu tun. Das ist nicht notwendig«, wiegelte er schnell ab. »Ich brauche einen Einsatz«, bettelte er weiter. »Oder wenigstens den Zugang zur Kampfhalle. Von mir aus auch einen Illusionierungskampf.«

»Recherche ist wichtig«, verkündete das Universalgenie kategorisch. »Unser Wissen zu mehren, ist bedeutsam.«

»Komisch«, erwiderte Chris, »ich erinnere mich an ein paar geschichtliche Aufzeichnungen, in denen in Bezug auf Leonardo da Vinci vom Kampf gegen Geheimlogen die Rede ist. Du hast Flugapparate selbst ausprobiert, dich heimlich duelliert und warst ein ziemlicher Aufreißer.«

Der Unsterbliche wirkte verdutzt. »Nun ja, es waren andere Zeiten. Außerdem hieß das nie ›Aufreißer‹.«

»Schürzenjäger?«

Leonardo winkte ab. »Das steht nicht zur Debatte.«

»Gab es da nicht nach deiner Erweckung zum Unsterblichen - und der Verjüngung - ein Duell zwischen dir und Dschingis Khan?«

Bei der Erwähnung des dunklen Ratsmitglieds verdüsterte sich Leonardos Gesicht. »In der Tat.«

»Und wurdest du dabei nicht verletzt?«

Der Unsterbliche schnaubte. »Das war etwas anderes.«

»Inwiefern?«

Leonardo schien zu überlegen, ob er Chris direkt hier und jetzt eine Lektion in Kampfmagie angedeihen lassen sollte. Doch dann seufzte er auf, ließ die Schultern hängen und sagte: »Ich wollte einen Happen essen. Leiste mir Gesellschaft, und ich erzähle dir davon. Aber mach dir keine …«

»Hoffnungen? Nie.«

Breit grinsend ging Chris neben Leonardo her. Unmerklich reckte er den Daumen in die Höhe.

Max kniff die Augen zusammen. »Ah, da, er gibt das Okay-Zeichen. Es hat funktioniert. Sie gehen nicht zum Büro.«

Kevin grinste breit. »Gut gemacht, Bruderherz. Da musst du jetzt durch.« *Mal schauen, ob du es diplomatisch hinbekommst oder am Ende zur Strafe in der Ingenieursmagievorlesung antanzen darfst.*

Sie rannten beide in Richtung des Unsterblichenflügels, wie er genannt wurde, weil dort der Rat seine Büros hatte.

»Glaubst du, er kann Leo überzeugen, ihm einen Persilschein auszustellen?«, fragte Max.

Kevin kicherte. »Niemals. Der hat viel zu viel Angst vor Schwester Theresa. Die würde auch vor einem Unsterblichen nicht haltmachen und ihm ordentlich den Kopf waschen.«

Ein lustiger Gedanke, wie er fand.

»Nach dem Gespräch mit Leonardo wird dein Bruder nie wieder für ein Ablenkungsmanöver zur Verfügung stehen«, vermutete Max.

»Das darf er mit Chloe ausmachen, die wird ihm den Kopf schon geraderücken. Im Duett mit Jen.«

»Apropos, sollten sie und Alex nicht langsam zurück sein?«, überlegte er. »Ich dachte, es dauert nicht lange, wenn Nostradamus einen Essenzstab erwählt.«

Kevin zuckte mit den Schultern. »Ehrlich gesagt weiß das niemand so genau. Es gibt kaum jemanden, der einen neuen Stab benötigt. Der sucht sich ja den Nachfolger automatisch und ist sigilgebunden.«

Sie grüßten im Vorbeigehen ein befreundetes Team, das gerade von einem Einsatz zurückkehrte.

»Jen hat damals auch einen neuen Stab gebraucht«, bemerkte Max.

Kevins Magen verkrampfte. Ja, das hatte sie. Die Erweckung von Jens Macht war ein Paradebeispiel dafür gewesen, was schiefgehen konnte. Er hatte sie gemeinsam mit Chloe in den Trümmern gefunden. Zwischen Blut und Toten und ihrem zerstörten Essenzstab. »Sie hat nichts darüber erzählt. Weißt du ja.«

»Jap. Aber vielleicht hat sie ein paar Andeutungen fallen lassen?«, fragte sein Freund. »Da waren wir ja noch nicht zusammen, du und ich.«

»Das hätte ich dir erzählt. Aber nein, hat sie nicht.« Kevin hatte Jen versprochen, niemals darüber zu sprechen. Es blieb ihr überlassen, wem sie von dieser grauenvollen Nacht berichtet.

»Vielleicht wird Alex das Geheimnis endlich lüften«, überlegte Max, wobei er eine Kaugummiblase machte und sie platzen ließ.

Kevin seufzte innerlich. Den Kampf gegen das Kaugummi würde er niemals gewinnen. »Du kannst ihn ja fragen.«

Sie erreichten den Zugang zum Unsterblichkeitsflügel, wo Chloe und Clara bereits warteten.

»Also gut, wir halten Wache. Und ihr legt los.«

»Sind quasi schon auf dem Weg«, flüsterte Clara.

»Du kannst ruhig normal sprechen.« Chloe zwinkerte. Nur, um die

Stimme zu einem Flüstern zu senken. »Wir stehen nämlich noch auf dem Gang.«

Max und Kevin lachten.

Sie ließen die beiden Jungs zurück und schlichen tiefer in die Gangfluchten. Jeder Unsterbliche hatte hier ein Büro, wobei sich die meisten jedoch ständig woanders aufhielten.

Johanna war die inoffizielle Leiterin des Castillos. Leonardo war meist mit Konstruktionen, Theorien oder dem Entwickeln gänzlich neuer Zauber beschäftigt. Einstein befasste sich noch immer am liebsten mit Physik. Er versuchte, die grundlegenden Eigenschaften der Magie zu entschlüsseln, deren Gesetzmäßigkeiten sich größtenteils jeder Definition entzogen. Und so hatte auch jeder und jede der übrigen Unsterblichen Eigenheiten, die sie von ihrem normalen Leben als Nimags in die Unsterblichkeit getragen hatten.

Vor Leonardos Büro blieben sie stehen.

Clara schluckte. Sie fühlte sich schuldig. Andererseits hatte sie Verantwortung für ihr Team, ihre Freunde. Da war es ihr gutes Recht, gegen eine solche Geheimniskrämerei vorzugehen, oder nicht?

Chloe drückte die Klinke herunter und trat ein.

Aus dem Nichts heraus entstand ein Nebelgebilde. Es zeigte Leonardo. Seine Stimme hallte aus dem magischen Äther in die Wirklichkeit: »Ich bin zur*zeit nicht anwesend. Kommt später wieder.«*

Das Gebilde zerstob.

»Das hätte er echt charmanter ausdrücken können«, fand Chloe. »Also schön, finden wir den verdammten Mentiglobus – und dann nichts wie weg.«

Vorsichtig drangen sie tiefer in das Büro vor.

7. Trampel

Entsetzt starrte Alex auf die Szene, die auf dem Glas ablief. Er achtete nicht länger auf Jen, obgleich eine jüngere Version von ihr die Hauptrolle in dem Szenario spielte.

Sie mochte etwa sechzehn sein, nicht älter. Umgeben von zwei anderen Mädchen schritt sie durch die Gänge einer Privatschule. Alle trugen die gleiche Uniform, ebenso den identischen hochnäsigen Blick. Die Lippen waren leicht gekräuselt, um deutlich zu machen, was sie von der Welt ringsum hielten. Sie stolzierten ganz oben, die Übrigen weit unten.

Scheinbar war gerade Pause.

Ein schüchternes Mädchen betrat den Raum, in dem sich das Trio Infernale stylte.

»Was tust du denn hier?«, fragte Jen herablassend.

»Ich muss auf die Toilette.«

»Hast du vielleicht um Erlaubnis gebeten, bevor du hereingestürmt bist?«, warf eine der anderen ein.

»Nennen wir sie doch ab jetzt Trampel«, schlug Jen kichernd vor.

»Also, Trampel, was hast du zu deiner Verteidigung zu sagen?«

»Ich musste nur auf die Toilette.«

»Wie vulgär«, befand Jen.

»Ich gehe wieder. Tut mir leid«, sagte das schüchterne Mädchen.

Doch weit gefehlt. Eine aus dem Trio stellte sich vor die Tür, eine andere verhinderte, dass das Mädchen in eine der Toilettenkabinen fliehen konnte.

Jen stylte sich in aller Ruhe zu Ende.

Als das Trio ging, blieb das Mädchen alleine zurück. Ein nasser Fleck hatte sich in ihrem Schritt ausgebreitet. Tränen rannen über ihre Wangen.

Die Wut, die in Alex hervorbrach, hätte beinahe jeden Schutz weggerissen, den er sich mit den Jahren errichtet hatte. Wie oft war er selbst gepeinigt Zeuge geworden, wie Jungs, die sich für etwas Besseres hielten, andere mobbten, um ihre eigene Stärke vor allen zu beweisen. Er selbst hatte in seiner Jugend viel mit sich anstellen lassen, weil er zu schüchtern gewesen war. Erst ein Befreiungsschlag, der ihn beinahe selbst in den Abgrund katapultiert hatte, hatte das geändert. Noch heute spürte er immer wieder Momente der Wut und des Hasses, in denen er einfach nur um sich schlagen wollte.

Logik und Vernunft spielten dann keine Rolle mehr, die Wut spülte alles hinweg. In den Jahren seines Erwachsenwerdens hatte er gelernt, dass in der zivilisierten Welt kein Platz für derartige Gefühle war. Nicht der körperlich Stärkere setzte sich durch. Nein, der Intelligentere, dem es gelang, die Gruppe hinter sich zu vereinen. Dabei spielte es meist nicht die geringste Rolle, ob man tatsächlich recht hatte, solange die anderen das nur glaubten – oder glauben wollten. Wieder andere suchten einfach die Nähe zur Macht, um im Fahrwasser aufzusteigen. So funktionierte es in den Jugendbanden daheim, wie auch in jeder »zivilisierten« Struktur, ob Politik oder Wirtschaft.

Diese Lektionen hatte er auf die harte Tour gelernt.

Und so war es auch an Schulen. Es gab jene, die das begriffen, sich die Macht nahmen und das Gegengewicht schufen, in dem sie mobbten. Und jene, die zu Opfern wurden.

Das bestätigte, was er über Jen gedacht hatte. Ein reiches Püppchen, das mit dem goldenen Löffel im Mund aufgewachsen war und seine Überlegenheit jeden spüren ließ.

Von Anfang an hatte sie auf ihn herabgesehen, war er nicht gut genug gewesen.

Am liebsten hätte er ihr die Faust ins Gesicht geschlagen.

Bleib ruhig.

Er schluckte. Sorgfältig legte er sich die Worte zurecht, die er herausbrüllen wollte.

Ein Riss im Glas machte das Vorhaben zunichte. Ein zweiter folgte. Ein dritter. Sich verästelnde Netze entstanden.

»Was ist das?«, fragte er.

Jen hielt ihren Essenzstab bereits in den Händen und wirkte, als habe ihr gerade jemand in den Magen geboxt. Erst jetzt begriff er, dass sie umgekehrt etwas aus seinem Leben gesehen hatte. »Keine Ahnung. Vermutlich nichts Gutes.«

Die Glaswände zerbarsten.

Aus der dahinter wallenden Schwärze schossen Kreaturen hervor, die einem Albtraum entsprungen schienen. Ihre graue Haut war von ledrigen Runzeln bedeckt, zwei Reihen messerscharfer Zähne ragten aus ihrem Maul. Sie funkelten Jen und Alex aus tückischen Augen an, kamen flügelschlagend aus der grenzenlosen Leere herangeschossen.

Blitzschnell zeichnete Jen ein Symbol in die Luft und murmelte dazu die Worte für eine Schutzsphäre der zweiten Stufe. Die Kugel umschloss sie beide, als die erste Kreatur heran war. Spitze Klauen schlugen in das Hindernis. Das Wesen stieß einen Schrei aus, der Alex zitternd in die Knie gehen ließ.

Die allumfassende Schwärze, ein ewiger Abgrund hinter dem Glas, machte ihm Angst. Allein vom Hinsehen bekam er das Gefühl, in die Leere zu stürzen. »Wir müssen hier raus!«

»Ach, wirklich? Jetzt, wo du es sagst.« Jen schoss Kraftschläge ab, die durch winzige Lücken in der Sphäre auf die Kreaturen trafen. Sie wurden zurückgeworfen, kamen jedoch sogleich wieder näher.

»Was sind das für Dinger?«

»Schattenkreaturen«, erklärte sie fahrig. »Sie gibt es in den verschiedensten Ausprägungen. Früher hätten die Menschen sie wohl Dämonen genannt. Diese Art hier nährt sich von dunklen Erinnerungen.«

»Und die können einfach so hier auftauchen?« Mittlerweile gab Alex seinerseits Kraftschläge ab.

»Nein. Das sollte nicht gehen. Sie müssen eine Ballung negativer Emotionen und Erinnerungen aufgespürt haben, kein Wunder. Aber die Barriere hätte sie abgehalten. Jemand hat den Schutz entfernt.«

Alex war durchaus klar, was das bedeutete. Jeden Augenblick konnte eine Hundertschaft Schattenkrieger hereinspazieren und den Kampf aufnehmen. Genau genommen geschah das gerade, obgleich es eben keine menschlichen Angreifer waren, sondern diese Kreaturen. »Wird dein Schutz halten?«

»Solange mein Sigil ausreichend Essenz abgibt, ja. Danach … Aurafeuer.«

Alex zwang sich dazu, den Schattenkreaturen ins Gesicht zu blicken. Angst war fehl am Platze. Sie benötigten eine Lösung. Eine Fluchtmöglichkeit.

Dann kam ihm eine Idee.

Mochte sich ihm auch bereits viel Wissen offenbart haben, manches fiel schon wieder dem Vergessen anheim. Wenigstens ein paar der einfachsten Zauber beherrschte er aber noch. Er schuf das Symbol für eine Gravitationsvektor-Umkehr. Die Schwerkraft wurde an bestimmten Punkten des Raumes verändert. Genauer: rund um die Glasscherben. Wie Pfeile schossen sie auf die Kreaturen zu, durchschlugen ihre Körper und ließen sie zerfetzt zurück. Jen warf sie mit Kraftschlägen in die Schwärze.

»Gute Idee«, kommentierte sie.

»Nun müssen wir nur noch hier raus.«

Langsam schoben sie sich zur gegenüberliegenden Tür. Wo neue Kreaturen auftauchten, setzte Alex sofort wieder die Glassplitter ein. Doch die nachkommenden Angreifer waren vorsichtiger. Sie glitten in schlingernden Ausweichbewegungen heran, und wo einer von Splittern zerfetzt wurde, kamen zwei neue nach.

Alex sprang zur Tür und rüttelte an dem Griff. »Wäre ja auch zu einfach gewesen.«

»Geh beiseite«, keuchte Jen. Sie gab ihm eine Sekunde, bevor sie den Kraftschlag ausführte. Doch nichts. Sie nahm ihren Stab und ließ die Holz-zu-Nebel-Transformation ablaufen. Wieder geschah nichts.

»Gemeinsam.« Alex zeichnete blitzschnell das Symbol.

»Warte.« Jen trat noch einmal an die Tür heran. Mit dem Stab ließ sie ein Symbol in das Holz einsickern. »Das schwächt die Struktur wenigstens etwas.«

Ihr gemeinsamer Schlag kam exakt zur gleichen Zeit und hob die Tür aus den Angeln.

Ohne sich umzusehen, rannten sie aus dem Raum.

8. Wir werden keine Freunde

Sie rannten den Gang entlang, sprangen um die Ecke und kauerten sich auf den Boden. Vorsichtig lugte Jen zurück. Doch die Schattenkreaturen konnten den Raum nicht verlassen. Ihr Geschrei drang bis in den Gang, aber keine von ihnen setzte zur Verfolgung an.

Die Panik ließ nach.

Und die Wut kehrte zurück.

»Was bist du eigentlich für ein Mensch?«, flüsterte sie.

»Komisch, das Gleiche wollte ich dich auch gerade fragen«, spie er förmlich aus.

Sie kamen gleichzeitig in die Höhe, standen sich Auge in Auge gegenüber.

»Ich habe keinen wehrlosen Jungen zusammengeschlagen und getreten«, schleuderte sie ihm kalt entgegen.

Alex' Gesicht nahm die Farbe frischen Kreidestaubs an. »Das … ich …«

Jen winkte ab. »Lass mich raten. Du warst jung und hattest eine furchtbare Kindheit.«

»Du hast ja keine Ahnung, Miss Hochwohlgeboren. Bringst andere Mädchen dazu, sich vor Angst in die Hose zu machen.«

Ein Schlag in die Magengrube hätte sie nicht schlimmer treffen können. Für einen Augenblick drehte sich alles. Die Erinnerung schoss empor und hieb ihre Klauen in Jens Seele. »Du … das war …«

»Lass mich raten«, echote Alex, »du warst jung und hattest eine beschissene Kindheit.«

Darauf hätte sie so viele Antworten gehabt. Doch sie schwieg. Alexander Kent war ein brutaler Schläger. Er hatte verletzt und zerstört, dafür gab es keine Entschuldigung. Aber sie würde keinesfalls erneut die Kontrolle verlieren. »Wir werden keine Freunde mehr. Wenn das hier vorbei ist, werde ich Johanna bitten, dich in ein anderes Team zu versetzen.«

»Na, Halleluja!«, rief er aus. »Dann muss ich nicht mit einer widerlichen Mobberin zusammenarbeiten, die in mir eine unehrenhafte Inkarnation ihres verstorbenen Partners sieht und keine Ahnung vom echten Leben hat!«

»Ach, kein Faustschlag?«, provozierte sie. »Willst du dich nicht vielleicht etwas abreagieren, hm? Eine gebrochene Rippe ist doch mindestens drin.«

Alex biss die Zähne so fest zusammen, dass seine Wangenknochen hervortraten. Einen Augenblick lang war sie überzeugt davon, dass er sie tatsächlich angreifen würde. Doch er atmete nur tief ein und wieder aus. »Du. Weißt. Gar. Nichts.«

»Dito!«, brüllte sie heraus. *Boah, er schafft es immer wieder. Lass dich nicht provozieren, Danvers.*

Sie verschränkte die Arme und wandte sich ab. »Finden wir den Stabmacher. Danach will ich dich nicht mehr sehen.«

»Das kann ich nur unterschreiben«, erwiderte er kalt.

Endlich sickerten ihre Emotionen dahin zurück, wo sie hingehörten. Unter eine Decke aus Selbstbeherrschung, tief verborgen in ihrem Inneren. »Also los.«

Die Spur verblasste langsam, war aber noch ausreichend sichtbar. Sie folgten ihr. Das Schweigen tat gut. Keiner von ihnen hatte dem anderen etwas zu sagen.

Jen hatte ja geahnt, dass der Raum Dinge aus ihrem Leben preisgeben würde, doch ausgerechnet dieses Ereignis? Wieso? Natürlich war es furchtbar gewesen, aber lediglich ein Ausschnitt. Da gab es weitaus Schlimmeres. Oder? Manchmal waren es die kleinen Schnitte, die man auf der Seele eines Menschen hinterließ - oft auch unbewusst -, die nie wieder heilten.

Das führte zu der Frage, was er wohl noch getan hatte. Gehörte das Gesehene zu den schlimmen Dingen? Natürlich kannte sie Gerüchte über die sozialen Brennpunkte von Großstädten. Mittlerweile wusste sie, dass Alex aus dem Stadtteil Brixton in London stammte, genauer: Angell Town. Ein gefährliches Pflaster. Warum also hatte sie so gar kein Verständnis?

Weil ich die andere Seite der Gewalt kennenlernen durfte. Und die Folgen daraus, wenn man dem Durst nach Rache nachgibt, überlegte sie.

Der Weg durch Nostradamus' Refugium schien kein Ende zu nehmen. Wo der Seher es auch errichtet hatte, Platz musste es hier zur Genüge geben. Es war nicht ungewöhnlich, dass Magier das Innere ihres Domizils mit Dimensionsfalten gegenüber dem äußeren Anschein vergrößerten. Das barg allerdings Gefahren für die Struktur. Nur die besten Architektmagier wagten sich an komplexe Falten.

Das Paradebeispiel für ein Netzwerk aus solchen Dimensionsfalten und Türportalen war das Archiv. Über die gesamte Erde verteilte Räume, die miteinander verbunden waren und den Eindruck erweckten, dass es sich um ein einzelnes Gebäude handelte. So war es ihr zumindest in einer Vorlesung erklärt worden. Betreten hatte sie das Archiv noch nie. Es galt als heiliger Ort, der nur von den Ratsmitgliedern aufgesucht werden durfte – und das auch nur auf Einladung der Archivarin. In wenigen Ausnahmefällen erhielten Lichtkämpfer einen temporären Zugang. Sie hatte allerdings noch nie zuvor von einem Fall gehört, bei dem das geschehen war.

Sie passierten eine Kreuzung.

Irgendwann änderte sich der Baustil. Zuerst unmerklich, dann abrupt. Die ausladenden Kronleuchter, die Landschaftsmalereien, die bestickten Vorhänge – all das erinnerte Jen an das französische Barock.

»Immer mal was Neues«, kommentierte Alex. »So wird es nie langweilig. Anstatt neu zu dekorieren, legt man einfach ein paar Räume dazu, die anders gestaltet sind.« Er schüttelte den Kopf. »So viel zu einer kleinen beengten Wohnung.«

Ihr lag ein spitzer Kommentar auf der Zunge, aber sie wollte nicht erneut streiten. Das hier war ein Einsatz. Nostradamus war in Gefahr, ihr Gegner möglicherweise noch vor Ort.

Und mochte Alex auch ein arroganter Mistkerl sein, so war er aktuell doch ihr Schützling. Als Newbie konnte er sich gegen einen echten Angriff niemals verteidigen. Dafür war sie zuständig. Eine Aufgabe, die sie zu respektieren gedachte.

Duellieren kommt später.

Der dicke Teppich dämpfte ihre Schritte. Jen erwartete hinter jedem Mauersims eine hervorspringende Kreatur oder den Angriff eines Schattenkriegers. Doch nichts geschah. Sie gingen einfach nur immer weiter.

Schließlich mündete der Gang in eine umlaufende Galerie. Fein gearbeitete Stuckarbeiten ragten aus den Wänden. Sie stellten Wasserspeier, Dämonen und Engel dar. Drei Stockwerke unter ihnen standen Statuen auf Granitpodesten. Die Balustrade ging bis zur Hüfte, war aus weißem Sandstein gehauen.

»Wow«, flüsterte Alex. »Das ist echt beeindruckend. Ist das da vorne Himmelsglas?« Er deutete auf ein gewaltiges Fenster aus schwarz schimmerndem Glas.

»Bearbeitetes, ja«, bestätigte Jen. »Das Glas selbst schützt vor magischen Schlägen. Man kann es jedoch in jahrelanger Arbeit verfeinern und um gewisse Potenziale erweitern. Das hier ist eine Meisterarbeit.«

Sie folgten der Spur, die die Treppe hinab zu den Statuen führte.

Jen schluckte.

Fast erwartete sie, dass die steingehauenen Bildnisse von ihren Sockeln stiegen und sie angriffen. Doch auch hier blieb eine Attacke aus.

Die Spur endete vor einer Statue, die nicht auf einem Granitblock stand, sondern inmitten der anderen.

»Lustig«, sagte Alex. »Genau so hab ich mir den alten Zausel immer vorgestellt.«

Jen riss die Augen auf. »Das ist er!« Sie betrachtete die Statue von oben bis unten. Erst bei genauerem Hinsehen erkannte sie, dass die Augen lebendig waren. Sie bewegten sich, waren vor Panik geweitet.

»Shit«, entfuhr es Alex. »Jemand hat ihn in eine Statue verwandelt.«

Jen prüfte den Zauber mit einem simplen Indikatorspruch. »Er wurde nicht transformiert. Es ist nur eine Steinschicht, die den Körper umgibt, den Sauerstoff aber durchlässt. Nostradamus ist unversehrt, kann sich aber nicht bewegen.«

»Hört er uns?«

»Ja.«

Alex grinste, wobei er vermutlich glaubte, dass es einnehmend rüberkam. »Sorry für den *alten Zausel*. Nett, dich kennenzulernen.«

Jen schluckte. »Ich zerbreche jetzt den Stein. Das wird wehtun.«

Vorsichtig erschuf sie den Zauber.

9. Die Mentiglobben

»Wow«, entfuhr es Clara.

Über ihnen an der Decke schwebten Drahtmodelle der ersten Flugzeuge und Gleiterflügel. Die Wand war behangen mit allerlei Gemälden, die Leonardo einst angefertigt hatte; er hatte sie direkt noch einmal gemalt.

Chloe deutete auf eines davon. »Und, hat er endlich mit der Sprache herausgerückt?«

»Wer für das Mona-Lisa-Porträt Modell saß? Nein.«

So ziemlich jeder versuchte, dem Unsterblichen diese Information zu entlocken. Angeblich sogar Johanna von Orléans, der er ein Replikat gemalt hatte. Doch er schwieg eisern.

Wie im Büro seiner Ratsgefährtin, gab es auch hier einen Globus. Natürlich völlig veraltet. Er stammte aus Leonardos Zeit des ersten Lebens als Nimag. Die Landesgrenzen hatten sich längst vollständig verschoben.

Auf nahezu jedem freien Fleck im Raum stapelten sich Papiere, dicht beschrieben mit der krakeligen Handschrift des Unsterblichen, unlesbar. Seine Marotte, alles rückwärts mit der linken Hand zu schreiben, machte es schwer, die Notizen zu entziffern.

»So, wo sind diese dummen Dinger jetzt?«, überlegte Clara.

Chloe lachte. »Komm schon, Bibliotheks-Girl, so einfach wird es auch wieder nicht. Dachtest du, wir spazieren hier herein und die Dinger schweben unter der Decke.« Sicherheitshalber schaute sie nach oben. »Nein.«

»Okay, ähm, Hackerbraut, aber wo suchen wir?« Chloes Vorliebe dafür, jedem Kosenamen zu verpassen - und diese zudem noch ständig zu wechseln -, konnte einem den letzten Nerv rauben.

Sie öffneten Schubladen, Schränke, klopften den Holzboden ab, hoben jedes Gemälde an, um einen möglicherweise verborgenen Tresor zu finden und prüften den Raum mit Indikatorsprüchen auf maskierte Dimensionsfalten.

»Und ich dachte, wenn ich erst zurück bin, gibt es wieder Action«, grummelte Chloe. »Stattdessen kriechen wir hier herum und es ist kein Einsatz in Sicht. Hätte gerne ein paar Schattenkrieger vermöbelt.«

Clara wusste, dass die Freundin nicht der emotionale Typ war. Sie ging mit Trauer anders um als die übrigen. Marks Verlust schmerzte sie jedoch sehr. »Willst du nicht wenigstens eine Andeutung über deinen Auftrag fallen lassen?«

»Würde ich ja gerne. Aber das kriegen die raus, verlass dich drauf. War echt streng geheim.«

»Muss auch mal sein. Bin trotzdem froh, dass es vorbei ist. Wie läuft's mit Gryff?«

»Ach, wir …« Clara starrte die Freundin entsetzt an. »Du weißt davon?«

»Ich bitte dich. Wie sollte ich den Moment vergessen, als du mit einem Stapel Bücher in den Armen hoch erhobenen Hauptes aus der Bibliothek stolziert und mit ihm zusammengeknallt bist. Dass er gerade vom Training kam und sein Shirt abgestreift hatte, hat dich echt umgehauen, was?« Sie grinste frech.

Clara verpasste ihr einen Ellbogenstoß. »Wir haben uns danach wunderbar unterhalten.«

»Klar. Vermutlich mit einfachen Worten. So was wie: Ah. Oh. Ja. Tiefer.«

Ihre Wangen wurden heiß. »Du bist unmöglich.«

»Ach, Mensch, jetzt nimm nicht immer alles so ernst. Ist ja schlimm mit dir. Freut mich doch, wenn es passt. Wird das was Ernstes?«

Die Frage ließ das altbekannte Kribbeln in Claras Magen wieder aufflammen. Bisher hielten sie das Ganze locker. Eine Affäre. Und eine Freundschaft. Wenn sie ehrlich zu sich selbst war, hatten sich ihre Emotionen aber längst verselbstständigt. »Ich glaube schon.« Die Worte waren heraus, bevor sie sie zurückhalten konnte.

»Toll!«, rief Chloe. »Aber nicht, dass du mir plötzlich Ordnungsregeln rezitierst. Lass dich nicht noch braver machen, als du sowieso bereits bist. Das reicht völlig.«

»Hat dir schon mal jemand gesagt, dass du ein sehr gemeiner Mensch bist?«

»Klar.« Chloe nickte eifrig. »Das passiert mir täglich. Und?«

»Ach, vergiss es.«

Sie lachten beide.

So sehr sie das unbeschwerte Plaudern auch abgelenkt hatte, so sehr wurde Clara nun unruhig. Die Zeit lief ihnen davon. Chris konnte Leonardo nicht ewig aufhalten. Sie mussten den verdammten Mentiglobus finden. Schnell.

»Hmmmm«, kam es von Chloe. »Wir sollten uns vielleicht überlegen, *wer* er ist.«

»Was meinst du damit?«

»Na, Leonardo. Warte mal.« Sie zog ihren Essenzstab und ging in die Knie. »Er ist Erfinder und mag Geheimnisse. Mal schauen, ob hier irgendwo ein Illusionierungszauber zu finden ist.«

Ein Wabern breitete sich explosionsartig von dem Punkt im Boden aus, an dem Chloe das Enthüllungssymbol gezeichnet hatte. Und tatsächlich war die Reaktion verblüffend mannigfaltig.

Ein Gemälde verschwand und gab einen dahinterliegenden Schacht frei. An einer Stelle des Bodens wurde ein verschlossener Eisensafe sichtbar, und im Inneren der Drahtmodelle, die unter der Decke schwebten, erschienen sie tatsächlich.

»Die Mentigloben!« Clara holte die Drahtgitter mit ein paar einfachen Fingerübungen herunter.

»Hm«, sagte Chloe.

»Was?«

»Das da«, sie deutete auf die Modelle, »sind sieben Mentigloben. Welcher davon ist jetzt der richtige?«

»Tja, wir werden wohl nachschauen müssen.«

»Bist du irre?!« Clara sah hektisch zur Tür. »Abgesehen von einer gewissen Zeitknappheit können wir das unmöglich tun.«

»Warum?«

»Es wäre unethisch.«

Chloe stemmte die Hände in die Hüften. »Also, mal schauen, wir brechen hier ein, nutzen Chris für ein Ablenkungsmanöver, durchsuchen das gesamte Büro und wollen eines der Dinger auslesen.« Sie deutete auf die gläsernen Kugeln. »Aber da ist es natürlich unethisch, wenn wir alle überprüfen.«

Clara trat einen Schritt zurück. Fahrig strich sie sich über das Gesicht. Falls Gryff jemals von dieser Sache erfuhr, würde er ziem-lich mies drauf sein. Abgesehen davon fühlte der Gedanke sich widerlich an, in den Erinnerungen eines anderen herum-zuschnüffeln. »Das sind Leonardos private Aufzeichnungen.«

Chloe sank auf die Kante des Schreibtischs. »Das weiß ich. Aber wenn es einen Verräter im Rat gibt, dann müssen wir das wissen. Der Einsatz dieses Erdbebenartefaktes hätte beinahe Chris, Kevin, Jen und Alex gleichzeitig das Leben gekostet. Das wäre ein regelrechtes Aurafeuerwerk geworden.«

Bedauerlicherweise war das ein schlagendes Argument. Nicht, dass es Claras moralische Bedenken zerstreut hätte, doch manchmal heiligte der Zweck eben die Mittel. Oder? Immerhin war es ebenso möglich, dass Leonardo selbst der Verräter war und nur von sich ablenken wollte.

»Uns bleibt wohl keine Wahl«, murmelte sie.

»Nein«, sagte Chloe. »Und Spaß habe ich daran nicht im Geringsten, das versichere ich dir.« Sie griff in die Höhe, nahm die Mentigloben und reihte sie auf der Tischplatte nebeneinander auf. »Dafür darfst du aussuchen, mit welchem wir beginnen. Vielleicht haben wir ja Glück und es ist auf Anhieb der Richtige. Die Chancen stehen auf unserer Seite.«

Clara verzog abschätzig die Lippen. »1:6 ist wohl kaum eine gute Chance.«

Chloe grinste. »Du bist nur viel zu pessimistisch. Also, womit geht es los?«

Sie deutete auf einen der Mentigloben in der Mitte. »Der hier.«

Die Freundin nickte.

Clara berührte die Glaskugel mit den Fingern, Chloe ebenso. Da es sich um ein magisches Artefakt handelte, musste keinerlei Zauber gewoben werden. Es reichte, wenn man die Worte aussprach, die die Verbindung herstellten. Beide räusperten sich. Dann sprachen sie die Machtworte, die den Eintauchvorgang in die Erinnerungen auslösten.

»Memorum excitare.«

Und die Welt verging.

10. Memorum excitare I

In einem Moment standen sie noch in Leonardos Büro, im nächsten bereits im Ratssaal. Die Umgebung war vollständig monochrom. Personen, Gegenstände, alles war in Schwarz-Weiß getaucht. Immerhin handelte es sich um eine Ratsversammlung, das ließ hoffen.

Doch als Clara die Anwesenden musterte, wich die Euphorie der Ernüchterung. Die Frauen trugen einfarbige Einteiler. Der obere Teil lag hauteng an, ein einfacher Schnitt, und ging in einen kurzen Rock über. In der Mitte saß ein breiter, schmuckhafter Ledergürtel.

Die Männer steckten in weiten Schlaghosen, dazu eng anliegende Shirts, die im Hosenbund steckten, und eine Jacke darüber. Ihre Haare waren schulterlang. Die der Frauen dauergewellt.

»Ach, na ja, wenigstens ist es kultig«, murmelte Chloe, die gegen jede Art von Konformität anging.

Beinahe hätte Clara losgekichert. Gleichzeitig war es aber gespenstisch. Kleidung und Haarschnitt mochten sich von dem der heutigen Zeit unterscheiden, doch die Gesichtszüge waren identisch. *Unsterblich müsste Frau sein.*

Farbtupfer entstanden aus dem Nichts, die Erinnerung lief ab.

Clara sprang zurück, als ein wütender Einstein rief: »So geht das nicht! Du kannst nicht einfach lospreschen.«

Natürlich konnte keiner der Anwesenden sie sehen oder mit ihnen interagieren. Es war nur eine Aufzeichnung.

»Was hätte ich denn deiner Meinung nach tun sollen, hm?«, ereiferte sich Leonardo. »Er hat junge Männer und Frauen entführt und mit Wandelzauber an ihnen herumexperimentiert. Vampire, dass ich nicht lache. Dieser Idiot ist wahnsinnig.«

»Eines kann man dem Grafen von Saint Germain sicher nicht vorwerfen – wahnsinnig zu sein«, sprach eine grazile Frau mit japanischen Gesichtszügen.

Clara konnte nicht anders, als beeindruckt zu sein. Tomoe Gozen war die erste Samurai-Kriegerin der bekannten Geschichte gewesen. Sie unterrichtete im Castillo ab und an Nahkampf, doch in der Regel kümmerte sie sich um die Vermehrung des Geldes der Lichtkämpfer. Ihre Zeit als aktive Kämpferin lag lange zurück.

»Nein, wohl nicht«, sagte Leonardo. »Aber ich konnte nicht warten. Leben hingen davon ab.«

»Du bist ein Hitzkopf«, widersprach Johanna von Orléans. »Wenn du uns kontaktiert hättest, hätten wir Saint Germain womöglich schnappen können. Stattdessen ist er entkommen und hat die Unterlagen seiner Experimente mitgenommen. Wer weiß, wie weit er schon fortgeschritten war?! Falls wir in den nächsten Monaten von einer Horde gewandelter Nimags angegriffen werden, ist das deine Schuld.«

»Dank mir wurden Wandlungen unterbrochen«, erwiderte Leonardo konsterniert. »Das hat fünf Nimags das Leben gerettet. Hätte ich ihren Tod einfach zulassen sollen?«

Stille breitete sich aus.

»Natürlich nicht«, sagte Einstein schließlich. »Aber wenn wir den Einsatz etwas besser vorbereitet hätten, wäre Saint Germain jetzt in Gewahrsam.«

»Ich schwöre, wenn dieser Mistkerl in einer Zelle des Immortalis-Kerkers sitzt, werde ich höchstpersönlich den Schlüssel wegwerfen«, kam es von Tomoe. »Und falls der dortige Aufenthalt auch nur ansatzweise einer Novum-Absolutum-Zelle gleicht, ist es keine angenehme Erfahrung, glaubt mir.«

Clara wusste, dass es als absolutes Tabu galt, einen Unsterblichen zu töten. Zudem war es völlig sinnlos, wurde doch sofort ein neues Ratsmitglied ernannt. Niemand wusste, wie das ablief, aber plötzlich gab es jemand anderen, der sich um die Menschheitsgeschichte verdient gemacht hatte und der einfach da war.

Daher waren sowohl die Lichtkämpfer als auch die Schattenkrieger dazu übergegangen, die unsterblichen Feinde gefangen zu nehmen.

Hierfür gab es den Immortalis-Kerker. Dort wurden die Unsterblichen des dunklen Rates inhaftiert, falls man ihrer habhaft wurde. Da Lichtkämpfer grundsätzlich niemanden töteten, wenn es sich vermeiden ließ, wanderten auch die Schattenkrieger dorthin. So wurde zudem verhindert, dass Erbe der Macht entstanden. Die Zeit im Inneren war vollständig eingefroren, die betreffende Person konnte jahrelang eingesperrt bleiben, nahm subjektiv aber nur Sekunden wahr.

Umgekehrt besaßen die Schattenkrieger den Novum-Absolutum-Kerker. Hier landeten gefangene Unsterbliche der Lichtkämpfer. Die dortigen Zellen waren bisher glücklicherweise leer geblieben, sah man von *einem* bedauerlichen Zwischenfall ab. Tomoe Gozen war vor vielen Jahren in die Hände des dunklen Rates gefallen, der sie eingekerkert hatte. Trotz intensiver Suche war es den Lichtkämpfern erst drei Jahre später gelungen, sie zu befreien. Die Zeit schien dort nicht stillzustehen. Stattdessen wurde der oder die Gefangene vom absoluten Entzug aller äußeren Eindrücke gepeinigt. Er oder sie schwebte im Nichts, war sich der verstreichenden Zeit aber bewusst. Drei Jahre Hölle.

Die Erfahrung hatte Tomoe verändert. War sie zuvor eine der aktivsten Unsterblichen gewesen, die durch die Welt zog und überall Schattenkrieger bekämpfte, hatte sie sich seitdem zurückgezogen. Sie gründete die Holding der Lichtkämpfer, über die Aktienanteile, Immobilien und andere Werte gebündelt und vermehrt wurden. Das machte sie ausgezeichnet. Das Vermögen des Rates wuchs seither ständig.

»Was, glaubt ihr, wollte er mit der Wandlung von Menschen in Schattenkreaturen erreichen?«, überlegte Einstein.

»Gute Frage, Albert«, kam es von Johanna. »Langsam scheint er fieberhaft nach einer Möglichkeit zum Angriff zu suchen. Die letzten Attacken auf dem Kristallschirm des Castillos waren ja wohl eher verzweifelter Natur.«

Tomoe ging gelassenen Schrittes auf und ab. »Möglicherweise ist dieser Aktionismus gar nicht so sehr gegen uns gerichtet. Meine Kontakte munkeln, dass Dschingis Khan den Versuch unternehmen will, die Macht im dunklen Rat an sich zu reißen.«

»Ha!«, rief Leonardo triumphierend. »Das wäre doch mal was. Würde ihm recht geschehen.«

»Ich glaube kaum, dass das gut für uns ist«, gab Einstein zu bedenken. »Saint Germain ist ein Taktiker, ein Logiker. Dschingis Khan würde sofort lospreschen. Er ist brutal und eiskalt, bedauerlicherweise aber auch hochintelligent. Er hat nicht umsonst ein Weltreich erschaffen. Der Berechenbarere von beiden ist der Graf.«

»Wenn er aus Verzweiflung diese Experimente durchführt, kann man ihn wohl kaum als berechenbar bezeichnen«, konterte Leonardo. »Außerdem kann es uns egal sein, wer da an der Spitze steht. Die großen Offensiven müssen doch sowieso von allen abgesegnet werden, oder nicht?«

»Das schon«, erklärte Tomoe. »Nur hält sich meist niemand daran. Wenn einer dieser Idioten einen Plan fasst, führt er ihn auch aus. Und keiner will ihn oder sie am Ende zur Rechenschaft ziehen, weil sie genau wissen, dass sie es irgendwann selbst tun werden.«

»Hm«, kam es von Einstein. »Ein wenig wie bei uns.«

»Also, Albert«, sagte Johanna. »Wir würden nie …«

»Keinesfalls«, warf Leonardo ein. »Nicht ohne Rücksprache.«

»So was käme hier nie vor«, vollendete Tomoe.

»Ha!«, rief Clara. »Das sagt der Richtige.« Sie deutete auf Leonardo. »Der macht doch immer, was er will.«

»Er ist schon knuffig.« Chloe trat vor den Unsterblichen und begutachtete ihn von oben bis unten. »Hat was.«

Sie lauschten dem Schlagabtausch noch eine Weile, doch schließlich brachen sie den Erinnerungsaufruf ab. Es war offensichtlich, dass sie hier nichts mehr über den angeblichen Verräter erfahren würden. Die Erinnerung zerfaserte und entließ sie zurück in die Wirklichkeit.

Dieses Mal wählte Chloe einen der Mentigloben aus. Wieder tauchten sie ein in eine längst vergangene Zeit.

11. Memorum excitare II

Die Szene erwachte sofort zum Leben. Beinahe wäre Clara Hunderte von Metern in die Tiefe gestürzt, als sie auf der Balustrade der Plattform einer gewaltigen Turmuhr erschien. »Himmel!« Sie machte einen Satz zurück.

Die Zeiger deuteten auf kurz vor zwölf.

Leonardo und Johanna standen Rücken an Rücken, die Essenzstäbe erhoben, und erwehrten sich einer Horde von Schattenkreaturen. Dazwischen sprangen Schattenkrieger heran, die mit gezückten Stäben Kraftschläge abfeuerten.

»Hm, das könnten die 70er oder 80er sein«, murmelte Chloe.

»Albert, vielleicht beeilst du dich etwas«, rief Johanna.

»Ist ja gut«, kam es zurück. »Ein alter Unsterblicher ist doch kein D-Zug.«

Der Professor stand auf einem Vorsprung, hatte sich um die Platte der Uhr gebeugt und friemelte an deren Innereien herum.

»Wenn das Ding zwölf Uhr schlägt, wird jeder Bewohner dieser Stadt zu Stein«, fluchte Leonardo. »Vielleicht wirst du doch lieber zu einem D-Zug.«

»Immer diese Hetzerei«, grummelte Einstein. »Reparier dies, Albert, reparier das. Ach ja, und bitte gestern. Ich weiß, verdammt noch mal, was auf dem Spiel steht.«

»Wir sollten wieder gehen«, sagte Clara.

»Warte, ich will sehen, wie das hier ausgeht«, erwiderte Chloe gebannt.

In der Ferne kam ein Schwarm geflügelter Kreaturen heran. Die ledrige Haut war bedeckt von tiefen Runzeln. Die Flügel besaßen eine beachtliche Spannweite, waren aber - wie sich kurz darauf herausstellte - gegen Kraftschläge immunisiert.

»Von wegen, Saint Germain ist verzweifelt«, fluchte Leonardo. »Es mag ja sieben Jahre gedauert haben, aber die Viecher sind verdammt effektiv.«

»Das konnte ja niemand ahnen«, brummte Johanna. »Die armen Nimags. Und dann gleich noch Steinzauber obendrauf. Wie kam er nur an das Artefakt heran?«

Hinter ihnen fluchte Einstein lauthals.

»Nur keine Eile, Albert«, rief Leonardo.

»Du kannst mich mal!«, kam es zurück.

Johanna grinste.

»Das Artefakt stammt angeblich aus den Katakomben unter Paris«, erklärte da Vinci. »Ich bin vor einigen Jahren bei der Suche danach auf alte Unterlagen darüber gestoßen, konnte es aber nicht finden. Irgendjemand war da wohl schneller. Es gab jedoch Gerüchte.«

»Ja?« Johanna schmetterte einen heransurrenden Kraftschlag ab und ließ den Boden unter einem der nahenden Schattenkrieger flüssig werden. »Das gibt wieder eine Sauerei.«

Der Schwarm in der Luft war fast heran.

»Angeblich hielt *sie* sich damals auch in Paris auf.«

»Oh.« Johanna schien sofort zu wissen, von wem die Rede war. »Na, diesen Zauber würde ich gerne auf sie anwenden und ihr Schattenfeld zu Stein machen. Das wäre doch was.«

»Oho, so brutal, meine Liebe?«, fragte Leonardo.

»Wenn es um *sie* geht, schon. Langsam hab ich genug. Dann hat sie dem Grafen das Artefakt vermutlich gegeben.«

»Gut möglich.« Leonardo malte mit der einen Hand ein Symbol in die Luft, das eine kobaltblaue Spur hinterließ. Mit der anderen schwang er den Essenzstab. Die Luft rings um die fliegenden Kreaturen flimmerte. Im nächsten Augenblick standen sie in Flammen.

Der Zeiger der Turmuhr rückte weiter vor.

»Albert«, drängte Johanna vorsichtig. »Ich will dich ja wirklich nicht hetzen.«

»Ich könnte jetzt in aller Ruhe ewig schlafen«, grummelte Einstein. »Tot sein. Stattdessen stehe ich hier, auf einem halb verfallenen Glockenturm im Nirgendwo, und werde gehetzt. Wollt ihr es vielleicht selbst machen?«

»Es ist fünf vor zwölf, Albert«, warnte Johanna.

»Du und deine Metaphern.«

»Nein, es ist *wirklich* fünf vor zwölf.«

»Oh, schon.« Einsteins zerzauster Haarschopf tauchte aus dem Gewirr aus Drähten auf. »Tatsächlich. Da sollte ich mich wohl etwas sputen.«

»Das ist eine ausgezeichnete Idee, die du da hast«, bescheinigte ihm Leonardo trocken.

Johanna verpasste ihm einen Rippenstoß. Leise zischte sie: »Benimm dich.«

»Mir käme nie etwas anderes in den Sinn. Wollen wir nach dem Ganzen hier was trinken gehen?« Leonardo lächelte Johanna zu. »Ich kenne da ein schönes Fleckchen in Deutschland. Ein Weingut.«

»Du meinst, falls wir nicht als Steinstatuen enden?« Sie zwinkerte ihm zu. »Immerhin, diese Briketts hier werden uns nicht mehr gefährlich.«

Die verwandelten Nimags fielen als verkohlte Reste zu Boden.

Clara schluckte. Der Gedanke, dass das einmal unschuldige Menschen gewesen waren, die vom Grafen Saint Germain für seine Zwecke missbraucht worden waren, machte ihr erneut deutlich, dass dieser Mann keinerlei Gewissen besaß.

Der Zeiger der Turmuhr rückte auf eine Minute vor zwölf vor.

»Wir wären dann bei den letzten sechzig Sekunden angekommen, Albert«, rief Johanna. »Musst du es immer so spannend machen?«

»Das ist der Literat in mir«, kam es dumpf zurück. »Alles über drei Sekunden ist langweilig.«

»Ich mag ihn.« Chloe grinste verschmitzt. »Schade, dass wir das Ende schon kennen.«

»Ja«, kommentierte Clara trocken, »total schade.«

Zwischen den Schattenkriegern entstand ein dunkler Wirbel, als ein Sprungmagier auftauchte. Er griff nach seinen Kumpanen und verschwand.

»Toll«, kommentierte Leonardo. »Vielleicht hätten wir auch einen rufen sollen.«

»Eine gute Idee«, sagte Johanna. »Nur etwas spät.«

»Ha!«, rief Einstein. »Das war's.«

Die Uhr blieb stehen.

»Weißt du, Albert, das nächste Mal feuern wir einfach einen Kraftschlag ab und zerschmettern das Ding.« Leonardo deutete grimmig auf die Uhr.

»Aber dann wäre sie kaputt gewesen.« Albert wirkte schockiert.

Johanna seufzte. »Ende gut, alles gut. Holen wir das Artefakt aus dem Ding und verschwinden wir. Ich brauche eine Auszeit.«

»Wie ich Saint Germain kenne, hast du maximal ein paar Tage.«

»Du meinst: wir.« Sie zwinkerte ihm zu.

»Ich wusste es«, sagte Chloe. »Es gab ja Gerüchte, aber niemand wusste etwas Genaues. Die beiden waren mal ein Paar. Ha! Was meinst du, warum haben sie sich getrennt?«

»Das erfahren wir vermutlich in einem der anderen Mentigloben.«

»Echt?«

»Nein!«, rief Clara. »Und dafür sind wir auch nicht hier. Es geht um die Ratssitzung, verdammt noch mal. Die Abenteuer der Unsterblichen, ob magisch oder amourös, gehen uns nichts an!«

»Ist ja gut«, wiegelte Chloe ab. »Himmel, hoffentlich bekomme ich nie dein Gewissen. Ist ja übel.«

Wieder tauchten sie aus der Erinnerung auf.

»Also gut. Jetzt muss es aber klappen«, war Chloe überzeugt.

Sie stellten eine Verbindung zum nächsten Mentiglobus her. Das Büro verschwand, wurde ersetzt durch monochrome Farben.

Doch auf das, was nun geschah, waren sie nicht vorbereitet. Entsetzt starrten sie auf die Szene, die sich ihnen bot.

12. Aus zwei wird eins

Jen kam in die Höhe. Schweiß bedeckte ihre Stirn, ihre Laune war auf dem Tiefpunkt angekommen. Sie wollte diese Sache nur noch erledigt wissen.

Überall auf der Statue leuchteten Glyphen, Symbole und fein ausgearbeitete Verbindungen. Wer auch immer Nostradamus in den Steinkokon eingesperrt hatte, er verstand etwas von seinem Fach.

Sie führte den vorbereiteten Zauber aus.

Der Stein zerbröselte.

»Ah, endlich.« Michel de Nostredame kratzte sich an den Armen, den Beinen, dem Rücken. »Dieses Weib! Wart ihr schon mal für Stunden zur Bewegungslosigkeit verdammt? Es wird ja behauptet, das leiste der Meditation Vorschub. Ha! Von wegen. Du warst schon einmal hier.« Er beäugte Jen von oben bis unten.

»Heute bin ich nur Babysitter.«

»Pfff«, kommentierte Alex.

»Geistreich, Kent.«

»Ich gebe dir gleich geistreich, Danvers.«

»Du willst wohl zuschlagen.« Jen ballte die Fäuste. »Versuch es doch.«

»Ruhe!«, rief Nostradamus.

Sie verstummten.

»Wart ihr beide im Erinnerungsraum?«

»W…«, begann Alex.

»Ruhe! Nicken oder Kopfschütteln reicht.«

Sie nickten.

»Gemeinsam?«

Wieder ein Nicken.

»Das hat sie sich ja fein ausgedacht. Mitkommen!«

Nostradamus setzte sich so schnell in Bewegung, dass sie ihm kaum folgen konnten. Er eilte durch die Gänge, als müsse er einen Rekord aufstellen. Glücklicherweise nahm er einen anderen Weg als den, den sie gekommen waren. Jen konnte gut darauf verzichten, diese dämliche Kammer ein drittes Mal aufzusuchen.

Einige hundert Gänge und Treppen später standen sie in einem Raum von der Größe eines Fußballfeldes. Regal reihte sich an Regal, doch in keinem stand ein Buch. Stattdessen lagen dort Holzschatullen.

»Essenzstäbe«, flüsterte Alex.

»Exakt«, bestätigte Nostradamus. »Wir müssen uns etwas sputen, damit ihr sie noch erwischt.«

»Wen?«, wagte Jen zu fragen.

»Die Schattenfrau.«

»Sie war es also. Moment, sie ist noch hier?«

Nostradamus nickte eifrig. »Aber ja. Sie will etwas ganz Bestimmtes haben, das sich in meinem Besitz befindet.« Er lachte vergnügt, wobei seine Augen lausbubenhaft funkelten. »Es ist natürlich gesichert. Dazu gleich mehr. Zuerst benötigst du, Neuerweckter, deinen Essenzstab.«

»Alexander Kent«, stellte Alex sich vor.

»Sage ich doch, Neuerweckter«, sprach Nostradamus gedankenverloren. »Mal sehen. Jeder Stab ist einzigartig, musst du wissen. Dabei geht es nicht nur um die Art von Holz, die bei der Schaffung verwendet wurden. Auch die Zeit, die Reifung und die eingewobene Sigilgrundessenz sind ausschlaggebend.«

»Aha.«

»Schlagfertig«, kommentierte Jen.

»Falls du mal testen willst …«

»Ruhe!«

Beide schwiegen.

»Wo war ich? Ach ja, der Stab und das Sigil tasten einander ab, suchen einander, bis die perfekte Kombination gefunden ist. Diese Verbindung ist etwas sehr Kostbares, wie du in der Zukunft noch feststellen wirst. Erst wenn beide ihren Teil des Bandes geknüpft und die Verbindung aktzeptiert haben, entsteht die Einheit. Gut, gut. Tritt in die Mitte …«

»… Alex.«

»… Neuerweckter.«

Grummelnd trat er nach vorne.

Innerlich grinste Jen, konnte sich der Erhabenheit des Moments aber gleichzeitig nicht entziehen. An diesem Ort wurde eine Verbindung geschaffen, die einzigartig war. Dabei hatten nur wenige Magier das Privileg, den Augenblick der Verschmelzung so bewusst zu erleben. Die meisten erhielten nun mal den ererbten Stab, da jener bereits zu dem Sigil passte.

Nostradamus nutzte seinen Essenzstab, um ein Symbol in die Luft zu malen. Eine Holzschatulle schwebte von ihrem Platz herbei, landete auf einem kleinen Tischchen neben Alex.

»Bitte«, bedeutete der Stabmacher.

Mit zittrigen Fingern öffnete er die Schatulle und nahm den Stab heraus. Er bestand aus einem dunklen Holz, in das Riefen geschnitten waren. Wie alle anderen auch, war er unterarmlang. Symbole verzierten den abgerundeten Griff. »Okay.«

Nostradamus seufzte. »Benutze ihn. Führe deinen Zauber aus. Egal welchen.«

Er schwang den Essenzstab.

Im nächsten Augenblick krachten fünf der Regale einfach in ihre Einzelteile zusammen.

»Oh.« Nostradamus kratzte sich am Kopf. »Das ist nicht gut.«

Alex warf den Stab wieder zurück in das Kästchen, als wäre dieser giftig. »Sorry.«

»Ach, das ist noch gar nichts«, beruhigte ihn der Unsterbliche. »Einmal hat jemand den halben Raum zum Einsturz gebracht.«

Jens Grinsen verschwand schlagartig. »Dafür habe ich mich entschuldigt.«

»Das war auch kein Vorwurf, meine Liebe«, winkte Nostradamus vergnügt ab. Eine weitere Schachtel fand ihren Weg zu Alex. »Bitte.«

Zehn Zauber später gab es ein verbranntes Regal, einen geschmolzenen Teppich, eine Horde Stechmücken, die Jen hinterhergejagt war, und eine versengte Kutte für den Unsterblichen. Ihm war anzusehen, dass selbst er langsam die Geduld verlor.

»Wirklich, du bist ein harter Brocken. Angefüllt mit aggressiven Emotionen, doch stets darauf bedacht, das Richtige zu tun. Da ist eine Macht in dir, die ihresgleichen sucht.« Verblüfft schaute Nostradamus zwischen Alex und Jen hin und her. »Möglicherweise … nun, wir werden sehen.«

Wieder flog eine Schachtel herbei.

»Bitte.«

Vorsichtig griff Alex nach dem Stab. Sein Blick blieb an dem Holz haften, während er die Spitze gen Himmel richtete. Er schwenkte ihn, malte eines der komplexesten Symbole, die Jen je gesehen hatte, und murmelte Machtworte dazu. Ein gleißendes Licht entstand.

Jen riss die Augen auf. »Ein Avakat-Stern.« Der Zauber gehörte zu den anspruchsvollsten überhaupt. Er konnte in gefährlichen Situationen verlorene Essenz von einem zum anderen Magier übertragen. Ein einziger Fehler allerdings zerstörte die beteiligten Sigile vollständig und tötete damit beide Magier.

»Ha! Wer hätte das gedacht«, sagte Nostradamus. »Du hast deinen Stab gefunden.«

Alex lächelte. Er griff nach dem Etui, eher eine Schlaufe, und befestigte es am Gürtel. Sanft schob er den unterarmlangen Essenzstab hinein. Der Stern leuchtete noch einmal auf, bevor er wieder verwehte.

»Faszinierend«, kam es von dem Unsterblichen. »Es kommt nur alle paar Jahrhunderte vor, dass zwei Lichtkämpfer Stäbe der gleichen Grundessenz bekommen.«

»Bitte?«, fragte Jen.

Nostradamus machte sich daran, die Schatullen wieder zurück in die Regale fliegen zu lassen. »Es geschieht nur selten - und ich meine: unglaublich selten -, dass zwei Stäbe gemeinsam geschmiedet werden. Aus der gleichen magischen Essenz. Dies verlangt dem Essenzstabmacher unfassbar viel Kraft ab. Gelingt es aber, entsteht ein untrennbares Band. Nur verwandte Seelen können diese Stäbe führen. In diesem Fall sind es nicht irgendwelche Stäbe. Sie gehören zu den ältesten ihrer Art und wurden noch vom ersten Stabmacher erschaffen.«

»Ha«, sagte Alex natürlich prompt. »Meiner ist besser als deiner.«

»Mitnichten«, widersprach Nostradamus. »Ihr beiden tragt jeweils das Gegenstück des anderen.«

Jen starrte den alten Mann fassungslos an. »Wir beide«, sie deutete auf Alex und dann sich selbst, »sollen verwandte Seelen sein? Das ist lächerlich!«

»Nun, das werden wir gleich wissen. Stellt euch gegenüber auf.«

Murrend trottete Jen neben den Tisch.

»Stäbe in die Hand!«, befahl der Unsterbliche.

»Wird das jetzt ein Duell?«, fragte Alex hoffnungsvoll.

»Stäbe in die Hand!«

Sie taten es.

»Ihr beiden glaubt, den jeweils anderen zu kennen, weil ihr ein Erlebnis der dunkelsten Art aus seinem Leben gesehen habt«, erklärte Nostradamus. »Doch die Wahrheit ist facettenreicher, als ihr denkt. Denn, seid versichert, ihr beiden wurdet von den verwandten Stäben gewählt, weil sie stets wussten, dass es euch gibt und ihr eines Tages aufeinandertreffen würdet.«

»Das ist hoffentlich ein Scherz«, stöhnte Jen.

Nostradamus lächelte. Dann sprach er nur ein Wort: »Unum.«

Als habe jemand zwei Magnete in den Stabspitzen aktiviert, sausten die Essenzstäbe aufeinander zu. Die Spitzen berührten sich. Ein gleißender Blitz schoss vom Berührungspunkt ausgehend auf Jen und Alex zu.

Die Welt verging in einem Wirbel aus Farben, Formen und Erinnerungen.

13. Unum (Alex)

Lärm drang an sein Unterbewusstsein. Irgendwer brüllte lautstark Beleidigungen.

Echt jetzt?

Alex lag auf seinem Bett, froh darüber, ein paar ruhige Stunden zu haben. Alfie war irgendwo mit seinen Freunden unterwegs, er hatte das Zimmer momentan für sich.

Träge öffnete er die Augen, kam aus dem Halbschlaf zurück ins Wachsein. Der karge, winzige Raum, die kaputten Fensterrahmen und der traurige, kleine Schreibtisch hießen ihn willkommen. Über Alfies Bett hing irgendein Pin-up-Girl, über seinem eigenen das Poster eines polierten, glänzenden Mercedes SLK. Mehr persönliche Gegenstände gab es nicht, sah man von den herumliegenden Klamotten ab.

Alex richtete sich auf, rieb sich den Schlaf aus den Augen.

Der Lärm des Fernsehers drang aus dem Nebenraum zu ihm herüber. Seine Mum vertrieb sich die Zeit, bis ihre Schicht im Pub begann.

Er stand auf.

Seit wenigen Tagen war er zweiundzwanzig. Alle redeten immer davon, dass sich die Welt mit erreichen des achtzehnten Geburtstages, also der Vollährigkeit, verändern würde. Man durfte alles, keine Einschränkungen mehr. Totaler Quatsch. Rein gar nichts hatte sich in den letzten vier Jahren verändert. Alles war noch immer so grau und trostlos wie an all den Jahren davor.

Alfie, mit seinen zwölf Jahren, sah das natürlich anders. Er wollte ständig, dass Alex ihm nun Zigaretten und Bier besorgte. Klar, was auch sonst? Verdammt, er war noch so jung, hing aber bereits mitten im stetig wachsenden Sumpf der Jugendgangs von Angell Town!

Alex trottete in die Küche, nahm die Milchflasche aus dem Kühlschrank und stürzte gierig ein paar Schlucke hinunter. Das tat gut.

Seine Mum lag tatsächlich auf der Couch. Sie schlief im Sitzen, hielt die fast bis zu ihren Fingern heruntergebrannte Zigarette in der rechten Hand. Schnell drückte er den Glimmstängel in den Aschenbecher, bettete ihre Füße auf die Couch und breitete eine Decke über sie.

Vor dem Fenster brüllte noch immer die gleiche Stimme. Erst jetzt realisierte Alex, dass er sie kannte.

»Was macht der Penner hier?!«

Jackson war ein Großmaul, der ein paar Jungs um sich herum geschart hatte und den Macker gab. Wer ihm nicht gehorchte, wurde brutal zusammengeschlagen. Normalerweise trieben er und seine Gang sich jedoch in der nördlichen Unterführung herum, die zum Neubaugebiet führte. In wenigen Jahren sollten hier tolle neue Wohnungen entstehen, die Angell Town aufwerten sollten.

Alex trat ans Fenster.

Ein Schlag in den Magen hätte ihn nicht härter treffen können. Unten vor dem Haus stand Alfie, ihm gegenüber Jackson, der die Mündung einer Pistole auf dessen Stirn gerichtet hielt.

Ohne nachzudenken rannte Alex zur Tür. Das Gehen wurde zu einem einbeinigen Hüpfen, als er schnell noch die Schuhe anzog. Sein Knie machte Bekanntschaft mit der Kommode, was einen stechenden Schmerz aussandte. Er ignorierte ihn.

Mehrere Treppenstufen auf einmal nehmend, hetzte er hinunter, riss die Tür auf und stand prompt mitten im Geschehen.

»Jo, klar, jetzt kommt Lexi und hilft.« Jackson kicherte.

»Lass meinen Bruder in Frieden.«

Die Mündung der Pistole richtete sich nun auf Alex' Stirn. »Er schuldet uns noch Geld.«

»Wofür?«

»Wollte Zigaretten und Bier besorgen, hat er aber nicht.«

Deshalb sollte ich das also mal wieder übernehmen. »Verpiss dich.«

»Nicht ohne die Kröten.«

Alex zog sein Portemonnaie hervor. »Wie viel?«

Jackson grinste. »Na, was denkst du denn? Alles.« Er riss ihm kurzerhand den Geldbeutel aus den Händen.

Lachend und grölend trottete er mit seinen Jungs davon.

»Sorry«, murmelte Alfie.

Alex klatschte ihm eine auf die rechte Wange. Dann zog er ihn in eine kurze Umarmung. »Geh rauf.«

»Aber, du …«

»Rauf!«

Grimmig dreinschauend trottete sein kleiner Bruder die Treppe nach oben.

Alex musste nicht lange warten. Zac, sein bester Freund, kam herbeigestürmt. »Sie sind in der Unterführung.«

»Hol die anderen.«

Minuten später war er zusammen mit seinen Freunden auf dem Weg, um Jackson zu stellen. Sie warteten, bis die Dämmerung heraufzog. Dann schnappten sich seine Jungs Jacksons Lemminge. Sie brachten sie nach draußen, so dass er ungestört mit dem Arschloch reden konnte, nur ein paar blieben zurück.

Alex drehte den Schirm seiner Basecap in den Nacken. Seitlich kitzelte sein Haar. Unter dem Grölen der anderen, die ihn anfeuerten, sich darüber freuten, dass Jackson endlich eine Lektion bekam, schlug er ihm die geballte Faust ins Gesicht. Blut spritzte. Das Knacken einer brechenden Nase war zu hören.

Das tat so verdammt gut.

Immer wieder trat das Bild vor seine Augen. Jackson, der die Mündung seiner Pistole auf Alfies Stirn richtete. Ein festes Fingerzucken hätte gereicht, seinen Bruder mal eben so umzubringen.

Erneut schlug er zu.

Er sah seinen Dad, der eine Pistole einsteckte und sagte: »Ich bin gleich wieder da.«

Noch mehr Blut spritzte.

Die Bobbys, die ihm mitteilten, dass sein Dad bei einem Banküberfall erschossen worden war. Er hatte ja versprochen, dass er das Geld für die Schulsachen irgendwie auftreiben würde. Seine Söhne sollten es besser haben als er.

Ein weiterer Schlag.

Alex musste sich zusammenreißen, nicht vollständig die Kontrolle zu verlieren. »Und, gibst du es freiwillig her?«

Jackson schüttelte den Kopf.

Tränen rannen ihm über Wangen und Kinn, doch er wusste, dass er das Gesicht verlor, gab er jetzt nach. Seine einzige Chance bestand darin, es auszusitzen.

Alex gab sich einen gelangweilten Anschein, zuckte mit den Schultern. Seine Faust schoss erneut vor.

Am Ende lag der Scheißkerl am Boden. Sein Gesicht glich einer breiigen Masse aus aufgeplatzter Haut, einer gebrochenen Nase und zugeschwollenen Augen. Zum Abschluss schickte er einen Tritt in den Magen hinterher. Unter dem noch lauteren Getöse seiner Freunde zog er sein eigenes Portemonnaie aus der Hostentasche des gebrochenen Jackson.

Langsam gingen sie davon.

Er hatte sein Eigentum wieder, sich für die Attacke auf seinen Bruder gerächt. Die anderen jubelten, feierten ihn als Held.

Sobald er sich losreißen konnte, rannte Alex durch die Nacht. Vorbei an Baracken und kaputten Häusern. Erst auf der Baustelle schöpfte er Atem, erbrach sich in die nächste Erdkuhle. Nun kamen ihm ebenfalls die Tränen.

Hass und Wut auf die Welt und sich selbst vermengten sich zu einem schwelenden Klumpen in seinem Inneren.

Er hätte ihn beinahe getötet.

All das nur wegen Zigaretten und Bier!

An diesem Tag beschloss er, dass es so nicht weiterging. Er musste etwas ändern, seinem Leben eine neue Richtung geben. Obwohl niemand es ihm zutraute, holte er seinen Abschluss nach, besuchte regelmäßig die Abendschule. Nebenbei jobbte er, um die Gebühren bezahlen zu können. In all der Zeit hielt er doch immer ein wachsames Auge auf Alfie gerichtet.

Leider kam Alex nur langsam voran. Rückschlag folgte auf Rückschlag. Als liege ein Fluch auf seinem Leben, der ihn beständig in Brixton halten wolle, schaffte er es einfach nicht, den entscheidenden Schritt zu tun.

Bis zu jenem Abend, als er durch Regen und Sturm rannte, getrieben und gepeinigt von einem weiteren Nackenhieb. Als er brüllte, seinen Hass und die Wut in die Welt schrie. Als er alles verloren glaubte.

Es war der Tag, an dem das Sigil ihn erwählte und sein Erbe erwachte.

14. Unum (Jen)

Jen schluckte. Sah man es ihr an? Gemeinsam mit Trish und Marjella schritt sie den Flur entlang. Das Haar trug sie frisch gestylt, die Schuluniform betonte ihre Figur, und sie hatte - verbotenerweise - einen Hauch Parfüm aufgelegt. Zwar hatten die anderen den obersten Knopf ihrer Bluse geöffnet, sie verzichtete jedoch darauf. Niemand sollte den gewaltigen blauen Fleck sehen, den ihr Dad gestern verpasst hatte.

Sie war noch spät wach gewesen, als der übliche Streit begann. Dieses Mal hatte Jen ihrer Mum beistehen wollen. Zuerst hatte sie nachgeschaut, ob ihre Schwester bereits schlief. Glücklicherweise tat sie das. Dann hatte sie sich selbst Mut zugesprochen. Fünfzehn Minuten später trat sie ihrem Vater entgegen.

Der Schlag war so fest gewesen, dass sie minutenlang kaum Luft

bekommen hatte. Am Ende funkelte ihre Mum sie wütend an, weil sie sich eingemischt hatte. Und ihr Dad? Der war aus dem Haus getürmt, in sein Cabrio gestiegen und davongefahren. Das hatte ihre Mum hysterisch werden lassen, sie befürchtete, dass er sich nun eine Geliebte nahm.

Am nächsten Tag war alles beim Alten.

Sie saßen gemeinsam am Frühstückstisch. Ihr Dad trug den üblichen Maßanzug, wurde kurz darauf vom Chauffeur in die Firma gebracht. Mum schickte sich dazu an, die Bediensteten für den heutigen Tag mit Arbeit zu versorgen, bevor sie an ihren Gemälden weiterarbeitete. Sie trug wie stets den verträumten Blick, als sei die Welt um sie herum das wahre Gemälde, das sie zwar miterschuf, an dem sie jedoch keinen echten Anteil nahm.

Jana und sie wurden in die Schule gebracht.

Ein ganz normaler Tag.

Auch der Abend würde wie immer ablaufen.

Gemeinsam mit Trish und Marjella steuerte Jen die Toilette an. Die anderen respektierten sie als tonangebendes Trio. Das fand sie traurig. Niemand erhob sich, um dagegen zu protestieren. Sie hatten alle Angst.

Ihr wisst doch gar nicht, was Angst ist, dachte sie.

Während sie sich schminkten, betrat die Neue den Raum, die Jen bereits am Morgen aufgefallen war.

»Was tust du denn hier?«, fragte sie bewusst hochnäsig.

»Ich muss auf Toilette.«

»Hast du vielleicht um Erlaubnis gebeten, bevor du hereingestürmt bist«, warf Trish ein.

»Nennen wir sie doch ab jetzt Trampel«, schlug Jen kichernd vor. Sie wollte das andere Mädchen provozieren, aber die Neue reagierte nur mit noch mehr Schüchternheit.

»Also, Trampel, was hast du zu deiner Verteidigung zu sagen?«, wollte Marjella wissen.

»Ich musste nur auf die Toilette.«

»Wie vulgär«, befand Jen.

»Ich gehe wieder. Tut mir leid«, sagte das schüchterne Mädchen.

Jen bedauerte es. Es war stets dasselbe. Macht und Stärke siegten. Niemand widersetzte sich, keiner stellte Fragen oder holte Hilfe. Sie hatte es auf die harte Tour lernen müssen. Ihr eigener Dad konnte tun, was immer er wollte.

Trish stellte sich vor die Tür, Marjella verhinderte, dass das Mädchen in eine der Toilettenkabinen fliehen konnte.

Es war jener Augenblick, in dem Jen zwei Dinge in absoluter Klarheit und aller Konsequenz begriff. Die schweigende Mehrheit ließ sich immer von einer starken Minderheit kontrollieren, wenn diese genug Angst schürte. Das konnte auch ein einzelner Mann sein. Und sie realisierte, dass Trish, Marjella und sie nicht besser waren als ihr eigener Dad.

Jen stylte sich in aller Ruhe zu Ende, obwohl es innerlich brodelte. Urplötzlich war es da, das Mitleid. Sie verließen den Raum. Mit jedem Schritt, den sie tat, reifte die Erkenntnis in ihr heran, dass sie von niemandem erwarten konnte, sich aufzulehnen, wenn sie es selbst nicht tat.

Was war schon ein blauer Fleck?

Ohne ein weiteres Wort ließ sie Trish und Marjella stehen, rannte zurück zur Toilette.

Dort nahm sie das Mädchen in den Arm.

Von diesem Augenblick an widersetzte sich Jen ihrem Vater, so oft sie nur konnte. Er behielt stets die Oberhand. Mit der Zeit begann sie, blaue Flecken als Auszeichnungen zu betrachten. Immerhin versuchte sie, Widerstand zu leisten, das war das Wichtigste.

Sie und Paula - so hieß die Neue - wurden beste Freundinnen. Trish und Marjella suchten sich eine andere, um ihr Trio Infernale zu ergänzen. Fortan war Jen ebenfalls eine Außenseiterin. Es störte sie nicht im Geringsten.

So ging ihr Leben weiter.

Bis zu jenem Tag, an dem sich alles änderte. Ein Sturm zog auf. Dunkle Wolken schoben sich über die Villa, Regen prasselte auf die Fenster, Blitze erhellten die Nacht.

Nie zuvor hatte *er* sich so sehr betrunken. Nicht nur Jens Mutter bekam Schläge ab, auch Jana. Doch dieses Mal ließ Jen es nicht zu, stellte sich ihm mit aller Kraft entgegen. Sogar den Schürhaken des Kamins setzte sie ein.

Er war trotzdem stärker.

Jen lag am Boden. Faustschläge und Tritte prasselten auf sie ein. Vermutlich hätte er sie an diesem Abend getötet. Vielleicht wäre das sogar besser gewesen. Möglicherweise hätte das ihre Mum zur Besinnung gebracht, wäre sie mit Jana geflohen oder hätte ihn angezeigt.

Stattdessen geschah das, was niemand so recht begriff. Ein leuchtender Ball durchbrach die Wand, drang in ihren Körper ein und verschmolz mit ihrem Innersten. Als sie in höchster Not ihre Pein hinausschrie, materialisierte ein länglicher Stab in ihrer Hand.

Wut und Hass brachen sich Bahn.

Mit ihrem ersten Gedanken als erweckte Magierin entfesselte Jen das absolute Chaos. In einer gewaltigen Explosion zerbarst ihr Essenzstab, brachen Regen, Blitz und Donner über sie alle herein. In einem abrupten emotionalen Ausbruch tötete die Explosion ihren Vater, ihre Mutter und Jana.

Einzig Jen blieb zurück. Sie lag zwischen den Trümmern der Villa, wo Kevin und Chloe sie schließlich fanden.

Das Castillo wurde ihre neue Heimat, das Team ihre neue Familie. Es dauerte eine Weile, bis Jen die Ereignisse überwunden hatte, doch sie würden immer ein Teil von ihr bleiben.

Sie handelte in diesem Geiste und beschützte Nimags; um jeden Preis. Die Schatten ihrer Vergangenheit hatten sie geformt, wie sie jeden formten.

15. Memorum excitare III

Ist das Jen?!«, rief Clara.

Entsetzt sah sie sich um. Sie standen inmitten einer Trümmerlandschaft. Über ihnen zogen dunkle Wolken über das Firmament. Blitze zuckten am Horizont zu Boden, Donner rollte durch die Nacht.

Die Freundin kauerte im Zentrum des Chaos, das einmal ein Haus gewesen sein musste. Die Decke war förmlich weggesprengt worden, ein Teil der Wand war eingestürzt. Das Feuer im Kamin brannte noch immer. Ein Großteil der Möbel lag unter Zementbrocken begraben.

»Das ist unmöglich«, flüsterte Chloe. »Leonardo war damals nicht dabei. Kevin und ich haben sie gefunden.«

Es polterte, Steine kullerten.

Leonardo stolperte herbei. Vorsichtig ging er neben Jen in die Knie. »Alles wird gut.«

Doch sie zuckte vor ihm zurück, kroch wimmernd in eine Ecke.

Der Unsterbliche bückte sich, nahm die Reste des Essenzstabes auf. »Niemand hat eine solche Kraft. Der Stab ist nur eine Verlängerung des Sigils. Wie konntest du das bewerkstelligen?«

Besorgt untersuchte er das Holz.

Ein weiteres Poltern erklang. Der Unsterbliche verschwand mit wenigen Schritten in den Schatten. Von seiner Position aus hatte er einen perfekten Überblick.

Erschrocken fuhr er zusammen, als er gegenüber, versteckt hinter einem Trümmerstück, die nebelige Silhouette der alten Feindin erblickte. »Woher wusste sie das?«, flüsterte er.

Es war eindeutig die Schattenfrau.

»Aber, das kann nicht sein«, entfuhr es Chloe. »Wir sind damals sofort aufgebrochen, nachdem der Onyxquader uns den Weg zu Jen gewiesen hatte. Sie hatte in einem plötzlichen emotionalen Ausbruch ihre gesamte Familie getötet.«

Clara starrte mit aufgerissenen Augen auf Jen und von dort zu Chloe. »Was? Das wusste ich nicht.«

»Niemand außer uns.«

Die Schattenfrau betrachtete eindeutig Jen. Ihre von Dunkelheit umhüllte Nasenspitze deutete zumindest in deren Richtung. Clara glaubte fast, dass die unbekannte Feindin ihre Fäuste ballte, doch das war vermutlich eine Täuschung. Das Nebelfeld verschluckte alles. Außerdem war es unlogisch. Warum sollte sie Jen hassen?

Es polterte.

Eine jüngere Version von Chloe stürmte in den Raum. Sie trug eine Lederjacke, die Haare waren rosa gefärbt. Dazu die typischen Boots, Lederjeans und ein ärmelloses Shirt. Sie hielt ihren Essenzstab erhoben, wie es Vorgabe war. Immerhin kam es nicht selten vor, dass auch Schattenkrieger auf eine Neuerweckung aufmerksam wurden und am Ort des Geschehens ankamen, bevor der Neuerweckte in Sicherheit gebracht werden konnte. »Daingead!«

Leonardos Kontaktstein hatte den gälischen Fluch Chloes in ein herzhaftes »Verdammt!« übersetzt, wodurch auch Clara ihn verstand.

Hinter ihr betrat Kevin das Trümmerfeld. Mittlerweile war der Boden so nass, dass er mit seinen Turnschuhen darauf ausrutschte. Fluchend kam er wieder in die Höhe, sah sich vorsichtig um. Das dunkelblonde Haar trug er etwas länger als heute. Die Jeans waren verschlissen, das Shirt lag eng an. »Was ist denn hier passiert? War sie das?«

»Scheinbar«, stellte die junge Chloe fest. »Das ist mal was Neues.«

Jen saß wimmernd in der Ecke, hielt die Beine angewinkelt und mit den Armen umschlungen.

»Möglicherweise eine Attacke der Schattenkrieger, auf die sie instinktiv reagiert hat?«, überlegte Kevin.

Jung-Chloe legte ihm den Arm auf die Schulter. »Das war alles *sie*. Spürst du es nicht? Eine spontane Entladung magischer Essenz. So was kann angeblich passieren, ich habe es nur noch nie erlebt.«

Kevin schritt durch den Raum. »Himmel, da sind Nimags drunter.« Er deutete auf die Trümmer.

Gemeinsam mit Jung-Chloe zerpulverte er die Zementbrocken oder ließ sie davonschweben. Doch sie konnten niemanden mehr retten. Alle Anwesenden waren tot.

Clara sah das Entsetzen und die Trauer, die sich auf Kevins und Jung-Chloes Gesicht abzeichnete. Sie gingen vorsichtig zu Jen, die mit aufgeplatzter Lippe, einem blauen Auge, geprellten Rippen und blutigen Schrammen zu ihnen aufblickte.

»In dem Augenblick habe ich begriffen, dass es purer Hass war«, berichtete Chloe neben ihr. »Dass es ihr Vater war, habe ich mir zwar gedacht, aber sie hat es erst später bestätigt. Er hat sie jahrelang misshandelt. An diesem Abend ist es aus ihr herausgebrochen. Die Wut, der Hass, die Befreiung … Das Sigil hat sie genau in dem Augenblick erwählt.«

»Sie hat unbewusst ihre Emotionen in einen magischen Schlag umgewandelt«, begriff Clara. »Herrje.«

Nun verstand sie, weshalb Jen nie über die Details ihrer Erweckung gesprochen hatte. Der Schatten dieser Ereignisse musste noch immer auf ihrer Seele lasten. Niemand konnte Derartiges so einfach verwinden.

Seltsamerweise griff die Schattenfrau nicht an. Und auch Leonardo, der wohl wusste, dass ein Kampf Jung-Chloe, Kevin und die Neuerweckte in Gefahr gebracht hätte, hielt sich zurück. Doch es fiel ihm schwer, das spürte Clara. Er wollte die Feindin angreifen, sie stellen und erledigen.

Was immer diese Frau auch antrieb, sie hatte in der Menschheitsgeschichte geradezu gewütet. Böses gewirkt, wo sie nur konnte. Umso seltsamer mutete es an, dass sie jetzt nicht eingriff. Weder attackierte sie Kevin, noch Jung-Chloe, noch Jen.

»Ich fasse es nicht«, sagte Chloe neben ihr. »Sie war so nahe. Auch Leonardo hat nie etwas gesagt. Die haben uns einfach nur beobachtet.«

Clara bekam eine Gänsehaut, als sie zur Schattenfrau sah. Diese starrte den Unsterblichen frontal ins Gesicht. Zumindest wirkte es so. Als sie kurz darauf die Hand hob und ihm zuwinkte, bestätigte das Claras Vermutung.

»Sie hat ihn bemerkt«, flüsterte Chloe. »Aber sie greift weiterhin nicht an.«

Kevin hatte mittlerweile seinen Kontaktstein ergriffen. Aufgrund der Ereignisse musste er eine Verbindung zum Castillo herstellen. Es vergingen nur Sekunden, dann trat ein Magier aus dem Nichts in das Trümmerfeld.

»Ein Sprungmagier«, erkannte Clara.

»Er hat uns damals abgeholt«, bestätigte Chloe. »Wir konnten mit Jen nicht zu einem Portal, das hätte zu lange gedauert.«

Kevin nahm die wimmernde Jen in seine Arme.

Sie schrie kurz auf und wurde bewusstlos.

Im nächsten Augenblick verschwanden alle vier mit einem Wabern im Nichts.

Leonardo, der den Essenzstab gezogen hatte, trat aus dem Schatten heraus. »Was tust du hier?!«

Die Schattenfrau erhob sich. »Für heute nur beobachten, alter Freund. Doch sei dir versichert, das wird nicht so bleiben.«

»Komm her und stell dich mir«, forderte er. »Bringen wir es zu Ende.«

»Zu Ende?« Ein Lachen erklang, das verzerrt zu ihnen herüberhallte. »Aber mein lieber Leonardo, es fängt doch gerade erst an. Verschieben wir deinen Tod auf einen anderen Tag.«

Das Nebelfeld zerstob. Sie war fort.

»Wie macht sie das?«, grübelte Chloe. »Das sieht nicht aus wie bei einem normalen Sprung.«

Leonardo griff nach seinem Kontaktstein und stellte eine Verbindung zum Castillo her. Kurz darauf wurde auch er von dem Sprungmagier abgeholt.

Die Szene wechselte.

Sie standen in jenem Raum, in dem jeder neuerweckte Lichtkämpfer geprüft wurde, um die Farbe der Magiespur und die Stärke abzuschätzen.

Jen war anwesend, wirkte noch immer mitgenommen. Viel Zeit konnte seit dem Ausbruch ihrer Magie und diesem Moment nicht vergangen sein. Theresa hatte sie notdürftig zusammengeflickt, das war klar.

Ihr Haar stand wirr zu allen Seiten ab, auf ihrem Gesicht waren Schrammen und Schürfwunden zu sehen. Scheinbar hatte sie soeben ihren ersten bewussten Zauber ausgeführt, denn Johanna sagte: »Das war ausgezeichnet. Einer deiner neuen Teamgefährten bringt dich nun wieder in den Krankenflügel.«

Widerstandslos, geradezu apathisch, verließ Jen den Raum.

»Das war im Jahr 2010«, flüsterte Chloe.

»Sie ist stark«, bemerkte Leonardo. »Ich habe noch nie erlebt, dass eine Neuerweckte instinktiv einen solchen Zauber wirkt.«

»Ja, beeindruckend«, murmelte Johanna. »Aber tödlich. Wir müssen sie im Auge behalten. Mag es auch unbeabsichtigt gewesen sein, sie hat getötet. Und dass die Schattenfrau dort war, aber nicht eingegriffen hat, gibt mir zu denken.« Mit verschränkten Armen ging die Unsterbliche auf und ab, während Leonardo entspannt in seinem Stuhl saß.

»Was für eine verdammte Misere«, seufzte Chloe betrübt.

Clara wollte fort. »Jen hat öfter mal Andeutungen gemacht, aber so richtig hat sie nie mit der Sprache herausgerückt. Jetzt kann ich verstehen, warum. Gehen wir einfach.«

Sie lösten den Zauber, zogen ihre Hände von den Erinnerungssphären zurück.

Noch vier Mentigloben waren übrig.

»Na schön, jetzt haben wir angefangen, dann bringen wir es auch zu Ende.« Clara streckte den Rücken durch, als sei ein Essenzschub durch ihren Körper gefahren.

Gemeinsam berührten sie das nächste Erinnerungsgefäß.

Die Ratskammer war ihnen mittlerweile vertraut.

»Bingo«, entfuhr es Chloe.

16. Memorum excitare IV

»Dieser Tag lässt sich wohl nur als Desaster bezeichnen«, sagte Tomoe. Die Unsterbliche trug moderne, elegante Kleidung. Sie hatte ein offenherziges Gesicht, obgleich sie heute viel gesetzter wirkte als noch in den Siebzigern. Die Kämpferin in ihr war gänzlich verschwunden.

Clara schaute sich um.

Einstein, Johanna von Orléans und Leonardo da Vinci waren ebenfalls anwesend. Die anderen fehlten.

»Irgendwie schade«, meinte Chloe. »Ich habe mich gerade an den Vintage-Style gewöhnt. Jetzt sehen sie alle wieder so normal aus. Langweilig.«

Clara lagen die Erlebnisse im Jahr 2010 noch schwer im Magen. Doch sie honorierte Chloes Versuch, die Anspannung mit Scherzen zu durchbrechen.

Leonardo öffnete eine Dose seines Lieblingsenergydrink, »Dark Monster«, und schlürfte das Getränk, was ihm einen angeekelten Blick Johannas einbrachte, die eine weiße Tasse vor sich stehen hatte, auf der »Best mum ever« stand. Ein Witz, den sich ein paar Lichtkämpfer vor einigen Jahren erlaubt hatten. Unnötig zu sagen, dass die folgende Kampfvorlesung recht praktische Elemente beinhaltet hatte und noch heute legendär war.

»Du hast ein Artefakt eingesetzt, ohne den Rat zu konsultieren«, begann Tomoe mit ihrer Aufzählung. »Ein Lichtkämpfer ist gestorben, vier weitere wurden gekidnappt, darunter auch ein Neuerweckter. Und als wäre das nicht genug, kann Jennifer Danvers durch die Verbindung mit dem Folianten scheinbar niedergeschriebene Prophezeiungen des letzten Sehers abrufen. Die haben alle anderen aber wieder vergessen, nur die Schattenfrau, die zufällig anwesend war, bekam alles mit. Stimmt das so?«

»Ja, doch«, bestätigte Leonardo, »das kommt so hin.«

Johanna seufzte. »Niemand hätte etwas an den Dingen ändern können. Wichtiger ist, dass wir die Artefaktmanipulation entdecken konnten. Und da die verbotenen Katakomben nur von Unsterblichen betreten werden können, bleiben nicht viele Personen im Kreis der Verdächtigen übrig.«

Tomoe wirkte wie eine japanische Geschäftsfrau auf einem

Vorstandsmeeting, als sie durch den Raum schritt. »Es muss eine andere Möglichkeit geben.«

»Wenn ich dich daran erinnern darf, dass dieser Rat so seine Erfahrung mit Verrätern gemacht hat«, gab Leonardo zu bedenken.

»Das ist einhundertsechsundsechzig Jahre her«, erwiderte Tomoe aufgebracht. »Und wir hätten es damals bemerken können. Immerhin war er gegen die Errichtung des Walls, das hat er immer wieder deutlich gesagt. Wen wundert es? Zeit seines ersten Lebens als Nimag war er es gewohnt, Macht auszuüben. Aber darum geht es heute nicht.«

Wie gebannt hing Clara an den Lippen der anderen Frau. Überhaupt war ihre Ausstrahlung überwältigend. In jeder Geste, jedem Schritt und jedem Wort wurde die lange Lebenserfahrung deutlich. Sie mochte Tomoe.

»Wir sollten uns alle beruhigen«, mahnte Einstein mit unerschütterlicher Ruhe.

»Ach, Albert«, widersprach sie. »Hier geht es um zu viel. Falls tatsächlich einer von uns Verrat übt, hatte er über Jahrzehnte Zugriff auf die Artefakte. Möglicherweise ist das Erdbebenartefakt nicht das einzige, das verändert wurde. Darf ich dich an einen gewissen Steinzauber erinnern, der euch drei beinahe in hübsche Gartenfiguren verwandelt hätte? Stell dir vor, dieser geht hier im Castillo los. Das gäbe ein beeindruckendes Stillleben. Aber solche Manipulationen zu offenbaren ist ein gewaltiger Aufwand. Wir müssten jedes Artefakt in den Katakomben überprüfen.«

»Genau darum geht es«, erklärte Leonardo. »Jede Diskussion ist überflüssig. Ich habe Gryff Hunter bereits informiert. Er hat eine Untersuchung eingeleitet, trägt die Fakten zusammen und wird prüfen, wo sich jeder von uns zu welchem Zeitpunkt aufgehalten hat. Sobald die Unschuld eines Ratsmitgliedes feststeht, wird diese Person die Artefakte untersuchen. Wir müssen in der Tat davon ausgehen, dass weitere manipuliert wurden.«

»Besteht die Chance, dass ein anderer Zugriff auf die Artefakte genommen hat?«, fragte Tomoe. »Bevor wir tatsächlich das letzte Mittel einsetzen, möchte ich sichergehen.«

»Nein«, erklärte Johanna sofort. »Du weißt selbst, dass der Senescentis-Zauber niemanden in die Katakomben lässt, ohne ihn innerhalb von Augenblicken altern und sterben zu lassen. Bleiben alternativ also nur Mitglieder des dunklen Rates übrig. Die kommen jedoch nicht durch den Kristallschutz. Andernfalls hätten sie zweifellos viel mehr Schaden angerichtet.«

»Ich kann einer Wahrheitsfindung nicht so einfach zustimmen«, erklärte Tomoe kategorisch. »Dadurch würden Dinge offenbart werden, die ich als privat betrachte.«

»Gryff Hunter ist verschwiegen. Aber, wie erwähnt, soll eine Wahrheitsfindung nur das letzte Mittel sein«, sagte Leonardo.

Clara bekam unweigerlich eine Gänsehaut. Gleichzeitig kehrten ihre Kopfschmerzen zurück. Der Gedanke, dass eine fremde Person in ihren Geist eindrang, um Wissen direkt zu extrahieren, war beängstigend. Tomoes Widerstand war verständlich. Leider schützte das auch den Verräter.

»Bedauerlicherweise müssen wir in unsere Überlegungen miteinbeziehen, dass der Verräter auch weiterhin einen Plan verfolgt«, sagte Johanna. »Falls es Jennifer tatsächlich gelingt, den Folianten lesbar zu machen, hätte die betreffende Person Zugriff auf die Prophezeiungen.«

»Nun denn, dann sollte Gryff tatsächlich jede Unterstützung erhalten, die wir gewähren können«, lenkte Tomoe ein. »Nur so können wir all das schnell hinter uns lassen. Ich muss dringend zurück nach Japan, die Holding steht vor einer wichtigen Akquise.«

»Immer die Geschäfte«, warf Leonardo ein.

»Lass diese Provokation«, forderte die Unsterbliche. »Woher, glaubst du, kommt das Geld, das in unsere geheimen Häuser, das Castillo, die Materialien und Waffen fließt? Und die Gehälter, die den Lichtkämpfern zugehen? Sicher nicht von deinen Schriften.«

Ein wütendes Wortgefecht zwischen Leonardo und Tomoe folgte, was Einstein mit einem Seufzen und Johanna mit einem Augenrollen kommentierte.

»Ich wusste es!«, rief Chloe triumphierend, worauf Clara zusammenzuckte.

»Was denn?«

»Na, schau hin.« Die Freundin deutete abwechselnd auf Tomoe und Leonardo. »Es gab doch Gerüchte, dass sie auch mal ein Paar waren. Leo hat es faustdick hinter den Ohren. Zuerst Johanna und nun Tomoe. Oder umgekehrt. Keine Ahnung. Aber so wie die sich streiten, waren die mal ein Herz und eine Seele.«

»Hm. Du könntest recht haben.«

Man sagte Leonardo tatsächlich nach, dass er ein Frauenheld war. Der Unsterbliche war ein Meister im Flirten. Johanna wirkte völlig gelassen, als sie die beiden betrachtete, von Eifersucht keine Spur. Aber vermutlich genügten ein paar Jahrzehnte, um jeden Groll wegen eines gebrochenen Herzens abzulegen. Dabei blieb natürlich offen, wer von beiden das, was immer zwischen ihnen gewesen war, beendet hatte.

Gebannt lauschten sie dem Wortgefecht und den Beleidigungen, die mal auf Japanisch, mal auf Italienisch und sogar auf Lateinisch hin- und herflogen. Ohne die Übersetzung durch Leonardos Kontaktstein, der den jeweiligen Sprachwechsel deutlich machte und übersetzte, hätten sie nichts davon verstanden. Was manchmal zweifellos besser gewesen wäre.

»Gleich werden sie versehentlich einen Zauber loslassen«, flüsterte Chloe. »Wo ist das Popcorn, wenn man es braucht?«

Einstein rettete die Situation. »Gut, gut, wir haben wohl alle unsere Meinung deutlich gemacht. Sollen wir diese Sache vertagen, bis Gryff uns einen ersten Bericht abliefert?«

»Gute Idee«, befand Tomoe.

Langsam leerte sich der Saal.

Einzig Leonardo und Johanna blieben zurück.

»War das wirklich notwendig?«, fragte die Unsterbliche.

»Ja«, erwiderte er. »Sie ist es nicht.«

»Was?«

»Die Verräterin«, erklärte er. »Tomoe hasst Verrat, Privatsphäre ist ihr wichtig, und sie ist stets geradeheraus.«

»Bist du sicher?«

»Ich würde mein Leben darauf verwetten.«

Johanna seufzte. »Sind wir mal ehrlich, das ergibt bei niemandem hier einen Sinn. Ich meine, ernsthaft, Albert?«

Leonardo nickte. »Was ist mit Thomas? Hast du ihn in letzter Zeit gesehen?«

»Er ist von der Bildfläche verschwunden. Kontakt kommt nicht zustande. Er taucht ja öfter ab, doch langsam mache ich mir Sorgen.«

»Wir könnten ein Suchteam ausschicken, aber wenn er nicht gefunden werden will … er ist wie jeder von uns. Nach ein oder zwei Lebensspannen ist jeder zu sehr Individualist, als dass er sich von anderen gängeln lässt.«

Ein Hämmern an der Tür riss sie aus den Gedanken.

Leonardos Blick wurde glasig, was darauf hindeutete, dass er seinen Weitblick einsetzte. »Du lieber Himmel, es ist Christian Grant. Vermutlich will er mich wieder dazu überreden, ihn für einsatzfähig zu erklären.«

»Sehe ich da ein graues Haar?« Johanna lachte.

»Er ist hartnäckig, das muss man ihm lassen«, gestand Leonardo. »Aber wenn er nicht bald damit aufhört, versetze ich ihn an den Nordpol.«

»Das wäre gemein«, erwiderte die Unsterbliche. »Das Haus steht doch schon ewig leer. Außerdem haben wir uns darauf geeinigt, niemanden mehr dorthin zu verbannen. Das war in den Achtzigern?«

»Den Siebzigern, meine Liebe. Wird da jemand alt?« Leonardo grinste. »Aber von mir aus. Dann versetze ich ihn woanders hin. Irgendeine einsame Insel, auf der er Liegestütze machen kann.«

»Ich denke, wir haben genug gesehen«, sagte Clara.

Gemeinsam mit Chloe ließ sie den Zauber erlöschen.

Die Umgebung verpuffte im Nebel.

Im nächsten Augenblick befanden sie sich wieder im Büro. Vor ihnen stand Leonardo da Vinci, hielt die Arme verschränkt und starrte sie wütend an.

»Auf diese Erklärung bin ich wirklich gespannt.«

17. Verständnis

Alex' Hand sackte zu Boden, mit einem Mal war sie schwer wie Blei. Er starrte auf Jen, die einem Spiegelbild gleich den Essenzstab sinken ließ.

Plötzlich ergab so vieles einen Sinn. Was sie erlebt, was sie getan hatte, warum sie so auf ihn reagierte. Er wollte etwas sagen, öffnete seinen Mund, schloss ihn jedoch sofort wieder. Sein Kopf war leer, die richtigen Worte kamen einfach nicht?

Ihr erging es ähnlich.

Sie war also von ihrem Vater misshandelt und psychisch klein gehalten worden. Ohne Hilfe von außen, die nie erfolgt war, hatte sie keine Chance gehabt, sich durchzusetzen und einen starken Charakter zu entwickeln. Das Wegducken war ihr vorgelebt worden. In der Schule hatte sie dann die Nähe zur Macht gesucht. So war ein boshaftes Trio entstanden, das Jen auf der einen Seite Sicherheit gegeben, sie aber gleichermaßen angeekelt hatte. An jenem Tag, den er durch das Unum miterlebt hatte, hatte sie sich selbst in dem anderen Mädchen gesehen, endlich begriffen und die Schüchternheit durchbrochen. Fortan hatte sie sich aufgelehnt, jedoch weiterhin ohne Unterstützung. Bis zu jenem Augenblick, als das Schicksal ihr die Macht verliehen hatte, zurückzuschlagen. Genau das hatte sie impulsiv getan. Der Schmerz über die Folgen war bis heute ein Teil ihres Ichs.

»Zwei Seelen von gleicher Art«, befand Nostradamus. »Der Unum-Zauber hat euch jene Gleichheit aufgezeigt, die euch verbindet. Was ihr auch gesehen habt, es bleibt euch vorbehalten und ist zutiefst privat. Doch es wird helfen, dass ihr einander besser versteht.«

Das kann man wohl sagen, dachte Alex. »Okay.«

Er sah ihr an, dass sie zu einer Erwiderung ansetzte, aber schließlich sagte sie nur. »Okay.«

»Es wird Zeit benötigen, bis ihr das verarbeitet habt, und ihr solltet darüber sprechen, was hier geschehen ist. Doch jetzt wartet eine dringendere Aufgabe auf euch.«

Jen straffte die Schultern. »Die Schattenfrau.«

»Sie ist in den Siegelräumen«, erklärte Nostradamus. »Dort verwahre ich die wertvollsten Schriften. Außerdem jenes Objekt, das die Erschaffung von Essenzstäben erst möglich macht.«

Alex betrachtete versonnen seinen Essenzstab. Er fühlte sich gut an. Vertraut, kraftspendend, pulsierend. Als sei ein Teil von ihm zurückgekehrt. Gleichzeitig haftete dem Holz etwas Uraltes an. »Was ist es?«

»Um Stäbe aus Essenzfeuer zu schmieden, muss man Kontakt zur Essenzquelle herstellen«, erklärte er. »Es ist der Ort, an dem Sigile reine Energie sind, bevor sie mit Menschen verschmelzen. Ein Kontakt tötet im gleichen Augenblick. Es sei denn, man ist geschützt.«

Jen ging mit verschränkten Armen auf und ab. »Es muss ein sehr mächtiger Schutz sein, wenn das verdammte Weib so viel dafür in Kauf nimmt.«

Nostradamus nickte nur.

Alex wartete auf eine Erklärung, doch sie kam von anderer Seite.

Jen zuckte zusammen. »Das Contego Maxima? Der maximale Schutz?«

Nostradamus nickte erneut.

»Aber das ist ein Mythos«, sagte sie. »Ich habe Dutzende von Büchern gewälzt, als ich neu erwacht bin. Niemand wusste, wo sich der Zauber befindet.«

»Er existiert. Der erste Stabmacher hat ihn manifestiert, ihm eine Form verliehen. Wer ihn nutzt, ist gegen jede Macht gefeit.«

»Das fehlte gerade noch«, stöhnte Alex. »Diese Schattenfrau ist ja schon jetzt gemeingefährlich. Dann auch noch so was.«

Seltsamerweise breitete sich stets ein Jucken unter seiner Schädeldecke aus, wenn er an die Frau dachte. Und wieder sah er den Moment vor sich, als der Parasit ihn kurz nach seiner Erweckung in London in das Hexagramm geworfen hatte. Er vertrieb den Gedanken und schob den Essenzstab wieder hinter seinen Hosenbund.

Er schüttelte den Kopf. »Was können wir tun?«

»Steigt hinab und haltet sie auf.« Nostradamus grinste böse. »Sie hat den Zauber noch nicht erreicht, dank einer kleinen Falle, die ich aufgestellt habe. Doch ewig wird sie das nicht stoppen.«

Mit einem Schritt war er bei Jen, berührte deren Schläfe. »Das ist der Weg.« Er trat auch zu Alex, wiederholte die Prozedur.

»Das ist echt besser als Google Maps«, kommentierte er.

Jen kräuselte die Lippen. »Du bist so ein Nimag.«

Obgleich es eine Spitze war, spürte er doch, dass sich die Atmosphäre zwischen ihnen verändert hatte. Es war eher ein Necken, kein echter Versuch mehr, ihn zu verletzen. Und seltsamerweise spürte er ebenfalls nicht länger das drängende Bedürfnis, sie zu schlagen oder deftig zu beleidigen.

»Geht«, befahl Nostradamus nur. »Ich werde euch folgen, sobald meine Essenz regeneriert hat. Die Schattenfrau hat die Statue um mich herum so erschaffen, dass ich nur durch einen ständigen Einsatz von Magie überleben konnte. Mehr war nicht möglich, weniger hätte mich getötet.«

Sie ließen die hohen Regale, die Essenzstäbe und den Unsterblichen zurück. Schnellen Schrittes eilten sie in die Katakomben.

»Du hattest also echt 'ne beschissene Kindheit«, brach Jen das Schweigen.

»Du wohl auch.«

»Hm.«

»Sehe ich genauso«, konnte er sich nicht verkneifen. »Meine ›sprachliche Eloquenz‹ färbt wohl auf dich ab.«

»Toll, jetzt muss ich die Rechtschreibung neu lernen.«

Prompt musste er kichern, worauf auch Jen schmunzelte. Schließlich sagte sie: »Tut mir leid.«

»Gleichfalls.«

»Alles gut?«, fragte sie.

»Alles gut«, bestätigte er. »Da wir gleich auf Leben und Tod mit einer mordlüsternen Irren kämpfen, gibt es da etwas, was ich wissen sollte?«

»Das ist schnell zusammengefasst. Sie ist stark, schnell und verdammt mächtig.«

Sie eilten die Treppen hinab.

»Niemand weiß, wer sie ist, woher sie kommt, warum sie so massiv gegen die Lichtkämpfer vorgeht«, sprach sie weiter. »Wir vermuten, dass es eine der ersten Unsterblichen ist. Aber genauso gut könnte auch jemand den Schatten als Tarnung benutzen, den wir kennen.«

»Was ist, wenn sie den Contego-Maxima-Zauber bekommt?«

»Dann«, Jen schluckte, »haben wir ein ziemliches Problem.«

»Du meinst, wir sitzen in der Scheiße.«

»Sagte ich das nicht gerade?«

Dank der verankerten Wegbeschreibung fanden sie das Ziel mühelos. Ein breiter, in Stein gehauener Gang führte auf den Raum zu, in dem der manifestierte Zauber verwahrt wurde. Das hölzerne Portal hing zersplittert in den Angeln.

»Stab?«

»Hm?« Verständnislos sah Alex sie an.

»Zück. Deinen. Essenzstab.«

»Oh.« Schnell kam er der Aufforderung nach. »Muss mich noch daran gewöhnen.«

»Er wird dich führen, lass dich einfach fallen, wenn du ihn benutzt«, erklärte Jen. »Metaphorisch gesprochen.«

»Schon klar.«

Vorsichtig lugten sie in den Raum.

»Woah«, entfuhr es Alex.

»Glaub mir, das wirst du noch verdammt oft in nächster Zeit sagen«, kam es von Jen. Doch sie wirkte nicht minder beeindruckt.

Ein Steg aus runden Steinplatten bildete den äußeren Ring. Davor klaffte ein Abgrund über unendlicher Schwärze. Ein schmaler Übergang, der ständig in Bewegung war, führte auf einen zweiten kleineren Ring. Im Zentrum, verbunden durch eine starre Steinbrücke, ragte eine monolithische, kreisrunde Plattform in die Höhe. Ein goldenes Licht beschien das Zentrum, in dem etwas stand.

Jen kniff die Augen zusammen.

Alex bemerkte sofort, dass sie ihren Weitblick einsetzte, den er bisher noch immer nicht meistern konnte. Abgesehen von einem leichten Zoom auf bestimmte Stellen, wirkte alles andere unscharf.

»Da liegt ein verkorkter Glaszylinder«, flüsterte sie. »Im Inneren befindet sich eine klare Flüssigkeit, in der Buchstaben schwimmen.«

»Bitte?«

»Wirklich. Schwarze Buchstaben aus Tinte. Aber sie zerfließen nicht. Das ist brillant. Man muss den Zauber trinken.«

Alex lachte auf. »Hoffentlich hat er einen guten Geschmack.«

Die Schattenfrau war ebenfalls nicht zu übersehen. Sie verharrte bewegungslos auf den Bodenplatten des zweiten rotierenden Steinrings.

Jen und er sprangen gleichzeitig voran, hielten die Spitzen ihrer Essenzstäbe auf die schwarz-umwölkte Silhouette gerichtet. Doch nichts geschah.

»Was ist mit ihr?«, flüsterte Alex.

»Sie hängt wohl fest«, gab Jen zurück. »Wir hätten Nostradamus fragen sollen, was er da angestellt hat.«

»Wir könnten einfach einen Kraftschlag abfeuern«, schlug er vor.

»Und sie damit versehentlich befreien?«

»Gutes Argument.« Langsam pirschten sie sich heran. Als der Steg an ihnen vorbeiglitt, sprangen sie auf und rannten darüber hinweg zum zweiten Ring. Beinahe wäre Jen gestolpert, doch Alex griff zu und bewahrte sie so vor einem Sturz.

»Puh, das sieht tief aus. Der Aufprall tut bestimmt weh.«

»Wenn es einen Aufprall gibt.«

»Bitte?«

»Dimensionsfalten«, erklärte Jen. »Theoretisch könntest du ewig fallen, unbemerkt wieder höher ankommen und wiederum tiefer fallen. Ein ewiger Kreislauf.«

»Echt, manchmal habt ihr Magier einen an der Klatsche.«

»Wir, mein lieber Ex-Nimag, wir.«

»Ah, richtig. Aber hey, ich bin noch nichtmagisch geerdet.«

»Manch einer wäre nicht stolz darauf.« Sie zwinkerte frech.

Sie erreichten die Schattenfrau.

Einer Statue gleich stand sie auf dem zweiten Ring. Das Nebelfeld um sie herum schien in der Luft eingefroren zu sein. Trotzdem war das Feld dicht, nur ihre Silhouette erkennbar.

»Kannst du den Nebel irgendwie entfernen?«, fragte Alex. »Ich würde zu gerne wissen, wer da druntersteckt.«

»Wüssten wir alle gerne«, seufzte sie. »Aber das ist zu riskant.« Sie ging ganz nah heran, bis ihr Gesicht direkt vor dem der unbekannten Frau schwebte. »Man sieht nicht das Geringste.«

»Das ist der Sinn davon«, meinte die Schattenfrau.

Aufschreiend sprang Jen zurück, krachte gegen Alex. Mit rudernden Armen kippten sie nach hinten.

Sein Essenzstab fiel über den Rand des Stegs und segelte in den Abgrund, direkt neben jenem von Jen.

»Oh nein, die braucht ihr noch.« Sie machte eine Handbewegung, worauf die beiden Stäbe zu ihren Besitzern zurückkehrten.

Jen kam in die Höhe, sprang zurück und wob blitzartig eine Schutzsphäre. Alex wollte zur Seite rollen, besann sich dann aber des Abgrunds und kam stattdessen neben ihr zum Stehen.

»Überrascht?«, drang eine verzerrte Stimme aus dem Schatten. »Dachte Nostradamus tatsächlich, dass mich diese kleine Falle aufhalten könnte? Ich muss wirklich sagen, seine Vorgänger besaßen mehr Einfallsreichtum.«

»Scheinbar hat es dir ja lange genug Einhalt geboten.« Fieberhaft suchte Alex nach einem guten Angriffszauber.

Irgendwie hatte er einen Teil von diesen aber wieder vergessen. Es war tückisch. Zuerst kam das Wissen einfach so, dann verschwand es jedoch, vertiefte man es nicht durch Studien. Da er bisher keinen Essenzstab besessen hatte, war ihm die Vorlesung in Offensivmagie überflüssig erschienen.

»Sieh an, unser kleiner, vorlauter Neuerweckter«, säuselte die Schattenfrau. »Alexander Kent. Wie immer hast du ein großes Mundwerk.«

»Wie immer?«

Sie lachte. Es war ein böses, tiefgehendes Lachen. »Es wird Zeit, dass ich den Plan vollende und euch endlich erledige. Also, wer will anfangen?«

18. Contego Maxima

Eine Gänsehaut kroch Jens Arme empor. Sie konnte den Hass spüren, der von der Schattenfrau ausging. Eine tiefsitzende Abscheu, die sich gegen Alex und sie richtete. Nun, wohl eher gegen das, was sie repräsentierten: die Lichtkämpfer, den Wall, das Gute.

Bevor Jen eine Strategie durchdenken konnte, preschte Alex vor. Er hob den Essenzstab und feuerte einen Kraftschlag gegen die Schattenfrau ab. Sie konterte ihn mühelos mit ihrem Stab, der ebenfalls von Schatten verborgen war. Sie legte großen Wert darauf, nicht den Hauch eines Hinweises auf ihre wahre Identität preiszugeben. Vermutlich hatte sie deshalb so lange überleben können.

»Niedlich. Aber wenn Erwachsene reden, sollten kleine Schmarotzer aus den Slums schön brav und still sein.« Sie machte einen Schwenk mit ihrem Stab, der eine graue Spur in der Luft hinterließ. Dazu murmelte sie ein Wort.

Der Effekt auf Alex hätte nicht schlimmer sein können.

Eine unsichtbare Kraft packte ihn am Hals und hob ihn in die Luft. Wieder fiel sein Stab zu Boden, als er gegen den grauenhaften, ungreifbaren Feind anzukämpfen versuchte. Langsam schwebte er seitlich über die Stege und den Abgrund, röchelte, weil er kaum noch Luft bekam.

Jen wollte den Zauber zerstören, doch jeder Versuch prallte davon ab.

»Also, wo waren wir? Richtig, ich will das Contego Maxima, und ich bekomme es auch, dank euch.«

»Wir werden dir keinesfalls helfen.«

»Jennifer, Jen, das habt ihr doch schon«, frohlockte die Feindin. »So berechenbar, wirklich peinlich. Warum glaubst du, habe ich Nostradamus gefangen und sein Blut hinterlassen. Oh ja, das war ich. Nach seiner Bewusstlosigkeit habe ich ihm einen Schnitt verpasst und Blutstropfen zurückgelassen.«

»Du wolltest, dass wir eine Spur erschaffen?«

»Offensichtlich.« Langsam ging die Schattenfrau auf den Steg zu, der auf das innere Podest führte. Sie feuerte einen Kraftschlag aus, der gegen ein unsichtbares Hindernis prallte. »Auf dem Weg zu Nostradamus seid ihr durch den Raum der Erinnerungen gegangen. Ich wusste, dass euch das entzweit. Und damit blieb nur eine Möglichkeit, euch beide wieder zu einem Team zu machen.«

»Das Unum«, flüsterte Jen. »Du wolltest, dass Nostradamus die Diskrepanzen zwischen Alex und mir aufhebt.«

Die Schattenfrau klatschte, wobei ihr Essenzstab einfach vor ihr in der Luft hängen blieb. »Schlau. Nein, ehrlich gesagt ist es nur offensichtlich, da ich es dir ja gerade erkläre.«

»Wozu?«

»Tja, das ist die entscheidende Frage, nicht wahr, ihr zwei? Ich würde dir so gerne die einzig wahre Antwort auf diese Frage geben.« Die Stimme der Schattenfrau vibrierte voll angestautem Hass. »Aber ein wenig Geduld muss ich da wohl noch beweisen. Ihr beiden seid eine Pest. Unkraut, das ich ausmerzen werde. Doch heute brauche ich eure Hilfe. Die Hilfe der Magier mit den seelenverwandten Stäben.«

Jen zuckte zusammen. Wie konnte sie das wissen? Alex hatte seinen Stab erst vor wenigen Minuten erhalten. Von außen vermochte niemand zu erkennen, dass die beiden Essenzstäbe zueinander gehörten.

»Wollen wir also beginnen.« Sie machte einen Schwenk, Alex krachte in Jens Nähe zu Boden.

Hustend hielt er sich den Hals. »Du verdammte …«

»Ja ja, Gossenjunge, spar es dir.«

Er griff seinen Stab und zielte auf die Schattenfrau.

»Perfekt«, erwiderte die Feindin. »Und jetzt nicht bewegen.«

Jen begriff zu spät, was die Schattenfrau plante. Wie hätte sie auch. Es gab Magie, die nur von bestimmten Gruppen eingesetzt werden konnte. Dazu gehörte ebenfalls der Zauber, der die Essenzstäbe verband. Nur ein Stabmacher vermochte ihn zu beherrschen.

»Unum!«, rief die Schattenfrau.

Wieder zuckten die Stäbe aufeinander zu, berührten sich an der Spitze. Ein grelles Leuchten entstand, ein Strahl ungebändigter Kraft, gespeist aus ihrer beider Sigil.

Ihre Feindin ließ den Stab tanzen, dirigierte damit den Strahl gegen das unsichtbare Hindernis, welches das innere Podest umgab. Es glühte, Funken stoben davon …

… ein Riss entstand.

»Wunderbar.« Zufrieden betrachtete die Schattenfrau ihr Werk.

Sie wartete, bis der wandernde Steg an der richtigen Position war und betrat ihn. Er trug sie zu dem Riss in der Barriere, der ständig größer wurde. Sie nahm die Glasphiole mit den wirbelnden Tintenbuchstaben auf und ließ sie in ihrem Nebelfeld verschwinden.

Dann kehrte sie zurück.

Jen keuchte. Schweiß rann über ihre Stirn. Der Zauber entzog ihnen beiden Essenz. Immer mehr und schneller.

»Was denkt ihr, wie lange dauert es, bis wir zwei wunderschöne Aurenfeuer erleben dürfen?«, fragte die Schattenfrau. »Bernstein und Magenta.«

»Weg von ihnen«, erklang eine gebieterische Stimme.

»Ah, wenn das nicht unser brabbelndes Orakel ist«, kam es von ihrer Feindin zuckersüß. »Was hat dich so lange aufgehalten, Michel?«

Nostradamus schritt mit wehendem Gewand über den Steg. Er hielt seinen Essenzstab erhoben, die Augen glühten in stiller Wut. »Unum Extingus.«

Nichts geschah.

»Da musst du schon etwas näherkommen«, erklärte die Feindin. »Ganz so dumm bin ich nicht, mein Lieber.«

»Du bist es also«, sagte er. »Die Legende ist wahr.«

»Erhelle mich.«

Kraftschlag um Kraftschlag sauste durch die Luft. Langsam wich die Schattenfrau zurück, fing jedoch problemlos ab, was Nostradamus gegen sie führte. Der Unsterbliche richtete seine gesamte Aufmerksamkeit auf die Feindin.

Jen keuchte. Ihre Hand zitterte. Die Essenz in ihrem Inneren war fast aufgebraucht. Das Sigil wand sich, wollte den Zauber nicht länger speisen, doch sie konnte nicht abbrechen. Alex ging es ähnlich, das spürte sie über die Verbindung. Er wehrte sich, schlug gegen die Fesseln der Magie.

»Es gab stets nur Stabmacher, die ihr Geheimnis hüteten, bis ein Nachfolger bestimmt war«, erinnerte sich Nostradamus. »Aber die Legende besagt, dass *einer* die Regeln brach. Er teilte das Wissen um die Erschaffung der Essenzstäbe mit seiner Geliebten. Einer Frau, deren Herz so schwarz war, dass es auf ewig im Schatten gefangen blieb.«

»Ach«, sie winkte ab, »zu viel der Ehre. Immer dieses Aufbauschen von Geschichten. Da werde ich ganz rot. Aber ja, das war ich.«

»Du bist alt. Sehr alt.«

»Nun werde mal nicht beleidigend.« Sie machte eine Handbewegung. Steine lösten sich.

Es begann mit dem Podest. Der Lichtstrahl, der die Barriere darstellte, verschwand. Steinbrocken brachen heraus und fielen in die Tiefe. Der Boden bebte, die Wände erzitterten.

»Das Contego Maxima …«

»… ist die einzige Möglichkeit, direkt auf die magische Essenz zuzugreifen. Ich weiß«, fiel ihm die Schattenfrau ins Wort. »Genau deshalb benötige ich es. Denn was ist der Wall schon tatsächlich, wenn du ihn auf sein Grundelement reduzierst?«

Nostradamus erbleichte. »Du kannst nicht so wahnsinnig sein. Nicht einmal dieser Zauber ist stark genug, den Wall zu vernichten. Du würdest Chaos anrichten. Risse in der Wirklichkeit, entartete Magie, Sigilmutationen.«

»Du bist immer so dramatisch, mein Lieber.« Hinter der Schattenfrau war nur noch schwarzer Abgrund. »Aber mach dir keine Sorgen. Das Contego Maxima ist lediglich *ein* Bestandteil von etwas weitaus Größerem. An dem Tag, an dem du begreifst, wird es zu spät sein.«

Ihre Stimme wurde zu einem Flüstern, das als verstärkter Hall durch die Höhle getragen wurde und sogar das Beben übertönte. »Ich verspreche dir, Jen, ich werde alle töten, die du liebst. Erst am Ende bist du an der Reihe. Der Moment deines Begreifens wird dich in den Abgrund stürzen. Dann wirst du sterben.«

Sie breitete beide Arme aus.

Ohne einen sichtbaren Zauber auszuführen, schwebte die Schattenfrau in die Höhe. Ein Flammenschweif entstand, der von ihrem Körper in die Luft loderte. Die eine Körperhälfte blieb im Schatten verborgen, die andere wurde von Flammen umhüllt. Ihr Lachen tönte durch die Zerstörung und das Chaos.

»Ich werde stärker sein als ihr alle. Das Castillo wird brennen, eure Schreie werden hallen. Das ist meine Rache!«

Ein letztes Mal erklang ihr Lachen, brach sich an den Wänden und wurde zurückgeworfen wie die Stimme eines zornigen Gottes, der herabgestiegen war, um sie alle zu richten.

Dann war sie fort.

Jens Essenz war erloschen. Das Sigil zehrte von ihrer Aura, die sichtbar zu werden begann. Eine Hülle aus Magenta, die zitterte.

Nostradamus wandte sich ihnen zu und brüllte: »Unum Extingus.«

Der Zauber verwehte.

Alex und Jen brachen in die Knie. Kraftlos sackten sie auf die steinernen Bodenplatten, von denen immer mehr in die Tiefe fielen.

Nostradamus kam herbeigerannt, Panik loderte in seinem Blick.

Dann schlug die Schwärze über Jen zusammen.

19. Die Geliebte des Stabmachers

Jen saß mit dröhnendem Kopf auf einem Stuhl. Alex lag neben ihr auf der Couch wie ein Häufchen Elend. Kurzerhand hatte er seine Schuhe weggekickt und die Füße hochgelegt. Hierzu lagen ihr ein paar böse Kommentare auf der Zunge, sie behielt sie jedoch für sich.

Seit dem Unum sah sie Alex mit anderen Augen. Er hatte ein Leben im ständigen Überlebenskampf geführt. Nach dem Tod seines Vaters war er zum Familienoberhaupt geworden, hatte seine Mum beim Großziehen des kleinen Bruders unterstützt und obendrein auf sie aufgepasst. Diese Verantwortung hatte ihm die komplette Kindheit geraubt, ihn in ein enges Korsett aus schmerzhaften Entscheidungen gezwungen. Zwischen Jugendgangs, Schlägereien und Gewalt hatte er Alfie beschützt und versucht, einen anderen Weg zu gehen. Einen, der ständig Rückschläge für ihn bereit gehalten hatte. Auch sein Macho-Gehabe wurde nun als das Offensichtlich, was es war: ein Schutzmechanismus. Einer, das musste sie sich selbst eingestehen, den sie in ähnlicher Form selbst kultiviert hatte. Nicht zu vergessen die ganzen Kindereien, die er ständig tat.

Er hat zum ersten Mal keine Verantwortung, kann aus sich herausgehen und leben. Die Magie gibt ihm Freiheit. Himmel, da steht uns ja noch Furchtbares bevor.

Sie würde auf ihn aufpassen müssen.

Nostradamus schob ihnen zwei japanisch aussehende Tassen ohne Griff herüber. »Trinken.«

Widerstandslos kippten sie das Gebräu hinunter, das nach Minze, Honig und Schokolade schmeckte. Sofort breitete sich Wärme in ihren Mägen aus, durchströmte schließlich den ganzen Körper. Langsam kehrte die Kraft in ihre Glieder zurück.

Nostradamus wirkte erschüttert.

»Was hat das zu bedeuten?«, fragte Alex. »Du weißt, wer die Schattenfrau ist?«

Der Unsterbliche schüttelte seufzend den Kopf. »Zu ihrer Identität kann ich dir nichts sagen. Doch es ist klar, dass sie in einem Lebensabschnitt die Geliebte eines Stabmachers war. Ihr müsst begreifen, dass es uns verboten ist, unser Wissen über die Herstellung von Essenzstäben weiterzugeben.« Er trank selbst einen Schluck der Flüssigkeit aus einer tongebrannten Tasse. »Einer meiner Vorgänger hat die Regel jedoch gebrochen. Er war in Liebe zu einer Frau entflammt. Erst als sie alle Geheimnisse der Stabkunst erlernt hatte, offenbarte sie ihr wahres Gesicht.«

»Das ist grausam«, flüsterte Jen. »Wenn der Mensch, den man am meisten liebt, jener ist, der einem das Messer in den Rücken rammt.«

Nostradamus nickte. »Das tat sie tatsächlich. Genauer: Sie rammte ihm seinen Essenzstab ins Herz.«

»Woah«, entfuhr es Alex, »was für eine widerliche Hexe.«

Der Unsterbliche hob mahnend die Hand. »Sie mag vom Bösen zerfressen sein, aber niemand wird so geboren. Die Schattenfrau trägt einen über Jahrhunderte gewachsenen Hass mit sich herum, doch worauf dieser gründet, weiß keiner.«

»Macht es das besser?«, fragte Jen.

»Gerade ihr beiden solltet nach dem heutigen Tag gelernt haben, dass tief gehendes Verständnis von elementarer Bedeutung ist. Entweder um zu heilen oder um zu besiegen.«

Eine bestechende Logik, wie sie zugeben musste. Trotzdem konnte sie kein Erbarmen oder gar Mitleid für die Schattenfrau empfinden. Was ihr auch passiert sein mochte, das sie auf diesen Pfad geschickt hatte – beinahe hätte das Weib Alex und sie getötet. Nie zuvor war Jen einem Aurafeuer so nahe gewesen.

»Ihr müsst dem Rat berichten, was ihr heute erfahren habt«, befahl Nostradamus. »Die Schattenfrau blieb zu lange unbehelligt. Sie muss gefunden werden. Johanna und Leonardo müssen alle Ressourcen darauf konzentrieren.«

»Keine Sorge.« Jen stellte ihre Tasse ab, die sie gedankenverloren festgehalten hatte. »Wir geben es sofort weiter. Aber was ist mit den Essenzstäben?«

Der Unsterbliche schüttelte den Kopf. »Einstweilen werde ich keine neuen mehr anfertigen können. Ein Contego Maxima zu erschaffen dauert viele Jahrzehnte und zehrt Kraft auf. Außerdem kann ich es nicht alleine. Die hier gelagerten Essenzstäbe sind die letzten.«

»Dann benötigst du einen besseren Schutz für das Refugium«, kam es von Alex.

Nostradamus nickte. »So ist es wohl.«

»Wir sollten ins Castillo zurückkehren«, beschloss Jen. »Was die Schattenfrau auch vorhat, es wird bald geschehen.«

Sie wollte sich erheben, doch der Unsterbliche kam herbeigeeilt und drückte sie kurzerhand wieder in das Sitzkissen. »Einen Augenblick noch. Da ist etwas, über das wir zuerst sprechen müssen.« Er setzte sich auf die Tischkante, gegenüber von Jen. »Als das Unum ablief, habe ich es gespürt. Du bist die Erbin Joshuas. In deinen Adern schlummert die Macht des letzten Sehers.«

»Das stimmt«, gab sie zu. Erst seit wenigen Tagen wusste Jen, dass sie der Sigillinie Joshuas entstammte. »Auch wenn es kaum etwas nutzt. Immerhin ist diese Fähigkeit wertlos, seit der Wall aktiv ist.«

Nostradamus schüttelte den Kopf. »Aber nein, das ist nicht korrekt. Zumindest nicht in deinem Fall. Du selbst besitzt keinerlei seherische Fähigkeiten, das stimmt, doch du kannst den Folianten lesen, den er einst schrieb.«

»Du weißt davon?«, entfuhr es Alex.

Der strafende Blick Nostradamus' traf ihn. »Also wirklich. Ich bin der Essenzstabmacher und war einst selbst ein Seher, *Neuerweckter*.«

»Sorry.«

»Das ist sowieso egal«, warf Jen schnell ein. »Einmal kurz hat der Foliant die Prophezeiungen durch mich enthüllt. Aber seither kann ich nicht mehr darauf zugreifen.«

»In dem Folianten steht mehr als nur ein paar Sätze. Es ist das Lebenswerk Joshuas. Weissagungen, Informationen, ein Blick zurück, ein Blick nach vorne.«

»Unerreichbar.«

»Keineswegs, meine Liebe. Ich werde dir zeigen, wie du das Geschriebene lesbar machen kannst«, versprach Nostradamus. »Auf dass wir einen Vorteil gegenüber der Dunkelheit haben.« Seine Finger berührten sanft Jens Schläfen.

Im gleichen Augenblick verschwand die Umgebung, wurde abgelöst von dem Turmzimmer, in dem das Team untergebracht war. Wie ferngesteuert ging sie zu dem Folianten, öffnete ihn und legte ihre Hand mitten auf die erste Seite. Etwas in ihrem Innersten reagierte. Das uralte Papier erwärmte sich. Die Buchstaben pulsierten. Die Tinte kroch über Jens Haut. Symbole, Glyphen, Zeichen, all das wimmelte und wuselte auf ihrer Hand herum. Schließlich formten sie sich neu, kehrten zurück auf das Pergamentpapier.

Jen blickte hinab auf lesbare Schrift.

Das Turmzimmer verschwand.

»So kannst du es machen, wenn du wieder im Castillo bist. Es geht hier nicht um einen Zauber, ein Machtsymbol, Worte oder einen Spruch der Macht.«

»Nein«, flüsterte Jen, »das habe ich gespürt. Es ist wie Luftholen. Etwas Instinktives.«

Der Unsterbliche war zufrieden. »Exakt. Deshalb ist es beim ersten Mal auch so geschehen. Der Foliant hat dich als die Erbin erkannt und einen Kontakt hergestellt, den du zugelassen hast. Kehrt ins Castillo zurück, bringt das Werk in Sicherheit.«

Alex und Jen wechselten erstaunte Blicke.

»Ist es das etwa nicht?«, fragte er.

Nostradamus schüttelte betrübt den Kopf. »Die Schattenfrau war dabei, als ihr den Folianten geborgen habt. Sie will an die Informationen herankommen, die darin niedergeschrieben stehen.«

»Sie kommt nicht ins Castillo.« Jen schüttelte kategorisch den Kopf. »Bisher konnte niemand den Kristallschutz überwinden.«

Nostradamus hob in seiner typischen Geste mahnend die Hand. »Jeder Schutz hat ein Schlupfloch. Euch sollte mittlerweile klar sein, dass es einen Verräter im Castillo gibt. Wie sonst hätte die Schattenfrau erfahren sollen, dass ihr auf dem Weg hierher seid? Sie drang in das Refugium ein, griff mich an und bereitete alles darauf vor, dass ihr beiden kommt. Nicht irgendwer. Nicht irgendwann. Ihr beiden, heute.«

»Aber …«

Sie verstummte. Mit einem Mal ergab alles einen Sinn. Woher die Schattenfrau gewusst hatte, dass Jen auf dem Weg zum Folianten war. Die Manipulation des Erdbebenartefaktes. Jedes Mal war sie ihnen einen Schritt voraus gewesen, keiner hatte gewusst, warum.

Doch wer fiel ihnen in den Rücken?

»Die Geschichte wiederholt sich stets, vergeht nur ausreichend Zeit«, sagte Nostradamus. »Wir haben genug geplaudert. Die Entscheidung zieht mit großen Schritten heran. Benutzt das Portal, kehrt in das Castillo zurück.«

Alex und Jen sprangen gleichzeitig auf. Gemeinsam hetzten sie aus dem Raum, durch Gänge und Treppenstufen hinab, zurück zum Sprungportal.

20. Tu es!

Die Schattenfrau materialisierte in ihrem Domizil. Die Glasphiole mit dem Contego Maxima wurde warm auf ihrer Haut, wand sich, wollte fort. Sie verstaute das Gefäß, dann atmete sie durch.

Es war ihr schwergefallen, die beiden nicht zu töten. So lange hatte sie auf den Moment ihrer Rache gewartet, und gerade jetzt, wo sich alles dem Ende zuneigte, wurde sie ungeduldig. Das war eine Schwäche, die sie niemals wieder zulassen durfte. Perfekte Planung, exakte Ausführung und dann: Macht, Zerstörung, Chaos.

Rache!

Ihre Gedanken wanderten zurück in die Vergangenheit. Sie hatte so viele Leben gelebt, dass sie nicht einmal mehr wusste, ob die Unsterblichkeit ein Segen oder ein Fluch war. Vermutlich beides. Zuerst hatte sie es verdammt, später den Nutzen realisiert.

Doch sie gab sich keiner Illusion hin. Spätestens jetzt begann die Jagd. Die Lichtkämpfer würden alles daran setzen, sie aufzuspüren, ihre Identität zu enthüllen und sie in den Immortalis-Kerker zu werfen. Nicht, dass sie eine Chance auf Erfolg hatten, aber sie würden auf Spuren stoßen, das war ein Fakt.

»Es ist an der Zeit«, murmelte sie. Der Gedanke löste ein Gefühl der Beklemmung in ihr aus. Der Befehl war nur folgerichtig, doch danach gab es kein Zurück mehr. Niemals.

Sie trat an den Spiegel.

Er war größer als sie selbst und breit. Der Rahmen bestand aus eisengeschmiedeten Glyphen. Sie berührte eine davon, die sofort aufglomm.

Nun musste sie warten.

Wo im Castillo der Wechselbalg auch war, er spürte ihren Ruf. Doch Sicherheit ging vor. Er musste sich zurückziehen, ohne Aufmerksamkeit zu erregen. Dann den geheimen Raum betreten, von dem kein Lichtkämpfer etwas ahnte. Das würde sich bald ändern.

Endlich kräuselte sich die Spiegelfläche.

Ihr eigenes verhülltes Antlitz wurde nicht länger zurückgeworfen. Stattdessen starrte ihr einer ihrer Feinde entgegen. Natürlich konnte er jeden von ihnen imitieren, doch einstweilen hielt er diese eine Form aufrecht, kopierte nur diese Person.

Sie lag direkt hinter ihm, in dem kleinen Raum. Schmiedeeiserne Ketten hielten sie an der Wand. Die Kleidung bestand nur noch aus Lumpen, das Haar hing fettig und zottig herab. Blutkrusten bedeckten die sichtbaren Stellen der Haut, wo der Wechselbalg sich bedient hatte.

»Berichte mir«, forderte sie.

Die Kreatur kicherte. »Sie werden immer paranoider. Angst geht um. Sie hegen den Verdacht, dass es einen Verräter gibt.«

Das deckte sich mit dem, was sie bereits wusste. Sie nickte fragend in die Richtung des Bündels im Hintergrund.

»Zwischen Leben und Tod. Eher Letzteres.« Wieder ein Kichern.

Es gab zwei Gründe, weshalb der Lichtkämpfer unbedingt am Leben bleiben musste. Zum einen würde sein Tod das Aurafeuer auslösen und damit alles verraten. Zum anderen benötigte der Wechselbalg immer wieder ein wenig Blut von ihm, um nicht nur die äußere Hülle zu imitieren, sondern auch das Wesen und die Erinnerungen.

Einzig die ältesten dieser Kreaturen konnten tatsächlich eine so vollständige Kopie aus sich selbst heraus erschaffen, dass sie Phasen einleiten konnten, in denen sie selbst glaubten, die kopierte Person zu sein. Nicht einmal ein Wahrheitszauber vermochte es dann, die falsche Identität zu enthüllen. Perfekt für eine Infiltration.

»Ich hatte soeben eine kleine Konfrontation mit Jennifer und Alexander. Die Jagd beginnt nun erst richtig. Sowohl auf mich als auch auf *den Verräter*, also dich.«

»Verstanden.«

»Es wird Zeit, dass du ein wenig Chaos auslöst. Für die nächste Phase müssen sie abgelenkt sein«, erklärte die Schattenfrau. »Sie sollen unter Verfolgungswahn leiden, sich gegenseitig verdächtigen, eine Hexenjagd beginnen. Doch sei vorsichtig, sie dürfen auf keinen Fall zu früh erkennen, wer du bist.«

Der Wechselbalg nickte eifrig. Seine menschliche Haut nahm einen ledrig-grauen Ton an, hier und da verlor er die Form. »Es ist alles vorbereitet.« Er verschwand aus dem Zentrum des Spiegels, kehrte mit einem gebogenen Dolch zurück. »Es ist mir gelungen«, verkündete er stolz.

Sie betrachtete die Sigilklinge. Nach dem Kampf gegen Huan und den Bund des Sehenden Auges war das zerstörerische Artefakt in die verbotenen Katakomben gebracht worden. Von dort hatte der Wechselbalg sie geholt. Wurde ein Magier mit einer solchen Klinge getötet, konnte das Sigil nicht mehr neu entstehen. Es wurde zu reiner Energie und verging, kein Erbe entstand.

Das bedeutete natürlich auch, dass - um das ewige Gleichgewicht zu erhalten - einer der Schattenkrieger starb. Ihr persönlich war das völlig egal. Der Graf von Saint Germain und seine vertrottelten Helfer würden aber zweifellos ausrasten. Allen voran Dschingis Khan, der so leicht in Rage zu versetzen war. Sie würde das Ganze einfach dem Bund in die Schuhe schieben, worauf der Unsterbliche einen gnadenlosen Rachefeldzug beginnen würde. Es war so simpel.

»Ausgezeichnet.« Dann sprach sie die Worte, die alles verändern würden. Kein Zurück mehr, kein Warten. Alles oder nichts. »Tu es! Töte einen der Lichtkämpfer.«

21. Wer ist der Verräter?

Er hat euch einfach gehen lassen?«, fragte Max ungläubig. Sein Blick huschte von Clara zu Chloe und wieder zurück. »Keine Strafe? Ihr müsst nicht mal die Vorlesung von Ingenieursmagie besuchen?«

»Das muss dafür ich«, warf Chris frostig ein. »Weil er genervt war. So viel zu einem Ablenkungsmanöver.«

Sie waren im Turmzimmer zusammengekommen, nachdem Leonardo die beiden Frauen zuerst mehrere Minuten lang angebrüllt und anschließend aus seinem Büro geworfen hatte.

Max saß im Schneidersitz neben Kevin und kaute gedankenverloren auf seinem Kaugummi herum. »Ich habe ihn immer für ein wenig ruppig gehalten, aber scheinbar ist er ja ganz nett.«

»Haha. Du bist ein ewiger Optimist.« Chloe kam doch tatsächlich zu ihm, kniff ihn in seine Wange und kehrte zurück zu ihrem Platz, dem Schreibtisch, auf dessen Kante sie sich niederließ. »Aber ernsthaft, er war verdammt sauer. Wir konnten gerade noch sagen … Verräter … Suche … Angst.«

Clara saß im Sessel, kaute auf ihrer Unterlippe und wirkte, als habe sie soeben ein Todesurteil erhalten. »Ich war immer die Beste. In den Vorlesungen. In Recherche. Im Kampf. Aber jetzt habe ich gegen Regeln verstoßen.«

»Oh, oh, unsere Streberin ist in Ungnade gefallen«, foppte Kevin. »Mach dir nix daraus, passiert jedem mal. Nun wissen wir immerhin, dass es tatsächlich einen Verräter gibt und der Rat an dem Tag, an dem diese Zusammenkunft stattfand, noch nicht viel weiter war.«

»Und«, warf Chloe ein, »wir wissen, dass Gryff ermittelt. Möglicherweise hat er inzwischen etwas herausgefunden. Wenn wir nur eine Möglichkeit hätten, an diese Information zu gelangen.«

Seltsamerweise überzog ein zarter Rotton Claras Wangen, als Chloe von Gryff sprach.

Ne, echt jetzt? Max schaute fragend zu Kevin, der jedoch nur verständnislos dreinblickte. Natürlich bekam er wieder gar nichts mit. Typisch.

»Es ist also jemand vom Rat.« Chris befand sich in der Horizontalen, hatte wie immer sein Shirt abgelegt und machte Liegestütze.

Wenn es nach Max ginge, hätte er das durchaus öfter machen

können. Dass er mit einem der beiden Zwillingsbrüder zusammen war, hieß ja nicht, dass er dem anderen nicht bei seinem beeindruckenden Muskelspiel zuschauen durfte. Chloe machte es genauso.

Ihre Blicke trafen sich. Sie grinsten einander an.

Prompt traf ihn ein Rippenstoß von Kev. »Hörst du wohl auf, meinen Bruder anzustarren.«

»Wer, meint ihr, ist es?«, fragte Clara und lenkte die Diskussion wieder zurück auf das eigentliche Thema. »So viele Möglichkeiten gibt es ja nicht.«

»Tomoe hat sich sehr gegen eine Untersuchung mit Wahrheitszauber gesträubt«, überlegte Max.

»Das hätte ich auch.« Chloe verzog abschätzig die Lippen. »Ist doch widerlich, so ausgelesen zu werden. Aber ich kann mir das bei ihr nicht so richtig vorstellen. Und warum sollte sie das tun? Sie lebt dafür, das Vermögen der Lichtkämpfer zu vermehren, und darin ist sie verdammt gut.«

»Hoffentlich ist sie nicht der Verräter«, seufzte Max. »Stellt euch vor, unser Geld ist plötzlich weg.«

»Du Materialist«, lachte Kevin.

»Leonardo«, verkündete Chris. »Bestimmt ist er es. Das würde auch erklären, warum er mich vom aktiven Dienst …«

Alle anderen stöhnten synchron auf.

»Jetzt hör doch mal auf damit«, schimpfte Kev. »Werd einfach wieder gesund. Dann kannst du durch die Gegend ziehen und Kreaturen jagen.«

»Pfff«, bekam er nur als Antwort.

»Aber Leonardo käme durchaus infrage«, sprang Max Chris bei.

»Hätte er das Artefakt dann aber eingesetzt?«, gab Chloe zu bedenken.

»Um von sich abzulenken«, warf Clara ein. »Eine perfekte Taktik. Niemand vermutet ihn hinter der Manipulation, weil er es aktiviert hat.«

»Möglich«, gab Chris zu. Er setzte sich auf. Schweiß rann über seinen Oberkörper. »Oder Johanna selbst. Sie war auch dabei.«

»Shit«, fluchte Clara.

Alle starrten zu ihr hinüber.

»Was?«, fragte Chloe.

»Wir waren auch dabei.« Sie deutete auf Max und dann auf sich selbst.

»Stimmt«, erwiderte er. »Und?

»Verstehst du denn nicht, *wir* waren dabei!«

»Öhm. Du kannst das jetzt auch noch dreimal sagen, das hilft mir nicht weiter.«

»Ha!«, rief Kevin aus. »Ihr beiden seid die Verräter.«

»Das ist nicht lustig«, gab Clara zurück. »Nein, ich meinte etwas anderes. Der Rat ist sicher, dass der Verräter einer der Unsterblichen ist.«

»Genau«, bestätigte Max. »Weil nur die die verbotenen Katakomben betreten kö… – oh, shit.«

Chloe schlug sich mit einem patschenden Geräusch gegen die Stirn. »Es muss gar nicht unbedingt eines der Ratsmitglieder sein. Johanna besitzt diese weißen Steine, mit denen man die Katakomben betreten kann. Sie halten den Alterungszauber ab. Falls der Verräter einen davon besitzt, könnte er jederzeit dorthin vordringen. Das bedeutet …«

»… es könnte jeder sein«, beendete Kevin den Satz. »Verdammt! Daran habe ich gar nicht gedacht. Wissen wir etwas über diese Steine?«

»Zwei kleine Klumpen waren noch übrig. Aber das hat in der Hektik niemand bemerkt. Ich habe sie in meiner Schatulle verstaut.«

Sie rannte aus dem Raum und kehrte kurz darauf damit zurück. »Hier. Mehrfachschutzzauber.« Sie öffnete den Deckel.

Gemeinsam starrten sie auf den mit Samt ausgelegten Boden.

»Liegt da ein Unsichtbarkeitszauber drauf oder sind sie weg?«, fragte Max.

»Oh nein.« Claras Gesicht war kreidebleich. »Das kann nicht sein. Niemand kann den Zauber lösen. Das ist völlig unmöglich.«

»Scheinbar nicht«, kam es von Kevin. Tröstend legte er ihr die Hand auf die Schulter. »Tut mir leid, aber damit ist der Verräter gerade um eine Größenordnung gefährlicher geworden. Wir müssen den Rat informieren. Und Gryff.«

Clara schloss müde die Augen. Max hätte sie am liebsten in den Arm genommen und gedrückt.

»Okay«, verkündete sie. »Ich übernehme Gryff. Kann einer von euch sich um den Rat kümmern?«

Chris machte einen Satz zurück. »Keine Chance.«

»Von mir aus«, erklärte Kevin. »Ich erledige das. Aber zuerst bekommen Jen und Alex ein kleines Update.« Er griff nach seinem Kontaktstein. »Seltsam.«

»Immer noch nicht erreichbar?«, fragte Chloe.

Er schüttelte den Kopf. »Irgendwie ist das nicht unser Tag. Was machen die denn so lange? Ist das normal?«

»Hm.« Chloe sprang vom Schreibtisch auf den Boden. »Bei Jen hat es nicht so lange gedauert, aber ich habe keine Ahnung, was da gemacht wird. Lassen wir die beiden und kümmern uns um unsere Probleme. Sie werden früh genug davon erfahren.«

»Na schön«, sagte Kev. »Clara, du gehst zu Gryff. Ich suche Johanna. Die ist hoffentlich besser drauf als Leonardo. Vermutlich ist sie es danach nicht mehr.«

Vor dem Castillo färbte sich der Horizont blutrot, die Sonne versank.

»Ich besorge Kaffee, Energydrinks und Cola«, verkündete Chloe. »Das wird ’ne lange Nacht.«

Max blieb einfach sitzen und beobachtete das Wuseln ringsum. In Gedanken beschäftigte ihn nur eine Frage: Wer war der Verräter?

22. Ich hasse Portale

Alex' Kopf schwirrte.

Gemeinsam mit Jen hastete er durch Nostradamus' Refugium, dem Portal entgegen. »Ich wusste nicht, dass wir einen so weiten Weg zurückgelegt haben.«

»Raum ist relativ.« Sie räusperte sich. »Verdammt, warum sind wir nicht früher darauf gekommen, dass es einen Verräter gibt?«

»Na ja, so was ist wohl kaum normal.«

»Eigentlich gibt es das ständig«, widersprach sie. »In Firmen oder der Politik fallen sich Verbündete immer wieder in den Rücken.«

»Jaaa«, gab er zu. »Aber doch nicht bei einer so großen Sache. Man ist gut oder böse.«

Sie stiegen Steinstufen hinab.

»Du wirst bald feststellen, dass einfaches Schwarz-Weiß-Denken dich nicht weiterbringt. Es mag oft klar und deutlich erscheinen, ist in Wahrheit aber vielschichtig und kompliziert. Das durften wir beide heute ja erleben.«

Ein Knoten bildete sich in seinem Magen. Der Gedanke, dass jemand miterlebte, was er damals getan hatte, war schrecklich. Der Hass und die Wut, geboren aus so vielen Jahren des Überlebenskampfes in der Gosse, hinterließen ihre Spuren.

Umgekehrt erging es Jen wohl nicht besser. Sie war geschlagen worden, hatte Leid verursacht und schließlich sogar Tod. Er konnte sich nicht einmal ansatzweise vorstellen, durch welche innere Hölle sie gegangen war.

Vor einigen Jahren, als er Abends durch die Stadt gejoggt war, war er einem alten Mann begegnet. Dieser hatte aus der Ferne beobachtet, wie ein paar Jugendliche einen anderen aufgrund seiner Hautfarbe zusammenschlugen. Da in diesem Augenblick die Bobbys aufgetaucht waren, hatte Alex nicht eingreifen müssen. Eine solche Szene war traurigerweise nicht unüblich. Der alte Mann sah ihn traurig an und sagte: »Wir stehen vor dem Fenster, blicken hinaus und sehen da diesen Anderen. Er ist nur auf seinen Vorteil bedacht, denkt in Schubladen und hegt Vorurteile gegen alles und jedem. Wir bilden unsere Meinung über ihn und verurteilen ihn innerhalb von Sekunden, halten ihn für arrogant, oberflächlich und vieles mehr.«

Er lächelte traurig. »Und dann bemerken wir, dass es kein Fenster ist, sondern ein Spiegel.« Ohne ein weiteres Wort ging er davon.

Damals hatte Alex nicht begriffen, was der Alte ihm hatte sagen wollen. Heute verstand er es.

Sein Blick erfasste Jen. »Wie hast du das nur überlebt?«, flüsterte er. Zu spät wurde ihm klar, dass er die Frage laut ausgesprochen hatte.

Jen wusste sofort, was er meinte. »Nun ja, das Castillo hat einen guten Psychologen.«

»Was?«

»Das heißt, ›wie bitte‹«, korrigierte sie ihn frech schmunzelnd. »Aber ernsthaft: Wir erleben im tagtäglichen Kampf furchtbare Dinge. Da benötigt man ab und zu Hilfe.«

»Oh, warte«, er hob die Hand, »lass mich raten: Doktor Sigmund Freud persönlich?«

Lachfalten umrahmten Jens Augen, als sie kicherte. »Nein, da liegst du falsch. Lass dich überraschen. Bestimmt bist du auch früher oder später fällig. Seine Heilmethode ist auf jeden Fall etwas Besonderes.«

Sie steuerten auf den Raum mit dem Portal zu.

»Wer, glaubst du, ist der Verräter?«, fragte Alex.

»Ich habe keine Ahnung«, erwiderte Jen. »Das Problem ist, dass ein guter Verräter eben als Freund durchgeht. Weißt du, nach dem großen Kampf vor einhundertsechsundsechzig Jahren lag das halbe Castillo in Trümmern. Sogar bis in das Archiv waren sie vorgedrungen, die Schattenkämpfer. Die Archivarin hat die Räume separiert, doch zwei wurden fast vollständig zerstört.«

»Klingt übel.«

»War es auch«, bestätigte Jen. »Ein Kraftschlag hat die Hälfte der eingelagerten Mentigloben vernichtet. Erinnerungen, Wissen, es ging so viel verloren. Das alles, weil sie einem der Ihren vertraut hatten. Und wir sprechen hier von Unsterblichen mit einem immensen Wissensschatz.«

»Du willst sagen, dass der Blödmann verdammt gut war. Verstanden. Aber mal so ganz nebenbei, was sollen wir denn tun, wenn wir zurück sind?«

»Darüber habe ich auch nachgedacht. Abgesehen von unserem Bericht wissen wir ja recht wenig. Allerdings hoffe ich auf den Folianten.«

»Was genau hast du gesehen?«

Sie betraten den Raum, in dem das Pentagramm auf dem Boden in das Holz gebrannt war.

Jen blieb stehen. »Ich konnte sehen, nein: fühlen, was ich machen muss. Meine Hand lag auf dem Folianten, die Schrift kroch über meine Haut. Und plötzlich war alles lesbar. Ich verstand, was Joshua niedergeschrieben hat.«

»Und?«

»Natürlich war ich nicht wirklich da, aber ich weiß nun, wie es geht. Aber da war noch mehr.«

»Ja?«, hakte Alex neugierig nach.

»Nur ein Gefühl. Angst. Der Foliant enthüllt etwas Gefährliches, das die Welt in ihren Grundfesten erschüttern kann. Frag mich nicht, woher ich das weiß.«

»Warum verbrennen wir das Ding nicht einfach? Also so richtig. Magisch.«

»Weil er uns möglicherweise einen Vorteil im Kampf gegen die Schattenkrieger bringt«, erklärte Jen. »Es ist mein Erbe und vielleicht der Weg zu einem endgültigen Sieg. Dann wäre dieser ewige Krieg endlich vorbei.«

»Das wäre eine feine Sache«, sagte Alex.

In Gedanken sah er sich in einem Pool schwimmen, ringsum in der Luft hingen Sekt- und Champagnerflaschen. Halbnackte Blondinen rekelten sich auf den Liegestühlen. Er sah zu Jen. Gut, ein paar brünette Schönheiten wären auch dabei.

»Will ich wissen, was du gerade denkst?«, fragte Jen mit geschürzten Lippen.

»Hä?«

»Typisch Mann. Manchmal kann man eure Gedanken auf dem Gesicht ablesen. Und das Sprachzentrum leidet meist gleich mit. Also, wollen wir? Du hast die Ehre.«

Alex malte mit seinem Finger das Symbol für die Portalmanifestation in die Luft. Seine Spur loderte bernsteinfarben auf. Zwar war der Portalzugang immer hier - ein Magier hätte ihn sonst nicht einfach so erschaffen können -, doch die Manifestation musste stets neu durchgeführt werden.

Er beendete den Zauber mit den Worten: »Porta aventum.«

Ein Wabern in der Luft kennzeichnete die Position, an der der

Zugang sich geöffnet hatte. Es wirkte, als flimmerte die Luft in der Mittagshitze über Asphalt.

»Ich hasse Portale«, stöhnte er.

»Ach was.« Jen winkte ab. »Du hast dich nicht mal mehr übergeben. Noch ein, zwei Mal und alles ist gut.«

Sie machte einen Schritt nach vorne und verschwand.

Alex sah sich ein letztes Mal um, dann tat er es ihr gleich.

Er wurde herumgeschleudert, als befände er sich auf einer Abenteuerrutschbahn im Schwimmbad. Im Dunkeln. Tintige Schwärze umgab ihn. Sein Körper fühlte sich zerquetscht, zerfetzt und falsch zusammengesetzt an. Minuten wurden zur Ewigkeit zu Sekunden.

Das Portal spie ihn aus.

Alex flog durch die Luft, krachte mit der Nase nach unten auf den Stein. »Aua. Echt, und das fandest du jetzt nicht schlimm?« Er erhob sich.

Vor ihm stand Jen. Sie hielt die Spitze des Essenzstabes auf sein Herz gerichtet.

»Woah.« Er sprang zur Seite. »Was tust du?«

Wütend erwiderte sie: »Endlich! Wo warst du?!«

»Ähm. Da drin.« Er deutete auf die Stelle, an der das Flimmern gerade verschwand.

»Aber …«

»Kannst du das Ding bitte nach unten richten«, sagte er. Als Jen der Aufforderung nachkam und die Spitze in Alex' Schritt deutete, ergänzte er: »Ah, nein. Noch weiter. Richtung Boden. Mein Sack ist mir heilig.«

Erst jetzt bemerkte er, dass etwas nicht stimmte. Tiefe Risse klafften in den Wänden, Steinbrocken lagen herum. »Das ist nicht das Castillo.«

»Nein, ist es nicht. Ich habe die letzten drei Stunden damit zugebracht, einen Ausgang zu finden, aber vergeblich.«

»Drei Stunden?!«, echote Alex. »Ich war direkt hinter dir.«

Jen ließ den Essenzstab hinter ihrem Gürtel verschwinden. »Die Schattenfrau. Sie muss das Portal manipuliert haben. Wir sind so dumm.«

Er begriff. »Ein Wunder, dass wir noch leben.«

»Möglicherweise war das nicht geplant«, flüsterte sie. »Wenn sie das Tor hat entarten lassen, sollte es uns vielleicht für immer auf

Reisen schicken. Keine Ahnung. Auf jeden Fall weiß ich nicht, wo wir gelandet sind. Um das festzustellen, müssen wir aus diesem dämlichen unterirdischen Gangsystem raus.«

Alex sah umher.

Dass die Decke noch nicht herabgestürzt war, glich einem Wunder. Wo sie auch herausgekommen waren, es handelte sich um einen alten Ort.

Gemeinsam verließen sie den Raum.

Seine Gedanken wanderten zu Chris, Clara, Kevin und Max ins Castillo.

Haltet durch, Leute. Wir kommen so schnell es geht und werden euch helfen.

Es blieb nur die Hoffnung, dass die Schattenfrau ihren Verräter nicht sofort aktivierte.

Eine Hoffnung, die enttäuscht wurde.

23. Es beginnt

Johanna gähnte.

Mochte die Unsterblichkeit auch ein Segen sein, hielt sie ihren Körper jung und agil, so war die Müdigkeit trotzdem ein elementarer Bestandteil der Existenz. Kein Zauber konnte das Bedürfnis nach Schlaf neutralisieren. Ebenso wenig etwas Nichtmagisches.

Da kann Leonardo noch so viele Dark Monster in sich hineinkippen, dachte sie mit Ekel.

Sie war auf dem Weg durch das Castillo, konnte einfach keinen Schlaf finden. Sie hatte vom Eindringen Claras und Chloes erfahren. Die beiden hatten begriffen, dass es einen Verräter gab, wollten Nachforschungen anstellen.

Johanna war nicht dumm. Im Laufe ihrer Existenz war sie mit ähnlichen Situationen konfrontiert worden. Eine solch explosive Information ließ sich keinesfalls auf Dauer verheimlichen.

Hinter ihr erklang ein Geräusch.

Sie fuhr herum.

Doch da waren nur Schatten.

»Ich werde noch paranoid. Kein Monster im Dunkeln, das dich töten will, Johanna«, murmelte sie.

Sie dachte zurück an die zahlreichen Kämpfe, die sie gegen den dunklen Rat oder seine Abgesandten ausgefochten hatte. Manchmal war sie als Siegerin daraus hervorgegangen, andere Male nicht. Immer wieder hatte sie Verletzungen davongetragen, manchmal gar lebensbedrohliche. Doch ihr Körper heilte stets.

»Warum habe ich nicht einfach das Alter eines Teenagers bekommen?«, grummelte sie.

Wenn das erste Leben als Nimag endete und die Unsterblichkeit einem als Geschenk gemacht wurde, konnte man nicht wirklich wählen. Das wurde für einen übernommen. Johanna selbst war weiter gealtert, bis sie schließlich in den Vierzigern unsterblich geworden war. Bei Leonardo war es umgekehrt gewesen.

Als alter Mann war er gestorben, dann jünger geworden und nun in den Dreißigern eingefroren. Albert würde wohl für immer in den Sechzigern hängen. Der Arme.

»Es ist eben doch stets Segen wie Fluch«, seufzte sie.

Sie nickte zwei Lichtkämpfern zu, die von einem Einsatz zurückkehrten und bog in den nächsten Gang ein. Hier lag ihr Ziel.

Aus den Augenwinkeln glaubte sie, einen Schatten vorbeihuschen zu sehen. Doch bei genauerem Hinsehen war da nichts. »Es wird wirklich Zeit fürs Bett.« Sie erkannte bereits von Weitem, dass die Tür offen stand. »Komisch.«

Im Nähergehen zog Johanna den Essenzstab.

Etwas stimmte nicht. Ihr Instinkt, durch Jahrhunderte des Kampfes geschärft, sprang an. Gleichzeitig versuchte ihr logisches Denken zu beschwichtigen. Sie befand sich im Castillo Maravilla. Niemand konnte hier eindringen, das Kristallnetz bildete eine nicht zu überwindende Sphäre. Und der Verräter würde sie kaum so offen angreifen. Oder doch?

Johanna erreichte den Raum.

Ein weiterer Schritt und sie stand inmitten von Chaos. Bilder waren von den Wänden gerissen worden, das Bett war zerfetzt. Möbel lagen in Trümmerstücken oder als Aschehäufchen am Boden.

Der Lichtkämpfer lag im Zentrum des Raumes, mitten in einer Blutlache.

Zuerst begriff Johanna gar nichts.

Wenn er gestorben wäre, hätte es doch längst ein Aurafeuer gegeben. Jeder hätte seinen Tod gespürt, ein neuer Erbe wäre erwacht.

»Er lebt noch«, flüsterte sie.

Sie rannte zu dem am Boden liegenden Körper. Gleichzeitig griff sie nach ihrem Kontaktstein und sandte eine Schockwelle zu den anderen Ratsmitgliedern, verwoben mit dem Bild, das sie sah.

Neben dem Lichtkämpfer ging sie in die Knie.

Kein Puls war zu spüren, keine Atmung. Er war tot. »Aber wie ist das möglich?«

Auf der gesamten Welt gab es nur eine Handvoll Artefakte, von denen sie wusste, dass sie einen endgültigen Sigiltod einleiten konnten. Ein eisiger Schauer rann ihr Rückgrat hinab, als sie begriff. Eine solche Waffe war hier im Castillo eingelagert worden. In den verbotenen Katakomben. Jemand musste sie entfernt und eingesetzt haben.

Irgendwo auf der Welt war im gleichen Augenblick ein Schattenkrieger gestorben, damit das Gleichgewicht erhalten blieb. Doch das war kein Trost.

»Es tut mir leid«, flüsterte sie.

Sanft strich sie dem Toten über die Wange.

Hinter ihr erklangen Schritte. Leonardo betrat den Raum, dicht gefolgt von Tomoe.

»Nein«, kam es von der japanischen Unsterblichen.

»Er ist tot«, sagte Johanna.

Leonardo ging neben ihr in die Knie. »Aber wie kann das sein? Niemand hat etwas gespürt.« Sie sah in seinen Augen, dass er begriff. »Verdammt!«

»Der Verräter schlägt also los«, konstatierte Tomoe. »Ihr hattet recht.«

Johanna erhob sich.

In ihrem Inneren brodelte Wut.

»Er muss etwas herausgefunden haben«, sagte Leonardo. »Deshalb wurde er umgebracht.«

»Vielleicht.« Tomoe besah sich den Toten genau. »Oder es ist die erste Attacke einer ganzen Reihe.«

Stille breitete sich aus.

»Du weißt, was zu tun ist«, sagte Leonardo nach einer Weile.

Johanna nickte.

Sie berührte den Kontaktstein und leitete Zauber ein, die für einen solchen Fall hinterlegt worden waren. Das Castillo wurde hermetisch abgeriegelt, die Ordnungsmagier wurden aus den Betten geholt, Sicherheitsregeln griffen. Lichtkämpfer, die außerhalb unterwegs waren, sich im Einsatz befanden, mussten sich in sichere Häuser zurückziehen. Das Portalnetz wurde versiegelt, die Eingänge waren nicht länger zugänglich.

»Wer immer du auch bist, ich schwöre dir, ich finde dich«, flüsterte Johanna.

»Was ist denn hier los?«, erklang eine Stimme.

Leonardo, Tomoe und sie sahen gleichzeitig auf.

Im Türrahmen stand Clara Ashwell. Ihr Blick fiel auf den Toten. »Gryff?!«

Ihre Augen wurden groß wie Murmeln. Sie beugte sich zitternd zur Seite und erbrach sich, während Tränen über ihre Wangen rannen. Sie rannte zum Leichnam des ersten Ordnungsmagiers, brach schluchzend über ihm zusammen. »Nein! Oh, bitte, bitte, nein!«

Tomoe schenkte Clara einen Blick voller Mitleid. Leonardo schaute betreten zu Boden.

Johanna stand da, mit der rechten Hand am Kontaktstein, und betrachtete die Szene mit tiefer Traurigkeit. Einmal mehr hatten die Schattenkrieger gezeigt, wozu sie in der Lage waren. Wieder zerschmetterten sie die Hoffnung eines Menschen auf sein persönliches Glück.

Ich weiß, wie du dich fühlst, Clara, dachte Johanna. *Ich finde den, der für das alles verantwortlich ist.*

Doch abgesehen davon konnte sie nicht viel tun. Nur dabei zusehen, wie eine der Ihren den Tod eines Mannes betrauerte, den sie liebte. Tief in ihrem Inneren spürte Johanna, dass sie heute an einem Scheideweg standen.

Etwas begann.

Das Böse holte zum Schlag aus. Und wenn sie all ihre Erfahrungen aus diesem ewigen Krieg etwas gelehrt hatten, dann, dass es niemals bei nur einem Opfer blieb.

Ende

III

»Wechselbalg«

Prolog

Der Wechselbalg konnte den Schock spüren, der durch das Castillo Maravilla wogte, wie eine alles verzehrende Welle aus purem Schmerz. Gryff Hunter weilte nicht mehr unter ihnen. Er hatte den obersten Ordnungsmagier mit der Sigilklinge getötet, die er den verbotenen Katakomben entrissen hatte. Ein wohliger Schauer rann seinen Rücken hinab, als er an den verblüfften Gesichtsausdruck des Mannes zurückdachte. Niemals hatte jener damit rechnen können, von jemandem verraten zu werden, der ihm so nahestand.

Die Klinge hatte das Sigil zerstört. Kein Aurafeuer erschien daraufhin, kein Erbe entstand. Dass dafür auch ein Schattenkrieger sterben musste – das ewige Gleichgewicht wurde stets erhalten –, war bedeutungslos.

»Das ist erst der Anfang.«

Der Wechselbalg stand alleine an der Balustrade der umlaufenden Galerie im höchsten Stockwerk des Castillos. Von hier oben betrachtete er seine Feinde. Johanna von Orléans, Leonardo da Vinci, all die anderen Unsterblichen und Lichtkämpfer. Wochenlang hatte er in ihrer Mitte zugebracht, sie beobachtet, studiert, diesen Tag vorbereitet.

Die Schattenfrau stand bereit.

Sobald er das Ziel erreicht hatte, würde sie handeln.

Eine Gruppe Ordnungsmagier kam herbeigeeilt. Sie erkannten ihn, nickten professionell-freundlich und stapften weiter. Sie durchkämmten das Castillo, suchten nach Spuren, die auf den Mörder von Gryff Hunter hindeuteten. Noch immer hatten sie nicht begriffen, dass er ein Wechselbalg war, gingen von einem Verrat der Ihren aus. Der Grundstein für eine Hexenjagd der schlimmsten Sorte war gelegt. Misstrauen, Hass, sinnlose Verdächtigungen würden die Streiter für den Wall entzweien.

»Das wird ein Spaß.«

Er fühlte noch immer den Nachhall des eingeleiteten Zaubers, den Johanna ausgelöst hatte. Das Castillo war hermetisch abgeriegelt, lag unter einem Siegel. Niemand kam hinein, keiner heraus. Die Portale waren verschlossen worden, alle Lichtkämpfer, die außerhalb eine Mission bestritten, mussten sofort sichere Häuser aufsuchen. Einsätze wurden abgebrochen. Damit war niemand mehr da, der dem dunklen Rat entgegen trat, ihn von Manipulation, Lug und Trug abhielt. Die

Schattenkrieger würden, sobald sie es bemerkten, gnadenlos zuschlagen. Durchaus möglich, dass *sie* es ihnen bereits mitgeteilt hatte.

»Der Graf von Saint Germain wird glücklich über meine Tat sein.« Er lächelte. Der Plan der Schattenfrau würde sie beide zur Legende machen.

Kurz überprüfte er, ob seine äußere Fassade auch makellos weiterbestand. Gerade im Moment großer Emotion konnte es vorkommen, dass hier und da eine Kleinigkeit transformierte. Ungewollt. Andere Wechselbälger hatten in der Vergangenheit bereits aufgrund kleinerer Fehler sterben müssen. Doch nein, die Hülle saß fehlerlos, kopierte perfekt das Original, das blutend und wimmernd seit Wochen in einem dunklen Kerker lag.

Es ist soweit.

Er musste seine eigenen Gedanken zu einem winzigen Punkt des Geistes werden lassen. Diesen Zauber konnten nur die besten Wechselbälger ausführen. Er unterdrückte das Ich, die Persönlichkeit, und erschuf an dessen Stelle eine Kopie des Originals. In diesem Zustand war sich der jeweilige Gestaltwandler nicht länger seiner eigenen Identität bewusst. Er fühlte, dachte und handelte, wie es die echte Version tun würde.

Dafür reichte Können allein kaum aus. Es wurde Blut von der Blaupause benötigt, dem Menschen, der kopiert wurde. Da dieser noch am Leben war, konnte der Wechselbalg sich jederzeit bedienen.

Tief unter ihm brach ein Tumult aus, die erste falsche Verdächtigung war ausgesprochen worden. Das Chaos begann. Er lachte. Seine Gedanken zerfaserten, sein Ich verschwand.

Ein Lichtkämpfer stand auf der Balustrade, schaute bedrückt nach unten und hoffte darauf, dass der Verräter bald gefunden wurde.

1. Die Jagd beginnt

Sie stieß eine der Wachen beiseite, die zu beiden Flanken des Eingangs aufgestellt worden waren. Einer wollte auffahren, ließ es jedoch bleiben, als er sie erkannte.

Guter Junge.

Chloe rannte zu dem Krankenbett, auf dem Clara lag. »Was ist passiert?«

Schwester Theresa bedeutete ihr zu schweigen. Sie legte soeben einen Stein auf Claras Stirn. Sofort erschlaffte der verkrampfte Leib der Freundin. »Ein Schock. Der Tod von Gryff Hunter hat sie aus der Bahn geworfen. Ordnungsmagier fanden sie in der Eingangshalle. Sie sprach immer wieder von einem Verräter, der gefunden werden muss.«

»Aber sonst geht es ihr gut?«

»Nun, es ist ein *schwerer* Schock.« Theresa warf ihr einen jener Muss-ich-das-extra-betonen-Blicke zu, die gehörig an Chloes Selbstbewusstsein kratzten. »Darüber hinaus ist sie jedoch unverletzt.«

Chloe atmete auf. Dankbar lächelte sie der Heilmagierin zu, die es kurz erwiderte. Die Schwester war in ihrem normalen Leben Teil eines Ordens gewesen, bevor ein Sigil sie erwählt hatte. Daraufhin verrichtete sie hier im Castillo ihre Arbeit als Heilerin. Sie wurde respektiert, aufgrund ihrer resoluten Art aber auch gefürchtet. Sie trug ein einfarbiges gestärktes Kleid, darüber eine Bluse. Chloe schätzte sie auf etwa fünfzig, wagte jedoch nicht, danach zu fragen.

»Sie wird nun schlafen«, erklärte Theresa.

In der Ferne erklang erneut ein Tumult. Die Ordnungsmagier waren normalerweise gut darin, Spannungen zwischen Lichtkämpfern zu unterbinden. Nach dem Tod ihres Anführers lagen die Nerven jedoch blank. Sie streiften mit gezücktem Essenzstab durch die Gänge, warfen jedem misstrauische Blicke zu und hielten sogar einzelne Magier an, um sie zu durchsuchen.

Chloe verließ den Krankenflügel, während die Heilmagier sich auf Verwundete vorbereiteten. Hier konnte sie nichts mehr tun. Clara war in Theresas Obhut sicher. Der Rest des Castillos weniger. Sie schlug den Weg zum Krisenraum ein, wo die Unsterblichen zusammenkamen. In den Gängen begegneten ihr eifrig miteinander tuschelnde Lichtkämpfer, aber auch grimmig dreinblickende Gruppen.

Obgleich es mitten in der Nacht war, hatte Gryffs Tod sowie Johannas anschließende Abriegelung des Castillos jeden hellwach werden lassen.

Sie dachte kurz an Jen und Alex, die nun bei Nostradamus festsaßen. Da auf den Portalen Siegel lagen, konnten die beiden nicht zurückkehren. Glücklicherweise sagte man dem unsterblichen Essenzstabmacher nach, ein umgänglicher Zeitgenosse zu sein. Etwas ruppig, aber nett. Wenigstens waren sie damit außer Gefahr und über jeden Verdacht erhaben. Falls es nicht mehrere Verräter gab, waren Jen und Alex also nachweislich unschuldig.

Aus dem Krisenraum drangen aufgeregte Stimmen an ihr Ohr.

Johanna stand vor einer breiten vergilbten Weltkarte. Auf dieser bewegten sich kleine Lichter zielstrebig auf Sammelpunkte zu.

»Das Team von Markus sitzt noch auf Zypern fest«, sagte Tomoe. Sie gab die unnahbare Geschäftsfrau, trug wie immer ein Businesskostüm. »Sie wollten gerade das Sprungtor benutzen, um zum nächsten Einsatzort zu wechseln.« Sie legte die Hände an die Hüften und schaute sinnierend auf die Punkte. »In wenigen Minuten erreichen sie die sichere Finca.«

»Was ist mit der Einflussnahme auf das Parlament in Brüssel?«, fragte Einstein. Der unsterbliche Physiker machte zwar einen zerstreuten Eindruck, bewies jedoch bei jeder Frage aufs Neue seinen messerscharfen Verstand. »Wenn die Abgeordneten den Schattenkriegern nun hilflos ausgesetzt sind, könnte das die Gesetzgebung für Europa beeinflussen.«

»Das dortige Team hat von mir die Erlaubnis erhalten, den Einsatz erst nach Abschluss der Untersuchung zu beenden und Sicherungen für die Betroffenen zurückzulassen«, unterbrach ihn Leonardo. »Wer da auch seine Hände im Spiel hat und Unruhe stiftet, sie finden ihn. Danach ziehen sie sich sofort zurück. Die Sache ist zu wichtig, als dass wir sie vorher abziehen könnten.«

Johanna nickte bestätigend. Sie stand wie ein Fels in der Brandung neben dem runden Konferenztisch und hielt die Arme vor der Brust verschränkt. Ihr Pferdeschwanz wippte bei jeder Kopfbewegung auf und ab. »Gute Entscheidung. Andernfalls stehen wir nach diesem Problem vor einem gewaltigen Scherbenhaufen. Albert, überwachst du bitte den Rückzug unserer Teams?«

»Natürlich.« Der ältere Unsterbliche mit dem weißen zerzausten Haar nickte.

»Tomoe, behalte die Geldanlagen im Auge.« Johanna deutete

auf einen Computermonitor, auf dem die Börsendaten übertragen wurden. »Wenn der dunkle Rat die Abschottung mitbekommt, könnte er handeln und uns auf dem finanziellen Parkett angreifen.«

»Selbstverständlich.«

»Leonardo …«

»Ich kümmere mich um die Teams, die ihre Aufträge nicht sofort abbrechen können«, fuhr er ihr dazwischen. »Für den Fall der Fälle halten wir einen Sprungmagier bereit, der sie evakuieren kann, sollten Schattenkrieger sich sammeln.«

»Ausgezeichnet.« Johanna hob ihre Tasse an, auf der »Best Mum ever« stand, und trank einen Schluck des geliebten Grüntees. Vermutlich rann er längst anstelle von Blut durch ihre Adern. »Ich behalte unsere Ordnungsmagier im Blick und helfe bei der Suche nach dem Mörder und der Sigilklinge.«

Chloe räusperte sich.

Johanna blickte in ihre Richtung. »Ah, du bist es. Gibt es Neuigkeiten?«

»Clara liegt auf der Krankenstation. Der Tod von Gryff hat sie ziemlich mitgenommen, aber sie wird wieder. Theresa hat einen Heilschlaf eingeleitet.«

»Gut.« In den Blicken der Unsterblichen las Chloe Mitleid und Verständnis. »Wir alle haben heute einen Freund verloren. Für Clara allerdings war er offensichtlich mehr.«

»Stimmt.« Gedankenverloren zog sie ihren Essenzstab aus der Schlaufe am Hosenbund und ließ wirbeln. »Wie können wir helfen?«

»Finde heraus, ob jemandem aus eurem Team in den letzten Tagen etwas aufgefallen ist«, sagte Johanna. »Kevin hat mir kurz vor dem Mord mitgeteilt, dass Clara die Zeitsteine, die ich ihr und Max zum Betreten der verbotenen Katakomben gegeben hatte, behalten hat. Zumindest die Reste. Sie wurden ihr gestohlen, womit der Verräter noch einmal kurz in die verbotenen Katakomben eindringen konnte. Damit kann er jeder sein. Gryff konnte in diese Richtung nicht mehr ermitteln. Sucht nach einer Spur zu dem Dieb, irgendeinen Hinweis muss es geben.«

Chloe nickte. Vermutlich würde Clara es sich nie verzeihen, dass sie die Steine verwahrt hatte. Nur deshalb war es dem Mörder gelungen, in die verbotenen Katakomben einzudringen und die tödliche Sigilklinge zu stehlen. »Wir geben unser Bestes.«

Johanna stellte ihre Tasse ab. »Wer auch immer hierfür verantwortlich ist – er oder sie kann sich nicht ewig verstecken. Die Ordnungsmagier werden Befragungen durchführen. Das betrifft uns alle. Bereitet euch darauf vor.«

»Natürlich.«

Johanna richtete ihren Blick auf die Weltkarte. Nur noch wenige Lichter waren außerhalb sicherer Häuser unterwegs. Jeder dieser winzigen Punkte stand für einen Kontaktstein. Chloe wünschte den Lichtkämpfern viel Glück. Den Essenzstab in der Hand verließ sie den Krisenraum und begab sich zum Turmzimmer. Die anderen warteten auf Antworten.

2. Wo sind wir?

Toll«, murrte Alex. »Mein erster Portaldurchgang ohne Kotzen und prompt sind wir irgendwo im Nirwana gelandet. Ich mag diese Tore nicht.«

Jen schmunzelte. Sie vergaß immer wieder, dass er ein Neuerweckter war. Ein Welpe, der unbedarft umhertapste, genau wie sie einst. Schlimmer noch. Zauber, Essenz, Sigile – das alles hatte ihr damals furchtbare Angst gemacht, da sie die zerstörerische Kraft dieser neuen Welt am eigenen Leib erfahren hatte. Das Erbe war in einem Moment höchster Not erwacht und sie hatte mit einem tödlichen Rundumschlag ihre Familie getötet. Die Erinnerung löste nur noch einen leichten Schmerz aus, ganz am Rand ihres Empfindens. Allerdings durfte sie nicht zu lange darüber nachdenken, sonst zwangen Schuldgefühle sie in den Würgegriff. »Du wirst dich daran gewöhnen.«

Alex hielt seinen Essenzstab fest umklammert, den er erst vor wenigen Stunden erhalten hatte. »Wolltest du mich gerade wirklich mit einem Schuss erledigen?«

»Da wusste ich ja auch nicht, dass du verspätet durch das Portal kommst. Es hätte auch ein Feind sein können, von der Schattenfrau hierhergeschickt. Bist halt immer etwas langsamer, stimmt's?«

»Lieber zu spät kommen als zu früh«, gab er zurück.

Sie verdrehte die Augen. »Wieso rede ich überhaupt mit dir?«

»Weil du deine Stimme so gerne hörst?«

Ein kleiner Kraftschlag zwischen die Beine, das merkt niemand. Jen grinste bei dem Gedanken. »Meine Stimme klingt wie die eines Engels, wenn sie Angriffszauber formuliert. Willst du mal hören?«

»Okay, du hast gewonnen«, streckte Alex die Waffen. »Schließlich bin ich nur ein unschuldiger Neuerweckter. Gegen eine große böse Magierin wie dich …«

Ein Stein kullerte von der Decke und beendete die Neckerei. Während die kleinen Sticheleien sie bisher zur Weißglut gebracht hatten, verstand sie ihn nun besser. Das Unum, ein Verbindungszauber, der einen Gedankenaustausch zwischen zwei Magiern einleiten konnte, hatte dafür gesorgt, dass sie einander besser verstanden. »Wahrscheinlich werde ich ihn trotzdem irgendwann erwürgen«, murmelte sie leise.

»Was hast du gesagt?«

»Nichts.«

Steinbrocken, die von den Wänden und der Decke herabgefallen waren, bedeckten den Boden. In der Luft lag der Geruch von Moder und Fäulnis, durchsetzt von aufgewirbeltem Sandstaub. Am Punkt der Portalmanifestation befand sich eine runde Steinplatte, in die jemand die notwendigen Machtsymbole eingeschlagen hatte.

Jen schaute stirnrunzelnd auf die Arbeit. »Das sind sehr alte Worte. Hier, das ist die Verbindung mit dem gesamten Netzwerk, aber der Schlüssel ist schon ewig nicht mehr in Gebrauch.«

Alex war ein Stück in den Gang gelaufen. »Alles versperrt.«

»Ich weiß, immerhin versuche ich seit Stunden, aus diesem Loch herauszukommen.« Jen erhob sich. »Die Kontaktsteine funktionieren ebenfalls nicht.«

Im Reflex griff er nach dem bernsteinfarbenen Artefakt, das an einem Lederband vor seiner Brust hing. »Seltsames Gefühl. Dumpf.«

Sie nickte. »Normalerweise kannst du die anderen im Team ziemlich leicht erreichen, sogar Bilder oder Emotionen übertragen. Aber hier ist alles abgeriegelt. Da Entfernungen sonst keine Rolle spielen, muss es mit diesem Ort zu tun haben. Bevor du es versuchst, das Smartphone bekommt auch keine Verbindung.«

»Hast du denn eine Ahnung, wo wir sein könnten?« Unruhig fuhr sich Alex durch das dunkle Haar. Den Essenzstab hielt er noch immer erhoben, doch in seinen Augen erkannte sie Müdigkeit.

Seine Jeans und das Shirt waren verschlissen, der Kampf gegen die Schattenfrau hatte Spuren hinterlassen. Erst jetzt fiel ihr auf, dass seine Hand ein wenig zitterte. Ihr erging es ähnlich. Die Suche nach Nostradamus und der anschließende Kampf auf Leben und Tod gegen die Schattenfrau hatten sie ausgelaugt. »Wir müssen uns beeilen. Das Weib hat das Contego Maxima und will vermutlich den Folianten.«

»Meinst du, Nostradamus hatte tatsächlich recht?«, fragte Alex. »Gibt es einen Verräter unter den Lichtkämpfern?«

»Das ergäbe schon Sinn, nach allem, was uns in den letzten Wochen passiert ist. Auf jeden Fall müssen wir die anderen warnen«, erwiderte sie. »Zuerst aber sollten wir mal hier raus, dann kümmern wir uns um die nächste Hürde. Wie sagt Chloe immer so schön: Neues Problem? Hinten anstellen.«

»Ich freue mich darauf, diese Chloe kennenzulernen.«

Sei dir da nicht so sicher. »Ja, das wird toll.«

Sie schob ihren Essenzstab in die Gürtelschlaufe. Hier war keine

Verstärkung oder Materialeinwirkung notwendig. Mit dem rechten Zeigefinger malte sie Symbole in die Luft. Die Essenz blieb als leuchtende Magentaspur zurück, bis der Zauber vollendet war. Ein Flimmern legte sich über den Boden.

»Was machst du?«, fragte Alex. »Das sah aus wie eine Rekonstruktion.«

Jen wusste, dass er bisher nur wenige Vorlesungen besucht hatte, das Wissen, das er von Mark geerbt hatte, ließ schnell nach. Wenn er nicht mit einer Vertiefung begann, würde er bald nicht einmal mehr einfachste Zauber interpretieren können. Erinnerungserbe zu sein, war eine tückische Sache. »Das war auch eine. Normalerweise kann ich damit prüfen, wer das Portal als Letzter durchschritten hat. Vor unserem Eintreffen, meine ich.« Auf der Steinplatte erschien eine diffuse Kontur. Jen ging näher heran, betrachtete sie mit zusammengekniffenen Augen von oben bis unten. »Das sollte eigentlich viel klarer sein.«

»Noch ein Mysterium.«

»Nicht wirklich. Die letzte Passage liegt wohl sehr lange zurück«, erklärte sie. »Das Echo ist nicht mehr greifbar. Was das hier auch für ein Ort ist, er ist verdammt alt.«

»Aber warum können wir dann keinen Kontakt mit dem Castillo herstellen?«

»Frag mich was Leichteres. Vermutlich ein Artefakt oder ein sich selbst erhaltender Zauber.«

»So etwas gibt es?«

»Ja und Nein.« Jen ging auf den verschütteten Ausgang zu. »Meist handelt es sich um eine Symbiose zwischen Artefakt und Zauber. Beides erhält sich gegenseitig. Aber das gibt es heute kaum noch. Seit …«

»… lass mich raten«, unterbrach Alex: »Seit der Wall errichtet wurde.«

Jen nickte. Sie betastete konzentriert die Steine, die den Ausgang verbargen.

»Mal ehrlich, da kann man den Ärger der Schattenkrieger verstehen.« Er trat neben sie. »Da sind plötzlich von einem auf den anderen Tag alle Spielsachen unbrauchbar.«

»Ich glaube, ich habe eine Idee, wie wir hier herauskommen.« Sie hatte mehrfach versucht, das Portal erneut zu manifestieren, bevor Alex eingetroffen war. Keine Chance. »Um dich vor dem Bund des Sehenden Auges zu retten, sind Kevin und ich durch feste Materie geflogen.«

Er schaute beeindruckt zu ihr herüber. »Ich liebe Magie.«

Jen zeichnete mit dem Essenzstab Worte der Macht auf den Stein. Die Oberfläche waberte. »Streck mal deine Hand dort rein.«

Alex kam der Aufforderung nach. Seine Rechte glitt problemlos in das substanzlos gewordene Hindernis. »Das ist unglaublich.«

»Tss, es funktioniert tatsächlich. Warte mal kurz, falls der Zauber nicht hält, wird alles gleich wieder fest.«

»Was?!« Blitzschnell zog er die Hand zurück.

»Nur ein Scherz.« *Das tat gut.* Jen grinste. »Allerdings haben wir ein kleines Problem.«

»Du meinst, außer deinem miserablen Sinn für Humor?«

»Genau. Dort drinnen sieht man nämlich nichts. Keine Ahnung, wie breit der verschüttete Bereich ist, aber wenn der Zauber versagt, werden wir eins mit dem Stein.«

»Tot?« Alex blickte skeptisch auf das Hindernis.

»Absolut tot. Wir müssen also so schnell wie möglich da durch.«

»Haben wir denn eine Alternative?«

Jen schüttelte den Kopf. »Auf Anhieb fällt mir keine ein. Aber sollte unsere Essenz zur Neige gehen, müssen wir sofort umkehren. Klar?«

Er nickte.

»Präg dir das Symbol ein. Falls meine Essenz nicht reicht, musst du es erneuern.«

»Alles klar.« Alex schluckte. »War nett, dich kennengelernt zu haben.«

»Und wer hat jetzt den miserablen Humor?«

Er grinste derart lausbubenhaft, dass sie nicht wusste, ob sie ihn schlagen oder knuddeln sollte. Im nächsten Augenblick ärgerte sie sich über den Gedanken. »Gib mir deine Hand!«

»Aber Schatz, ich weiß wirklich nicht, ob ich schon so weit b… wah.«

Sie machte einen Schritt in das substanzlose Gestein und zerrte ihn einfach mit sich.

3. Kriegsrat

Ich kann es nicht glauben«, murmelte Chris.

Die anderen nickten nur.

Die Atmosphäre im Turmzimmer glich der einer Beerdigung, was der Realität recht nahekam.

»Zuerst Mark und jetzt Gryff.« Max saß mit hängenden Schultern auf dem Sofa. »Wer auch immer der Verräter ist, ich hoffe, sie erledigen ihn.«

Chloe verzichtete auf eine Erwiderung. Irgendjemand im Castillo spielte gegen sie. Sein oder ihr Betrug würde nicht ungesühnt bleiben. Sobald die Wahrheitszauber eingesetzt wurden, war derjenige überführt – spätestens. »Die Ordnungsmagier durchleuchten gerade die Unsterblichen. Außerdem werden sie selbst überprüft. Danach sind wir anderen an der Reihe.«

»Es sei denn, wir finden den Mistkerl vorher.« Chris ließ seine Muskeln spielen. Wie so oft trug er eine Jeans mit nietenbesetztem Gürtel, darüber ein schwarzes Muskelshirt.

»Keine Dummheiten«, sagte Chloe. »Der Verräter landet im Immortalis-Kerker, und damit ist die Sache erledigt.« *Nun ist es schon so weit gekommen.* Ich *bin die Moralische hier. Wo sind Jen und Clara, wenn man sie mal braucht?*

Sie wollte Chris aus tiefstem Herzen zustimmen. Ein gezielter Kraftschlag zwischen die Augen und der Verräter stand nie wieder auf. Doch das vorsätzliche Töten veränderte einen Menschen, wie sie aus eigener Erfahrung wusste. Während sie aber gelernt hatte, Tod und Verlust zu akzeptieren, war das bei den anderen nicht so. Das hatte sie bereits bei Marks Tod erlebt. Er hatte sie erschüttert, doch ihr Innerstes hatte die Tatsache recht schnell verarbeitet. Die anderen waren noch nicht so weit.

»Klar«, kam es von dem Gefährten wenig überzeugend.

Kevin sank neben Max auf die Couch und legte den Arm um dessen Schulter. »Müde?«

»Ziemlich.«

»Ich auch.« Er wuschelte seinem Freund durch die Haare. »Vielleicht sollten wir nach dieser Sache mal wieder Urlaub machen. Das Portal auf die Malediven?«

Der Hauch eines Lächelns erschien auf Max' Gesicht. »Wie sagt Thomas so schön: Ein Lichtkämpfer hat niemals Urlaub.«

»Klar, ein Unsterblicher kann so was leicht sagen«, erwiderte Kevin. »Der bleibt ewig jung und kann den aufgesparten Urlaub irgendwann am Stück aufbrauchen.«

Chloe musste grinsen. Doch die Sekunde verstrich und die Situation, in der sie sich alle befanden, wurde wieder präsent. Ein Mörder streifte durch das Castillo, Gryff war tot, und Clara lag im heilenden Schlaf bei Theresa im Krankenflügel. »Was also tun wir?«

»Ich werde Clara besuchen«, sagte Max. »Danach wird mein Team mich brauchen. Wenn es geht, komme ich heute Abend zu euch.« Er verabschiedete sich mit einem Kuss von Kevin.

Die Übrigen sahen einander an.

»Wir gehen zu den Ordnungsmagiern«, erklärte Chris nach einem kurzen Blickwechsel mit seinem Zwillingsbruder. »Die benötigen vielleicht Hilfe.«

Chloe konnte sich schon denken, was die Ordnungsmagier dazu sagen würden. Lange blieben die Brüder nicht weg, das stand fest. »Okay.«

»Und was macht unser Lieblings-Kampf-Punk?«, fragte Chris.

»Ich geb dir gleich Kampf-Punk, du Muskel-Birne.« Drohend hob sie ihren Essenzstab. »Leonardo wird dich noch mal ein paar Wochen auf der Ersatzbank parken, wenn ich mit dir fertig bin.«

Damit hatte sie ihn. Seit Tagen versuchte er, wieder in den aktiven Dienst versetzt zu werden. Er war einfach niemand, der lange still sitzen konnte. Vermutlich würde Leonardo da Vinci ihn kurzerhand in die verbotenen Katakomben neben ein tödliches Artefakt setzen, falls Chris noch einmal quengelte.

»Ich vermisse Alex«, sagte Chris. »Er würde mich jetzt unterstützen.«

»Schau mich nicht so an«, wehrte Kevin ab. »Brüder ärgern einander, *darin* bin ich gut.«

»Verräter.«

»Dein Alex ist ja bald zurück«, stichelte Chloe und kniff Chris dabei in die Wange. »Dann könnt ihr wieder zusammen Bier trinken und rumgrölen.«

Sie hatte den Neuerweckten bisher noch nicht kennengelernt, wusste aber, dass Jen ihn am liebsten in eine Steinstatue verwandelt hätte. *Schauen wir mal.*

Chris und Kevin verließen das Turmzimmer.

Chloe blieb alleine zurück. Für einen Augenblick trat sie ans Fenster, schaute hinaus in die Nacht. Regen hatte eingesetzt. Er prasselte auf die Dächer des Castillos und der angrenzenden Gebäude. Dank ihres Weitblicks konnte sie die Tropfen auf der Oberfläche des Teichs einschlagen sehen, das Wasser kräuselte sich. Die Äste der laublosen Bäume wogten im Wind, die Luft schnitt ihr ins Gesicht, als sie das Fenster öffnete und die Nase hinausstreckte.

Klare, kalte, frische Luft.

Das tat gut.

Chloe war zusammen mit vier Brüdern und drei Schwestern in einem kleinen Haus in Schottland aufgewachsen. Ihren Eltern war es stets gelungen, ihr ein Gefühl von Wärme und Liebe zu vermitteln, was sie zu einer starken Persönlichkeit hatte heranwachsen lassen. Das Leben in einer Großfamilie brachte jedoch auch Enge mit sich, weshalb sie immer froh war, die Tage draußen verbringen zu können. Nach ihrer Lehre als Schreinerin hatte sie damit begonnen, eigene Möbel zu designen. So wurde sie mit ihrer kleinen Werkstatt zu einer gefragten Lieferantin für Einzelstücke. Sie schuf Schränke, Betten, am liebsten aber Regale, die die Menschen staunen ließen.

Ihr Leben hätte ziemlich einfach verlaufen können. Doch dann war etwas geschehen, das alles verändert hatte.

Liam war ein hübscher Mann. Er machte ihr tagelang den Hof, zeigte deutlich sein Interesse. Jeder mochte ihn, er hatte einen eigenen kleinen Bauernhof in den Highlands, galt als gute Partie. Sie ließ ihn dennoch abblitzen. Einige Tage später zog er betrunken mit Freunden am Haus ihrer Eltern vorbei. In der Kneipe zettelten sie eine Schlägerei an, die völlig außer Kontrolle geriet. Mit grünen und blauen Flecken übersät, Prellungen und mehreren verlorenen Zähnen, landete ihr kleiner Bruder, Jamie, im Krankenhaus. Er hatte sich mit den Idioten angelegt, als sie Chloe beleidigten. Erst einen Tag später wurde die Hirnblutung entdeckt.

Die Männer in der Kneipe hielten zu Liam, es gab keine Zeugen. Ihm geschah nichts, während ihr kleiner Bruder zwischen Leben und Tod schwebte und seit damals im Koma dahinvegetierte. Jede Woche besuchte sie ihn an seinem Krankenbett. Sie hatte Theresa bekniet, ihr heimlich einen Heiltrank zu brauen; Johanna angebettelt, einen Heilzauber anwenden zu dürfen. Doch das Verbot blieb bestehen. Jamie war nicht durch schwarze Magie zu Schaden gekommen, also durfte sie ihm auch nicht mit Lichtmagie helfen. Sollte sie das Gesetz missachten, würde die Heilung rückgängig gemacht werden. Außerdem warteten drakonische Strafen.

Sieben Jahre lag das nun zurück.

Am Tag nach diesem Vorfall war Chloe zum Hof von Liam marschiert, er war gerade auf dem Feld. Sie hatte alle Tiere freigelassen und das Haus angezündet. Erst als es bis auf die Grundmauern abgebrannt war, ging sie davon. Es gab keine Zeugen, also geschah ihr nichts.

Auge um Auge.

So entstand der Streit, der immer weiter ausuferte.

Am Ende standen sie sich am Hang eines Berges gegenüber, der in eine tiefe Schlucht mündete. Er wollte sie hineinstoßen. Sie gewann das Handgemenge, hielt ihn an seiner Jacke auf Brusthöhe fest, während er an der Kante stand und mit rudernden Armen über dem Abgrund hing.

Dann ließ sie – ganz bewusst – los.

Der zermürbende Kleinkrieg endete, ihre Familie war wieder sicher und Jamie gerächt. Erneut gab es niemanden, der echte Fragen stellte. Natürlich wurden Vermutungen geäußert, manche deuteten hinter vorgehaltener Hand mit dem Finger auf sie. Doch keiner vermochte die Gerüchte zu beweisen. Es brachte ihr weder Genugtuung noch fühlte sie Triumph. Der Zweck hatte die Mittel geheiligt. Manchmal war das einfach notwendig. Sie empfahl es niemandem, denn es veränderte die Seele. Von dem Moment an, als sie Liam losgelassen hatte, sein Körper zerschmettert am Boden lag, war sie nicht mehr dieselbe gewesen.

»Aber Mum, Dad und die anderen waren wieder sicher«, flüsterte sie.

Kurz darauf hatte ein Sigil sie erwählt. Bis heute fragte sie sich, warum. Was war der Grund dafür gewesen?

Nachdenklich betrachtete sie den Essenzstab, tastete mit dem Geist nach dem Sigil in ihrem Inneren. Chris war für sie wie ein Bruder, das Team ihre Familie. Es blieb zu hoffen, dass es ihr gelang, den Verräter zu finden. Was dann geschehen würde?

»Wir werden sehen.«

Sie verließ das Turmzimmer.

4. Der lautlose Schrei

Minuten wurden zu Stunden. Stunden wurden zu Tagen. Tage zu Wochen. Und Wochen zu einer Ewigkeit. Dunkelheit wurde abgelöst von kurzem Licht. Auf Licht folgte Schmerz. Blut. Es war kostbar. Der Gestaltwandler nahm es sich, nutzte es. Der ledriggraue Leib des Geschöpfes veränderte sich, wurde zu einem Spiegelbild. Er war hier im Castillo, trieb sein Spiel mit jenen Menschen, die seine Welt waren.

Die Ketten klirrten. Sie waren immer da, scheuerten seine Handgelenke auf, erschwerten Arme und Beine. Jede Bewegung wurde zur Qual. Muskeln schrumpften, Schwäche überfiel Fleisch und Knochen. Mehr war nicht von ihm geblieben. Was geschah in der Zwischenzeit dort draußen?

Die Unwissenheit zerriss ihn innerlich. Die Kreatur lachte und scherzte mit seinen Freunden, spielte ihr Spiel. Doch was war das Ziel? Eine dauerhafte Infiltration? Ein Attentat? Der Diebstahl von Artefakten? Alles war möglich.

Vor ihm stand eine Schale mit Wasser. Brackiges, schmutziges Wasser. Daneben eine zweite Schale mit einer Eiweißpampe. So starb er nicht. Er existierte weiter. Eine Abfolge aus qualvollem Nicht-Leben. Fast freute er sich darauf, wenn das Licht erschien, das Wesen wieder auftauchte. Dann kehrte sein Hass zurück. In seinem Hass fühlte er sich lebendig.

Immer stärker wurde auch die Wut auf seine Freunde. Weshalb fanden sie ihn nicht, bemerkten nicht, dass er ausgetauscht worden war?

Die Kreatur führte Gespräche. Ein Spiegel stand in dem Kerkerraum. Er durfte nicht darüber nachdenken, wo der Zugang sich befand. Nur eine Wand entfernt, nur wenige Zentimeter weiter lag die Rettung. Unerreichbar. Er würde das Tageslicht nie wieder sehen, seine Freunde nie mehr lachen hören, nie wieder Magie wirken.

Die Fesseln banden seine Essenz im Inneren des Körpers. Sie konnte nicht entweichen, keinen Zauber weben. Damit war er nicht stärker als ein Nimag, den Launen der Kreatur ausgeliefert. Sie berichtete ihm davon, wie sie mit seinen Freunden zusammengesessen hatte, dort draußen Abenteuer erlebte und viele andere Dinge. Das zermürbte. Stück für Stück zerbröckelte seine Seele. Gefangen in der Dunkelheit kamen die Bilder. Bilder von Dingen, die er nie wieder würde erleben können. Es gab so vieles, was er noch hatte tun wollen.

»Dies ist mein letzter Besuch«, flüsterte die Kreatur irgendwann. Ihre ledrige Zunge glitt über seine Wangen, schmeckte das Salz von Tränen, das eingetrocknete Blut. »Dein Antlitz wird dabei helfen, das Castillo zu Fall zu bringen. Hunger und Durst werden dich töten, doch vorher wirst du die Schreie deiner Freunde vernehmen.« Er streifte ihm ein Lederband über, an dem ein farbloser Kontaktstein befestigt war. »Du kannst ihn nicht benutzen. Jeder von dir ausgehende Kontakt wird von diesen Wänden aufgehalten. Aber hören wirst du sie, die Schreie. Dafür habe ich gesorgt.«

Die Kreatur erhob sich.

Mit einem schwungvollen Tritt zerstörte sie den Spiegel. Scherben regneten herab. Sie griff nach einem besonders spitzen Fragment und schnitt damit in sein Fleisch. Blut quoll hervor. »Mein Abschiedsgeschenk.«

Das Wechselbalg trat an jene Stelle der Wand, die den Übergang darstellte, und verschwand.

Er blieb alleine zurück. Mochten seine Freunde das Wechselspiel auch nicht durchschaut haben, so war es doch seine Pflicht, etwas zu tun. Er durfte hier nicht einfach ausharren. Sterben, ohne gelebt zu haben. Wie die Ewigkeit zuvor riss er an seinen Ketten. Kraftlos brach er zusammen. Da war nichts mehr. Nur noch sein Wille.

Angetrieben von purem Hass, kam er in die Höhe. In Kauerstellung verharrte er. Es gab nur einen Weg, sein Gefängnis zu verlassen und das Castillo zu retten. Er musste die Fesseln loswerden. Er schluckte, holte aus. Seine Ferse sauste auf die Hand. Der Schmerz war unbeschreiblich, beinahe hätte er das Bewusstsein verloren. Wieder und wieder stampfte er auf, bis die Knochen brachen.

Seine Hand war nicht mehr als ein Klumpen blutigen Fleisches. Er zog sie aus der Schelle. Der Schmerz vernebelte sein Denken, trieb ihn auf den Rand der Bewusstlosigkeit zu. Einzig seinem Hass auf die Kreatur war es zu verdanken, dass er die Prozedur wiederholen konnte. Die linke Hand folgte. Eine grelle Flamme durchzuckte seinen Geist, löschte sein Bewusstsein aus.

Zeit verging.

Er trieb im Nebel zwischen den Welten. Mehr tot als lebendig, gefangen im Nichts. Leise, fast unhörbar, drang etwas an sein Ohr, seine Gedanken. Der Kontaktstein. Die Kreatur wollte zuschlagen, angreifen. Etwas hielt sie zurück, stoppte den Angriff. Das Ziel war nicht alleine. Viel Zeit blieb nicht.

Er bäumte sich auf, riss seine zerschundene linke Hand aus der Schelle. Blut spritzte, als Wunden aufrissen. Wimmernd kauerte er in der Ecke, die Arme unter die Achseln geklemmt, wollte nicht sehen, nicht fühlen, den Schmerz nicht spüren.

Doch die Realität war erbarmungslos.

Der Wechselbalg näherte sich einem Feind, wollte ihn töten. Die Kreatur hatte nicht bedacht, dass ein Teil von ihr an dem Kontaktstein haften geblieben war. Es war der faulige Odem eines uralten Wesens, der an seinen Geist heranwallte. Die Verbindung lag vor ihm. All seine Freunde, miteinander verbunden über die Steine. Er konnte sie fühlen, aber keinen Kontakt aufnehmen. Wieder war er nah und fern zugleich.

Ächzend richtete er sich auf.

Sein Körper war nur noch eine geschundene Ansammlung aus Fleisch und Knochen, nicht länger eins mit seinem Geist. Alles wirkte fern und unwirklich. Zitternd schwebte sein Finger in die Höhe, malte ein Symbol. Es leuchtete. Die Essenz war noch da, Magie funktionierte. Freudentränen lösten sich aus seinen Augenwinkeln, er konnte sie nicht zurückhalten. In diesem Augenblick hasste er seinen Körper für die Schwäche des Schmerzes und der Emotion. Durch die Tat der Kreatur hatte er jede Kontrolle verloren.

Der emotionale Ausbruch ließ den Zauber zerfasern, das Machtsymbol verschwand.

»Verdammt!«

Er erschrak. Seine Stimme klang anders. Dieses Krächzen voller Hass und Wut, untermalt von Schwäche und Schmerz, das konnte unmöglich er sein. Die Abscheu wuchs. Wieder riss er den Finger empor, machte das Zeichen für einen Kraftschlag. Er fuhr gegen die Wand, richtete jedoch keinen Schaden an. Zitternd ließ er das Zeichen für eine Transformation folgen. Auch hier nichts. Die Begrenzung des Gefängnisses war mit einem starken Zauber belegt oder der Raum war in eine Dimensionsfalte ausgelagert. In beiden Fällen konnte er kaum etwas tun. Nicht in seinem Zustand. Damit war er am Ende angelangt.

Sein Körper versagte den Gehorsam.

Die Knie zitterten, die Beine brachen unter ihm fort. Wie ein Kartoffelsack schlug er auf, landete auf seinen Händen, brach seitlich weg. Schmerzwellen rasten durch seinen Körper. Eine Steigerung war also möglich. Wieder trieben seine Gedanken ab, zogen sich zurück in das Nichts zwischen Wachsein und Schlafen, Leben und Tod. Die Behaglichkeit umfing ihn wie eine wohlige Decke. Er wollte nicht zurück, nicht mehr kämpfen, nicht länger in seinem geschundenen Körper existieren. Gleichzeitig sorgte er sich um seine Freunde, wollte nicht, dass die Kreatur den Sieg davontrug. Die Schattenfrau hatte all das in die Wege geleitet, das schloss er zumindest aus jenen Gesprächen zwischen ihr und dem Wechselbalg, die er mit angehört hatte. Der Gedanke an die gnadenlose Feindin formte eine letzte Idee. Möglicherweise gab es einen Ausweg. Er robbte in eine aufrechte Sitzposition. Kurz überwältigte ihn der Schwindel, doch er fiel nicht. Die Umgebung klärte sich.

Er begann mit den Vorbereitungen.

5. Der vergessene Ort

Dunkelheit, von Grau durchzogen. Alex konnte Jens Finger in seiner Hand spüren. Nie zuvor war er so froh über die Nähe zu einer anderen Person gewesen. Haut, Wärme, pulsierendes Leben. Der letzte Anker, der mit einem äußeren Reiz verbunden war. Ringsum existierte sonst nur Gestein. Substanzlos zwar, doch sperrte es Töne, Gerüche und jedes Gefühl aus. Er versuchte, die Umgebung zu vergessen, richtete seine Gedanken auf etwas anderes.

Was Alfie wohl gerade tat?

Vermutlich bringt er sich in irgendwelche Schwierigkeiten, gab er sich selbst die Antwort.

Alex' Brust wurde eng. Niemand wusste, wo sie waren. Falls der Zauber versagte, verschmolzen sie mit dem Stein. Auf ewig begraben an einem fremden Ort, konnte keiner sie finden. Der Gedanke engte seinen Brustkorb weiter ein. Was würden seine Mum und Alfie ohne ihn tun?

Jens Hand packte fester zu. *Beruhige dich*, interpretierte er die Geste.

Er drückte zurück. *Okay*.

Sie schritten voran. Einzig die Fußsohlen berührten massiven Untergrund. Das Gestein war substanzlos, rief er sich in Erinnerung, nicht Jen und er. Alles andere blieb materiell vorhanden. Glücklicherweise. Was wohl geschah, wenn der Boden an Masse verlor? Fielen sie auf ewig weiter, gehalten vom Schwerkraftfeld des Erdmittelpunktes? Einmal mehr wurde Alex bewusst, dass er noch viel zu wenig wusste. Über Magie, deren Wirkung, ihre Möglichkeiten und Grenzen. Er wollte unbedingt wieder Vorlesungen besuchen, sein Wissen vertiefen. Die echte Menschheitsgeschichte, Kampfmagie und all die anderen Fachbereiche waren ein einziges großes Mysterium.

Jen hielt inne.

Beinahe hätte er ihre Hand verloren, schnell griff er fester zu. Was war los? Seine Füße ertasteten ein Hindernis. Schließlich begriff er. Eine Treppe führte weiter nach unten, eine nach oben. Sie mussten nicht groß überlegen, wandten sich synchron dem Weg in die Höhe zu. Stufenweise stiegen sie hinauf. Ein Sturz konnte fatale Folgen haben, das war Alex klar. In seinem Inneren spürte er das vertraute Wabern des bernsteinfarbenen Sigils. Die gebändigte Kraft der puren Magie hatte etwas Beruhigendes. Wie es wohl bei Jen aussah? Wie lange konnte sie den Zauber noch aufrecht erhalten? Sein Puls beschleunigte sich erneut.

Das Grau verschwand.

Keuchend taumelte er voran. Jen atmete neben ihm schwer, versuchte, sich zu beruhigen. »Ich hasse diesen Materietransformationsscheiß.«

Nur langsam kam er wieder zu Atem. »Ach, es hat immerhin funktioniert.«

»Ja, stimmt. Das erste Mal. In der Vorlesung war ich miserabel. Ständig sind Pflanzen mit dem Stein verschmolzen.«

Alex riss die Augen auf. »Gut, dass du mir das nicht vorher gesagt hast.« Er sah sich um. »Was ist das hier?«

Vor ihnen lag ein kurzer Gang, der scheinbar in eine Halle mündete. In der Luft hing ein muffiger Geruch, als wäre hier schon verdammt lange nicht gelüftet worden.

Beide zogen ihren Essenzstab. Seite an Seite betraten sie die Halle.

»Oh Gott«, hauchte er.

Auf den ersten Blick ähnelte die Umgebung der Eingangshalle des Castillos. Hoch über ihnen bestand die gewölbte Decke aus Himmelsglas, wie er es auch in Nostradamus‘ Domizil gesehen hatte. Zwei umlaufende Galerien säumten die höheren Stockwerke. An der Wand gegenüber der Eingangstür hing ein gewaltiger Wandteppich, auf den jemand ein Siegel gestickt hatte. Verblichenes Rot auf gräulichem Weiß. Kordeln zierten die Seiten. Er hatte zweifellos einmal schön ausgesehen, ein Meisterwerk der Handwerkskunst, doch die Risse, verschlissenen Stellen und herabhängenden Fetzen zerstörten diese Wirkung.

Alex‘ Hauptaugenmerk war jedoch auf die Skelette gerichtet, die überall in der Halle lagen. Es mussten etwa zwanzig Stück sein. »Was ist hier passiert?«

Jens Gesicht wirkte wie in Stein gemeißelt. Langsam ging sie neben einem der Toten in die Hocke. Den Essenzstab ausgestreckt murmelte sie »Agnosco« und malte ein Wort der Macht in die Luft. Das Magenta ihrer Spur umhüllte das Skelett. »Nichts. Der Indikatorzauber kann keine Magie feststellen. Entweder sein Tod liegt zu lange zurück oder er starb auf nichtmagische Art.«

»Was ist mit der Kleidung?«, fragte Alex. Er ging neben ihr in die Hocke. »Der Stoff ist fast aufgelöst, aber das könnte mal eine Kutte gewesen sein.«

»Ein Teil der Magier trug damals tatsächlich solche Gewänder«, erwiderte sie. »Auf der Vorderseite war das Signum des jeweiligen Fachbereichs aufgestickt. Erst später ging man zu Alltagskleidung über.«

»Wäre auch schwer erklärbar gewesen, wenn ständig irgendwo Mönche aufgetaucht wären. Nachdem der Wall existierte, meine ich.« Er stand auf. »Das heißt wohl, hier …« Sein Blick traf erneut den Wandteppich.

»Alex?«

Er vernahm Jens Stimme nur noch aus weiter Ferne. Wissen offenbarte sich, ererbt von Mark, seinem Vorgänger. Das Siegel auf dem Teppich war ihm vertraut gewesen, ebenso die Geschichte dahinter. »Das erste Castillo«, flüsterte er. »Auch bekannt als: das verlorene Castillo.«

Jen sah ihn kurz an. »Das Wissen kommt durch? Natürlich, Mark war ganz versessen auf die Menschheitsgeschichte. Die vor dem Wall, aber auch die spätere.« Sie schnippte mit den Fingern. »Das sagt mir auch etwas.«

Alex war beruhigt, denn abgesehen von der Zuordnung des Siegels gab es nichts, was er noch beisteuern konnte. Schon jetzt verschwamm das Wissen, zerfaserte, verschwand. »Okay, nur raus damit.«

»Damals gab es über die ganze Welt verteilt Castillos, Châteaux, Burgen … Du musst bedenken, dass jeder Fürst, Kaiser oder König Magier als Berater hatte«, erklärte sie. »Als die Errichtung des Walls begann, kam es überall zu Großangriffen. Sowohl von Schattenkriegern, aber ebenso von den Mächtigen jener Zeit, die Artefakte sichern wollten. Im Zentrum stand unser heutiges Hauptquartier, denn dort wurde mit der Hilfe des Onyxquaders der Wall erschaffen. An anderen Orten war die Zahl der Angreifer nicht so hoch, dafür gab es auch weniger Verteidiger. Das erste Castillo stand kurz vor der Aufgabe, weil es baufällig war. Da die Katakomben aber noch nicht vollständig geleert waren, blieb eine kleine Mannschaft zurück.«

»Oh Mann.« Alex betrachtete die Überreste der Lichtkämpfer. »Sie wurden natürlich auch angegriffen.«

»Genau. Damals gingen wir ja davon aus, dass die Gegner des Walls eine Minderheit darstellten, immerhin gehörten sechs Schattenkrieger zu den Erschaffern. Niemand rechnete mit einem *solchen* Angriff und einem Verräter.«

»Aber wieso liegen sie alle noch hier? Weshalb heißt es: das verlorene Castillo?«

»Es verschwand.« Jen machte eine ausladende Armbewegung, die das Gebäude einschloss. »All das war von einem auf den anderen Tag einfach fort. Niemand fand eine Spur. Da es damals durch die vielen Kämpfe so viele neue Erben gab, fand man erst später heraus, dass die Anzahl an neuen Magiern nicht mit denen der alten übereinstimmte.«

»Was heißt das?«

»Nun, anfangs ging der Rat davon aus, dass sie nicht gestorben waren – es fehlte exakt die Anzahl an Neuerweckten, wie es Magier im ersten Castillo gab. Man erwartete, dass sie wieder auftauchten.«

»Aber das geschah nicht.« Es war eine Feststellung, keine Frage. Da die Eingangshalle voller Skelette war, schied ein Happy End aus.

»Nein.«

»Aber wenn sie gestorben sind, wieso gab es dann keine Erben? Was geschah mit den Sigilen?«

»Da gibt es durchaus die eine oder andere Möglichkeit«, erklärte Jen zögerlich. »Denk an Huan, der dich mit einer Sigilklinge töten wollte.«

Eine Gänsehaut kroch Alex' Arme empor. Sie standen in einem Grab. Vergessen von der Zeit, hatten Kämpfer des Lichts im ersten Castillo ihr Ende gefunden. »Ich verstehe.« Er ließ seinen Blick wandern. »Trotzdem erklärt das nicht das Verschwinden des gesamten Castillos. Was ist hier nur passiert?«

»Eine gute Frage.« Jen schien ebenfalls unbehaglich zumute zu sein. »Momentan scheint keine Gefahr für uns zu bestehen. Was immer auch am Werk war, es ist fort oder inaktiv.«

»Wo steht das Gebäude?«

»In einer Wüste. Den genauen Standort kann ich dir nicht sagen. Das war so eine Vorlesung, die zwar total interessant war, aber unwichtig für den täglichen Kampf.«

»Gehen wir doch einfach mal raus und schauen nach«, schlug er vor.

Jen nickte. Sie ließ ihren Blick noch einmal über die Toten wandern, dann gingen sie zur Tür. Alex konnte sie mühelos öffnen.

»Oh, verdammt«, fluchte er. »Das erklärt einiges.«

6. Die Spur zum Verräter

Chloe ließ ihren Blick über die Suchgloben schweifen. Normalerweise dienten sie dazu, schwarze Magie und schwarzmagische Artefakte aufzuspüren, waren auf verschiedene Länder der Welt ausgerichtet. Bedauerlicherweise konnte das Castillo selbst nicht einfach so überprüft werden. Hierfür war eine Freigabe durch einen der Unsterblichen notwendig. Johanna hatte diese mittlerweile erteilt, doch nun galt es, erst noch die Störstrahlung der Artefakte auszugleichen.

»Manchmal ist Magie schlimmer als Technik«, kommentierte jemand neben ihr.

Chloe musste nicht hinsehen, um ihn zu erkennen. »Eliot.«

Der bisherige Vertreter von Gryff Hunter war zum neuen obersten Ordnungsmagier aufgestiegen. Er war regelversessen, neugierig und zweifellos paranoid. Mit seiner bleichen, hochgewachsenen Statur, dem dunklen, strähnigen Haar und den stets etwas zusammengekniffenen Augen löste er einen Schauer bei ihr aus. Sie konnte ihn nicht ausstehen.

»Wir sind gleich soweit.« Er deutete auf die Globen. »Meine Leute stehen bereit auszuschwärmen. Normalerweise hätte ich dich ja nicht teilnehmen lassen.«

Oh ja, das wusste sie. Immerhin durfte man kaum jemandem vertrauen. Einzig jenen, die sich einem Wahrheitszauber unterwarfen. Genau das hatte sie getan. Damit war sie in den Kreis derjenigen aufgerückt, auf die Eliot Sarin zurückgreifen wollte. Auch Johanna war mittlerweile von jedem Verdacht freigesprochen, ebenso Tomoe. Einstein fehlte noch, ebenso Leonardo. Die anderen Unsterblichen befanden sich nicht im Castillo. Die rehabilitierten Ordnungsmagier waren zu diesem Zeitpunkt über das gesamte Gebäude verstreut.

»Was machen die Befragungen?«, wollte sie wissen.

»Es geht zu langsam voran«, erwiderte er verärgert. »Den Leuten ist ihre Privatsphäre wichtiger als das Auffinden eines Verräters. Dabei geht es nur um einen Wahrheitszauber. Das ist lächerlich.«

Womit Eliot erneut bewies, dass Empathie ihm fremd war. Ein solcher Zauber verhinderte, dass der Betroffene Lügen aussprechen konnte. So weit, so gut. Außerdem entstand jedoch ein innerer Drang, auf Fragen zu antworten. Damit war der jeweilige Lichtkämpfer dem Fragenden ausgeliefert. Eine unangenehme Erfahrung, wie sie nun selbst wusste.

»Ja, sie sind schon schlimm«, gab sie ironisch zurück. »Privatsphäre. Schrecklich.«

Eliots Lippen kräuselten sich. »Reden wir noch einmal darüber, sobald das nächste Opfer zu beklagen ist.«

Goldgelbes Licht umwaberte den eingesetzten Suchglobus, Funken flirrten durch die Luft. Ein Punkt entstand an jener Stelle, an der sich das Castillo befand. Chloe aktivierte den Zoom. Sie stürzten der Oberfläche entgegen. Das Gebäude wurde von außen sichtbar. Es gab nur wenige Globen, die so nahe an das gesuchte Objekt herankamen. Die meisten anderen zeigten nur das Land oder die Region. Die Ansicht tat einen weiteren Satz und erlosch.

»Was war das?«, fragte Chloe.

»Eine Tarnung«, fluchte Eliot. »Die Sigilklinge wurde maskiert. Wir können sie auf diese Art nicht aufspüren.«

»Keine Möglichkeit?«

»Nein«, sagte der oberste Ordnungsmagier. »Ein Artefakt besitzt vordefinierte Eigenschaften, die nur aktiviert oder deaktiviert werden können. Verbesserung ist unmöglich. Der Globus ist nutzlos.«

Das weiß ich, du Idiot. Chloe hatte wissen wollen, ob es eine *andere* Möglichkeit gab, den Aufenthaltsort aufzuspüren. Bedauerlicherweise besaß Eliot zwar Akribie und Ausdauer, aber null Fantasie. Wenn es darum ging, Probleme mit Kreativität zu lösen, versagte er völlig. Er und Gryff hatten ein sehr effektives Team ergeben, doch Chloe glaubte nicht eine Sekunde daran, dass er auf gleichem Niveau würde weiterarbeiten können.

Während Eliot über den Kontaktstein leise mit seinen Leuten sprach und Anweisungen erteilte, ließ sie ihre Gedanken schweifen. Es musste eine Möglichkeit geben, die verfluchte Klinge aufzuspüren. Und wo diese war, war der Verräter nicht weit.

»Sie ist gesichert«, murmelte sie, »aber das war sie nicht immer. Sie wurde schließlich eingesetzt.«

»Was sagst du?«, fragte Eliot.

»Ein Zeitschattenzauber«, erwiderte sie voll neu erwachtem Elan. »So können wir prüfen, wo die Klinge sich befunden hat, bevor sie maskiert worden ist.«

Der oberste Ordnungsmagier nickte beeindruckt. »Das ist eine ausgezeichnete Idee.«

Sie überließ ihm den Vortritt. Alle Lichtkämpfer, die sich für diese Spezialisierung entschieden hatten, beherrschten Zeitschattenzauber aus dem Effeff. Eliot zog seinen Essenzstab und malte die Worte der Macht in die Luft, verband sie miteinander und wob ein komplexes Gebilde. Kurz vor der Vollendung sagte er: »Tempus revellio.«

Das Symbolgebilde schwebte zur Wand, wo eine mit Tusche angefertigte Karte der Zimmerfluchten des Castillos hing. Die Energie verdichtete sich zu einem Tuschepunkt, über dem eine Zeitangabe prangte.

»Da, direkt vor den verbotenen Katakomben.« Eliot deutete auf die Karte.

»Vorgestern«, ergänzte Chloe. »Da muss er die Klinge gerade geholt haben.«

Der Punkt bewegte sich durch die Eingangshalle in Richtung der Treppe. Er verschwand – und tauchte kurz darauf an anderer Stelle wieder auf.

»Ein Tag später«, stellte sie fest. »Er hat ihn maskiert, aber dann für die Verwendung demaskiert. Das ist einige Minuten bevor Gryff starb.«

Der Punkt wanderte den Gang entlang, erreichte das Zimmer des Geliebten von Clara. Der Gedanke an die Freundin, die traumatisiert auf der Krankenstation schlief, versetzte Chloe einen Stich. Sie wollte in das Bild springen, das Verhängnis aufhalten, doch das war unmöglich. Kurz darauf verließ der Tuschepunkt das Zimmer. Er verschwand.

»Verdammt«, fluchte Eliot. »Wie macht er das? Dazu gehört wirklich starke Magie, und selbst die wirkt nur wenige Minuten. Er muss die Klinge von dort zu einem abgeschirmten Ort bringen. Aber wo im Castillo gibt es einen? Hm. Möglicherweise ist es einer der Unsterblichen. Das wird immer wahrscheinlicher. Wir haben zuerst Johanna und Tomoe überprüft, Leonardo steht gleich an. Ebenso Albert.«

Aus dem Nichts heraus erschien der Punkt erneut. Flimmerte, verschwand, entstand neu.

Chloe ging näher heran. »Der Tarnzauber hat fluktuiert.«

Eliot starrte nicht minder verblüfft auf die Karte. »Das war vor wenigen Minuten.«

Der Punkt wanderte auf die Räumlichkeiten eines Lichtkämpfers zu, kam dort zur Ruhe und verschwand. Eine Gänsehaut überzog Chloes Arme, als sie sah, wessen Räume es waren. »Das ist unmöglich.«

Eliot griff nach seinem Kontaktstein. »Wir wissen, wo die Klinge ist. Holt sie.«

Chloe zog ihren Essenzstab. Ohne auf den Protest des obersten Ordnungsmagiers zu hören, rannte sie aus dem Globenraum. Sie musste dorthin, sehen, ob er wirklich der Verräter war. Türen flogen an ihr vorbei, Treppenstufen, das Geländer. In Gedanken legte sie sich den Angriff zurecht. Die Tür zu seinen Räumen stand offen. Sie blieb stehen, starrte auf den Mann, in dem sie einen Freund gesehen hatte. Er hielt die Sigilklinge in der Hand, hatte sie soeben aus seinem Versteck geholt.

»Chris«, hauchte sie.

Zwei Ordnungsmagier stürmten herein, die Stäbe in die Höhe gereckt. Fast gleichzeitig riefen sie: »Potesta Maxima.« Der synchron abgefeuerte maximale Kraftschlag aus den Essenzstäben krachte gegen den Verräter. Die Sigilklinge flog aus seiner Hand.

Knochen brachen, Blut spritzte, als Chris mit voller Wucht gegen die Wand geschmettert wurde. Bewusstlos sackte er zu Boden.

Eliot kam hereingestürmt. »Tut mir leid, Chloe.«

Sie nickte nur, starrte wie betäubt auf den Freund, unter dem sich eine Blutlache ausbreitete.

7. Idiotie

Das ist lächerlich!« Kevin stand mit in die Hüfte gestemmten Fäusten vor Leonardo. Es fehlte nicht viel und er würde auf den Unsterblichen losgehen.

»Beruhig' dich«, sagte Chloe.

»Beruhigen?! Mein Bruder wurde von zwei übereifrigen Ordnungstrotteln fast umgebracht!«

Chris war in den Krankenflügel geschafft worden, von wo er direkt in eine Zelle weiterverfrachtet werden würde. Nach einem Wahrheitszauber wollten Eliot und seine Männer Antworten liefern, doch dazu musste Theresa ihn erst einmal wieder zusammenflicken.

»Es ist die Aufgabe dieser ›Ordnungstrottel‹, uns alle zu schützen.« Leonardo wirkte müde. Tiefe Ringe lagen unter seinen Augen. Die dunklen Locken fielen wellig auf die Schultern des Unsterblichen, wie immer trug er sein Lederhalsband mit dem kobaltblauen Stein und die dazugehörige Ledermanschette am linken Handgelenk, in der ein zweiter kleinerer Stein eingefasst war. »Immerhin wurde Chris ertappt, wie er die Sigilklinge in seinen Händen hielt.«

»Die kann doch jeder hier versteckt haben!« Kevins Wangen waren vor Zorn gerötet. »Mein Bruder ist der loyalste Lichtkämpfer, den es gibt. Na ja, das sind wir genau genommen alle. Welcher Verräter, der sich scheinbar wochenlang tarnt, macht so einen dummen Anfängerfehler?«

Leonardo zögerte.

»Da muss ich ihm recht geben.« Chloe deutete auf die geöffnete Schublade von Chris' Schreibtisch. »Ich meine, ehrlich, die Klinge war in der Schreibtischschublade! Die Ordnungsmagier hätten sie doch bei einer simplen Durchsuchung sofort gefunden.«

»Ihr glaubt, man hat sie ihm untergeschoben?«, fragte Leonardo. Der Unsterbliche wanderte im Zimmer umher. Chris' Schreibtischplatte beherbergte ein chaotisches Sammelsurium an Gegenständen, welches Chloe nicht genauer in Augenschein nehmen wollte. Für einen Moment glaubte sie, zwischen den Essensresten, die auf einem Teller langsam zum Leben erwachten, etwas krabbeln zu sehen.

Im Regal stapelten sich Bücher über Motorräder und Sportwagen. An den Wänden hingen Poster von Pin-up-Girls. Rechts des breiten Doppelbettes stand eine Hantelbank, daneben lagen Eisenstangen mit verschiedenen Gewichten.

Leonardo griff nach einer 100-Kilo-Hantel. Mühelos hob er sie hoch, wobei sich seine Muskeln unter dem Hemd spannten. Im Geiste sah Chloe, wie die Knöpfe davonflogen.

»Holla«, sagte sie anerkennend. »Wenn da mal nicht ein Clark Kent die Brille ablegt.«

Der Unsterbliche schmunzelte. »Warum? Dachtet ihr, weil ich ein paar Jahrhunderte auf dem Buckel habe, gehöre ich zum alten Eisen?«

»Magie?«

»Nicht frech werden, Miss O'Sullivan«, sprach er sie tadelnd mit dem Nachnamen an. »Aber zurück zum Thema.« Er legte die Hantel wieder ab. »Ich denke ebenfalls, dass dein Bruder unschuldig ist, Kevin. Hier versucht jemand, falsche Spuren zu legen und Misstrauen zu schüren. Gryff ist tot, Clara liegt im Heilschlaf, Chris ist außer Gefecht gesetzt.« Er ging langsam auf und ab. »Jen und Alex sitzen außerhalb des Castillos fest, solange wir das Siegel nicht aufheben. Das Chaos breitet sich aus. Glücklicherweise haben fast alle Gruppen ihre Aufträge erfüllt, bald ist also jeder in sicheren Häusern untergebracht.«

»Was uns beim aktuellen Problem kaum weiterbringt.« Kevin wirkte noch immer aufgebracht, jedoch richtete sich seine Wut nicht länger gegen Leonardo. Eliot allerdings musste aufpassen, wenn er ihm das nächste Mal über den Weg lief.

»Was tun wir also?«, fragte Chloe. »Irgendwo hier rennt ein Mörder rum. Er besitzt seine Tatwaffe nicht mehr, aber das wird ihn kaum davon abhalten, Schaden anzurichten. Um zu töten, benötigt er keine Sigilklinge. Aktuell würde ein neuer Erbe schutzlos dort draußen rumrennen und wir würden weitere Freunde verlieren.«

Leonardo stand mit verschränkten Armen am Fenster. »Das ist mir bewusst. Sobald Chris mit einem Wahrheitszauber überprüft wurde, ist er rehabilitiert – oder eben nicht. Clara kann ebenfalls als unschuldig betrachtet werden, da sie die ganze Zeit über im Krankenflügel lag. Auch in anderen Teams konnten Lichtkämpfer als Tatverdächtige ausgeschlossen werden. Der Kreis wird enger.«

Chloe war weniger optimistisch. Bisher legte der Verräter eine ziemliche Pfiffigkeit an den Tag, wenn es darum ging, seine Identität zu verschleiern. Das Ganze gepaart mit absoluter Bösartigkeit. Er würde jede Intrige aus einem zweifellos reichhaltigen Repertoire anwenden.

Solange sie nicht wussten, um wen es sich handelte, war er ihnen zwangsläufig immer einen Schritt voraus. Diese Sache musste von sehr langer Hand geplant worden sein.

»Ich bin in meinem Büro«, verkündete Leonardo. »Bei dem Gewusel im Krisenraum kann man keinen klaren Gedanken fassen. Informiert mich sofort, sobald ihr etwas heraus findet. Und gönnt euch auch ein paar ruhige Minuten, sammelt Kraft. Es nutzt niemandem etwas, wenn ihr zusammenbrecht.« Damit ging er hinaus.

»Sammelt Kraft«, äffte Kevin ihn nach.

»Das habe ich gehört«, erklang in der Ferne die Stimme des Unsterblichen.

Chloe konnte ein Grinsen nicht unterdrücken. »Dafür musst du bestimmt ein paar Vorlesungen Ingenieursmagie besuchen.« Doch Kevin war humorresistent. »Hey, mach dir keine Sorgen. Chris kommt durch.«

»Diese verdammten Ordnungsheinis. Erst mal einen Doppelkraftschlag abfeuern und danach Fragen stellen.«

»Vergiss nicht, dass ihr Anführer getötet wurde. Zum einen hat jeder hier Gryff verehrt, zum anderen fehlt eine starke lenkende Hand. Eliot will sich beweisen, daher geht er sehr rigoros vor.«

»Johanna wird ihn niemals dauerhaft zum neuen obersten Ordnungsmagier machen«, war Kevin überzeugt. »Jetzt erst recht nicht mehr.«

Chloe schwieg. Möglicherweise tat sie genau das. Obgleich Eliot nicht beliebt war, verstand er doch etwas von seinem Fach. Und es gab durchaus Stimmen unter den Lichtkämpfern, die ein wenig mehr Regeltreue anmahnten. Ein rotes Tuch für sie. Gedankenverloren strich sie über das Krallen-Tattoo und das Piercing. Ihre eigene Art, ein Statement abzugeben und auszubrechen.

Nachdem Jamie damals im Krankenhaus gelandet war, Liam aber ohne Anklage davonkam, hatte sie ihr Vertrauen in die Behörden verloren. Nicht nur das. Dieses Heile-Welt-Abziehbild namens Gesellschaft, das bis ins Mark verdorben war, schien ihr plötzlich falsch. Niemand erhob die Stimme, keiner sagte ein Wort. Alle ließen sich in Konventionen zwängen, schwammen mit dem Mainstream und gingen brav ihrer Arbeit nach. Hauptsache die eigene kleine Welt blieb erhalten. Da schaute man auch schon mal weg, wenn etwas Schlimmes geschah. Es betraf ja nur die anderen.

»Die grauen Herren regieren die Welt«, murmelte sie in Erinnerung an ein altes Kinderbuch.

»Was?«

»Nichts.« Sie winkte ab. »Wir können Eliot keinesfalls die Ermittlungen überlassen. Momentan sind nur noch du, Max und ich übrig.«

»Stimmt.« Kevin verstaute seinen Essenzstab im Gürteletui. »Er ist auch irgendwie komisch.«

»Was meinst du? Habt ihr Probleme?«

»Nein.« Der Freund winkte ab. »Er ist nur irgendwie geheimniskrämerisch. Das ist untypisch für ihn. Er wollte mir nicht erzählen, was sein Team gerade macht, als ich ihn danach gefragt habe.«

»Vermutlich ist er im Stress. Bei jedem hier liegen die Nerven blank, aber jeder reagiert anders darauf, geht anders damit um.«

»Stimmt wohl. Vielleicht sollten wir es machen wie Leonardo.« Nachdenklich sah er zur Tür, durch die der Unsterbliche verschwunden war. »Einfach eine kleine Auszeit nehmen. Ein paar Minuten Ruhe. Ich kann schon nicht mehr klar denken.«

Chloe war ebenfalls müde, wusste aber doch, dass sie innerlich nicht entspannen konnte. Sie war viel zu aufgewühlt. »Vielleicht setzen wir uns kurz zusammen in den Wohlfühlflügel.«

So nannten die Lichtkämpfer den Freizeitbereich des Castillos, in dem gegessen und getrunken wurde und durch Dimensionsfalten allerlei andere Freizeitaktivitäten möglich waren.

»Geh du schon vor. Ich schaue noch mal nach Chris. Holst du mir einen Kaffee?«

»Wird gemacht.«

Sie ging davon, darüber grübelnd, was sie tun konnten, um den Mörder aus seinem Versteck zu locken. Die Uhr tickte. Denn eines war klar: Er würde erneut zuschlagen.

»Wenn wir uns nicht vorher durch Paranoia selbst zerfleischen.«

8. Das verlorene Castillo

»Eine Illusionierung«, stellte Alex fest.

Jen starrte fasziniert und entsetzt zugleich auf den wogenden Schleier, der über dem ersten Castillo lag. »Nicht nur das. Eine Illusionierung verbirgt lediglich das Gebäude – oder verändert es für die Augen anderer –, doch hier ist ein Schutz eingewoben.«

»Ist das ungewöhnlich?« Er hob seine Hand, führte sie an das Wabern heran. Je näher er kam, das konnte Jen genau erkennen, desto schwieriger ging es voran. Es war, als halte man zwei gleichpolige Magneten aneinander. Sie stießen sich unweigerlich ab. Ein Versuch, sie aufeinander zuzuführen, war zum Scheitern verurteilt.

»Ja und nein. So was benötigt dermaßen viel Essenz, dass man es normalerweise im Fall von Gebäuden gar nicht kombiniert, höchstens kurzfristig bei Personen«, erklärte sie. »Etwas in dieser Größe ... ich wüsste nicht, wie es länger als einen Tag erhalten werden könnte.«

Alex zog seine Hand zurück. »Scheinbar ist es jemandem gelungen. Immerhin existiert der Schleier seit über einhundert Jahren.«

»Es gibt keine Quelle, die dauerhaft derart stark ist«, sagte Jen nachdrücklich. »Andernfalls hätten wir *unser* Castillo ebenfalls damit geschützt. Ich habe in den alten Aufzeichnungen gelesen, was für eine Arbeit das Kristallnetz war. Und nach der Zerstörung musste alles noch einmal von vorne aufgebaut werden.«

»Das ist beeindruckend. Aber was mich am meisten interessiert: Wie kommen wir hier wieder heraus? Kein Sprungtor, kein normaler Ausgang und kein Essen.«

Jen schaute zurück zu den toten Lichtkämpfern in der Halle. »Vielleicht sind sie verhungert. Aber dann wären sie kaum in die Halle gelaufen.«

Alex schloss das Eingangsportal. »Meinst du, hier gibt es noch Mentigloben?«

Jen schüttelte den Kopf. »Die werden ja im Archiv eingelagert. Das besteht aus Dutzenden von über die Welt verteilten Räumen, die miteinander vernetzt sind. So wirkt es wie *ein* Gebäude. Es gibt in jedem Castillo einen Zugang, aber als das hier aufgelöst werden sollte, wurde dieser einfach abgetrennt.«

Alex fluchte.

Jen fühlte ähnlich. Mit einem Mentiglobus hätten sie in die

Erinnerungen von einem der ehemaligen Bewohner eintauchen können. »Vielleicht gibt es Aufzeichnungen.«

Sie wandten sich der Treppe zu. Im ersten Stockwerk waren die Privaträume der Lichtkämpfer, hier würde es Hinweise geben. Doch die Zimmer waren leer, die Möbel längst herausgeschafft.

»Was würden wir tun, wenn wir von einem auf den anderen Tag angegriffen werden?«, überlegte Jen. »Möbel sind weg, Essen kaum noch vorhanden …«

Sie wechselten einen Blick und sagten gleichzeitig: »Wohlfühlflügel.«

Sie rannten die Treppe nach oben und über den Verbindungsgang zum südlichen Flügel. Das Gebäude atmete den Geist längst vergangener Zeit. Hier und da hing noch ein alter Wandteppich, sie entdeckten zudem weitere Skelette in altmodischer Kleidung.

»Das ist seltsam«, merkte Alex an. »Es wirkt, als seien die einfach umgefallen. In der Halle unten, auf dem Gang. Das war kein langsamer Tod.«

Diese Beobachtung hatte Jen auch gemacht. Konnte es sein, dass Schattenkrieger hier eingedrungen waren, bevor der Illusionierungsschutz fertig geworden war? In dem Fall hätten die beiden Parteien hier drin den Kampf zu Ende geführt. Die Überlebenden allerdings hätten sich kaum lange an ihrem Glück erfreut. Trotzdem erklärte das nicht, woher der Zauber seine Essenz bezog.

Der Zugang zum Wohlfühlflügel stand offen. Im Inneren wurde sofort ersichtlich, dass die eingeschlossenen Lichtkämpfer diesen als ihren Rückzugsort erwählt hatten. Auf dem Boden lagen mottenzerfressene Matratzen, daneben stapelten sich Kleider. Jen erkannte ein angefangenes Buch, ein verblichenes Bild. Sie ging in die Knie und betrachtete die Aufnahme, die einen Mann und eine Frau zeigte, offenbar ein Paar.

Während die Menschheit nach der Erschaffung des Walls erst 1882 das erste Autotypieverfahren entwickelt hatte und auf dessen Grundlage gerasterte Fotos herstellen konnte, war das den Lichtkämpfern dank Magie zuvor schon möglich gewesen. Es funktionierte ähnlich wie das Aufzeichnen von Erlebnissen in Mentigloben, nur wurde hier aus der Erinnerung ein zweidimensionaler Abzug gemacht. Verwendung hatte anfangs ein hölzerner Fotoapparat von beträchtlicher Größe gefunden, in den magifizierte Linsen eingepasst worden waren.

Jen stellte mit einem Blick auf den Kleiderstapel neben der Matratze fest, dass es vermutlich der Mann auf dem Foto war, der hier gestorben war. Was war wohl aus der Lichtkämpferin geworden? Hatte sie es vorher rausgeschafft? Noch Wochen nach der Errichtung des Walls hatte man versucht, das erste Castillo zu finden. Doch während der gewaltige Schleier das Gebäude verbarg und niemanden hinausließ, schien es umgekehrt substanzlos geworden zu sein. Keiner hatte es an jener Stelle in der Wüste entdecken können, wo es einst gestanden hatte.

»Jen, schau.« Alex deutete nach vorne.

Vor einem einfachen breiten Tisch saß ein Skelett auf einem Stuhl. Der Oberkörper war über die Platte gebeugt, in der Rechten hielt es einen Federkiel. Die Hand schien über den geöffneten Seiten eines Schriftstückes zu schweben. Eines von vielen, die mit einem Stein beschwert worden waren.

»Aufzeichnungen«, sagte Alex auf einen Blick. Er kniff die Augen zusammen. »Er hat Englisch geschrieben.«

»Hat er nicht«, widersprach Jen. Vorsichtig schob sie die Hand beiseite, zog das Papier darunter weg. »Dein Kontaktstein verändert Worte und Schrift in eine für dich verständliche Sprache, vorausgesetzt, sie wurde darin hinterlegt.«

»Oh.«

Alex wirkte bedrückt und sie konnte es ihm nicht verdenken. Erst vor wenigen Tagen war er zu einem Lichtkämpfer geworden, wusste praktisch noch gar nichts über die neue Welt, von der er fortan ein Teil sein würde. Doch gleichzeitig schien alles schiefzugehen, was nur schiefgehen konnte. Hier wurde er mit dem Tod konfrontiert. Jen vermochte damit umzugehen, es war nicht das erste Mal, dass sie Freunde oder zumindest Bekannte an das Böse verlor. Für ihn war das anders. Sie standen praktisch in einem Massengrab.

»Der letzte Eintrag stammt vom Januar 1851«, erkannte sie. »Ziemlich verzweifelt. Scheinbar war er der Letzte, der überlebt hat. Wir sollten …«

Eine Kugel prallte auf dem Boden auf und rollte langsam auf sie zu.

»Runter!«, brüllte Jen.

Sie wusste, dass keine Zeit mehr für eine Schutzsphäre blieb. Stattdessen sprang sie über den Schreibtisch, warf ihn von der anderen Seite um und nutzte die Platte als Deckung. Das Papier flatterte umher, der Beschwerer knallte auf die Steinplatten. Leider erkannte Alex nicht, worum es sich bei der Holzkugel handelte, wie sollte er auch? Bevor er nur einen Schritt tun konnte, schoss Rauch daraus hervor, hüllte innerhalb weniger Sekunden den Raum ein. Glücklicherweise keine Explosion, wie sie zuerst vermutet hatte. Doch Gas machte die Sache nur wenig besser.

Jen zückte den Stab.

Ihre Sicht verschwamm. Sie hustete. Ihre Finger gehorchten nicht länger, der Essenzstab fiel zu Boden. Mit letzter Kraft versuchte sie, das Symbol für einen Schutzzauber anzufertigen, doch sie war zu langsam.

Ein schwerer Körper prallte auf die Steinplatten. *Alex!*

Ihre Sinne schwanden.

9. Zeig ihn mir!

Kevin hatte keine Ruhe, wie Chloe schnell feststellte. Als schließlich einer der Ordnungsmagier auftauchte und verkündete, dass das Verhör bevorstand, rannte der Freund davon. Er wollte dabei sein, wenn sein Bruder rehabilitiert wurde. Sie konnte es verstehen.

Chloe kehrte in Chris' Zimmer zurück. Der Verräter war ein Profi, das war längst klar, doch jeder machte mal einen Fehler.

»Hey!«

Sie fuhr herum. »Clara!«

»Ich habe es schon gehört«, sagte die Freundin. Auf dem sonst offenen, hübschen Gesicht lag ein tiefer Schatten. »Chris soll es gewesen sein.«

Ohne etwas zu erwidern, zog Chloe sie in eine Umarmung. »Es tut mir so leid.«

»Meine Eltern würden jetzt sagen, dass wir uns das selbst zuzuschreiben haben, weil wir keine ausreichenden Sicherheitsmaßnahmen ergriffen haben«, kam es zurück. Clara löste sich aus der Umarmung. »Konntest du schon Chris' Unschuld beweisen?«

»Du glaubst auch, dass er es nicht war?«

Die Freundin winkte ab. »Ich bitte dich! Nie und nimmer. Da verarscht uns jemand, nach Strich und Faden, aber es ist genug!«

»Gryff …«

»Nein!« Clara hob die Hand. »Nicht. Jetzt will ich das Schwein kriegen, das dafür verantwortlich ist. Es ist schwer genug, mich nicht gehen zu lassen. Was hast du gehofft, hier zu finden?«

Eine gute Frage, fand Chloe. Leider hatte sie darauf keine Antwort. Es war mehr Instinkt gewesen, der sie hierhergeführt hatte. Die Ordnungsmagier hatten die Schränke klassisch durchwühlt und allerlei Zauber angewendet, um weitere Gegenstände zu orten. Doch abgesehen von der Sigilklinge befand sich kein schwarzmagisches Artefakt vor Ort. »Ehrlich gesagt habe ich keine Ahnung.«

»Aber ich«, sagte Clara. »Weißt du, nachdem ich aufgewacht bin, wollte Theresa mich erst nicht gehen lassen. Ich musste türmen. Als ich erfahren habe, dass der Verräter noch immer nicht enttarnt ist, bin ich in die Bibliothek gegangen. Dort habe ich Bücher gewälzt. In all der Aufregung hat mich niemand beachtet.«

»Okay, und?«

Sie zog ein dicht beschriebenes Papier hervor. »Diesen Zauber habe ich gefunden. Damit kann man den Mörder eines Magiers sichtbar machen, wenn die Tatwaffe vorliegt. Da es durch das Aurafeuer fast nie vorkam, dass die Leiche eines Lichtkämpfers erhalten blieb, geriet er wohl in Vergessenheit.«

Chloe riss ihr das Blatt aus der Hand. »Das ist genial. Bibliotheks-Girl, du bist eine Wucht. Die Sigilklinge haben wir und Gryff wurde damit … Ähm …«

»Schon klar.« Die Freundin winkte ab. »Wo ist sie?«

»Die Ordnungsmagier haben sie mitgenommen. Die Befragung von Chris beginnt doch gleich, da wollten sie ihn wohl zu der Waffe ausquetschen.«

Sie verließen das Zimmer. Auf dem Weg in den Trakt der Ordnungsmagier, wo auch die Zellen untergebracht waren, wurde Chloe erneut deutlich, welche Unruhe über allem lag. Hier und da wurde getuschelt, der Name »Chris« war zu hören. Sie fluchte lautlos. Die Gerüchte hatten den Freund längst vorverurteilt. Selbst wenn seine Unschuld bewiesen wäre, würde nur die Enthüllung des echten Verräters den letzten Zweifler verstummen lassen.

»Hast du einen Verdacht?«, fragte Clara.

»Nein.« Chloe hatte sich die Frage immer wieder gestellt. Doch sah man von einigen Lichtkämpfern ab, die sie nicht mochte, traute sie niemandem einen Mord zu.

Gemeinsam stiegen sie die Stufen zu den Zellen hinab. Am Eingang zum Befragungsbereich loderten entzündete Fackeln.

»Alles für die Atmosphäre«, sagte Clara abschätzig.

Sie betraten den Raum.

Chris lag bewusstlos am Boden, die Hände auf dem Rücken zusammengebunden. Die beiden Ordnungsmagier, die ihn hatten befragen wollen, lagen in einer Lache ihres eigenen Blutes. Ein wenig seitlich, den Oberkörper in eine Zelle gestreckt, ruhte Eliot Sarin. Chloe stellte mit einem Blick fest, dass sein Brustkorb sich hob und senkte, er lebte also noch. »Eliot, aufwachen!«

Clara sank neben Chris zu Boden. »Hey, Chris!«

Der Freund stöhnte. Seine Lider flatterten. »Du elender Dreckskerl, warte nur, bis meine … Oh, Clara?«

Chloe griff nach ihrem Kontaktstein und sandte eine Emotion des

Entsetzens an Johanna, dazu das Bild der toten Ordnungsmagier. »Was ist hier passiert?«

Chris kam mit Claras Hilfe auf die Beine. »Keine Ahnung. Mich hat ein Kraftschlag auf den Hinterkopf getroffen, war sofort bewusstlos.«

»Gleichfalls«, sagte Eliot, während er sich den Kopf hielt. »Ich wollte gerade die Zelle schließen.«

»Das ist wohl der Grund, weshalb ihr noch am Leben seid, ihr habt den Angreifer nicht erkannt.« Chloe überprüfte die beiden leblosen Ordnungsmagier. »Es gab kein Aurafeuer. Er hat also wieder die Klinge benutzt.«

Das absolut einzig Positive am Einsatz dieser Waffe war, dass stets auch ein Schattenkrieger starb, wenn ein Lichtkämpfer getötet wurde. Doch das machte den Tod nicht ungeschehen. Sie kannte die beiden nicht, aber andere hatten in diesem Augenblick Freunde verloren.

»Die Klinge ist fort«, sagte Eliot. Er stand zitternd an der Seite, betrachtete die Toten und Chris.

Schritte erklangen. Kurz darauf stürmte Johanna von Orléans in den Zellentrakt. »Verletzte?«

»Tote«, erklärte Chloe. »Sigilklinge.«

»Kennen wir seine Identität?«

»Der Angriff kam von hinten.«

Johanna ließ ihren Essenzstab sinken. Die Unsterbliche trug das Äußere einer Frau Anfang vierzig, das blonde Haar war zu dem für sie typischen Pferdeschwanz gebunden. Normalerweise wirkte sie in sich ruhend, als habe sie alles im Griff. Nicht umsonst hatte ihr das die Tasse »Best Mum ever« eingebracht, die zwar angeblich eine kleine Stichelei gewesen war, aber doch stets von ihr benutzt wurde. Heute hatten sich ein paar Strähnchen gelöst, sie wirkte gehetzt. »Ich will eine vollständige Untersuchung«, forderte sie. »Ab sofort bewegt sich niemand mehr alleine durch das Castillo. In jedem Raum werden Sicherheitszauber manifestiert.« Sie wandte sich um, wobei ihr Blick auf Chris hängenblieb. »Eliot, nimm ihm die Fesseln ab.«

»Wir müssen eine genaue Untersuchung einleiten.«

»Fesseln. Ab.« Schon war sie hinaus.

Chloe atmete innerlich auf. Wenigstens war der Verdacht von Chris genommen, obgleich zu einem hohen Preis. Wo war die verdammte Klinge? »Vermutlich hat er sie wieder getarnt, aber wir haben sie schon einmal aufgespürt.«

»Was, die Klinge?«, fragte Chris. Seine Fesseln fielen zu Boden. »Ja, toll. Mal schauen, in wessen Zimmer wir jetzt landen. Kevins vielleicht?«

»Wo ist dein Bruder eigentlich?« Clara sah sich um. »Chloe, hast du nicht gesagt, er wollte hier sein?«

»Schaut mich nicht an«, kam es von Chris. »Bruderherz war nicht hier. Aber jetzt bitte nicht den nächsten Paranoiaschub.«

Chloe hob in einer Ich-gebe-auf-Geste die Hände. »Hatte ich nicht vor. Zuerst finden wir die Klinge, dann den Verantwortlichen. Schnell.«

Gemeinsam mit Clara und Chris verließen sie die Zellen. Auf dem Weg kamen ihnen weitere Ordnungsmagier und ein Heilmagier entgegen. Sie versuchte, nicht länger an das Blut und die Toten zu denken. Dort draußen wurde jeder Lichtkämpfer tagtäglich mit Kampf und Tod konfrontiert. Hier, innerhalb des Castillos, fühlte man sich in der Regel sicher.

Sie erreichten den Globenraum.

»Wenn ich den Mistkerl in die Hände bekomme, ist er erledigt«, fluchte Chris. Er knackte mit den Fingergelenken. »Mir die Schuld in die Schuhe schieben. Soweit kommt es noch.«

Chloe aktivierte den Zauber. Der Tuschefleck materialisierte auf der Karte, genau wie zuvor. Womit aber niemand gerechnet hatte, war der Ort.

»Leonardos Büro«, hauchte Clara.

10. Hast du noch immer nicht begriffen?

Leonardo saß an seinem Schreibtisch und genoss die Ruhe. Sie war selten. Im Verlauf der vergangenen Jahre hatte er gekämpft wie ein Löwe, um den Einfluss der Schattenkrieger und den des dunklen Rates zurückzudrängen. Vielleicht war es an der Zeit, sich eine kleine Schaffenspause zu gönnen, seine Studien in den Fokus zu rücken. Die meisten Neuerweckten wollten in den Außeneinsatz oder als Ordnungsmagier tätig werden. Kaum einer interessierte sich für Ingenieursmagie.

Ein Klopfen an der Tür riss ihn aus den Erinnerungen. »Ja?«

Die Tür öffnete sich. »Ah, du bist es. Was gibt es?«

Der Lichtkämpfer trat ein und schloss die Tür. In einer fließenden Bewegung zog er die Sigilklinge hervor und warf sie durch den Raum. Leonardos Reflexe, obwohl geschärft aufgrund der langen Jahre des Kampfes, kamen nicht schnell genug. Die Spitze der Waffe durchdrang seine Schulter; Haut, Blut, Knochen und Sehnen. Es war, als habe ein unsichtbarer Puppenspieler die Fäden seiner Marionette gekappt. Die Klinge erzeugte eine Wunde in der Aura, durch die seine Essenz davonwirbelte. Kraftlos fiel er aus dem Stuhl, lag auf dem Boden und sah dem Verhängnis entgegen. »Du.« Niemals hätte er vermutet, dass ausgerechnet er der Verräter sein könnte.

Gesicht, Haut und Haare des Angreifers verformten sich. Der Lichtkämpfer bekam ledrige Haut, ein runzeliges Gesicht, gelbe Augen, die tückisch zu ihm herabblickten.

»Ein Wechselbalg«, keuchte er.

»Du hast es nicht kommen sehen, alter Mann«, höhnte die Kreatur. Aus ihrem Mund drang eine fremde Stimme. Die einer Frau, verzerrt und verfälscht, wie sie immer klang unter dem Schattenfeld. »Ich bin schon ganz nah. Johanna schaut in die falsche Richtung und nun wird sie einen weiteren ihrer Mitstreiter verlieren. Damit nähern wir uns dem Ende.«

Der Wechselbalg schritt langsam durch den Raum, betrachtete die Bilder ringsum und blieb vor der Mona Lisa stehen. »Ah, was für eine Zeit. Wilde Partys, feiern bis in die Morgenstunden.« Er wandte sich ihm wieder zu. »Du kannst natürlich nicht wissen, dass ich damals dabei war. Wie auch?« Mit den letzten Worten drang ein Schwall puren Hasses zu ihm herüber.

Seine Vermutung, dass unter dem Schattenfeld eine Unsterbliche steckte, wurde abermals bestätigt. Aber wie war das möglich? Er müsste sie kennen.

»Wer … du?« Die Worte kamen zäh wie Sirup. Er konnte keinen Zauber mehr wirken, verlor all seine Kraft. Sobald die Essenz erschöpft war, würde das Sigil die Aura angreifen, aufzehren und das Aurafeuer auslösen. Es sei denn, sie stieß davor erneut zu, brachte es zu Ende und vernichtete sein Sigil. Sein zweites Leben näherte sich so oder so dem Ende. Blut floss aus der Wunde, durchdrängte sein Schnürshirt. Pochen für Pochen verließen ihn Kraft und Leben.

»Ich muss dich enttäuschen«, kam es gespielt entschuldigend von der Schattenfrau. »Du wirst dumm sterben. Weder werde ich dir meine Pläne enthüllen noch meine Identität. Aber du stirbst in dem Wissen, dass meine Pläne kurz vor der Vollendung stehen. Alles verläuft genau so, wie es verlaufen muss.«

Der Wechselbalg schritt durch das Büro, strich über jene Stelle an der Wand, an der der geheime Schacht verborgen lag. Leonardo schaute nach oben zu den Drahtkonstruktionen, in denen er bis vor Kurzem die Mentigloben versteckt hatte; bevor Chloe und Clara sie dort gefunden und benutzt hatten. Die ganze Zeit hatte er sich den Kopf darüber zerbrochen, wer der Verräter war, der Gedanke, dass ein Wechselbalg innerhalb des Castillos sein Unwesen trieb, war ihm nie gekommen. Seines Wissens nach waren die alten Wechselbälger, die als einzige einen Magier derart perfekt nachbilden konnten, vollständig ausgerottet worden? Außerdem hätte eine solche Kreatur niemals in das Castillo eindringen können dürfen? Wie hatte die Schattenfrau das hinbekommen?

»Dir müssen so viele Fragen durch den Kopf gehen«, sagte die Schattenfrau. »Ich kann das nachvollziehen, weil es mir genauso ging. Ihr habt mich verraten. Zurückgelassen, einsam und alleine, zum Sterben. Doch ich starb nicht. Dafür werdet ihr alle bezahlen. Jeder von euch.« Sie gab ein Geräusch der Lust von sich, das umso seltsamer wirkte, da es aus dem Mund der Kreatur drang. »Das Leben fließt aus dir heraus. Hast du mir noch etwas zu sagen, alter Mann?«

Er hatte. So viel. Doch seine Stimme gehorchte ihm nicht länger, das Blickfeld fiel in sich zusammen. Ein Flimmern erschien am Rand seines Blickfeldes, Schmerzen tobten in der Brust, das Gefühl wich aus seinen Füßen.

»Du gehörst zu den Glücklichen«, säuselte die Schattenfrau. »Du konntest ein zweites Leben genießen, alte Fehler ungeschehen machen und an der Spitze der Lichtkämpfer in die Zukunft schreiten. Um dich herum veränderte sich die Welt, hielt Fortschritt Einzug, wurde die Magie zu einem Element fantastischer Literatur. Niemand weiß mehr, wie es einst war. Die wilde Zeit; Freiheit, Macht, unaufhörlich strömende Essenz.« Die Kreatur kam vor ihm zum Stehen. »Ihr wart die Architekten unseres Untergangs, als ihr den Wall erschaffen habt.«

Er wollte ihr entgegenbrüllen, dass der Wall das Einzige war, was zwischen der Ordnung einer Welt ohne Magie und dem absoluten Chaos stand. Doch erneut versagte seine Stimme. Kein Wort kam ihm über die Lippen.

»Ja, vielleicht ist das auch gut so.« Die Kreatur ließ ihren Blick aus gelben Augen über ihn gleiten, betrachtete ihn wie ein Alligator, der seine Beute gleich verschlingen würde. »Du hast so viel gesagt, mehr ist gar nicht notwendig. Es ist schwer, den Hass zu verdeutlichen, den ich dank euch in mir trage.«

Der Wechselbalg beugte sich herab, zerrte an ihm. Endlich begriff er, weshalb die Kreatur hier aufgetaucht war. Nicht nur, um ihn zu töten, nein. Aber das machte alles noch schlimmer, ließ ihn begreifen, in welcher Gefahr sie alle schwebten. Leonardo hätte ihr wirklich gerne verdeutlicht, welche Menge Hass er selbst gerade in sich trug. Doch der letzte Rest seiner Essenz verschwand. Er spürte, wie das Sigil an der Aura kratzte. Wie Kristallstaub, der von mit einem Stahlskalpell abgeschabt wurde. Tränen lösten sich aus seinen Augen, er konnte nichts dagegen tun.

»Damit kommen wir wohl zum Ende, alter Feind«, schloss die Schattenfrau voller Genugtuung. »Keine Angst, deine Lichtkämpfer werden bald wissen, wer ich bin. Ich werde euch alles nehmen, was euch lieb und teuer ist; das Leben ganz zum Schluss.« Der Wechselbalg schritt zum Ausgang des Büros, blickte sich ein letztes Mal um. »Sei froh, so musst du das Ende nicht mehr miterleben.«

Er ging hinaus.

Leonardo blieb alleine am Boden liegend zurück. Er musste an all die Dinge denken, die er im Verlauf seines Jahrhunderte währenden Seins erlebt hatte. Höhen und Tiefen, Krankheit und Gesundheit. Liebe und ein gebrochenes Herz. Einen Teil des Weges war er mit Johanna gegangen, einen anderen mit Tomoe. Es waren schöne

Zeiten gewesen. Intime Nähe über das Körperliche hinaus war mit einer Normalsterblichen kaum möglich. Doch an der Seite einer Unsterblichen war Zeit bedeutungslos. Gemeinsame Stunden wurden zu wunderbaren Erinnerungen, die für die Ewigkeit bestanden. Keine Gebrechen, Vergesslichkeit oder das Alter selbst zerstörten die Liebe. Einzig der gewaltsame Tod beendete das Märchen.

Oder das Auseinanderleben im Alltag.

Manchmal gelang es der Zeit eben doch, sie einzuholen. So wie heute. Mit jeder Sekunde pulsierte das Leben aus ihm hinaus. Die Schattenfrau hatte also einen gefunden. Einen der alten Wechselbälger, der allerersten. Kein Wunder, dass er ihr half. Leonardo ahnte, was sie tun würde, wollte die anderen warnen.

Mit letzter Kraft robbte er zum Tisch. Zumindest war das der Plan. Doch die Schwäche siegte. Er hustete, spuckte Blut. Das Sigil riss an der Aura, zerrte an der immer fragiler werdenden Hülle. Weitere Risse entstanden. Das Ende nahte.

Eine einzelne letzte Träne rann über seine Wange.

11. Eine Prise Minze

Alex öffnete die Augen.

Im ersten Moment erwartete er, seine Mutter aus dem angrenzenden Raum rufen zu hören. Normalerweise klang das in etwa nach: »Kaffee ist fertig, schwing deinen faulen Arsch von der Matratze.« Das war natürlich Spaß, sie wusste, dass er hart an einem beruflichen Erfolg arbeitete. In diesem Moment hätte er alles für jene Worte gegeben und die dazugehörige Tasse Kaffee. Am besten im Zwillingsmodus mit einer Kopfschmerztablette. Seine wirren Gedanken lichteten sich zäh.

Er fuhr in die Höhe. »Jen?!«

»Aua«, erklang es hinter einem umgestürzten Schreibtisch. »Schrei nicht so.«

Eine Armeslänge entfernt lag eine Holzkugel am Boden, in die vier Öffnungen gebohrt worden waren. »Was war das?« Hektisch tastete er nach seinem Essenzstab. »Er ist weg.«

»Meinst du deinen Intellekt? Tut mir leid, dich enttäuschen zu müssen, aber der war nie da.«

»Mein Essenzstab!«, brüllte er. Der Verlust ließ das Sigil panisch aufflackern.

Ein Fluchen erklang. »Dito.« Jen kam in die Höhe. Sie wirkte zerzaust, doch nicht verletzt. Ihr Blick wanderte umher. »Die Unterlagen sind ebenfalls fort.«

Alex ging in die Knie und hob die Holzkugel auf. »Was ist das?«

Jen betrachtete sie mit ungläubigem und gleichermaßen faszinierten Blick. »Ein sehr altes Kampfartefakt. Früher verwendeten die Lichtkämpfer Hohlkugeln aus Holz, transformierten Gas zu Flüssigkeit, taten sie hinein und versiegelten die Löcher durch Eisenpfropfen. Die waren über Eisenornamente untereinander verbunden. Sie brannten magische Symbole in das Metall. Sobald man sie in einer bestimmten Abfolge berührte, floss das Eisen zurück und die Flüssigkeit transformierte wieder zu Gas. Diesen Effekt hast du eben kennenlernen dürfen.«

»Cool. Was hatten die denn sonst noch so?«

Jen verdrehte die Augen. »Echt jetzt? Das Ding hat dich gerade umgehauen. Was ist daran cool?«

Er ignorierte die Frage, schenkte ihr lediglich ein freches Grinsen, von dem er wusste, dass er sie damit zur Weißglut trieb. »Und?«

»Du bist echt so durchschaubar«, erwiderte sie. »Ein Klischee auf zwei Beinen. Ein Höhlenmensch.«

»So, glaubst du? Wenn ich so leicht zu durchschauen bin, dann nenn mir doch mal mein Lieblingshobby«, forderte er. »Du kommst sicher nicht drauf.«

Jen schaute ihn mit zusammengekniffenen Augen an. »Herausforderung angenommen. Aber vielleicht sollten wir uns erst darum kümmern.« Sie deutete auf die Holzkugel. »Ich hätte meinen Essenzstab gerne wieder. Und danach den direkten Weg zum Ausgang.«

Sie taumelte.

»Hey, alles klar?«, fragte Alex besorgt. Er wollte sie stützen, doch Jen lehnte ab.

»Ist okay. Nachwirkungen von dem Zeug.«

Er legte die Holzkugel auf den Tisch. »Können wir es wie bei Nostradamus machen, ein Aufspürzauber?«

»Nein, leider nicht. Hier haben wir keine Körperflüssigkeit. Und wage es nicht, jetzt zu grinsen oder irgendeinen zweideutigen Witz zu machen.«

Alex grinste. »Käme mir doch nie in den Sinn.«

»Höhlenmensch.«

»Bist du mit dem Hobby schon weiter?«

»Lesen ist es auf jeden Fall nicht«, sagte Jen süffisant, nur, um sofort das Thema zu wechseln. »Wir werden das Castillo durchsuchen müssen. Ganz klassisch. Immerhin dürfte der Weitblick hier gut funktionieren.«

»Oh, hm.«

»Du bekommst ihn noch nicht hin?«

»Nein«, gab Alex widerwillig zu. »Anfangs klappt es, aber dann wird alles unscharf. Als hätte ich eine viel zu starke Brille auf der Nase.«

Jen sank auf die Kante des Tisches. Sie wirkte blass und müde. Ein leichter Schweißfilm stand ihr auf der Stirn. Das Betäubungsgas hatte bei ihr scheinbar deutlich agressiver gewirkt. »Das Problem ist in diesem Fall nicht der Weitblick selbst, sondern die Justierung. Du kommst nicht zur Ruhe, veränderst den Zoom ständig und dadurch werden Dinge unscharf. Du musst dich entspannen.«

Er schaute sie erwartungsvoll an. Doch Jen schwieg. »Das ist alles? Ich soll mich entspannen.«

»Ja.«

»Du bist ein toller Yoda. Hey, alles gut, entspann dich einfach, dann klappt's mit der Macht.«

»Hast du mich gerade mit einem kleinen, grünen, runzeligen Alien verglichen?« Jen warf ihm einen warnenden Blick von der Sorte *Sag jetzt nichts Falsches* zu.

»Oh, du kennst Star Wars. Na ja, er ist agil und stark und … wollten wir nicht auf die Suche gehen?«

»Tolle Idee, Kent.«

Sie gingen gemeinsam zur Tür, traten vorsichtig auf den Gang hinaus. Da die Essenzstäbe fort waren, konnten sie die Magie des Sigils nicht mehr verstärken oder in Material einwirken lassen. Andererseits hatte ihr Gegner sie am Leben gelassen, was Anlass zur Hoffnung gab.

»Reiten«, tippte Jen.

»Nein«, erwiderte Alex. »Falls du von Pferden sprich.«

»Sei einfach still.«

Sie pirschten die Brüstung entlang. Immer wieder kniff sie die Augen zusammen, die daraufhin glasig wurden. So wirkte der Einsatz des Weitblicks nach außen immer. Alex gab ebenfalls sein Bestes, konnte eine bestimmte Stelle jedoch nur für Sekunden halten, bevor alles unscharf wurde. Das sorgte zunehmend für ein Schwindelgefühl.

Es stellte sich recht schnell heraus, dass in den Räumen der oberen Stockwerke niemand war. Sie schlichen weiter, arbeiteten sich nach unten vor. Alex hielt seinen Zeigefinger erhoben, um blitzschnell einen Schutz erschaffen zu können. Die benötigten Worte sagte er sich innerlich immer wieder vor, damit sie im Fall der Fälle sofort herauskamen.

»Riechst du das?«, fragte Jen.

Er schnupperte. »Minze.«

»Küche«, entschied sie daraufhin.

Sich gegenseitig Deckung gebend, steuerten sie die Küche des ersten Castillos an. Tatsächlich hörten sie von Weitem, dass dort jemand rumorte. Töpfe und Pfannen schepperten, Gläser klirrten, der Geruch nach Kräutern wurde intensiver.

Alex lugte um die Ecke.

Eine kleine runde Frau ließ soeben die beiden Essenzstäbe in einen Kochtopf fallen. Sie mochte Anfang fünfzig sein, trug das Haar zu einem Dutt gebunden und grummelte vor sich hin. Er konnte die Worte nicht genau verstehen, was einfach daran lag, dass sie zu leise schimpfte. Flüche waren es aber auf jeden Fall, so herzhaft, wie sie herausgepfeffert wurden.

Die Frau öffnete eine Schublade und im nächsten Augenblick lag ein seltsamer länglicher Eisenstab in ihrer Hand, der von Ornamenten bedeckt war. Sie drückte einen kleinen Hebel hinunter, worauf am oberen Ende eine Flamme heraussprang, und führte diese an die Stäbe im Topf heran.

Alex keuchte auf, als er begriff, was die Unbekannte vorhatte.

»Das lassen wir mal bleiben!«, rief Jen.

Sie sprang in die Küche, hob ihre rechte Hand und malte blitzschnell ein Symbol in die Luft. Magentaessenz erschuf einen Wirbel, der die beiden Stäbe aus dem Topf hervorreißen sollte.

Die Unbekannte griff nach einem Deckel und schmetterte ihn auf den Topf, der Zauber erlosch sofort. »Ha! Da müsst ihr Gesocks schon früher aufstehen!« Sie schnappte sich eine Bratpfanne. »Kommt nur her!«

»Echt jetzt?«, fragte Alex.

Jen wollte ein weiteres Symbol zeichnen, doch die Unbekannte zog blitzschnell ein Messer aus einem Holzblock und warf. Jen konnte knapp ausweichen, stolperte jedoch und krachte gegen einen Holztisch an der Wand.

Während Alex noch begriff, dass die Frau zwar lediglich mit Küchengeräten auf sie losging, diese ihnen aber durchaus gefährlich werden konnten, sprang sie auf ihn zu.

Er hob den Finger, um den Schutz zu erschaffen, doch da sauste die Bratpfanne heran. Als schmetterte sie einen Tennisball mit einem Schläger, schlug sie ihm das Eisen frontal gegen den Kopf. Ein greller Schmerz explodierte hinter Alex‘ Stirn und löschte sein Bewusstsein aus.

12. Wechselbalg

Ihr Innerstes glich einem Vulkan, der kurz vor dem Ausbruch stand. War es möglich, dass ausgerechnet Leonardo da Vinci, der so viele Jahre auf der Seite der Lichtkämpfer gestritten hatte, zum Verräter geworden war? Sie konnte, *wollte* es nicht glauben. Erst wenige Tage zuvor hatte sie mit Clara die Mentigloben des Ratsmitgliedes ausgespäht. Die spärlichen Emotionen, die daraus zu ihnen herübergeschwappt waren, enthielten kein Anzeichen eines falschen Spiels. Auch gab es in dem, was sie gesehen hatten, keine Hinweise darauf. Das hatte aber nichts zu sagen, er konnte den Verrat von langer Hand vorbereitet haben. Chloe wartete nicht darauf, dass Ordnungsmagier eintrafen oder die anderen Unsterblichen ankamen, wo immer im Castillo sie gerade herumrannten. Mit Schwung riss sie die Tür des Büros auf, stürmte hinein, den Essenzstab erhoben.

Leonardo lag am Boden. Die Blutlache unter seinem Körper wurde schnell größer. Schockstarr schaute sie hinab.

Clara kam ebenfalls herein. Ihre Augen weiteten sich.

Chloe griff nach ihrem Kontaktstein und schrie einen Hilferuf zu Theresa, an den sie ein Bild anhängte. Ohne auf eintreffende Hilfe zu warten, ging sie neben dem Unsterblichen in die Knie, drehte ihn auf den Rücken. Die Wunde sah übel aus. Da ihr Zauber die Sigilklinge hier geortet hatte, bestand kaum ein Zweifel, womit Leonardo verletzt worden war.

Er blinzelte. Zitternde Finger schlossen sich um ihren Kragen, zogen sie hinab.

»W… W…«

»Du musst dich ausruhen«, sagte sie und versuchte, die Finger zu lösen. Doch Leonardo schien den letzten Rest seiner Kraft aufzubieten, um etwas zu sagen. Einen Namen?

»Wechselbalg«, stieß er hervor.

Seine Hand fiel mit einem *Patsch* in die Blutlache.

Chloe fuhr zurück. Mit einem Mal ergab so vieles einen Sinn. Gleichzeitig standen sie wieder am Anfang: Jeder von ihnen konnte von einem Gestaltwandler ausgetauscht worden sein. Theoretisch könnte die Kreatur sogar stündlich das Äußere wechseln. Sie besann sich auf das Hier und Jetzt, hob ihren Essenzstab und ließ einen Heilzauber wirken, der die Wunde versiegeln sollte. Nichts geschah.

Schritte erklangen.

Johanna von Orléans und Tomoe Gozen stürmten herein. Die beiden unsterblichen Ratsmitglieder wirkten für eine Sekunde erschüttert, dann handelten sie. Johanna schob Chloe beiseite. Tomoe wob blitzschnell einen Zauber, den Chloe so noch nie zuvor gesehen hatte. Eine schillernde Sphäre legte sich um Leonardo.

»Die Struktur ist japanisch«, flüsterte Clara. »Sie umhüllt die Aura mit einer weiteren Schale.« Tomoes Aura flammte auf. Während Leonardo neuen Schutz erhielt, wurde ihre eigene Barriere dünner. Sie übertrug einen Teil der eigenen Aura auf ihn.

Chloe hatte bisher nicht einmal davon gelesen, das so etwas möglich war. Die erste Samurai der Geschichte übertrug einen Teil von sich auf ihren Gefährten. Der kleinste Fehler, ein wenig zu viel Übertragung, und ihr eigener Schutz verschwand, ließ sie in einem spontanen Aurafeuer vergehen.

Theresa stürzte herein. Sie sah sofort, was Tomoe tat und sprang an Leonardos Seite. Sie zog eine Phiole hervor und flöste dem Unsterblichen eine klare Flüssigkeit ein. Er stöhnte auf, verkrampfte und sackte in sich zusammen. Tomoe ließ ihren Zauber verwehen, stabilisierte die eigene Aura. Erschöpft taumelte sie zur Wand, stützte sich mit letzter Kraft ab.

»Wow«, staunte Clara. »Das nenne ich eine selbstlose Tat.«

Theresa wandte sich Johanna zu. »Die Wunde wurde von der Sigilklinge verursacht. Die Aura ist perforiert, dank Tomoe aber einstweilen stabilisiert. Damit der Körper heilt, muss die Essenz regenerieren.«

»Bekommst du ihn wieder hin?«, fragte Johanna.

Die Frage war berechtigt. Eine derartige Verletzung hatte es wohl seit Jahrhunderten nicht mehr gegeben. Die verdammte Klinge musste nicht verwahrt werden, nein: Man musste sie zerstören.

»Ich gebe mein Bestes«, versicherte Theresa. »Es war knapp, aber ich denke, er wird wieder.«

Tomoe kam auf die Beine. »Ich gehe mit.«

»Du bist geschwächt. Ich übernehme das«, erkärte Johanna.

»Nein«, widersprach die japanische Unsterbliche. »Du musst den Verräter finden. Meine Essenz regeneriert schnell, ich werde ihm notfalls erneut helfen können.«

Theresa ließ Leonardo aus dem Zimmer schweben. Während der

Essenzstab den Unsterblichen über dem Boden hielt, malte sie mit dem rechten Zeigefinger Heilsymbole in die Luft. Tomoe wartete nicht länger, sie folgte beiden in Richtung Krankenflügel.

Johanna seufzte. »Wer von euch hat ihn gefunden?«

»Ich«, sagte Chloe. »Die Sigilklinge war hier, daher hat der Zauber auf das Büro gedeutet. Er konnte mir noch etwas sagen.«

»Ja?«

Sie schluckte. »Wechselbalg.«

Clara trat an Leonardos Schreibtisch und schaute suchend umher.

»Und ich habe mich schon gefragt, wer ihn derart überrascht hat«, flüsterte die Rätin. »Jemand in der Gestalt eines Freundes könnte das. Warum haben wir nicht früher daran gedacht?«

Sie sprach mehr zu sich selbst, doch Chloe antwortete trotzdem. »Nun ja, der Kristallschirm verhindert, dass eine solche Kreatur hier eindringen kann, oder?«

»In der Tat«, bestätigte Johanna. »Der Gedanke liegt fern, aber kein Schutz ist perfekt. Irgendwie hat der Wechselbalg ein Schlupfloch gefunden.«

Clara schaute mit gerunzelter Stirn unter den Tisch.

Chloe sah zu der Freundin hinüber, sprach jedoch weiter mit Johanna. »Wenn der Wechselbalg jemanden ersetzt hat, dann muss derjenige aber noch hier irgendwo sein. Andernfalls hätte es ein Aurafeuer gegeben.«

»Nicht, wenn die Originalperson mit der Sigilklinge getötet wurde.«

»Ha«, konterte Chloe, »die befand sich bis vor wenigen Tagen aber noch nicht in unserem Besitz. Keine Ahnung, wie lange der Austausch schon läuft, doch es deutet ja alles auf einen größeren Zeitraum hin.«

»Das ist richtig«, stimmte Johanna zu. Mit verschränkten Armen ging sie auf und ab, den Blick mal auf Chloe, mal ins Nichts gerichtet. »Die Kreatur kann den Austausch auch nicht außerhalb des Castillos vorgenommen haben. Die Desillusionierungsschleier hätten sie beim Durchschreiten der Grundstücksgrenzen enttarnt.«

»Einer von uns ist also hier irgendwo gefangen«, überlegte Chloe. »Aber wie kann man einen Lichtkämpfer im Castillo gefangen gehalten, ohne, dass es jemandem auffällt?«

»Das ist noch nicht alles«, erklärte Johanna. »Die Ordnungsmagier haben schließlich Befragungen durchgeführt. Ein Wahrheitszauber wirkt auch bei einem Wechselbalg. Wir hätten ihn enttarnen müssen. Es gab jedoch vor langer Zeit jene, die über eine ganz besondere Fähigkeit verfügten. Sie konnten die Gedanken eines Magiers vollständig kopieren.« Die Unsterbliche wollte noch etwas sagen, kam aber nicht mehr dazu.

»Wir haben ein Problem«, unterbrach Clara. Die Freundin stand erhobenen Hauptes neben dem Tisch. »Ich habe alles abgesucht, doch er ist nicht hier.«

»Wovon sprichst du?«, fragte Johanna.

»Leonardos Kontaktstein«, erklärte sie. »Als Theresa ihn herausgebracht hat, habe ich seinen Hals gesehen. Da hing kein kobaltblauer Stein.«

»Bist du sicher?«, wollte Chloe wissen.

»Absolut.«

Johannas Körper war plötzlich angespannt wie eine Bogensehne. »Clara, hast du auf sein Handgelenk geachtet?«

»Ähm, nein, wieso?«

»Du meinst die Manschette?«, fragte Chloe. »Die hatte er nicht an, warum?«

Johanna erbleichte. »Darum ging es also. Mit dem Kontaktstein kann man das Permit in der Manschette benutzen.«

Natürlich wusste Chloe, dass ein magisches Permit Zugang zu versiegelten Bereichen gewährte. »Wohin will der Wechselbalg?«

»Das Archiv.« Die Unsterbliche fuhr sich fahrig durchs Haar. »Die Kreatur will in das Archiv. Das muss es sein.« Sie rannte davon.

Chloe machte sich nicht die Mühe, ihr zu folgen. Niemals würden sie in die heiligen Hallen der Archivarin vordringen können.

»Wen, meinst du, hat das Ding kopiert?«, fragte Clara.

»Keine Ahnung.« *Hoffentlich niemanden von uns.*

Chloe warf einen letzten Blick auf die schmierige Blutlache am Boden. Mit der Freundin zusammen verließ sie das Büro.

13. Die geheime Fähigkeit

Beinahe hätte ich dem arroganten Sack eine gefeuert.« Chris machte vor der Couch im Turmzimmer seine Liegestütze. Vermutlich, um seine Wut zu kanalisieren. »Echt jetzt, Eliot Sarin ist ein blödes A…«

»Wir haben es verstanden«, stoppte Max den Redefluss. »Immerhin bist du vollständig rehabilitiert. Es dürfte ziemlich schwer sein, sich selbst mit gefesselten Händen von hinten auszuknocken.« Er ließ ein Kaugummi platzen, dieses Mal zuckte sogar Chloe zusammen.

»Kannst du das heute ausnahmsweise lassen?«

»Sorry«, gab er geknickt zurück. »Unsere Nerven sind wohl nicht die besten. Hat Johanna mit der Archivarin gesprochen?«

»Vermutlich«, warf Clara dumpf ein. Sie befand sich im hinteren Bereich des Raumes, zwischen den Bücherregalen. »Ah, da ist es ja.« Sie kam mit einem ledergebundenen Büchlein hervor. »Schaut euch das an.« Sie legte es auf dem Tisch ab.

Sofort standen Chris, Kevin, Max und Chloe neben ihr.

»Vor einigen Wochen habe ich Tomoe dabei geholfen, für ihre Vorlesung in ›Abwehr dunkler Kreaturen jeder Art‹ ein wenig zu recherchieren. Während dieser Arbeit bin ich auf das hier gestoßen.« Sie schlug eine bestimmte Seite auf.

Sie war überschrieben mit *Der Wechselbalg – Zwischen Mythos und Wahrheit*. Jemand hatte eine Tuschezeichnung angefertigt, die oben auf der Seite prangte. Sie zeigte ein Wesen mit ledriger Runzelhaut, langen spitzen Ohren und scharfen Zähnen.

»Sympathisches Kerlchen«, kommentierte Chris.

Clara hatte bereits einige Zeilen überflogen. »Hier steht, dass nur die ältesten Wechselbälger dauerhaft eine feste Form annehmen konnten. Ob es überhaupt noch welche gibt, ist fraglich. Nun ja, wir wissen jetzt, dass es so ist. Früher kämpften diese Kreaturen auf der Seite der Schattenkrieger, wurden von Lichtkämpfern verfolgt und getötet.«

»Getötet«, echote Max.

»Na ja, damals war auch unsere Fraktion oft ein wenig … martialisch«, gestand Clara. »Jedenfalls wurden fast alle Wechselbälger ausgerottet. Die verbliebenen, die es heute noch gibt, können die Form ändern, aber nur sehr lückenhaft. Daher verbergen sie sich oft als Bettler in kalten Ländern, dick vermummt, damit niemand die Fehler im Äußeren erkennt. Jene von damals jedoch konnten Menschen bis ins kleinste Detail nachbilden. Die allerersten vermochten angeblich sogar die Erinnerungen und so auch den Charakter nachzustellen. Dafür entnahmen sie dem Original in regelmäßigen Abständen etwas Blut. Der Wechselbalg besitzt ein eigenes Sigil, das jedoch nur minimal Essenz produziert. Zauber kann er nicht wirken, es sei denn, er kopiert einen Magier. Dann nimmt die Essenz dessen Farbe an, ebenso die Spur.«

»Das mit dem Blut ist echt eklig«, warf Max ein.

»Seh ich auch so«, kam es von Kevin. »Aber was soll das heißen, die Gedanken nachstellen?«

»Hm. Scheinbar vergaß der Wechselbalg durch das Kopieren des Menschen, was er ist und hielt sich selbst für das Original. Er handelte und sprach wie diese Person.« Clara blickte schockiert von den Seiten auf. »Er besaß die Erinnerungen des echten Lichtkämpfers oder Nimags.«

»Wow«, entfuhr es Kevin. »Das ist total perfide. Ich könnte also die Kopie sein, wüsste es aber selbst nicht mal? Erinnerungen, Farbe der Essenz und der Spur, alles wäre identisch mit dem echten Kevin?« Mit einiger Verzögerung realisierte er, was das bedeutete. »Damit ist jeder Wahrheitszauber ausgehebelt.«

»Stimmt.« Max trat vor das Fenster und spähte hinaus in die Nacht. »Denn solange das verdammte Ding glaubt, dass es das Original ist, lügt es ja nicht.«

»Dann sind Eliot und sein Trupp keinen Schritt weiter«, konstatierte Kevin.

»Wenigstens sind Alex und Jen in Sicherheit«, murmelte Clara.

»Jeder außerhalb des Castillos ist das«, sagte Max. »Aber das bringt uns nicht weiter.«

Clara hatte sich mit gerunzelter Stirn über das Büchlein gebeugt. Gedankenverloren strich sie eine Strähne ihres dunklen Haares zur Seite. »Da steht, dass die Wechselbälger noch eine weitere Fähigkeit besaßen, die sie hochgefährlich für die Lichtkämpfer machte.«

Stille.

»Ja?«, hakte Chloe nach. »Was ist es?«

»Steht hier nicht«, erwiderte Clara. Sie studierte den Einband. »Aber das hier ist nur ein Auszug. Das Hauptwerk des Autors befindet sich in der Bibliothek. Ich schaue mir das an.«

»Halt, halt, halt«, stoppte Kevin sie. »Niemand geht mehr alleine irgendwohin. Chris, du begleitest sie.«

»Liebend gerne.«

Chloe durchdachte die Situation. »Ich werde noch mal nach der verdammten Klinge suchen. Wo auch immer sie ist, ich finde das Ding.«

»Max, gehst du mit ihr?«, fragte Kevin.

»Aye, Sir«, bestätigte er erfreut und ließ prompt eine weitere Kaugummiblase platzen. »Sorry.«

Chloe grinste. »Gut, dass du nicht mit in die Bibliothek gehst. Ihr würdet sofort rausfliegen. Was machen wir mit der Klinge, sobald wir sie haben? Ich wäre ja für zerstören, aber keine Ahnung, wie das geht.«

Kevin nickte. »Das wäre doch eine Idee für Einstein. Ich suche ihn und wir knobeln etwas aus.«

»Korrigiere mich, aber bist du dann nicht alleine?«, fragte Chloe.

»Die paar Meter bis zum Trakt der Unsterblichen werde ich schon schaffen.« Kevin zog seinen Essenzstab. »Außerdem ist ja immer jemand um mich herum. Dort darf Albert dann Babysitter spielen.«

»Er wird begeistert sein.« Chloe reichte Clara das Büchlein. »Hier, viel Glück bei der Suche nach dem Hauptwerk, ihr zwei.«

Mit Chris verließ Bibliotheks-Girl den Raum. Eigentlich hätte Chloe Max lieber bei Kevin geparkt und sich alleine um die Klinge gekümmert. Falls sie die Kreatur fand, hätte sie es in einem schnellen Kampf zu Ende gebracht. Doch das kam nicht infrage. Zu gefährlich war die Situation geworden, zu unvorhersehbar. Sie vertraute ihren eigenen Teamkameraden, aber letztlich konnte der Wechselbalg jeden imitieren.

»Pass auf dich auf, Kev«, sagte Max.

Beide verabschiedeten sich mit einem Nicken.

Chloe richtete ihre Gedanken auf die vor ihnen liegende Aufgabe. Bisher hatte der Suchzauber stets funktioniert, sobald der Wechselbalg die Klinge einsetzte. Leider war es dann schon zu spät. Sie mussten das Versteck des Artefakts finden. Das offenbarte vermutlich auch die Identität des Originals, immerhin war es nur logisch, dass die Kreatur etwas so Wertvolles in der Nähe versteckte.

Dass die Klinge bei Chris gefunden worden war, ergab im Nachhinein ebenfalls Sinn. Damit war der Verdacht auf ihn gelenkt worden. Andererseits verstand Chloe nicht, weshalb die Kreatur kurz darauf bei den Ordnungsmagiern zugeschlagen hatte. So hatte sie den

Plan selbst zunichtegemacht. Andererseits hatte sie dadurch die Klinge wieder an sich bringen können, um Leonardo zu attackieren. Einen Unsterblichen auszuschalten besaß wohl hohe Priorität.

»Was ist los?«, fragte Max. »Du siehst aus, als explodiere gleich dein Schädel.«

Sie lächelte müde. »Tut er auch. Das alles ist so verworren. Wenn das so weitergeht, werde ich noch paranoid.«

Kevin blieb im Turmzimmer zurück, während sie gemeinsam zum Raum mit den Suchgloben gingen.

»Wir alle.« Max fuhr sich fahrig durch die dunklen, schulterlangen Haare, die sich nie vollständig bändigen ließen. »Ich überlege die ganze Zeit, wer sich auffällig verhalten oder etwas Falsches getan oder gesagt hat. Aber mir fällt niemand ein. Vielleicht ist es Eliot.«

»Hat er sich auffällig verhalten?«

»Hm? Oh, nein. Er ist nur ein Idiot.« Max grinste halb böse, halb neckend. »Allerdings wünsche ich so was nicht mal ihm. Aber weißt du, mir ist noch etwas eingefallen.«

»Ja?«

»Wenn wir die Suchgloben benutzen, können wir dann nicht einfach nach dem Aufenthaltsort eines Lichtkämpfers suchen?«, fragte er. »Und wenn derjenige kopiert wurde, müsste er dann nicht zweimal auftauchen. Einmal das Original und einmal die Kopie? Können die Globen das unterscheiden?«

Chloe blieb stehen und starrte Max überrascht an. »Das ist eine gute Idee. Keine Ahnung, ob die Dinger den Unterschied zwischen Kopie und Original erkennen, aber das spielt keine Rolle. Wir nutzen die Überwacher.« Sie deutete in die Höhe, wo seit wenigen Stunden Kugeln umherflogen. Wie Überwachungskameras präsentierten sie alles in ihrer Umgebung. »Die Globen zeigen uns den Aufenthaltsort und wir bestätigen ihn visuell. Falls sie uns also nur das Original zeigen, würde der Überwacher die Kopie finden. Aber ich glaube eher, dass wir jemanden doppelt sehen werden. Vorausgesetzt, das Original ist nicht ebenso maskiert, wie es die Klinge gewesen ist. Aber egal, lass es uns versuchen.«

Mit neu erwachtem Elan rannten sie zu den Suchgloben.

14. Die Tragödie

Das plötzliche Licht ließ erneut Schmerz hinter seiner Stirn explodieren. Jens Stimme erklang, sie murmelte ein Wort. Die Linderung kam wie eine Welle kühlen Wassers, das sich über ihn ergoss. Er blinzelte. »Das war hoffentlich ein Traum.«

Neben dem Tisch, auf dem er lag, stand eine kleine, runde Frau, die eine Bratpfanne in Händen hielt. Er schoss in die Höhe, sprang zu Boden, taumelte – da ihm schwindelig wurde – und krachte gegen ein Regal, in dem allerlei Töpfe und Schüsseln aufgereiht waren.

»Darf ich vorstellen, Tilda.« Jen deutete auf das Bratpfannenweib. »Wir konnten das Missverständnis aus der Welt schaffen.«

»Missverständnis?!« Er betastete seine Stirn, wo normalerweise eine Beule hätte prangen müssen. Vermutlich hatte Jen sie einfach verschwinden lassen.

Tilda grinste verschmitzt. »Ich dachte, ihr wärt Schattenkrieger. Man hat mir mal gesagt, der effektivste Weg, gegen Magier vorzugehen, ist es, die Essenzstäbe zu verbrennen. Dann sind sie völlig verwirrt und man kann sie erledigen.« Sie schwang die Pfanne erneut wie einen Tennisschläger.

Alex starrte sie mit offenem Mund an.

»Ja, Kent, sie ist echt«, kam es prompt von Jen. Sie reichte ihm seinen Essenzstab, den er dankbar entgegennahm. »Glücklicherweise kamen wir gerade noch rechtzeitig.«

»Gutes Feuerholz.« Tilda deutete auf die Stäbe.

»Du bist keine Magierin?«, fragte Jen, was Alex verdeutlichte, dass die beiden bisher nur über das Nötigste gesprochen hatten.

Die Frau blickte düster drein. »Ich bin essenzlos.«

»Aha.« Er schaute zwischen Jen und Tilda hin und her. »Was heißt das?«

»Er ist ein Neuerweckter«, erklärte Jen auf den fragenden Blick der anderen Frau. »Essenzlose Erben kommen, soweit ich weiß, nur extrem selten vor. Dabei erhält ein Magier zwar ein Sigil, doch dieses produziert keine Essenz.«

Tilda nickte, den Mund zu einem Strich zusammengepresst. »Netterweise gestattete mir Tomoe, hier als Köchin tätig zu sein.«

»Kochen!«, rief Jen. Sie schaute zu Alex. »Ist das dein Hobby?«

»Nein«, erwiderte er.

»Mist.«

»Ihr beiden seid seltsam«, kommentierte Tilda. »Wie kommt ihr überhaupt hierher? Ich dachte, das Castillo kann nicht betreten werden.«

»Tja, das war mehr eine Art Unfall.« Alex trat zu Jen, hielt jedoch einen Sicherheitsabstand zur Kampf-Köchin. »Jemand wollte uns erledigen, hat aber ›nur‹ das Portal umgeleitet.« Ihm kam ein Gedanke. »Bist du unsterblich?«

Tilda schüttelte den Kopf. »Nein. Doch solange der Schleier über dem Castillo liegt, altert ein Magier hier nicht.«

Ein weiteres Rätsel in der langen Reihe.

»Okay, was genau ist hier eigentlich passiert?«, fragte Jen.

Tilda legte die Pfanne beiseite. Sie deutete auf die dicht beschriebenen Pergamentseiten, die neben dem Herd lagen. »Vielleicht solltet ihr es einfach selbst lesen.«

Alex schnappte sich die Bögen und rollte sie säuberlich aus. Mit Jen, die die Kante der Ablage fest umklammerte – ihr war wohl erneut schwindelig –, begann er über die Zeilen zu fliegen.

Mein Herz pocht vor Euphorie. Ich habe recht behalten. Vor Wochen schon sprach Joshua seine Warnung aus, doch sie verhallte ungehört. Zu nah war die Erfüllung, alle Augen richteten sich auf das Vorhaben in Alicante. Der Tag der Erschaffung wird sogleich als dunkelster in unsere Geschichte eingehen. Der Wall ist entstanden, aber bezahlt wurde er mit vielen Leben. Der Verräter – mein Herz wird schwer bei dem Gedanken an jenen, den ich einst als Freund betrachtete – führte sie an. Wir erfuhren davon über die Kontaktsteine.

Zur Hilfe eilen vermochten wir nicht, standen doch auch vor unseren Zinnen die Schattenkrieger. Angeführt von Dschingis Khan höchstselbst, bereiteten sie den Sturm vor. Schon Tage zuvor ging Tomoe nach Alicante, begann die Überführung der Artefakte, Schriften und Kämpfer. Nur einige Wenige verweilten in diesen Hallen. Bei dem Gedanken an das feiste Grinsen des Khans gerät mein Blut noch heute in Wallung.

Gerne hätte ich sein Gesicht gesehen, als er der Schmach gewahr wurde. Denn ich war vorbereitet. Durch Joshuas Warnung – mein Dank ist dir auf ewig gewiss, Freund – konnte ich den Schutzzauber weben und mit einem der letzten

Artefakte verbinden. Ein Schleier schützt nun dieses mein Zuhause. Er speist sich aus unseren Sigilen. Nach meinen ursprünglichen Berechnungen hätten wir den Schutz noch weitere Wochen aufrechterhalten können. In dieser Zeit ist ein Kontakt nach außen unmöglich.

Die Erschaffung des Walls geht mit fatalen Folgen einher. Die Kraft unserer Sigile lässt mit jedem Tag nach. Die Räte haben uns darauf vorbereitet. Der Wall speist sich aus uns allen, daher verlieren wir Macht. Vermutlich müssen wir unseren Schutz in wenigen Tagen aufheben. Sodann werden wir die verbliebenen Artefakte und Schriften fortbringen und das erste Castillo zerstören.

Gezeichnet zur letzten Stunde des Tages,

Amon

Panik breitet sich aus, vernebelt unsere Sinne. Die Verbindung zwischen dem Artefakt und uns kann nicht aufgehoben werden. Die Erschaffung des Walls hat uns der notwendigen Kräfte beraubt. Zu schwach sind wir bereits. Doch während der Wall nur einen Teil nimmt, nie aber zu viel, stoppt das Artefakt niemals. Heute Morgen brach Walther zusammen. Seine Essenz ist leer, doch das Sigil löst kein Aurafeuer aus. Wir sind ratlos.

Gezeichnet zur Mittagsstunde,

Amon

Zehn sind bereits tot. Das Artefakt frisst ihre Essenz, ihr Sigil, ihre Aura. Tote Körper bleiben zurück. Es geschieht abrupt. Meine Befürchtung ist jene: Das unheilige Ding ist eine Waffe. Einzig Tilda bleibt verschont. Unsere Köchin ist essenzlos, weshalb sie nicht mit dem Artefakt verbunden werden konnte. Gleichzeitig vermochte ich festzustellen, dass die Strahlung Pflanzen und lebendes Gewebe konserviert. Ein Schritt zur Unsterblichkeit? Aber ein fataler, das steht außer Frage.

Gezeichnet in höchster Not,

Amon

Wir sind nur mehr zu dritt. Falk ist untröstlich, starrt immer wieder auf das Bild seiner geliebten Adrienne. Sie beaufsichtigte die Bücher, die ins Castillo nach Alicante gebracht wurden. Er fragt sich, ob sie beim Sturm der Angreifer noch dort verweilte, ob sie überlebt hat. Es bricht mir das Herz, ihn so leiden zu sehen. Adrienne wird sich das Gleiche fragen, sollte sie am Leben sein. Stille und Tod liegen über dem Ort, den wir einst unser Zuhause nannten. Jeder wartet darauf, dass es ihn als Nächsten erwischt. Tilda umsorgt uns rührend. Vermutlich wird sie die Letzte sein. Wenn wir tot sind, wird der Schleier fallen – und sie kann gehen.

Gezeichnet im Angesicht des Todes,
Amon

Ich bin der Letzte.

Alle anderen sind tot. Mein Dienst im Zeichen der Lichtkämpfer geht zu Ende. Der Schutz, den ich meinen Brüdern und Schwestern erschaffen wollte, hat unseren Untergang eingeleitet. Möge die Nachwelt nicht zu schlecht von mir denken. Tilda ist soeben hinausgeeilt, um mir einen ihrer geliebten Tees zuzubereiten. Sie ist etwas Besonderes, wie ich in den vergangenen Tagen feststellen durfte. Bis auf die Seele wandert ihr Blick. Das Schicksal mag ihr die Essenz verwehrt haben, doch etwas anderes wurde ihr dafür geschenkt. Mögen …

Alex legte das letzte Blatt zur Seite. Es gab noch mehr, doch er konnte nicht länger lesen, was im Zeichen größter Not geschrieben worden war. Die Verstorbenen hatten Abschiedsbriefe beigefügt, dazu ein Inventar der verbliebenen Artefakte, das er kurz überflog. Natürlich kannte er keine einzige der darauf vermerkten Bezeichnungen. »Das ist ja übel«, flüsterte er. »Aber warum ist der Schleier nicht zusammengebrochen, als die Lichtkämpfer tot waren?«

Jen schwieg. Ein Zittern überfiel ihren Körper. Rückwärts kippte sie um, schlug mit einem dumpfen Geräusch auf dem Boden auf.

Tilda schlug die Hand vor den Mund. »Es geschieht erneut.«

15. Lebt wohl

Sein Sigil loderte in Pein und Agonie. Die Essenz war nahezu aufgebraucht, sein Leben näherte sich dem Ende. Er wollte, dass es schnell vorbei war, doch etwas in den Kerkerwänden verhinderte, dass er einen mächtigeren Zauber weben konnte. Ein geschickter Schutz. Jeder Schlag, der stark genug gewesen wäre, die Mauern zu sprengen, wurde gedämpft. Es blieb ihm nur das langsame Sterben.

Er hatte ein paar schlichte Leuchtkugeln in die Höhe steigen lassen, die den Raum erhellten. Vier an der Zahl, mehr ließen sich nicht erschaffen. Die dafür notwendige Essenz floss unaufhörlich, aber behäbig aus ihm heraus. Ihm blieb ausreichend Zeit, über sein Leben nachzudenken. Bisher war er zweimal in Wut ausgebrochen und einmal in stilles Weinen. Irgendwann hatte mal jemand zu ihm gesagt, dass man gemeinsam lebte, doch alleine starb. Er hatte gelacht. Bei den Lichtkämpfern war das anders. Sie stritten zusammen gegen das Böse. Die meisten kamen dabei um. Folglich gab es so etwas wie Einsamkeit nicht.

Eine naive Aussage.

Er vegetierte seit Wochen in einer Zelle dahin, und niemand schien es bemerkt zu haben. Wie nahe standen sie sich wirklich, wenn der Austausch keinem aufgefallen war? Das Leben zog vorbei, Nähe wurde oberflächlich. So musste es sein.

Er hatte also alleine gelebt.

Und nun starb er alleine.

Erst wenn das Aurafeuer über sie alle hinwegbrannte, würden sie merken, dass er hier war, nicht unter ihnen. Vielleicht reichte die Zeit noch aus, das Castillo zu retten. Möglicherweise auch nicht. Doch seine Pflicht hatte er dann getan, hatte alles versucht, die Lichtkämpfer vor Schaden zu bewahren.

Er kroch zu den Spiegelscherben. Gleich zu Beginn hatte er in ihnen eine Chance zu sehen geglaubt. Er musste nur die Glasteile verflüssigen und wieder mit einem Kontaktzauber verweben. Erfolglos. Einen Kontakt mit irgendwem dort draußen herzustellen, blieb unmöglich. Dann hatte er darüber nachgedacht, mit den Splittern seine Pulsadern zu öffnen, um den Tod zu beschleunigen. Auch ein normaler Tod löste das Aurafeuer aus, da in diesem Augenblick der Schutz um das Sigil brüchig wurde. Schamerfüllt musste er jedoch feststellen, dass sein Selbsterhaltungstrieb ihn davon abhielt.

Dann also auf die langsame Art.

Er griff nach einer der großen Scherben, die das Licht des schwebenden Feuers spiegelten und sein Antlitz zurückwarfen. Eines seiner Augen war zugeschwollen, das Gesicht eine einzige schwammige Masse, von Rissen und Blutergüssen bedeckt. Die Haare hingen in fettigen Strähnen bis auf seine Schultern hinab, ein Vollbart zog sich über Wangen und Kinn. Er konnte die Bauchmuskeln kaum anspannen, so viele Prellungen hatte die Kreatur ihm zugefügt. Aus jedem Schlag, jeder Verletzung, die der Wechselbalg voller Freude seinem Körper angetan hatte, hatte er Wut und Hass herauslesen können, die die Kreatur gegen die Lichtkämpfer hegte. Warum? Das hatte er nie erfahren.

Neben den physischen Attacken hatte das Ding ihn auch verhöhnt und das Äußere von Personen angenommen, die ihm nahestanden. Er vertrieb diese Gedanken sofort wieder. Nicht eine Sekunde wollte er daran zurückdenken, welche Worte die Kreatur ihm ins Ohr geflüstert hatte, während sie ihm eine weitere Wunde zufügte.

»Mein Aurafeuer wird sie warnen«, flüsterte er heiser. »Sie werden dich finden und töten. Dafür sorge ich.«

Zitternd ließ er die Scherbe fallen.

Er hatte mit einem Heilzauber seine Hände wieder gerichtet und die Wunden oberflächlich versorgt, trotzdem schmerzte jede Bewegung der Finger, jede Anspannung der Handmuskeln. Er war kein Heiler. Natürlich bekam jeder Lichtkämpfer einen Grundkurs in Heilmagie verpasst, doch das ging nicht über Stabilisierungsmaßnahmen hinaus. Die meisten interessierten sich eher für Attacken und Abwehr. Ihm war es da ähnlich ergangen.

Wie viel Zeit mochte vergangen sein?

Immer wieder sah er durch den Kontaktstein Schlaglichter dessen, was dort draußen geschah.

Leonardo in einer Blutlache.

Das Turmzimmer.

Der Weg zu einem neuen Ziel, eine weitere Attacke.

In seinem Geist leuchtete die tödliche Sigilklinge wie ein Fanal. Die Kreatur hatte die Waffe bis vor Kurzem hier drinnen versteckt. Der Raum war – wie er mittlerweile wusste – durch Suchzauber nicht aufspürbar. Wer oder was sich darin auch befand, es tauchte auf keiner Karte auf, konnte nicht geortet werden.

»Wie habt ihr das geschafft, du und die Schattenfrau?«

Von dem Augenblick an, als er nachts aus dem Bett geschleift worden war und Stunden später in Gefangenschaft wieder erwachte, hatte er sich das gefragt. Der Raum musste seit langer Zeit existieren. Doch woher wusste sie davon? Und wie war die Kreatur überhaupt hierher gelangt?

Fragen, die andere würden beantworten müssen.

Er ließ die Kugeln kreisen, versank im warmen Schein des Lichts. Seine Gedanken trieben ab. Bilder aus der Vergangenheit kamen auf. Familienfeiern, das Erwachen seines Erbes, der Beginn seines Kampfes als Lichtkämpfer. Eine neue Welt hatte ihn aufgenommen. Sie alle bekamen zu Beginn in aller Deutlichkeit vermittelt, dass der Kampf gegen das Böse auch Opfer brachte. Wer das nicht begriff, tat es spätestens, wenn einer der anderen starb.

Trotzdem blieb der Gedanke zu sterben weit weg. Sie halfen den Nimags, taten Gutes und hatten eine Menge Spaß. Diese Leichtigkeit vertrieb jede Angst.

»Wie dumm wir doch sind.«

Je näher das Ende kam, desto öfter fragte er sich, ob er den Weg als Lichtkämpfer beschritten hätte, hätte er die Wahl gehabt. Das Erbe erschien, es stellte keine Fragen. Die Verantwortung wurde aufgebürdet, ob man dazu bereit war oder nicht. Die meisten fügten sich einfach ein, er ebenfalls. Immerhin war es toll, plötzlich über Magie zu gebieten. Der Preis kam später.

Er schluckte.

Seine Gedanken drehten sich im Kreis. Er wollte nicht mehr denken. Mit ausgebreiteten Armen stellte er sich unter die schwebenden Kugeln und ließ sie rotieren. Jede Bewegung zog ihm weitere Essenz ab. Er ließ sie kleiner werden und größer, bildete Formen aus. Immer mehr seiner Kraft floss ab. Das Ende näherte sich mit gewaltigen Schritten.

Sein Blick fiel noch einmal auf die Wand.

Er hatte das Feuer dazu genutzt, einen Abschiedsbrief auf den Stein zu brennen. Zusammengesetzt aus schwarzem Ruß standen die Worte dort geschrieben, die er an seine Freunde und die übrigen Lichtkämpfer richten wollte. Natürlich hatte er sie verfestigt, damit sie nicht einfach herabrieselten oder durch sein Aurafeuer unleserlich wurden. Seine letzte Chance, noch einmal über den Abgrund von Leben und Tod hinweg eine Nachricht zu schicken.

Die Kugeln begannen zu rotieren, immer schneller.

Es war paradox. In jedem Kampf war man froh darüber, wenn die Essenz ausreichte und man *keine* Gefahr lief, ein Aurafeuer auszulösen. Doch heute, hier und jetzt, wollte er genau das tun. Während sonst jeder Zauber zu viel der eigenen Kraft fraß, schien es heute einfach nicht voranzugehen.

Zu viele Gedanken.

Er stellte sich in die Mitte des Raumes, hielt die Arme weiterhin ausgebreitet. Seine Gedanken wurden zur Atmung, alles andere verwehte. Er wurde eins mit seinem Körper, seinen Wunden, der Magie. Alles, was er hätte sagen können, war gesagt. Alles, was er hätte denken können, war gedacht. Das Letzte, was er jetzt noch tun konnte, stand bevor.

»Lebt wohl.«

Die letzte Essenz schwand.

16. Die Maske fällt

Clara stand in der Bibliothek. Auf einem Tisch vor ihr stapelten sich Folianten. In diesen Momenten hätte sie alles für eine indizierte Suche gegeben, wie sie auf Computern in Datenbanken möglich war. Chloe hatte mehrere Versuche unternommen, Johanna und Leonardo dazu zu bringen, die Werke einzuscannen. Doch diese waren strikt dagegen. Jede *derartige Maschine* konnte gehackt werden. Sie gähnte, vertrieb die Kopfschmerzen und blätterte weiter.

»Alles klar?«, fragte Chris. »Hast du schon was gefunden?«

»Nein«, knurrte sie.

»Hey, sorry, ich bin nur … sauer.«

Clara atmete aus, ihre Schultern sackten herab. »Ich weiß. Tut mir leid. Bin einfach verspannt, daher hab ich ständig Kopfschmerzen, und, ach verdammt: Warum können die nicht klar und deutlich schreiben. Immer wieder stoße ich auf Querverweise. Von Andeutungen gar nicht zu reden. Die haben früher vielleicht geschwollenes Zeug geschrieben.«

Sie rief sich selbst zur Ordnung. Müdigkeit, Sorge und Wut zerrten an ihrer aller Nerven. Gerade in diesen Situationen zeigte sich, wer einen kühlen Kopf bewahren konnte. Clara hatte schon viele schlimme Dinge erlebt, sie würde auch das überstehen.

»Chloe und Max werden die Klinge finden«, war Chris überzeugt. Er verschwand hinter einer Regalreihe, seine Stimme drang dumpf zu ihr herüber.

Das vorliegende Buch erwies sich ebenso als Fehlschlag. Der Verfasser der kurzen Abhandlung hatte im Hauptwerk zwar mehr zu den Wechselbälgern, ihrer Geschichte und der Clan-Aufteilung geschrieben, doch nichts zu der speziellen Fähigkeit der alten Kreaturen. Es hatte Clara geschüttelt, als sie davon gelesen hatte, wie die Kinder damals aufgewachsen waren. Die Originale wurden entführt und durch Wechselbalg-Junge ausgetauscht, die so die perfekte Infiltration erlernten. Die echten Nimag-Kinder dienten den Clans als Sklaven. Das war mit ein Grund gewesen, weshalb die Lichtkämpfer jene Kreaturen ausgerottet hatten. Nun ja, *fast* ausgerottet.

»Wieso hat niemand etwas in klaren Worten über diese Fähigkeit geschrieben?«, überlegte sie laut.

»Vielleicht, um keine Begehrlichkeiten zu wecken«, erklang Chris‘

Stimme noch dumpfer als zuvor. Er war weiter in das Regaldickicht vorgedrungen. Seine Stimme klang richtiggehend fremd.

»Begehrlichkeiten?«, echote Clara. »Hm. Möglicherweise hast du recht. Immerhin wurden diese Kreaturen damals gerne von den Schattenkriegern eingesetzt, um die Höfe von Kaisern, Königen und Fürsten auf der ganzen Welt zu infiltrieren. Stell dir nur vor, was die Mächtigen heute dafür gäben, einen Gestaltwandler bei ihren Feinden einschleusen zu können.«

»Die Schattenfrau wird auf jeden Fall viele Pluspunkte beim dunklen Rat geholt haben«, rief Chris. »Himmel, hier stehen so viele Bücher.«

Clara schaute gedankenverloren in die Höhe. *Wo könnte ich noch was dazu finden?* »Du warst doch schon mal hier! So neu kann das alles nicht sein.«

Chris schwieg. »Stimmt, aber glaubst du wirklich, ich habe auf Details geachtet?«

Er war nicht unbedingt für seine Liebe zur Literatur bekannt. Sie lachte leise. »Wohl eher nicht. Sag mal, wo war dein Bruder eigentlich, als du angegriffen wurdest? Chloe hat erwähnt, dass er eigentlich ins Verlies wollte, um dir beizustehen.«

»Ich weiß, hat Chloe mich auch schon gefragt.« Chris stieß ein regelrechtes Knurren aus. »Einer der Ordnungstrottel hat ihn nicht hinein gelassen, also wollte er Johanna bitten, das zu klären. Er hat sie aber nicht gefunden. Als er zurückkam war schon alles vorbei.«

»Heute scheint ja wirklich alles schief zu gehen.« Clara schob den Gedanken beiseite. Ihr kam eine Idee. Sie richtete den Aufrufzauber nicht auf Werke zum Thema Wechselbälger, sondern auf spezielle Fähigkeiten bei bösartigen Kreaturen. In der Ferne erklang ein Rauschen. Vier Folianten schwebten herbei. Sie gab jenen auf ihrem Tisch den Befehl, zurück ins Regal zu fliegen und Platz für die Neuankömmlinge zu machen, die kurz darauf landeten. In den ersten beiden Werken fand sie nichts. Sie schlug das dritte auf. Es war alt und zerfleddert, die Seiten waren in brüchige Pappe gebunden. Geschrieben worden war es sogar erst 1980. Allerdings besaß der Verfasser scheinbar Zugriff auf ältere Quellen. Sie musste die Zeilen zweimal lesen, bis der Gedanke endlich bei ihr angekommen war. Sie schloss das Buch. Ihre Hände zitterten.

»Chris!«, rief sie. »Ich habe es! Du wirst es nicht glauben.«

Stille.

»Chris!«

Hinter ihr erklangen Schritte. Sie fuhr herum. Doch es war nicht Chris, der vor ihr stand. Es war ein anderer Freund. Zumindest dachte sie das, bis sie das Blut auf seiner Stirn sah. Es stammte nicht von ihm, wie ihr klar wurde, als er es böse grinsend wegwischte und vom Finger leckte. »Die gute Chloe war ein harter Brocken.«

»Max«, hauchte Clara. Sie schluckte. »Oder sollte ich eher Wechselbalg sagen.«

Sie streckte die Hand aus.

Die Kreatur hob den Essenzstab von Max in die Höhe. »Das lässt du schön bleiben. Glaub mir, ein gezielter maximaler Kraftschlag zwischen die Augen hat den gleichen Effekt wie eine Kugel.«

Sie zog ihre Hand zurück. »Du hast ihn also ersetzt. Max. Seit Wochen.«

»Aber ja.« Die Kreatur kicherte. »Und es war absolut simpel.«

Ich muss Zeit gewinnen. Es konnte den anderen nicht verborgen bleiben, was hier geschah. Auch die Bibliothek war mit Überwachern ausgestattet und Chris flitzte zwischen den Regalen herum. »Warum ausgerechnet er?«

»Die Kaugummis.« Die Kreatur brach in höhnisches Gelächter aus. »Ich konnte sein Blut in die Masse einfügen und so wurden meine Gedanken stets zu seinen Gedanken, wenn ich eines davon gekaut habe.«

Es waren jene Momente, in denen sie sich fragte, wie sie nur alle mit Blindheit hatten geschlagen sein können. Wieso war ihnen nie der Gedanke gekommen, nach dem Blut zu suchen, das die alten Kreaturen benötigten, um den eigenen Geist zu verändern.

»Chloe war nahe dran«, erklärte ihr Gegenüber siegessicher. »Sie hat die Globen aktiviert. Zwar haben die nur mich gezeigt – Max ist sicher verwahrt –, aber als sie zeitlich zurückging, konnte sie meinen Aufenthaltsort zum Zeitpunkt der Attacke auf Leonardo vergleichen. Sie ist schon gewitzt. Entschuldigung, sie *war* gewitzt. Noch ein paar letzte Worte, bevor ich dich erledige und das Archiv aufsuche?« Er hob Leonardos Armband in die Höhe. »Der Zugang liegt frei.«

Einen Augenblick starrte Clara auf den kobaltblauen Stein. Dann begann sie zu lachen.

Die Kreatur schaute sie verblüfft an. »Bist du nun verrückt geworden?«

»Oh, du dummes Ding«, sagte sie. »Du hast doch nicht geglaubt, dass *sie* dich das tun lässt?«

»Was …?«

»Die Schattenfrau hat dich hier aufgrund deiner zweiten Fähigkeit eingeschleust, nicht wegen der perfekten Imitation, zu der du fähigt bist.« Sie deutete auf den Folianten, wohl wissend, dass die Uhr tickte. Wo blieben die anderen? »Die alten Wechselbälger – und du bist einer davon, das wissen wir mittlerweile – konnten auch in ein Portal verwandelt werden. Das war ihr Tod, doch damit gewährten sie Schattenkriegern Zutritt zu Einrichtungen der Lichtkämpfer. *Deshalb* war es den Kämpfern von damals so wichtig, euch auszurotten. Die Schattenfrau will nicht, dass du in das Archiv vordringst. Das will sie selbst tun.«

Der Wechselbalg schaute unsicher drein. Gerade öffnete er den Mund, um etwas zu sagen, da begann die Rücktransformation. Max' Gesicht verschwand, der Körper nahm die ursprüngliche Form an. Graue, ledrige Haut, spitze Ohren, messerscharfe Zähne. Sie konnte auf dem Gesicht der Kreatur erkennen, dass das nicht von ihr gewollt war. Der Wechselbalg ließ die Armmanschette fallen. Ein Schrei hallte durch die Bibliothek, wie sie noch nie einen ähnlichen gehört hatte, als das Wesen plötzlich in loderndem schwarzen Feuer stand. Es schmolz zusammen, veränderte sich, ein Wirbel entstand.

»Ein Schattenportal«, flüsterte Clara.

Sie riss ihren Essenzstab an sich. Mit einem Aufrufzauber holte sie Leonardos Armmanschette heran. Gleichzeitig griff sie nach ihrem Kontaktstein, um eine Warnung auszusenden. Es war nicht schwer zu erraten, was gleich geschehen würde.

Sie behielt recht.

Ein Fuß, eingehüllt von einem dunklen Nebelfeld, trat aus dem Portal. Der Rest folgte kurz darauf. Sie standen sich gegenüber, Auge in Auge.

»Ah, home sweet home.« Die Stimme der Schattenfrau drang nur gedämpft und verzerrt unter dem verhüllenden Feld hervor. Ihr Antlitz, selbst der Essenzstab, blieben vollständig verborgen.

Clara hob den Stab.

»An mir kommst du nicht vorbei!«

17. Ein Plan in einem Plan

Johanna betrat mit gezücktem Essenzstab die Bibliothek.

Hoch über ihr, auf dem Balkon der zweiten Leseebene, stand Clara. Aus einem in schwarzen Flammen stehenden Portal ihr gegenüber trat die Schattenfrau.

»Nein«, erklang hinter ihr Kevins Stimme. »Das ist unmöglich. Das Bild … Max.«

Sie wandte sich dem jungen Lichtkämpfer zu. »Ich übernehme das hier. Eliot trommelt bereits alle Ordnungsmagier zusammen. Tomoe trifft gleich ein und Albert aktiviert Sicherungsmaßnahmen. Du musst den echten Max finden.«

»Aber wie?«

»Er ist im Castillo. Wenn der Wechselbalg das alles geplant hat, schwebt er in Lebensgefahr. Erkläre Einstein, was hier vorgefallen ist. Da wir nun wissen wer ersetzt wurde, gibt es Möglichkeiten das Original zu finden. Geh!«

Kevin rannte davon.

Johanna lief ihrerseits auf die metallene Wendeltreppe zu. Augenblicke später stand sie dem Nebelfeld gegenüber.

»Dein Einfallsreichtum ist beeindruckend.« Sie ließ ihren Essenzstab keinen Zentimeter sinken.

»Oh, aber das ist noch gar nichts.« Ihre Feindin wirkte Magie. Eine düstere, kranke Spur entstand.

Der kobaltblaue Permitstein sauste mit der Armmanschette in ihre Hand, während Clara von einem Schlag getroffen über die Brüstung fiel. Johanna konnte es nicht mehr verhindern. Wenige Schritte brachten sie zum Geländer. Tief unter ihr war Clara aufgekommen, hievte sich soeben ächzend in die Höhe.

»So soll es von nun an also sein.« Sie wandte sich ganz der Feindin zu. »Geschmiedete Ränke, tote Lichtkämpfer – und das alles im Zeichen eines geheimen Plans.«

»Das hast du ganz richtig erkannt«, bestätigte die Schattenfrau. Sie ging langsam über den Balkon, ihre Hüften wogten hin und her. »Es ist so lange her, dass ich hier war.« Ihre Finger strichen über die Oberfläche der Buchrücken, die im äußersten Regal standen.

»Du warst hier?«, fragte Johanna. Sie wollte angreifen, doch gleichzeitig brannte die Neugier in ihr wie ein alles verzehrendes Feuer.

Seit Jahrhunderten warf die Schattenfrau ihnen Knüppel zwischen die Beine. »Wer bist du?«

»Keine Angst, das werdet ihr bald erfahren«, erwiderte die Feindin. »Aber ich mache nicht den Fehler, meine Pläne zu offenbaren, damit ihr mich in letzter Sekunde schlagen könnt. Nimm zum Beispiel das hier.« Sie hob das Kobaltpermit in die Höhe. »Ihr alle glaubt zu wissen, wozu ich es benötige.«

»Du willst in das Archiv.«

»Aber meine Liebe.« Die Schattenfrau stieß ein verzerrtes Lachen aus. »Keineswegs.« Ohne weitere Erklärungen warf sie den Stein hoch in die Luft, auf jene Stelle zu, wo sich die Tür zum Archiv befand; das Netzwerk aus Räumen, das die größten Schätze an altem Wissen der Lichtkämpfer enthielt. Sie hob den Essenzstab und rief: »Signa aeternum.«

Johanna begriff, was die Schattenfrau in Wahrheit hier gewollt hatte. Ein gewaltiges schwarzes Wabern schoss aus der Spitze des Essenzstabes, raste auf die Tür des Archivs zu und legte sich darüber wie eine schützende Hülle. Nur war sie nicht zum Schutz gedacht.

»Signa aeternum, das ewige Siegel«, flüsterte sie. Die Schattenfrau hatte mit Leonardos Permit den Schutz unterlaufen und verschloss nun alle Zugänge zum Archivnetzwerk. Sie schnitt die Lichtkämpfer von jenen Informationen ab, die dort eingelagert waren. Artefakte, Mentigloben, das Wissen der Archivare, nichts stand mehr zur Verfügung. Dafür nutzte sie keinen eigenen Zauber, denn der würde irgendwann zusammenbrechen. Nein, sie pervertierte den bestehenden Schutz, kehrte ihn um.

»Siehst du«, sagte die Schattenfrau süffisant. »Ich will euer kostbares Archiv gar nicht betreten. Sag Leonardo liebe Grüße, er soll sich nicht ärgern. In seinem Alter ist das schlecht für den Blutdruck.«

»Du hast den Wechselbalg ins Castillo eingeschleust, hast Max ersetzt, du hast das Erdbebenartefakt manipuliert, Gryff getötet und es mit Leonardo ebenfalls versucht. Ich werde dich nicht hier herausgehen lassen.« Sie ließ den Essenzstab hochschnellen. »Bis zum Ende.«

»Ach, Johanna.« Die Schattenfrau seufzte. »Du bist immer so theatralisch. Versprich nie etwas, das du nicht halten kannst. Das mit dem Artefakt war eine nette Idee, oder? Doch die kam gar nicht von mir. Siehst du, der Wechselbalg stand in der Gestalt von Max direkt neben dir, als Leonardo das Erdbebenartefakt einsetzte. Erst zu diesem

Zeitpunkt wurde es manipuliert. Quasi on-the-fly. Gryff musste sterben, das war unvermeidlich, und Leonardo hatte es sowieso verdient. Aber mal ehrlich: Hätte ich ihn töten wollen, läge er jetzt nicht in Theresas kleiner Kräuterstube. Du vergisst dabei übrigens noch etwas.«

»Vermutlich eine Menge.«

»Ich meine damit Folgendes: Oh, du böse Schattenfrau hast Mark getötet, hast Nostradamus in eine Statue verwandelt, Jen und Alex in eine Falle gelockt. Du hast das Contego Maxima gestohlen und dann, als der Gassenjunge und Miss Arroganz schon dachten, sie hätten es geschafft, sie an einen Ort ohne Wiederkehr geschickt.«

Ein eisiger Schreck durchfuhr Johanna. »Jen und Alex? Was ist mit ihnen?«

»Wie immer setzt du deine Prioritäten falsch, meine Gute. Sag doch lieber mit einem ausreichenden Maß an Entsetzen: das Contego Maxima?!«

Johanna starrte mit schreckgeweiteten Augen zu ihrer Feindin. Falls diese den absoluten Schutz besaß, konnte niemand sie aufhalten. Andererseits spürte sie zwar die Schattensphäre, die aus düsterer Nebelmagie bestand, doch darüber hinaus gab es keinen derart starken Schutz.

»Deine Gedanken sind dir auf dem Gesicht abzulesen.« Die Schattenfrau fühlte sich offensichtlich nicht im Mindesten verängstigt, obgleich in diesem Augenblick eine Horde Ordnungsmagier die Bibliothek stürmte. Angeführt von Tomoe und Eliot Sarin bildeten sie einen Kordon unter dem Balkon. Damit fehlte nur noch Einstein.

»Du wirst auf ewig im Immortalis-Kerker schmoren.« Johanna spie die Worte förmlich aus.

»Nicht wirklich. Aber bevor unser kleiner Plausch gestört wird, fehlt noch etwas.« Sie riss den Stab in die Höhe, deutete auf die Regalreihen mit den Folianten und rief: »Ignis aemulatio.«

Magisches Feuer entstand. Johanna wob sofort ein Symbol, um den Flammen jeden Sauerstoff zu entziehen, doch sie wurden aus der Essenz ihrer Feindin gespeist und entzogen sich den Gesetzen der Physik. Sie sprang nach vorne. Stab traf auf Stab. Funken flogen, als die beiden magischen Erweiterungen ihrer Sigile gegeneinander ankämpften. Wie Schwerter führten sie die Essenzstäbe. Ringsum teilten sich die Flammen, fraßen sich in Bücher, Papyri, Regale, Sitzmöbel. Die Bibliothek verwandelte sich binnen Minuten in ein Flammenmeer.

»Du Wahnsinnige!« Johanna tauchte unter einem Hieb weg, führte ihren Stab gegen das Nebelfeld. Ein Schmerzensschrei erklang. »Du bist also nicht unverwundbar.«

»Mitnichten, meine Liebe«, erwiderte die Feindin. »Du jedoch ebenso wenig.«

Der Kraftschlag traf sie frontal. Johanna segelte über die Brüstung, hinein in die Flammen. Im letzten Augenblick schützte sie ihren Körper vor der Hitze, ließ Sauerstoff direkt in ihrem Mund und in der Nase entstehen, legte ein Flammensiegel um den eigenen Körper. Auf dem Balkon brach eines der größeren Regale zusammen. Die Schattenfrau stieß sich vom Boden ab, flog langsam empor. Die eine Hälfte ihres Nebelfeldes bestand aus Flammen, die andere aus lichtschluckender Schwärze. Sie lachte, schwebte über allem wie ein Gestalt gewordener Racheengel.

Die Ordnungsmagier versuchten, das Feuer zu löschen. Ihre Verzweiflung wuchs. Tomoe und Albert, der soeben eintraf, nutzten Aufrufzauber, um die unbeschädigten Bücher aus dem Raum zu werfen. Gleichzeitig starteten sie unablässig Attacken gegen die Schattenfrau. Sie verpufften sinnlos. Wer auch immer unter dem Nebelfeld steckte, war sehr alt und unglaublich stark.

»Wir werden sehen, wie ihr ohne das Wissen auskommt, das über Jahrhunderte gesammelt wurde«, hallten die Worte der Feindin zu ihnen herüber. »Ihr verdient es nicht.«

Johanna wollte sich das Gesäusel nicht länger anhören. Sie ließ die Essenz zusammenfließen, wartete, bis die Schattenfrau sich ihr wieder zuwandte, und brüllte: »Potesta Maxima.« Der Schlag schleuderte die Feindin rücklings zwischen die brennenden Regale.

18. Unkraut vergeht nicht

Chloe rannte in Richtung Bibliothek. Beinahe hätte die Attacke aus dem Hinterhalt sie erledigt. Einzig ihrem Instinkt war es zu verdanken gewesen, dass der Wechselbalg sie nicht hatte erledigen können. In der Ferne erkannte sie Kevin, der in Richtung Globenraum unterwegs war. »Hey!«

Er hielt inne. »Chloe. Geht es dir gut? Du blutest. Es war Max.«

»Ich weiß.« Sie drückte ihm den Kontaktstein in die Hand. »Den hatte das Mistding. Hat mich angegriffen und wollte meine Haut zu Stein werden lassen. Wenn Eliot und seine Jungs nicht vorbeigekommen wären und mich befreit hätten, wäre ich jetzt eine hübsche Gartendekoration. Mit dem Kontaktstein kannst du den echten Max finden, sie sind noch immer verbunden – falls er am Leben ist. Beeile dich besser.«

Sie ließ ihn stehen und rannte zur Bibliothek. Der Wechselbalg hatte am Ende davon gesprochen, dass er für die letzte Etappe dorthin gehen würde. Schon von Weitem konnte sie erkennen, dass im Inneren gekämpft wurde. Clara war scheinbar über die Brüstung gefallen, hatte sich aber noch abfangen können.

Chloe schlug sich in den rückwärtigen Teil der Bibliothek durch, stieg die hintere Wendeltreppe auf den zweiten Balkon hinauf. Direkt vor ihr lag Chris. »Mensch, du kriegst es aber auch ständig ab, was?«

Der Freund war bewusstlos. Sie wirkte einen Schwebezauber, der ihn über die Brüstung nach unten und aus der Bibliothek in Richtung Krankenflügel schickte. Vermutlich würde er ordentlich fluchen, wenn er nach dem Aufwachen schon wieder Theresa vor sich sah. Unweigerlich musste sie schmunzeln.

Dann kam das Feuer.

Die Schattenfrau versiegelte das Archiv und setzte die Bücher in Flammen. Chloe trabte die Treppe weiter empor, hinauf auf den dritten Balkon. Sie wob einen Schutz um ihren Körper und schlich zur Balustrade. Langsam zog sie die Sigilklinge hervor, die der Wechselbalg beim Kampf verloren hatte. »Wie wäre es mit ein wenig eigener Medizin«, flüsterte sie. Ihr Schädel pochte. Die verdammte Kreatur hatte ihr einen ordentlichen Schlag versetzt, der ihr beinahe das Bewusstsein geraubt hatte. Nur deshalb hatte er den Steinzauber auf sie legen können. »Aber nicht mit mir.«

Sie wartete auf den geeigneten Moment.

Johanna flog über die Brüstung, stieg jedoch in die Höhe und führte einen Kraftschlag aus. Die Schattenfrau wurde quer durch den Raum katapultiert und krachte in ein Regal auf der zweiten Ebene. Chloe rannte zur Treppe, sprang hinunter, rollte zwischen den Feuerzungen hindurch und kam wieder hoch. Die Feindin erhob sich gerade, als Chloe ausholte und zustieß. Ein Schrei erscholl, als die Klinge das Nebelfeld durchstieß. Ein Schlag traf sie, ließ ihren Körper gegen das nächste in Flammen stehende Regal krachen. Die Schattenfrau zog die Sigilklinge aus ihrer Seite, hielt sie in die Höhe. Mit aufgerissenen Augen starrte Chloe auf das Artefakt, das zerbröselte.

»Ah, und ich habe mich schon gefragt, ob es tatsächlich geschieht.« Das Flüstern drang heiser und bösartig aus dem Nebelfeld hervor. »Herzlichen Glückwunsch, Chloe, du hast die Sigilklinge zerstört. Du kannst stolz auf dich sein.« Die Schattenfrau taumelte. Blut floß aus einer Wunde zu Boden, löste sich jedoch auf, bevor es in die Flammen tropfen konnte. »Wenn du darauf hoffst, mich damit getötet zu haben, muss ich dich enttäuschen. Das Nebelfeld hat den Effekt der Klinge neutralisiert. Verletzt hast du mich, sterben werde ich jedoch an einem anderen Tag.«

Chloe kam in die Höhe. »Wie hast du so schön zu Johanna gesagt: Versprich nichts, was du nicht halten kannst.« Sie richtete den Essenzstab aus. »Potesta Maxima. Ignis Aemulatio.«

Der Schlag warf die Schattenfrau zurück. Sie schwankte. Aus ihrem Nebelfeld züngelten Flammen empor. Ein blutroter Schleier legte sich auf Chloes Blickfeld. Sie zeichnete Symbole, initialisierte Kampfzauber mit Worten und schwang ihren Essenzstab gegen die Feindin. Attacke um Attacke leitete sie ein. Doch die Schattenfrau hielt stand. Sie war geschwächt, zweifellos, aber noch nicht am Ende.

»Ich habe, was ich will.« Die Feindin wehrte einen weiteren Kraftschlag Chloes ab, bewegte sich auf das Portal zu, das in der Ferne schwebte. Wie es auch immer hierhergekommen war, sie würde nicht zulassen, dass das Weib entkam.

»Du kannst mich nicht aufhalten, Chloe.« Die Feindin hielt inne, schaute zwischen herabregnenden Trümmern und Flammen zurück. »Glaub ja nicht, dass du entkommen wirst. Ihr spielt nach meinen Regeln, ob ihr es begreift oder nicht. Am Ende steht euer Tod. Kein einziger Lichtkämpfer wird überleben. Wenn du mit sterbenden Augen in mein wahres Antlitz schaust, wirst du den Schmerz darin erkennen, für den ihr alle verantwortlich seid. Es gibt keinen Unschuldigen unter euch.«

»Du hörst dich gerne reden, oder?« Chloe ballte die Linke so fest zur Faust, dass die Fingerknöchel weiß hervortraten. »Du bringst uns allein durch dein Geschwafel um.«

Die Flammen leckten über die Decke, durchsetzten den Boden. Ein Nimag wäre längst zu Asche verbrannt gewesen, aber zuvor an einer Rauchvergiftung gestorben. Das lodernde Orangerot, der Geruch nach brennendem Holz und das Knistern von Papier erschufen das Bild eines Infernos. Sie standen inmitten der Flammen, Auge in Auge. Für einen kurzen Moment spürte Chloe etwas Vertrautes. Das war unmöglich, doch wie die Schattenfrau dastand, ihre Haltung, ihre Gestik, die Wahl ihrer Worte, glaubte Chloe, sie schon einmal gesehen zu haben. Irgendwann. Irgendwo. Oder zumindest jemanden, der ihr ähnelte. Sie wollte den Gedanken greifen, aber er verschwand.

Ein Bild in einem Buch? Eine alte Aufzeichnung? Sie zerbrach sich den Kopf, doch ihr Geist stellte keine Verbindung mehr her. Die in Nebel getauchte Silhouette war wieder so unbekannt wie zuvor.

Spielt es eine Rolle?

Nach allem, was die Schattenfrau angerichtet hatte, war es Chloe egal, wer sie war. Sie wollte, dass die Feindin für ihre Morde bezahlte. Selbst wenn am Ende eine große Persönlichkeit der Menschheitsgeschichte unter dem Schattenfeld steckte, änderte das gar nichts.

»Leb wohl, Chloe.« Die Feindin wandte sich wieder dem Portal zu, rannte durch die Flammen darauf zu.

Kurz bevor sie es erreichte, schwebte Johanna von oben herab, den Essenzstab auf die Schattenfrau gerichtet. Sie landete auf dem Balkon. »Es ist genug. Leg deine Waffen nieder und auf dich wartet lediglich der Immortalis-Kerker. Kämpfe weiter und ich beende dein zweites Leben hier und jetzt.«

Chloe machte sich dazu bereit, ebenfalls in das Geschehen einzugreifen. Mittlerweile lechzten die Flammen nach der Decke des Raumes. Doch die anderen hatten Sicherungsmaßnahmen ergriffen. Wände und Decke wiesen das Feuer ab. Der gemeinsame Schutz versiegelte das Material. Die meisten Bücher, Folianten und Papyri waren verloren, aber immerhin würde das Castillo heute nicht abbrennen.

»Na, wenn das so ist.« Die Schattenfrau machte einen Schritt zurück, richtete den Essenzstab zu Boden. »Dann werde ich mich wohl ergeben. Hm. Wenn ich es mir recht überlege, tue ich das doch nicht.«

Ein Kraftschlag krachte in den Holzuntergrund des Balkons, der längst völlig instabil geworden war. Die gesamte Umgebung schien mit einem Mal in eine grausame Zeitlupe getaucht. Fliegende Funken, lodernde Flammen, knackendes Holz. Der Rauch wallte auf, als der Boden wegbrach.

Johanna ruderte mit den Armen. Sie wollte einen Zauber weben, kam jedoch nicht mehr dazu. Die Schattenfrau stand einfach nur ruhig da und erwartete den kommenden Sturz. Chloes Gedanken rasten, doch ihr Körper reagierte so zäh, als bewege sie sich in Sirup.

Der Boden war fort.

Als habe jemand die Play-Taste bei einem Video gedrückt, lief alles wieder normal ab. Sie fiel. Flammen schossen an ihr vorbei, Holzsplitter wirbelten durch die Luft, oben wurde zu unten.

Sie fielen hinab in ein orangerotes, tödliches Meer.

19. Der entartete Zauber

Schweißtropfen perlten über ihr Gesicht, das Haar lag schweißverklebt an. Jens Lider flatterten, doch sie reagierte nicht auf Ansprache. Alex prüfte erneut ihren Puls. Er ging schnell, war aber immerhin vorhanden.

»So fängt es an«, sagte Tilda. Sie schob ihn beiseite und drückte Jen einen Stoffbeutel auf die Stirn, aus dem der Geruch von Kräutern emporstieg. »Der Schleier raubt ihr die Kraft. Bald wird sie sterben.«

Alex wollte bei diesen gnadenlosen Worten auffahren. Als er jedoch in Tildas Gesicht blickte, schwieg er. Die rundliche Frau wischte fahrig ihre Hände an einer Schürze ab. Sie wirkte traurig. Für einen Augenblick hatten Jen und er ihr Hoffnung gegeben. Hoffnung auf ein Leben außerhalb der Mauern des verlorenen Castillos, nicht länger in Einsamkeit.

»Du bist der Nächste«, sagte Tilda. »Bereite dich besser darauf vor.«

»Einen Teufel werde ich.« Alex funkelte sie an, nun doch wütend. »Amon hat etwas von einem Artefakt geschrieben. Boah, wenn ich das Wort noch einmal höre. Wo ist es?«

»Oben.«

»Wo.*Oben*.Ist.Es?« Seine Geduld wurde wirklich auf eine harte Probe gestellt.

»Amon wollte es an der höchsten Stelle des Castillos errichten. Daher wählte er den zentralen Turm.«

Er beugte sich über Jen. »Halte durch, okay.« Ganz leise flüsterte er ihr ins Ohr. »Backen. Mein Lieblingshobby ist Backen.« Alex ging zur Tür.

»Ich passe auf sie auf«, rief Tilda ihm nach. »Viel Glück.«

»Danke.«

Er verließ die Küche. Stille lag über allem, als er durch die Gänge des verlassenen Gebäudes schritt. Wieder bekam er eine Gänsehaut. Die Vorstellung, dass hier vor vielen Jahren Lichtkämpfer geschäftig herumgeeilt waren, während der Tod sich ihnen lautlos genähert hatte, ließ ihn erschaudern. Er ging um eine Kurve und stolperte prompt. Im nächsten Augenblick fand er sich Auge in Auge mit einem Skelett wieder, das am Absatz der Treppenstufen lag.

»Ich bin verdammt noch mal der Neuerweckte«, fluchte er. »Warum hat das Ding nicht mein Sigil angezapft und Jen das Problem lösen lassen?« Er stand auf.

Alex stieg die Treppen empor ins oberste Stockwerk, das keine umlaufende Galerie besaß und die gesamte Fläche einnahm. Von dort führten weitere Stufen hinauf zum zentralen Turm. Als er die Hälfte der Strecke zurückgelegt hatte, spürte er es bereits. Nun, er konnte nicht genau sagen, *was* er da fühlte, aber *etwas* war da.

Er kam in einem kreisrunden Raum heraus, der an ein Observatorium erinnerte. Hoch über ihm, unter einer gewölbten Decke, war ein Gitter aus Stahl und Chrom angebracht. Blitze zuckten herab, auf ein Gebilde aus Eisen und Holz. Es ähnelte von der Beschreibung her dem Erdbebenartefakt, von dem Clara und Max erzählt hatten. Das Holz bildete bewegliche Schalen aus, Eisenornamente blieben in ständiger Bewegung. »Ich hasse dieses Zeug.«

Er mochte Magie, aber Artefakte konnte er nicht ausstehen. Sie alle besaßen furchtbare Eigenschaften, die immer wieder außer Kontrolle gerieten. Ob bei der Erdbebengeschichte, dem Folianten oder der Sigilklinge – man durfte diesen Dingern niemals trauen.

»Sprungtore sind genauso schlimm«, murmelte er, sich vorsichtig dem Zentrum des Raumes nähernd.

Nachdem die Schattenfrau erfolgreich bewiesen hatte, dass das Portalnetz unsicher war, würde er zukünftig nicht mehr so sorglos hineinspringen können. Gut, dank der Übelkeitsanfälle hatte er es eigentlich noch nie sonderlich gemocht.

Das Artefakt reagierte auf ihn. Alex konnte spüren, wie die Spannung im Raum zunahm. Die Härchen auf seinen Armen stellten sich auf. Er hob den Essenzstab, wusste aber gar nicht, was er nun tun sollte. Eine Schutzsphäre?

Bevor er zu einer Entscheidung kommen konnte, spürte er das gierige Tasten. Die Illusion zerstob. Dort, wo das Artefakt im Raum hing, hatte sich ein groteskes Etwas manifestiert. Ein schwarzes, protoplasmatisches Ding, dessen Tentakel nach ihm tasteten. Pure Angst griff nach Alex, als er das Gefühl hatte, in einen bodenlosen Abgrund zu stürzen. Doch ebenso plötzlich, wie es gekommen war, verschwand das Gefühl. Die Tentakel zogen sich zurück, ließen ihn unbehelligt. Die Illusion saß wieder perfekt.

Er rannte zur Tür. Auf der Treppe hielt er keuchend inne. Erst jetzt bemerkte er, dass sein Hemd durchgeschwitzt an seinem Oberkörper klebte. Seine Hände zitterten. Was war das nur für ein Ding gewesen?

Er atmete langsam ein und wieder aus, versuchte, seine Gedanken zu klären. Die Tentakel, das hatte er spüren können, hatten nach seinem Sigil getastet, wie ein Raubtier, das aus dem Versteck hervorsprang und gnadenlos zuschlug. Doch sie hatten es verschmäht. Ja! Der Gedanke war klar zu ihm herübergedriftet. Obgleich die Gier im Inneren dieses Dings alles übertraf, was nach seinem Verständnis menschlich möglich war, hatte es sein Sigil nicht gewollt.

Allein bei der Vorstellung, erneut in den Raum zu gehen, überfiel ihn nackte Panik. Sie war nicht logisch zu erfassen, aber so intensiv, dass ihm abermals der Schweiß ausbrach. Lediglich die blasse, leblose Jen, die unten in der Küche lag und jeden Augenblick sterben konnte, ließ ihn die notwendige Kraft finden. Doch wie sollte er diese Pervertierung der Magie, diese Abnormität auslöschen? Er?! Ein neuerweckter Magier, der bis vor wenigen Tagen noch ein Nimag gewesen war. Vorsichtig näherte er sich dem Zentrum des Raumes, jederzeit bereit, in die entgegengesetzte Richtung zu fliehen.

Doch nichts geschah.

»Was bist du?«, flüsterte er mit rauer Stimme.

»Hallo?«, sagte jemand.

Alex zuckte zusammen. Blitzschnell wirbelte er herum, doch da stand niemand. Erst mit ein wenig Verzögerung wurde ihm bewusst, dass die Worte aus dem Kontaktstein an seinem Hals gedrungen waren und in seinem Kopf landeten. »Tilda?«

»Ja, genau. Ich habe mir den Kontaktstein von Jen geborgt. Du musst dich beeilen. Sie hat Krampfanfälle und fiebert. So war es auch bei den anderen. Gleich wird sie wie eine verschrumpelte Mumie in sich zusammenfallen.«

»Ich gebe mein Bestes.«

Er wollte sie noch fragen, wie sie Jens Kontaktstein überhaupt hatte nutzen können, er war die Erweiterung des Sigils und konnte daher, wie auch der Essenzstab, normalerweise nur von seinem Besitzer benutzt werden; außerdem besaß Tilda doch gar keine Essenz. Die Köchin des Castillos hatte die Verbindung allerdings wieder beendet und er hatte wahrlich andere Dinge zu tun, als dieser Sache jetzt auf den Grund zu gehen. Ein riesiges, gefräßiges Etwas auslöschen beispielsweise.

»Also gut, Kent, jetzt geht es um alles.«

Er hob den Essenzstab und richtete ihn auf das Artefakt. Ein

Kraftschlag traf das Ding. Keine Reaktion. Er wob das Symbol und kombinierte es mit den Worten für den maximalen Kraftschlag. Wieder geschah nichts.

»Großartig, wirklich.«

Er ging näher heran. Aus dem Nichts entstand ein Gedanke in seinem Geist. Es war eine verwegene Idee, konnte aber erfolgreich sein. Bedauerlicherweise musste er dafür noch einmal in Kontakt mit dem unbekannten Ding treten.

Alex schluckte, steckte den Essenzstab hinter seinen Gürtel und streckte die Arme aus.

20. Ein Abschied auf Zeit

Der Schmerz des Aufpralls presste Johanna die Luft aus den Lungen. *Anfängerfehler*, fluchte sie lautlos. Niemals hätte sie auf dem gefährdeten Untergrund landen dürfen. Doch für Selbstvorwürfe war es zu spät.

Chloe verlor soeben das Bewusstsein.

Johanna riss ihren Stab empor und zeichnete blitzschnell ein Schutzsymbol. Gerade, als die Flammen nach der Lichtkämpferin griffen, wurde sie von einem schimmernden Gebilde umschlossen. Sie schwebte hinaus aus der Bibliothek.

Wie ein Rachedämon erhob sich die Schattenfrau. Holzscheite wurden zur Seite geschleudert. Zwischen Rauch und Feuer konnte Johanna fast nichts mehr sehen. Sie hörte Tomoe, die Worte brüllte. Albert antwortete. Die fernen Silhouetten von Ordnungsmagiern rannten umher.

»Man kann kaum glauben, dass ihr so lange überlebt habt«, höhnte die Schattenfrau. »Ein dilettantischer Haufen mit mehr Glück als Verstand.«

»Immerhin haben wir deine Flucht verhindert«, entgegnete sie.

»Du bist eine Närrin, Johanna von Orléans. So lange hast du bereits gelebt, so oft gesehen, wie das Böse sich erhebt, doch momentan bist du mit Blindheit geschlagen. Schau hinaus in die Welt. Nichts hat sich verändert! Der ewige Ablauf aus Tod und Verderben, Verrat und Einsamkeit. Die Menschen vegetieren in einem Leben dahin, von dem sie glauben, es biete ihnen Freiheit.« Sie lachte auf. »Eine Illusion.«

»Die Zerstörung des Walls würde nur eines bedeuten: Krieg. Magier würden einander offen bekämpfen, machtgierige Nimags einen Pakt mit der falschen Seite schließen.« Johanna spannte die Muskeln an, war jederzeit auf einen Angriff gefasst. »Die Welt ist, wie sie schon immer war. Es geht langsam und stetig in die richtige Richtung.«

»Die Welt hat mir alles genommen«, kam es flüsternd zurück. »Nun werde ich der Welt alles nehmen. Mein Ziel liegt nahe, keiner von euch kann mich noch aufhalten. Kämpft, so lange ihr wollt. Doch begreife, dass ich meinen Feinden stets einen Schritt voraus war und es auch immer sein werde.« Der Essenzstab verschwand im Nebelfeld.

Johanna formulierte die Worte für eine Transformation, um das Feuer um die Schattenfrau erstarren zu lassen, als diese sich einfach auflöste. Wenige Meter entfernt, hoch über ihr, erschien sie wieder. »Wie …?«

»So viele Geheimnisse, so viel Nichtwissen. Und du dachtest wirklich, ihr hättet eine Chance?«

Lachend schwebte ihre Feindin zum Portal, das aus dem Wechselbalg entstanden war. Lichtblitze schossen auf sie zu, erzeugt von den Ordnungsmagiern, Tomoe und Albert. Doch sie gingen daneben oder verpufften wirkungslos an dem Schutz, der die Schattenfrau umgab. Sie erreichte die geballte Schwärze, drang in sie ein und war fort. Kurz darauf diffundierte das Portal in ein feines Nebelgespinst – und verwehte.

In der Ferne krachte ein weiteres Regal zusammen.

Johanna kämpfte sich durch die Trümmer zur Tür. Sie griff nach ihrem Kontaktstein. »Albert, Tomoe.«

»Johanna?«, erklang die lautlose Stimme ihres Freundes. *»Was ist passiert? Bist du in Ordnung?«*

»Auf dem Weg in Richtung Tür«, sagte sie. »Evakuiert den Raum. Sie ist fort.«

Als sie den Ausgang endlich erreichte, waren die anderen beiden Unsterblichen bereits da.

Tomoe betrachtete sie von oben bis unten. »Du scheinst nicht verletzt zu sein.«

»Nur mein Stolz«, erwiderte sie. »Das Feuer hat keine Quelle mehr, die Ordnungsmagier müssen es löschen. Theresa kümmert sich um alle Verletzten. Albert, wir brauchen die anderen Ratsmitglieder und Lichtkämpfer.«

Johanna ließ alle Zauber verwehen und hob das Siegel um das Castillo auf. Schwer atmend sank sie an der Wand zu Boden. Der Stein verströmte angenehme Kühle.

»Sie hat uns hereingelegt«, fluchte Einstein, während er nach seinem Kontaktstein griff. Kurz darauf fiel das Siegel, das alles hermetisch abgeriegelt hatte.

»Und nicht zu knapp.« Johanna keuchte. Ihre Kondition war nicht die beste, sie hielt sich zu oft hier im Castillo auf. »Das Archiv versiegeln. Eine derartige Idee muss man erst mal haben.«

»Brillant«, gestand Tomoe zähneknirschend. »Damit schneidet sie uns von jedem Wissen ab; von allen älteren Aufzeichnungen. Meinst du, die Archivarin kann das Siegel von innen brechen?«

Johanna wiegte den Kopf in einer Geste der Unsicherheit hin und her. »Bisher haben sich die Angriffe der Schattenfrau als ziemlich wirksam entpuppt. Sie wird es zweifellos versuchen, aber wir müssen hier draußen auch alles daran setzen. Mit der vereinten Kraft des Rates wird es gelingen, da bin ich voller Hoffnung.«

Albert trat zu ihnen. »Eliot koordiniert seine Männer. Sie werden das Feuer in den Griff bekommen, aber es ist hartnäckig. Die Bibliothek ist verloren. Wir müssen alles neu aufbauen. Die Schriften sind natürlich verbrannt.«

Johanna schloss die Augen. Es war eine Sache, dass sie nicht mehr an eingelagertes Wissen herankamen, bis das Siegel der Schattenfrau aufgehoben war. Doch hier waren Unikate zerstört worden. Es gab keinen Ersatz. Einige dieser Werke hatte sie selbst zusammengetragen. »Es ist, wie es ist. Wir werden neues Wissen finden. Es gibt genug vergessene Schriften auf der Welt, geheime Bibliotheken und Katakomben. Wir werden Buch für Buch bergen. Außerdem werden die Archivare gewiss die eine oder andere Abschrift besitzen.«

»Falls sie noch am Leben sind«, sagte Tomoe. Die Freundin wirkte selbst mit zerzaustem Haar und rußgeschwärztem Gesicht elegant. »Tut mir leid, aber jemand muss es aussprechen. Zum einen wissen wir nicht, welche Wirkung das Siegel auf das Innere des Archivs hat. Zum anderen tickt die Uhr. Auch die Archivarin und die ihr Unterstellten sind Menschen. Ohne Nahrung und Wasser werden sie sterben. Wir müssen diese Barriere zügig überwinden.«

»Da stimme ich dir zu.« Johanna sog die klare reine Luft tief in ihre Lungen. »Doch zuerst müssen alle darüber informiert werden, was hier heute geschehen ist.«

»Du willst es ihnen sagen?«, fragte Tomoe ungläubig. »Alles?«

»Natürlich. Wenn die vergangenen Ereignisse eines gezeigt haben, dann, dass unsere Feindin jedes Mittel gegen uns einsetzt. Sie sät Zwietracht und Angst. Keine Geheimnisse mehr. Die Lichtkämpfer erfahren, was hier heute geschehen ist. Nur so können wir verhindern, dass sich etwas Derartiges wiederholt.«

Tomoe wirkte skeptisch. »Wenn du das für den richtigen Weg hältst, werde ich mich nicht dagegenstellen. Allerdings glaube ich eher, dass das für Unsicherheit und noch mehr Angst sorgen wird.«

Albert schüttelte den Kopf. »Das glaube ich nicht. Johanna hat recht. Es wird das Vertrauen stärken, das die Lichtkämpfer in uns setzen.«

Bevor Tomoe darauf etwas erwidern konnte, hob Johanna die Hand. »Diese Diskussion sollten wir später fortsetzen. Es gibt genug zu tun. Die Teams müssen neu zugeteilt werden. Es gilt herauszufinden, wie der Wechselbalg hereinkam, und das Siegel um das Archiv muss schnell fallen. Zudem …«

Sie taumelte.

Im gleichen Augenblick spürten es auch Tomoe, Einstein und alle anderen versammelten Lichtkämpfer. Wie ein schlafender Drache, der sich brüllend erhob, wogte das Gefühl über sie alle hinweg. Schmerz, Übelkeit, noch mehr Schmerz. Vor ihrem geistigen Auge entstand ein Bild. Ein Mann, abgekämpft, verwundet, am Ende all seiner Kräfte.

»Max«, hauchte Albert.

»Oh nein.« Tomoe erbleichte.

Johanna konnte nur zitternd dastehen. Machtlos musste sie dem Verhängnis zusehen. Schließlich flüsterte sie: »Aurafeuer.«

21. Zu spät

Kurz zuvor

Kevin rannte durch die Gänge des Castillos. Wo Lichtkämpfer zu langsam beiseite wichen, sandte er leichte Kraftschläge aus, die sie wegrempelten. Er nahm nicht die Treppen, sprang stattdessen über die Brüstung und schwebte über den Abgrund, um ein Stockwerk tiefer wieder auf dem Boden aufzukommen. Lichtkämpfer, die seinem grimmigen Blick begegneten, warfen sich zur Seite. Vermutlich glaubten sie, er sei der Verräter. Manche zückten den Essenzstab, griffen ihn aber nicht an.

Max' Kontaktstein lag pulsierend in seiner Hand. Er lebte also noch. Es musste so sein. Der Gedanke brachte andere Bilder mit sich. Wochenlang hatte die Kreatur den Körper seines Freundes nachgebildet, ihn ersetzt. Er hatte das Drecksding geküsst, umarmt, sich nahe gefühlt und … Nein, darüber wollte, darüber *durfte* er nicht nachdenken.

Nun ging es nur um eines. Max' Rettung …

… Die erste Flamme züngelte über seine Aura. Das Sigil streckte seine Tentakel aus, bohrte sie in den hauchdünnen Schutz. Immer weiter trieb Max seine Magie an, ließ die Leuchtkugeln entflammen. Sie strahlten wie kleine Miniatursonnen, vertrieben die Dunkelheit mit ihrem Licht. Er schämte sich nicht der Tränen, die über seine Wangen rannen. Obgleich sein Körper geschunden war, er ein Martyrium über sich hatte ergehen lassen müssen und seine Freunde davon nicht einmal etwas wussten, hing er doch am Leben. Der Gedanke brachte erneut Wut mit sich. Er durfte ihr nicht nachgeben. Wut sorgte für Kampfeswillen.

Es ist vorbei.

Ab einem bestimmten Punkt ging es schnell. Die Flammen würden ihn innerhalb von Augenblicken verzehren. Der Schmerz würde nur Sekunden andauern. Nichts im Vergleich zu dem, was hinter ihm lag. Er dachte an seine Familie und Freunde. An Kevin, Jen und Chris, Chloe, Clara und Mark. Er dachte an die vielen Stunden im Wohlfühlflügel, wo er mit anderen gelacht hatte, neue Getränke ausprobiert oder magische Experimente durchgeführt hatte.

Es ist vorbei!

Er peitschte das Sigil an, trieb es über die Belastungsgrenze hinaus. Eine weitere Flamme entstand. Noch eine. Das Aurafeuer begann. Und sein Schmerz …

… schwappte über Kevin hinweg. Er taumelte, brach in die Knie. Übelkeit, das grausame Gefühl des Verlustes brannte sich in seine Seele. Vor seinem geistigen Auge erschien Max. Er stand in einem kleinen Raum. An der Decke schwebten leuchtende Kugeln, die die Dunkelheit vertrieben. Er keuchte schockiert auf, als er den Zustand bemerkte, in dem sein Freund sich befand. Wunden, Verstümmelungen, Blut. Die Haare hingen strähnig herab, ein Vollbart spross auf seinem Gesicht.

Der Schock wurde von unbändiger Wut abgelöst. Auf den Wechselbalg, die Schattenfrau und sich selbst. *Warum habe ich es nicht gesehen?* Er sprang auf, kämpfte das Gefühl nieder und rannte weiter. Vor ihm tauchte ihr Zimmer auf.

Ein zusätzlicher Schock. Während er wochenlang mit dem Wechselbalg im Bett gelegen und geschlafen hatte, hatte Max nur eine Wand entfernt in Ketten einsam gelitten. Aus dem Zorn in seinem Inneren wurde purer Hass. Das Gefühl der Machtlosigkeit schürte die Flamme. Kevin betrat den Raum, den er nie wieder als sein Zuhause ansehen würde. Im nächsten Augenblick …

… explodierte die Wand.

Max stand einfach da. Sein Körper wurde von Flammen umlodert, sein Sigil schrie gepeinigt auf. Die Aura war nur mehr ein Flickenteppich, der zusammenbrach. Ein Zurück gab es nicht. Nicht ohne Essenz.

Kevin stand vor ihm.

Es war nur eine Sekunde, doch sie wurde zu einer Ewigkeit. Die Leuchtkugeln über ihm erloschen. Vor dem Fenster ihres Zimmers zog der Morgen herauf, die Nacht trat den Rückzug an. Die Flammen seiner Aura züngelten empor, verwandelten Max in eine lebende Fackel.

Sein Freund hielt den Essenzstab in der einen, Max‘ Kontaktstein in der anderen Hand. In seinem Gesicht las er die widersprüchlichsten Emotionen. Liebe. Hass. Machtlosigkeit. Kampfeswille.

Was auch immer im Castillo geschehen war, Kevin hatte begriffen, dass er – Max – hier war, ihn irgendwie gefunden hatte. Doch zu spät. Der Prozess lief ab, so wie er viele Male in der Geschichte der Lichtkämpfer abgelaufen war. Feuer, Tod, ein Erbe entstand.

Eine Träne löste sich, floss über Max' Wange.

Er schloss die Augen und …

… erzitterte. Kevins Starre fiel von ihm ab. Es blieben nur noch Sekunden, doch was konnte er in einem solchen Fall tun? Gab es eine Möglichkeit, ein Aurafeuer aufzuhalten.

»Kevin, hör mir jetzt genau zu«, erklang die Stimme Johannas über den Kontaktstein. *»Es gibt eine Chance. Nur eine. Dabei setzt du aber dein eigenes Leben aufs Spiel.«*

»Ich tue es!«

»Mach ganz genau, was ich dir sage. Worte und Symbole. Kein Raum für Fehler. Schnell.«

Die Rätin gab ihm exakte Anweisungen. Er malte das gedanklich übermittelte Symbol sorgfältig in die Luft. Es entstand in einer karmesinroten Spur. Das Aurafeuer von Max erreichte den Höhepunkt. Kevin brüllte die Worte hinaus, die Johanna ihm mitteilte. Natürlich hatte er längst begriffen, was er hier tat. Der Avakat-Stern wurde normalerweise nur von Unsterblichen verwendet und selbst diese gingen das Risiko nur selten ein. Er wusste von einem einzigen geschichtlich überlieferten Ereignis. Mehr gab es nicht. Eine Verbindung zwischen seinem und dem Sigil von Max entstand. Essenz floß hinüber, wurde von dem anderen Sigil aufgenommen, das sich schlagartig beruhigte. Da es keinen anderen aktiven Zauber mehr gab, wurde die Essenz auch nicht wieder verbraucht.

Kevin erschrak.

Das Sigil hatte sich zwar entspannt, aber die Aura heilte nicht. Ohne diese waren sie beide dem Untergang geweiht. Die Verbindung würde dafür sorgen, dass Max' Sigil sich an ihm labte und danach – wenn alles aufgebraucht war – doch wieder das Aurafeuer einleitete. Er geriet in Panik. Warum heilte die Aura nicht?!

Er blickte zu Max, der …

… verblüfft die Augen öffnete. Es war nicht vorbei. Es dauerte einen Moment, bis er die Verbindung wahrnahm. Kevin hatte einen Avakat-Stern verfestigt. Die Essenz wurde übertragen, verhinderte das sofortige Aurafeuer, zögerte das Ende aber nur hinaus. Eine Aura konnte nicht von alleine heilen, das wusste Max.

Er wurde wütend.

Mit seiner Aktion brachte Kevin sie beide um. Mochte es auch eine aus Liebe geborene Tat sein, so warf er doch sein Leben fort. Und wozu? Für ein paar letzte Sekunden der Gemeinsamkeit, ein Hinauszögern?!

»Warum hast du das getan?«, flüsterte Max.

Aber Kevin hörte ihn nicht. Er begriff allmählich, dass sie beide dem Feuer entgegengingen. Max hatte sich damit abgefunden. Er wollte etwas sagen, doch in diesem Augenblick betrat eine Frau den Raum.

Theresa sagte kein Wort.

Sie kam mit dem Essenzstab zu dem Loch, das vom Aurafeuer in die Wand seines Verlieses gesprengt worden war und stieg zu ihm hinein. Ihren Stab schwenkte sie über seine Aura, während sie leise Worte der Macht murmelte. Er konnte spüren, wie der Prozess begann. Dank Kevins gespendeter Essenz und ihrer Heilmagie wurde eine Genese eingeleitet. Minuten vergingen, wurden zu Stunden. Mit jedem Schritt der Heilung vermochte Kevin die Verbindung über den Avakat-Stern ein wenig zurückzufahren. Schließlich kam sie zu einem Ende. Seine Aura, mochte sie auch hauchdünn und schwach sein, war neu erstanden, der Avakat-Stern wurde aufgelöst. Max wollte erneut etwas sagen, doch aus seinem Mund kam nur ein Stöhnen. Er brach in die Knie.

Sein Bewusstsein versank in gnädiger Schwärze.

22. Erlösung

Es gab Umarmungen, an die er sich gerne erinnerte. Da war sein erster Kuss zum Beispiel. Zugegeben, damals hatte er keine große Wahl gehabt. Molly Cartridge hatte ihn in der fünften Klasse kurzerhand gepackt und die Lippen auf seine gedrückt. Danach war sie zufrieden grinsend zu ihren Freundinnen geeilt.

Nachdem er sich von dem ersten Schock erholt hatte, hatte er das Gleiche mit Isabelle La Salle ausprobiert. Die hatte ihm so fest eine gescheuert, dass er im Pausenhof in den nächsten Busch geflogen war. Trotzdem hatte er gegrinst.

Natürlich dachte er auch gerne an die Umarmung von Phoebe zurück, mit der er sein erstes Mal gehabt hatte. Und das zweite und das dritte.

Eines war für Alex völlig klar: Die heutige Umarmung würde er ebenfalls nie vergessen. Wenn auch deshalb, weil sie auf Platz eins der furchtbarsten Ereignisse in seinem bisherigen Leben wanderte.

Der Raum wich zurück, mutierte zu einer allumfassenden Schwärze, die von düsterem Rot durchzogen wurde. Er schwebte in diesem Nichts. Das Gefühl zu fallen überkam ihn, beinahe hätte er sich zu einer wimmernden Kugel zusammengerollt. Doch damit wäre es wohl vorbei gewesen. Also hielt Alex die Augen offen, schaute das Artefakt frontal an und legte die Finger auf das Holz.

Hinter seiner Stirn explodierte ein greller Schmerz. Stimmen erschollen. Ein Gewirr aus Bildern prasselte auf ihn ein. Immer mehr der fremden Bewusstseinsinhalte preschten voran, wollten sein eigenes Ich zurücktreiben. Alex musste all seine Kraft aufbieten, nicht nachzugeben. Nur langsam gewann er die Oberhand. Er konnte individuelle Persönlichkeiten ausmachen. Amon. Walther. Falk. Sie alle waren da.

Damit wurde auch die Funktionsweise des Artefaktes klar. Es handelte sich um ein Gefängnis. Eines für Sigile. Verbunden mit einem Magier zehrte es ihn aus, bis – normalerweise – das Aurafeuer entstand. Dann riss es das Sigil an sich und verhinderte so, dass ein neuer Erbe erwählt wurde. Da es das Sigil aber nicht zerstörte, blieb das Gleichgewicht gewahrt. Alex erschrak. Das Ding war ein Schlupfloch. Denn natürlich wurde die Balance zwischen Gut und Böse nicht gewahrt. Theoretisch hätte das Sigil von jedem ausgelöschten Lichtkämpfer darin gefangen werden können.

Er tastete umher. Da waren mehr, viel mehr. Sigile, die vor Jahrhunderten eingefangen worden waren. Lichtkämpfer, ebenso Schattenkrieger; Hunderte auf beiden Seiten. Das Ding musste zerstört werden, bevor Jen sich dazugesellte.

Natürlich stürzten sie sich weiter auf ihn. Er hatte einen Körper, den der Stärkste unter ihnen würde beseelen können, so zumindest hofften sie. Nicht nur die Sigile waren hier gefangen, das Artefakt hatte auch das jeweilige Bewusstsein gebunden. Das war es vermutlich, was das Gleichgewicht aufrechterhielt.

»Echt jetzt, die haben alle einen Knall«, murmelte er. »Wie kann man nur solches Zeug erschaffen.« Er hatte gelesen, dass es auch eine Vorlesung zu diesem Thema gab. Das sollte er unbedingt besuchen, falls es endlich mal einen Zeitpunkt gab, an dem er nicht in Lebensgefahr schwebte.

Er näherte sich dem Kern des Artefaktes.

Der Ansturm der Bewusstseine wurde intensiver. Voranzukommen wurde immer schwerer. Plötzlich schwebte er nicht länger in der Schwärze. Stattdessen stand Alex auf einem weiten Hof, der von einer hohen Mauer eingezäunt wurde. Es goss in Strömen. Er machte einen Schritt voran und versank bis zu den Knöcheln im Schlamm.

Ein Blitz zuckte.

Im Schein der Naturgewalt standen sie plötzlich überall um ihn herum. Bleiche, ausgemergelte Kreaturen, die kaum noch als Lichtkämpfer oder Schattenkrieger erkennbar waren. Sie trugen die Kleidung der jeweiligen Zeit, in der sie gestorben waren. In ihren Augen leuchtete Gier. Sie wollten ihn. Nicht hier drin, nicht als Teil der Opfer, sondern dort draußen. Sein Körper verhieß Freiheit. Ihr Geist war verwirrt von der langen Zeit.

»Hey, Leute.« Er wich zurück an die Mauer. »Man kann doch über alles reden.«

Ein weiterer Blitz zuckte.

Sie stürmten auf ihn zu, eine wogende Wand aus Leibern. Hände ergriffen ihn, zerrten an ihm. Fratzen erschienen in seinem Gesichtsfeld, wurden fortgerissen und ersetzt von anderen. Sie wussten, dass am Ende nur einer den Sieg davontragen konnte. Alex wurde zu Boden gedrückt. Sie waren überall. Er versank in dem Meer aus Tod und

Verhängnis. Irgendwann konnte er den Himmel nicht mehr sehen, unter ihm war nur noch der schlammige Matsch des Hofes.

»Das alles hier ist nicht echt.« Die Gewissheit war da, doch sie half kaum weiter. Was sollte er gegen eine solche Gewalt anrichten? Die Masse der Leiber konnte ihn körperlich in die Tasche stecken.

Körperlich.

All das hier war nicht real! Kraft ging vom Geist aus. Eine tolle Erkenntnis. Doch er war müde, wollte sich treiben lassen. Fort von Kampf und immer wieder neuen Grausamkeiten. Er verfing sich in der Wärme des Loslassens.

Vor seinem inneren Auge entstanden Bilder.

Alfie, der mit einer Waffe in der Hand einen Gang-Chef anbrüllte. Sein Bruder war ohne ihn verloren.

Mum, die auf der Couch lag und schlief, die Zigarette noch in der Hand, die das Potenzial barg, die gesamte Wohnung abzufackeln.

Jen, die bleich und verschwitzt dem Tod entgegentrieb.

Er bäumte sich auf, schleuderte die Leiber mit der Kraft seines Geistes von sich. Der Hof verschwand. Wieder schwebte er in der allumfassenden Schwärze. Der Kern des Artefaktes lag direkt vor ihm. Es wollte ihn nicht, das spürte er ganz deutlich. Doch er kam.

»Hey, Schatz, lange nicht gesehen.« Ohne weiter darüber nachzudenken, drängte er den Ekel zurück, warf sich in die schleimige Schwärze und riss sie an sich.

Die Reaktion hätte nicht stärker ausfallen können. Ein gutturaler Laut ertönte, so tief, uralt und grausam, dass Alex' Körper wimmernd zusammensackte. Pure Angst erfasste sein Denken. Doch es war ein Todesschrei. Das Artefakt zerbarst. Er konnte spüren, wie die Bewusstseine der Lichtkämpfer und Schattenkrieger verwehten, als sie endlich ihre ewige Ruhe fanden.

Die Sigile rasten fort.

Er lag wimmernd am Boden, lächelte jedoch zufrieden. In den nächsten Stunden würden überall auf der Welt neue Lichtkämpfer und Schattenkrieger entstehen. Die Sigile suchten sich ihre Erben.

»Ha, ich bin nicht mehr der neueste.«

Er fühlte sich wie nach einem Marathon. Ausgebrannt und müde schleppte er sich nach unten. Als er in der Küche eintraf, erwachte Jen gerade. »Du wirst nicht glauben, was ich gerade erlebt habe.«

»Ich habe es mitbekommen«, unterbrach sie ihn. »Durch die

Verbindung zwischen diesem Ding und mir. Das war«, sie suchte nach Worten, »wirklich mutig und beeindruckend. Ich kann verstehen, warum du als Erbe ausgewählt wurdest.«

Er grinste. »Danke. Wie wäre es mit einer Belohnung?« Alex schürzte die Lippen.

»Kent.« Sie kam schwankend auf die Beine.

»Ja?«

»Wenn du die nächsten Minuten überleben willst, roll deine Lippen wieder ein. Selbst in diesem Zustand stecke ich dich noch locker in die Tasche.«

»Undank ist der Welten Lohn«, kommentierte er nur.

Tilda, die kurz hinausgeeilt war, kam strahlend zurück. »Der Schleier ist fort.« Schon war sie wieder weg.

»Okay, sie will hier definitiv weg«, sagte er. »Und ich ehrlich gesagt auch.«

Sie verließen das verlorene Castillo. Jen stellte über ihren Kontaktstein eine Verbindung zu Johanna her, die versprach, einen Sprungmagier zu schicken. Doch bevor sie gingen, mussten sie das Gebäude sichern. Es barg noch immer ein paar Artefakte und wertvolle Schriften. Alex ließ einen Sandwirbel entstehen, der das Castillo umfing. Jen transformierte ihn zu Gestein. Am Ende war eine hübsche kleine Anhöhe daraus geworden, die niemand mit einem Gebäude in Verbindung bringen würde.

Sie standen mitten in der Wüste. Welcher? Er hatte keine Ahnung. Doch das war egal. Er fühlte sich blendend, so als Held des Tages. »Unser Castillo wird dir gefallen«, sagte er zu Tilda. »Es ist ruhig und friedlich, die Leute sind freundlich und glaub mir: Dort geht es total entspannt zu.«

Der Sprungmagier brachte sie kurz darauf nach Alicante.

Verblüfft schaute Alex sich um und nahm Worte auf wie »Alles abgebrannt«, »Infiltration … keiner gewusst« und »Totales Chaos«.

Tilda ließ ihre Braue in die Höhe wandern, sagte darüber hinaus jedoch netterweise nichts.

23. Was bringt die Zukunft?

Der Morgen war heraufgezogen. Mittlerweile füllten zahlreiche Stimmen die Gänge des Castillos. Lichtkämpfer, die nach der Aufhebung des Siegels zurückgekehrt waren, wurden auf den neuesten Stand gebracht; Unsterbliche, die hektisch zum Ratssaal eilten, riefen Befehle umher. Es war das Chaos nach dem Sturm. Die Ruhe wäre ihm lieber gewesen.

»Etwas hat sich verändert«, sagte Chloe. »Spürst du es?«

Kevin nickte. »Die sind alle schockiert darüber, dass eine einzelne eingeschleuste Kreatur so etwas anrichten konnte.«

Bei dem Wort »Kreatur« sah sie den Ekel auf seinem Gesicht. Er hatte mit dem Wechselbalg wochenlang zusammengelebt, ihn nicht als das erkannt, was er war. Der Gedanke, dass Max nur wenige Meter entfernt gefangen gehalten worden war, kochte ihre Wut wieder hoch. Ihr Hass auf die Schattenkrieger kannte keine Grenzen.

Sie saßen im Krankenflügel. Max lag in einem Einzelraum im Bett. Theresa hatte es so entschieden. Vermutlich würde er aufgrund des Martyriums Narben auf seiner Seele zurückbehalten. Gerade die Anfangszeit nach dem Erwachen würde schwierig für ihn werden und sie wollte nicht, dass er vor anderen die Fassung wahren musste.

Chloe saß auf der einen, Kevin auf der anderen Seite neben dem Bett des Freundes. Vor einigen Minuten hatte Clara Kaffee vorbeigebracht, dann war sie wieder davongeeilt. Sie hatte der Freundin angeboten, sich ein wenig zu ihnen zu setzen, doch Clara wollte nicht. Gryffs Tod lag erst so kurze Zeit zurück, sie würde ihn auf ihre eigene Weise verarbeiten.

Chris schaute auch immer wieder vorbei, half ansonsten bei den Aufräumarbeiten in der Bibliothek und den Ordnungsmagiern bei der Überprüfung aller Fälle, die sie hatten stoppen müssen. Vor wenigen Minuten war er mit der Nachricht hereingeplatzt, dass der Onyxquader Hunderte neue Erben aufgezeigt hatte. Niemand wusste, warum, denn es war nachweislich keiner gestorben. Doch damit mussten weitere Teams zu den Neuerweckten, sie schützen und in das Castillo bringen. Chris war einer dieser Gruppen zugeteilt worden, was ihn unglaublich freute. Endlich wieder im Einsatz!

Kevin strich Max zärtlich eine Haarsträhne aus dem Gesicht. Dann wandte er sich schnell ab.

»Was ist?«, fragte Chloe.

Er presste die Lippen zusammen, rang mit sich. »Ich schäme mich.«

»Was?!«

»Ich habe es nicht bemerkt. Wie kann das sein? Wochenlang habe ich mit diesem Ding zusammengelebt.«

»Kevin, der Wechselbalg hatte Max‘ Erinnerungen.« Sie deutete auf den schlafenden Freund. »Es war vollständig er. Von der Haarspitze bis zu den Zehen, von der ersten Erinnerung bis zur aktuellsten. Niemand hätte das durchschauen können. Wie denn? Dieses Ding dachte selbst, dass es Max ist!«

»Aber ich …«

»Nein.« Chloe unterbrach ihn gnadenlos. Sie hatte all das auch durchlebt. Die Schuldzuweisungen, die innere Zerrissenheit, die Selbstzerfleischung. »Du konntest es weder bemerken noch verhindern. Und jetzt hör auf damit. Das ist ein Befehl.«

Er lächelte schwach.

Natürlich war ihr klar, dass es nicht so einfach werden würde. Vermutlich würden sowohl er als auch Max bald ein paar ziemlich heftige Sitzungen bei einem gewissen Psychologen benötigen. *Wir werden es alle irgendwie überstehen.*

»Hey«, erklang eine Stimme vom Eingang her. Ein Mann Mitte zwanzig trat ein. Er trug Jeans, ein zerschlissenes Hemd und hatte kurzes dunkles Haar. Ein Dreitagebart sproß auf seinem Gesicht, die Augen wirkten müde.

»Alex!« Kevin sprang auf und umarmte den Neuankömmling.

»Ich habe gerade gehört, was passiert ist. Wie geht es ihm?«

Kevin räusperte sich, brachte aber kein Wort heraus.

»Den Umständen entsprechend«, sagte Chloe. Sie streckte die Hand aus. »Freut mich, dich kennenzulernen.«

»Das ist Chloe«, erklärte Kevin, bevor er wieder neben Max‘ Bett auf den Stuhl sank.

»Freut mich auch. Hier war ja einiges los, während wir fort waren.«

»Die Schattenfrau.« Chloe schüttete den Rest ihres Kaffees in sich hinein, die Müdigkeit nahm langsam überhand.

»Oh ja, bei uns auch.« Er berichtete in kurzen Sätzen, was seit ihrem Aufbruch zu Nostradamus geschehen war.

»Wow. Dann hat die Zerstörung dieses Artefaktes all die neuen Erben ausgelöst.« Kevin schaute zwischen Alex und ihr hin und her. »Wenigstens eine gute Sache, die aus dem ganzen Mist erwachsen ist.«

Chloe nickte nur. Ihr erster Eindruck von Alexander Kent war recht positiv. Mangelnden Mut konnte man ihm jedenfalls nicht vorwerfen. Und mal eben so für derart viele Neuerweckte gesorgt zu haben, würde ihn auf jeden Fall zum Castillo-Gespräch werden lassen. Außerdem sah sie unter der Decke aus Müdigkeit ein freches Glitzern, was ihn noch sympathischer machte. »Wo ist Jen?«

»Sie erstattet Johanna Bericht und stellt Tilda vor«, erklärte er. »Vermutlich bekommt sie direkt einen Kulturschock, so nach einhundertsechsundsechzig Jahren in der Isolation. Ein bisschen was hat sich doch verändert. Okay, ihr beiden, ich muss mich kurz hinlegen, sonst kippe ich im Stehen um. Aber falls Max aufwacht, gebt mir sofort Bescheid, ja?« Er deutete auf seinen Kontaktstein. »Ah, ich muss auch noch zu meiner Mum und Alfie. Die werden sich bestimmt fragen, was los ist.«

Chloe zog grinsend ihr Smartphone hervor. »Gib ihnen doch einfach kurz Entwarnung.«

»Du bist ein Engel.« Er schnappte sich das Gerät und verließ den Raum. »Bei meinem ist der Akku völlig leer. Danke.«

»Das ist mal was, du hast ihn nicht gefressen«, kommentierte Kevin.

»Kommt vielleicht noch. Ich wiege ihn nur in Sicherheit.« Sie zwinkerte ihm zu. »Ich werde Johanna bitten, mich dem Team zuzuteilen, das die Schattenfrau sucht.«

Kevin nickte nur. Chloe hatte auf mehr gehofft, doch sie verstand, dass er einstweilen keine Kraft dazu hatte, über die Zukunft nachzudenken. Zu ungewiss stellte diese sich gerade dar. Sie war sich aber sicher, dass der Freund an ihrer Seite stehen würde, wenn es soweit war.

Chris steckte den Kopf durch die Tür. »Schläft er noch?«

»Jap«, sagte Kevin.

Sein Bruder verschwand.

Kurz darauf schneite Jen herein. »Hey ihr, ich habe es gerade gehört.«

Sie wurde mit einer Umarmung begrüßt. Obwohl sie alle müde waren, saßen sie gemeinsam in dem kleinen Raum und berichteten sich gegenseitig, was, wann, wie vorgefallen war. Immer wieder kam es zu kurzen Pausen, wenn einer von ihnen in seinem Stuhl einschlief. Es war ein schönes Gefühl, dass sie alle den heutigen Tag überstanden hatten.

Obgleich manche von ihnen …

Ihr Blick fiel auf Max.

… mit furchtbaren Narben.

24. Was hat das zu bedeuten?

Einige Tage später

Du sollst dich doch noch schonen!«

Leonardo verdrehte innerlich die Augen. »Das tue ich! Siehst du mich durch das Castillo rennen?«

Sie schnaube. »Nein, aber du schickst deine Drahtflugzeuge mit kleinen Zettelchen hin und her, damit sie Anweisungen überbringen. Außerdem sichtest du die Überwacher, glaub nur nicht, dass mir das entgeht.«

Davon war er gar nicht ausgegangen. Allerdings würde er keinesfalls in seinem Bett liegen und ein Buch lesen, während die Welt der Magie in Aufruhr war. Glücklicherweise hatten sie alle Neuerweckten bergen können. Das führte dazu, dass die Gänge des Castillos überquollen vor tapsigen Welpen, die mit ihren Essenzstäben herumfuchtelten und durch ungezielte Kraftschläge Gegenstände zerstörten. Von den anderen Flausen, die sie im Kopf hatten, gar nicht zu reden.

Gleichzeitig bissen sich bisher noch alle an dem Siegel die Zähne aus, das die Schattenfrau über das Archiv gelegt hatte. Niemand kam hinein, keiner heraus. Die Bibliothek sah nach wie vor wie ein Schlachtfeld aus.

Eliot Sarin und seine Ordnungsmagier hatten die Zelle durchsucht, in der Max gefangen gehalten worden war – und Erschreckendes festgestellt: Es schien, dass sie beim Bau des Castillos entstanden war. Obendrein waren Spuren eines Zeitkokons gefunden worden. Die Schattenfrau musste beim Bau des Gebäudes dabei gewesen sein. Sie hatte den Raum erschaffen und den Wechselbalg kurzerhand in der Zeit eingefroren. Er hatte all die Jahrhunderte direkt unter ihrer Nase verbracht. Aufgrund dieser Erkenntnis wurde das gesamte Castillo nach versteckten Kammern durchsucht.

Als wäre das nicht genug, wussten sie mittlerweile, dass das Contego Maxima verloren war und Nostradamus keine weiteren Essenzstäbe mehr herstellen konnte. Natürlich gab es noch einen Vorrat, der allerdings prompt durch die ganzen Neuerweckten geschröpft worden war. Die Essenzstäbe der ursprünglichen Magier waren nirgendwo aufgetaucht, weshalb die Erben alle neue benötigten.

Mit Tilda war eine ausgezeichnete Köchin ins Castillo eingezogen. Während sie völlig neue – weil vergessene – Gerichte zubereitete, kümmerte sich vor allem Alex rührend darum, ihr die Neuerungen der Geschichte beizubringen. Vermutlich fühlte er eine gewisse Nähe zu der Frau, auch er lernte gerade eine fremde Welt kennen.

Leonardo hatte einen Blick auf den Stundenplan des Neuerweckten geworfen. Er war bis obenhin gefüllt. Er schmunzelte. Das machten alle zu Beginn. Magie war ja so toll, da musste man unbedingt *alles* lernen, was es gab. In zwei bis drei Wochen normalisierte sich das rapide. In etwa sechs Wochen würde er ihn dazu animieren müssen, überhaupt eine Vorlesung zu besuchen.

Nach den Ereignissen im verlorenen Castillo war Alex einige Tage Gesprächsthema gewesen. Mittlerweile hatte die Schattenfrau ihn wieder als Thema Nummer eins verdrängt.

»Ich hätte dich sowieso gerufen.« Leonardo deutete auf die Holzplatte, die an der Wand hing. Ähnlich einem Fernseher der Nimags übertrug sie soeben die Aufzeichnung eines Überwachers. Die Kugel hatte hoch in der Luft alles registriert, was in der Bibliothek geschehen war.

»Glaub nur nicht, dass du mit einem Themenwechsel so einfach davonkommst.«

»Schau es dir an.«

Er ließ die Aufnahme weiter ablaufen. Soeben betrat Max den Balkon, auf dem Clara Bücher studiert hatte. Es kam zu einem kurzen Gespräch, die Schattenfrau tauchte auf. Johanna rannte die Wendeltreppe empor. Da machte die Schattenfrau einen Schwenk mit ihrem Essenzstab, und Clara fiel über die Brüstung. Johanna rannte zum Geländer. In ihrem Rücken machte die Feindin eine schnelle Bewegung mit den Fingern, Clara fiel nach wie vor, aber ihr Sturz wurde verlangsamt.

»Sie hat Clara das Leben gerettet«, hauchte Johanna.

Leonardo nickte. Er hatte ähnlich dreingeschaut wie jetzt die unsterbliche Freundin. Alle möglichen Theorien waren ihm gekommen, bis er bei einer davon hängengeblieben war.

»Warum hat sie das getan?«

»Hast du keine Idee?«, fragte er.

Johanna verschränkte die Arme. Auf die Schreibtischkante gelehnt betrachtete sie das eingefrorene Bild der Schattenfrau, die den Sturz bremste. »Möglicherweise hat sie einen Plan, für den sie Clara noch benötigt.«

»Das mag sein«, sagte er. »Aber ich habe eine bessere Theorie. Das

Weib hat die gesamte Bibliothek eingeäschert und das Archiv versiegelt. Dafür hat sie lange im Voraus geplant. Ich glaube, dass irgendwo in diesen Büchern ein Hinweis auf ihre Identität versteckt war.«

»Okay.«

»Zum Beispiel in den Bauverzeichnissen des Castillos«, erklärte er. »Weißt du, ich habe kürzlich in Ingenieursmagie eine Vorlesung zu Dimensionsfalten und dem Erbauen von geschützten Gebäuden gehalten. Darunter auch zu diesem hier. Bei der Recherche ist mir tatsächlich etwas aufgefallen, das ich aber erst nach Eliots Entdeckung der Herkunft des Raumes zuordnen konnte.«

»Ja?«

»Ein Vorfahre von Clara, ein Mann aus der Ashwell-Linie, hat am Bau mitgewirkt.«

Johanna riss die Augen auf. Sie schaute zwischen dem Bild und ihm hin und her. »Du glaubst, dass die Schattenfrau eine Vorfahrin von Clara ist? Eine Ashwell?«

Er nickte. »Sie vernichtete die Unterlagen, weil sie selbst darin vorkam. Es muss einfach Hinweise geben. Sie war hier auf der Baustelle des Castillos, hat den Raum erschaffen und einen Wechselbalg hineingesteckt. Wir hatten die Aufzeichnungen, die damals zu den Clans der Wechselbälger gemacht wurden. Möglicherweise ist sie auch darin aufgetaucht. Sie konnte die Kreatur kaum durch den Schutz ihrer Sphäre rekrutieren. Die Rettung von Clara gab schließlich den Ausschlag. Sie hat ihre Ur-ur-ur-sonstwas-Enkelin gerettet.«

Er konnte Johanna ansehen, dass sie skeptisch war. Tatsächlich gab es noch nicht viele Beweise für seine Behauptung. Andererseits war es die erste Spur überhaupt.

»Gewagt. Aber ich spiele mit. Erkläre mir bitte, wie eine Unsterbliche entstehen konnte, ohne dass wir davon erfahren haben«, verlangte sie. »Wir wurden über jeden neuen informiert, egal, ob er bei uns, im dunklen Rat oder außerhalb der Räte tätig ist.«

»Soweit wir wissen«, gab Leonardo zu bedenken. »Doch was wissen wir eigentlich?«

»Guter Punkt.«

»Letztlich tappen wir sowieso im Dunkeln. Aber es geht nicht so weiter, dass wir sie gewähren lassen«, sagte er kategorisch. »In der Zukunft müssen wir an verschiedenen Fronten gleichzeitig kämpfen. Anders wird es kaum möglich sein. Für mich hat die Aufklärung der

Identität dieser Person – und ihres Plans – Priorität.« Ein Schauer rann über seinen Rücken. »Sie kennt mich, Johanna. Als der Wechselbalg für sie als Überträger gedient hat, hat sie mit mir gesprochen. Wer sie auch ist, wir müssen sie vor langer Zeit in einer Art gegen uns aufgebracht haben, die ihren grenzenlosen Hass geboren hat.«

»Das glaube ich mittlerweile auch. Nun ja, es ist kaum zu übersehen. Allerdings ist es unmöglich, die Jahrhunderte danach zu analysieren. Wir wissen ja nicht, wer sie in ihrem ersten Leben war. An Feinden mangelt es uns wohl kaum.«

»Nein, das nicht.« Leonardo strich gedankenverloren über die neue Ledermanschette, die das Permit enthielt. Es war unbeschädigt, hatte der Schattenfrau nur dazu gedient, den Zauber um das Archiv zu legen. »Wie auch immer: Ich eröffne die Jagd auf sie. Wer sie auch ist, wo sie auch ist, wir werden sie finden.« Er stand auf. »Und die erste Spur führt zu den Ashwells.«

25. Die ganze Wahrheit

Jen stand auf einem der Balkone des Castillos. Die Winterluft schnitt ihr eisig ins Gesicht, doch genau das tat ihr gut. In wenigen Minuten würde die Sonne aufgehen. Ein Anblick, den sie ab und an genoss.

Schritte erklangen.

Verärgert fuhr sie herum. »Du?«

»Hey, ein ›Alex, es ist total schön, dich zu sehen‹ hätte mir besser gefallen. Hier.« Er reichte ihr eine Bierflasche.

»Was ist das?«

»Wonach sieht es denn aus?«

Jen lachte auf. »Vergiss es. *Das* trinke ich nicht.«

Er legte den Kopf zur Seite und sah sie mit großen Augen an. »Ich hab die Flasche extra für dich hier heraufgeschleppt.«

Sie schnaubte, griff schließlich aber zu. Er schaute sie weiter an. »Und, wie schmeckt's?«

Genervt nahm Jen einen Schluck. »Zufrieden? Oh. Was ist das?«

»Cosmopolitan«, erklärte er. »Chloe hat erzählt, dass das dein Lieblingsdrink ist. Also habe ich einen gemixt, in einen gasförmigen Zustand transformiert und in einer Bierflasche dann wieder verflüssigt.«

Sie war nicht stolz darauf, doch sie starrte Alex mit offenem Mund an. »Da… Danke. Das ist echt lieb von dir. Ha! Du wolltest mich ärgern.«

»Stimmt«, gab er schelmisch grinsend zu. »Ein bisschen. Wegen Vorurteilen und so. Aber ich wollte auch, dass du deine Auszeit genießt.«

»Das ist nett von dir. Woher wusstest du, wo ich bin?«

Er deutete nach oben. »Ich habe vorgestern schweben gelernt und gestern den Sonnenaufgang vom Dach aus betrachtet. Es klappt schon recht gut, na ja, meistens. Leider hat mich Leonardo gesehen. Er hat gesagt, wenn er mich noch einmal dort sieht, schießt er mich mit einem Kraftschlag vom Dach und Theresa darf mich zusammenflicken. Und das soll ich gefälligst auch allen anderen ›Welpen‹ sagen.«

Jen kicherte. »Ja, er macht seinen Standpunkt gerne deutlich. Lass es lieber nicht drauf ankommen.«

»Keine Angst. Aber da habe ich dich auf jeden Fall gesehen. Also dachte ich, du bist heute vielleicht wieder hier.«

Sie nickte nur.

Gemeinsam standen sie auf dem Balkon und schwiegen. Es war jene Art des Schweigens, das sich zwischen zwei vertrauten Menschen entwickelte. Verblüfft stellte Jen fest, dass sie seine Gegenwart tatsächlich als angenehm empfand. Natürlich wollte sie ihn noch immer alle fünf Minuten durchschütteln, regelmäßig von der Balustrade werfen oder zu Stein transformieren, aber er hatte seine Momente. Und dass sie ihm vertrauen konnte, hatte er unter Einsatz seines eigenen Lebens bewiesen.

In der Ferne lugten die ersten Sonnenstrahlen über die Baumwipfel, tauchten das Geäst in rotgoldene Farben. Die Luft war angereichert mit der Frische eines Wintermorgens und der Wind flaute ab. Die Stille vervollkommnete den Augenblick.

Jen trank genüsslich den Inhalt der Flasche und kam sich dabei seltsam prollig vor. Unweigerlich musste sie grinsen. Auf die Idee, einen Cosmopolitan in eine Bierflasche zu füllen, musste man erst mal kommen.

Einfallsreich bist du auf jeden Fall, Alexander Kent.

Im Chaos nach den Ereignissen um die Infiltration und ihrem Abenteuer im verlorenen Castillo war das Team nur selten zusammengekommen. Zu viel ging gerade vor. Dabei hatte Alex viel Zeit hier verbracht, doch auch immer wieder seine Mum und seinen Bruder in London besucht.

Jen wiederum hatte fast täglich einen Streifzug durch die Menschenmengen gemacht. Mal hier, mal dort, in verschiedenen Metropolen auf der Welt. Überhaupt hatte jeder die Ereignisse auf seine Art verarbeitet.

Einzig Max und Kevin war das nicht vergönnt. Max lag noch immer im Heilschlaf. Theresa wollte sichergehen, dass neben den körperlichen Wunden auch die Aura heilen konnte. Es würde also noch einige Tage dauern, bis der Freund endlich die Augen aufschlug.

»Danke«, sagte Jen.

Alex nickte nur.

»Und beim nächsten Mal nimm gefälligst ein passendes Glas.«

Er grinste. »Aber natürlich, eure hochwohlgeborene Arroganz.«

Sie beschränkte sich auf ein Kräuseln der Lippen. »Bis später.«

Sie betrat das Castillo. Ein wenig bereute sie es, ihm nichts gesagt zu haben. Doch was nun folgte gehörte nur ihr. Die anderen schliefen noch, nur ein paar Ordnungsmagier patrouillierten in den Gängen, die Suche nach weiteren Geheimkammern lief nach wie vor.

Jen stieg nach oben ins Turmzimmer. Sie war alleine. Ihre Schritte trugen sie wie von selbst zu dem Wandtresor, in dem der Foliant lagerte. Nostradamus hatte ihr das notwendige Wissen gegeben, auf den Inhalt zuzugreifen. Sie musste es nur noch anwenden. Sie legte das schwere, ledergebundene Buch auf den Tisch.

»Also gut, Jen, du schaffst das.«

Sie wollte endlich die Wahrheit. Die ganze Wahrheit. Keine Lügen mehr oder ständige Fragen, die zu nichts führten als zu weiteren Fragen. Was hatte Joshua damals gesehen? Was bedeuteten die Prophezeiungen? Und was plante die Schattenfrau? Wenn ihre Vermutung stimmte, lagen die Antworten zwischen diesen Seiten verborgen.

Chloe, Kevin, Chris, Max und Alex waren ihre Freunde, doch das hier war *ihr* Erbe. Bereits bei der ersten Manifestation war sie angreifbar gewesen, hatte von ihrer Umgebung nichts mehr bemerkt. Heute sollte es anders sein. Dieser Augenblick gehörte ihr und ihr alleine.

»Zeig mir, was du bisher verborgen hast.«

Jen legte die Hand auf den geöffneten Folianten. Die Worte bewegten sich, flossen über die Seiten und krochen auf ihre Haut.

Und die Wahrheit offenbarte sich.

Ende

Seriennews

Hallo zusammen und willkommen in den ersten Seriennews zu Hardcover 1 vom Erbe der Macht. Auf dieser Seite werde ich euch stets über Neuigkeiten zur Reihe informieren, es gibt auch Gewinnspiele oder den Hinweis auf Aktionen. Legen wir doch direkt los.

Ein Blick auf Hardcover 1

Das erste Abenteuer von Jen, Alex & Co. liegt hinter euch und konnte euch hoffentlich überzeugen. Zahlreiche Fragen warten darauf, beantwortet zu werden. Was verbirgt der Foliant? Wer ist die Schattenfrau? Warum wurde Alex als Erbe erwählt bzw. was stimmt mit seinem Sigil nicht?

Jen und Alex konnten sich auf jeden Fall zusammenraufen, nachdem es anfänglich ja ganz anders aussah. Immer mehr vom Hintergrund der einzelnen Figuren wird nun enthüllt werden, nachdem im dritten Teil auch Chloe ins Zentrum gerückt ist.

Die Serie und der Autor im Social Media

Mehr über die Serie erfahrt ihr in den sozialen Netzwerken, aber auch via App (ihr findet diese im jeweiligen Appstore.)

Facebook www.facebook.com/ErbeDerMacht
Twitter www.twitter.com/ErbeDerMacht
Web www.erbedermacht.de

Ich selbst betreue die Seiten und stehe dort auch via Message für Fragen zur Verfügung. Natürlich lasse ich mir auch immer wieder kleine Besonderheiten einfallen, wie Gewinnspiele oder Promobilder.

Mehr Infos zu mir und meinen anderen Projekten findet ihr unter:

Web www.andreassuchanek.de
Blog http://blog.andreassuchanek.de
Facebook www.facebook.com/Andreas.Suchanek.Autor
Twitter www.twitter.de/AndreasSuchanek
Instagram www.instagram.com/gesuchanekt

Es gibt auf den Websiten auch eine Rubrik »Über mich«, in der ich schreibe, wie ich zum Schreiben gekommen bin, was mich so antreibt und auch ein wenig aus meinem Privatleben plaudere. Ich freue mich auf euch.

Was schreibe ich sonst noch so?

Neben »Das Erbe der Macht« schreibe ich auch noch die Reihen »Heliosphere 2265« (Sci-Fi) und »Ein MORDs-Team« (All-Age-Krimi). Zu beidem möchte ich hier einmalig ein paar Worte verlieren. Vielleicht findet ihr ja auch den Weg dorthin.

Am 01. November 2265 übernimmt Captain Jayden Cross das Kommando über die Hyperion. Ausgerüstet mit einem neuartigen Antrieb und dem Besten an Offensiv- und Defensivtechnik, wird die Hyperion an den Brennpunkten der Solaren Union eingesetzt.

Bereits ihr erster Auftrag führt die Crew in ein gefährliches

Abenteuer. Eine Bergungsmission entartet zur Katastrophe. Umringt von Feinden muss Captain Cross eine schwerwiegende Entscheidung treffen, die über Leben und Tod, Krieg oder Frieden in der Solaren Union entscheiden könnte ...

Mason, Olivia, Randy und Danielle sind vier Jugendliche, wie sie unterschiedlicher nicht sein könnten. Als Mason unschuldig eines Verbrechens bezichtigt wird, kommt es zu einer turbulenten Kette von Ereignissen, die die vier Freunde zusammenführt. Gemeinsam versuchen sie, den Drahtzieher hinter der Tat dingfest zu machen.

Dabei stößt das M.O.R.D.s-Team auf einen dreißig Jahre zurückliegenden Mordfall. Entsetzt müssen sie erkennen, dass ihre Eltern Teil eines gigantischen Rätsels sind, das sich bis in die Gegenwart erstreckt. Sie beginnen zu ermitteln, um die eine Frage zu klären, die alles überschattet: Wer tötete vor dreißig Jahren die Schülerin Marietta King?

Und damit sind wir auch schon am Ende der ersten Seriennews angekommen. Ich wünsche euch allen eine schöne Zeit und hoffe, ihr seid beim zweiten Abenteuer wieder mit dabei.

Karlsruhe, 14.10.2016
Andreas Suchanek

COVERGALERIE

DAS ERBE DER MACHT
AURAFEUER
ANDREAS SUCHANEK

DAS ERBE DER MACHT
ESSENZSTAB
ANDREAS SUCHANEK

DAS ERBE DER MACHT
WECHSELBALG
ANDREAS SUCHANEK

Glossar

Lichtkämpfer

Streiter des Guten, die gegen die Schattenkrieger vorgehen. Ein Sigil im Inneren stattet sie mit Essenz aus, durch die Magie gewirkt werden kann. Jeder Lichtkämpfer trägt einen Essenzstab, durch den Magie in Material einfließen kann. Bisher bekannte Vertreter:

Alexander Kent
Jennifer Danvers
Clara Ashwell
Kevin und Christian Grant
Max Manning
Gryff Hunter – Oberster Ordnungsmagier.
Wang Li – Lebt in sicherem Haus in New York.
Joshua – Lebte vor einhundertsechsundsechzig Jahren. Er war der letzte Seher.
Mark Fenton – Starb durch eine Intrige der Schattenfrau.

Lichtkämpfer nehmen verschiedene Aufgaben in der Gemeinschaft wahr.

Das Castillo Maravilla

Hauptquartier der Lichtkämpfer. Das Castillo steht in Alicante (Spanien) und ist über Portale mit sicheren Häusern in aller Welt verbunden.

Das erste Castillo (auch genannt: Das verlorene Castillo)

Der allererste Stützpunkt der Lichtkämpfer Vor 166 Jahren, als der Wall erschaffen wurde, verschwand das Gebäude mit den dortigen Lichtkämpfern. Es konnte nie geklärt werden, was damit geschehen war. In Band 3, „Wechselbalg", lösen Alex und Jen dieses Rätsel.

Nimags (Nichtmagier)

Gewöhnliche Menschen, die keine Magie wirken und sie durch den Wall auch nicht sehen können. Bekannte Vertreter:

Zac – Bester Freund von Alex

Alfie – Bruder von Alex

Jackson – Schläger in Angell Town. Hielt Alfie vor 4 Jahren eine Waffe an die Stirn und wurde dafür von Alex zusammengeschlagen.

Der Rat des Lichts

Sechs unsterbliche Größen der Menschheitsgeschichte, die das Führungsgremium der Lichtkämpfer bilden. Bisher bekannte Vertreter:

Johanna von Orleans
Leonardo da Vinci
Albert Einstein
Tomoe Gozen

Es gibt zwei weitere noch unbekannte Unsterbliche. Außerdem einen Verräter, der vor einhundertsechsundsechzig Jahren den Rat verriet und dadurch die Blutnacht von Alicante möglich machte.

Blutnacht von Alicante

Vor einhundertsechsundsechzig Jahren neutralisierte ein Verräter im Rat die Schutzkristalle des Castillos. Der Vorgang ging als Kristallfeuer in die Geschichte ein. Der Verräter lief zu den Schattenkriegern über und hat nun dort einen Sitz im Rat.

Sigil

In jedem Magier manifestiert sich, sobald dessen Erbe erwacht, ein Sigil. Dieses hat unterschiedliche Formen und generiert die Essenz. Es wird geschützt durch die Aura.

Die Essenz

Magische Quellkraft, die es ermöglicht, Zauber zu wirken. Ist sie aufgebraucht und der Magier webt weiter Zauber, zieht das Sigil stattdessen Kraft aus der Aura ab. Ab diesem Moment ist der Magier in Lebensgefahr.

Aura

Die Aura schützt das Sigil und bändigt es gleichzeitig. Ist sie aufgebraucht, entartet das Sigil, was zum vernichtenden Aurafeuer führt. Der Magier verbrennt zu Asche, und das Sigil wird zu reiner Energie, bevor es sich in einem Erben neu manifestiert.

Schattenkrieger / Schattenkämpfer

Kämpfer des Bösen, die es sich zur Aufgabe gemacht haben, den Wall zu vernichten. Diesem Ziel haben sie alles untergeordnet. Angeführt werden sie vom Schattenrat. Bekannte Vertreter:

Der Graf von Saint Germain
Dschingis Khan
Der Verräter, der den Lichtkämpfern einst den Rücken kehrte

Der Wall

Vor einhundertsechsundsechzig Jahren errichtet, verbirgt der Wall gewirkte Magie vor Menschenaugen. Um zu existieren, zieht er von jedem Magier Essenz ab. Dadurch ist Magie nicht mehr so stark wie einst. Aus diesem Grund wollen die Schattenkämpfer den Wall auch vernichten.

Wächter

Beschützer von Artefakten. Manchmal werden Gruppen gebildet, die außerhalb des Castillos leben und dort gefährliche Artefakte verwahren (so beispielsweise den Folianten). Die Wächter einer Gruppe tragen als Erkennungssymbol ein Tattoo auf dem Handgelenk.

Sigilklinge

Eine von wenigen Waffen, die ein Sigil vollständig vernichten können. Es wird zu reiner Energie und kann sich nicht neu manifestieren. Um das Gleichgewicht zu wahren, wird dafür aber auch ein Sigil aus dem gegnerischen Lager vernichtet.

Verschiedene Begriffe

Himmelsglas - Schützt vor magischen Schlägen
Magifiziert – Mit einem Zauber belegt
Illusionierungszauber - Illusion, die das wahre Aussehen verändert; kann auf Gebäude oder Personen angewendet werden
Schutzsphäre – Ein magisches Schild
Weitblick - Einfacher Zauber, durchdringt Wände

Erinnerungsalternierung – Sehr komplexer Zauber, der viel Essenz abverlangt und hochgefährlich ist; nur einfach, wenn der Magier gerade frisch erweckt wurde

Schattenportale - Das Portalnetzwerk der Schattenkrieger

Zauber

Porta apertus = Lässt ein Portal erscheinen

Porta apertus. Tempus Fugit = Öffnet das Portal zu den verbotenen Katakomben

Fiat Lux = Feuerzauber. Kann je nach verwobenem Machtsymbol aber auch andere Formen annehmen.

Mentigloben – Erinnerungsspeicher. Das Wissen kann später abgerufen werden. Hierfür wird der Memorum-Excitare-Zauber angewendet.

Contego Maxima – Der absolute Schutz. Wird vom Stabmacher verwahrt. Ein Glasgefäß in dem Buchstaben aus Tinte schwimmen, jedoch nicht zerfließen.

Avakat-Stern – Dient der Essenzübertragung.

Senescentis – Alterungszauber über den verbotenen Katakomben.

Unum Extingus – Lässt den Zauber erlöschen.

Immortalis-Kerker – Gefängnis für dunkle Unsterbliche und Schattenkrieger. Die Zeit wird eingefroren. Während für den Insassen Sekunden vergehen, können außerhalb Jahre oder Jahrzehnte vergehen.

Porta aventum – Lässt ein Portal über einem Manifestationspunkt erscheinen.

Gravitationsvektor-Umkehr – Die Schwerkraft wird neu ausgerichtet.

Agnosco (Indikatorspruch) – Enthüllt einen Zugrundeliegenden Zauber.

Memorum Excitare – Aktiviert die Verbindung zu Mentigloben.

Novum-Absolutum-Kerker – Das Gefängnis der Schattenkrieger, in dem Unsterbliche des Lichtrates gefangen gesetzt werden. Hier vergeht die Zeit, der Insasse nimmt aber nichts mehr außerhalb seines Körpers wahr. Tomoe Gozen verbrachte 3 Jahre im Novum-Absolutum-Kerker.

Tempus Revelios – Zeitschattenzauber. Zeigt auf, wo sich Gegenstände oder Personen in der Vergangenheit aufgehalten haben.

Signa aeternum – Das ewige Siegel. Wird von der Schattenfrau auf das Archiv gelegt.

Ignis aemulatio – Lässt magisches Feuer entstehen.

Das Erbe der Macht kommt wieder!

Die Lichtkämpfer setzen alles daran, die Identität der Schattenfrau aufzuklären und das Rätsel um die Prophezeiungen zu lösen. Im zweiten Hardcover, »Schattenchronik 2: Feuerblut«, geht es weiter.

WEITERE SERIEN DER
GREENLIGHT PRESS

HELIOSPHERE 2265
Die SCIENCE-FICTION-SERIE
von PERRY RHODAN-Stardust-Autor ANDREAS SUCHANEK
PROJEKT NORTHSTAR
ANDREAS SUCHANEK
AUS DEM SCHATTEN
ANDREAS SUCHANEK
Eine Serie der Greenlight Press
NEU ALS HÖRSPIEL
Von den Mark Brandis-Machern
Mit bekannten Stimmen aus Film und Fernsehen
SEIT NOVEMBER 2012
Jeden Monat als E-Book, alle zwei Monate als Taschenbuch
Drei mal nominiert als „Beste Serie" beim Deutschen Phantastik Preis
MEHR INFOS UNTER
Web www.greenlight-press.de | Twitter @Heliosphere2265 | Facebook www.facebook.com/Heliosphere2265

EIN MORDS-TEAM
WELCOME TO BARRINGTON COVE
Wer tötete Marietta King?
EIN MORDS-TEAM
DER LAUTLOSE SCHREI
ANDREAS SUCHANEK
EIN MORDS-TEAM
GEFÄHRLICHE SPIELE
ANDREAS SUCHANEK
EIN MORDS-TEAM
DAS BÖSE IM SPIEGEL
ANDREAS SUCHANEK
EIN MORDS-TEAM
DIE MACHT DES GRAFEN
ANDREAS SUCHANEK
WWW.EINMORDSTEAM.DE
Eine Serie der greenlight Press

Die Chroniken der
Seelen Wächter
Vom Jäger zum Gejagten.
Um die Kreaturen des
Schattens zu besiegen, muss er
das Böse entfesseln…
Das Böse in sich.
Seraph
2015
Wir sind
nominiert!
Longlist 2015
„Entfesselt den Jäger“
www.die-seelenwaechter.de
www.greenlight-press.de
Eine Serie der greenlight Press